명량, 왜곡과 진실 上

잃어버린 대륙: 임진왜란

명량, 왜곡과 진실 上

잃어버린 대륙: 임진왜란

발행일	2015년 3월 31일		
지은이	배 영 규		
펴낸이	손 형 국		
펴낸곳	(주)북랩		
편집인	선일영	편집	이소현, 이탄석, 김아름
디자인	이현수, 김루리, 윤미리내	제작	박기성, 황동현, 구성우
마케팅	김회란, 박진관, 이희정		
출판등록	2004. 12. 1(제2012-000051호)		
주소	서울시 금천구 가산디지털 1로 168, 우림라이온스밸리 B동 B113, 114호		
홈페이지	www.book.co.kr		
전화번호	(02)2026-5777	팩스	(02)2026-5747

ISBN   979-11-5585-493-8 04810   979-11-5585-527-0 04810(SET)
         979-11-5585-494-5 05810(전자책)

이 도서의 국립중앙도서관 출판예정도서목록(CIP)은 서지정보유통지원시스템 홈페이지(http://seoji.nl.go.kr)와
국가자료공동목록시스템(http://www.nl.go.kr/kolisnet)에서 이용하실 수 있습니다.
(CIP제어번호 : CIP2015009573)

배영규 역사소설

명량, 왜곡과 진실

잃어버린 대륙: 임진왜란

上

북랩 book Lab

역사 소설을 쓰면서

| 일러두기 |

1. 역사적 사실에 가능한 충실하고자 고전 사료들을 충실히 검토하였으며, 이야기 전개를 위해 글쓴이가 지어낸 부분도 있다. 그러나 역사적 사실에 어긋나지 않도록 노력하였다.

2. 임진왜란이라는 역사 앞에서 당시 유교가 금지한 사상과 억압을 훌훌 털어내고, 현대적 자유로운 가치관으로 역사를 해석하고자 하였기에 이 글은 역사 소설로서 읽히기를 바란다.

3. 명량, 영화에 있어(소설) 창작의 자유란 이름으로 가해지는 역사 왜곡을 심히 우려하지 않을 수 없다. 더 이상의 역사 왜곡은 없어야 한다.

4. 명량, 영화가 단순히 배설이란 인물만을 왜곡·곡해한 것이라면, 이 글을 쓰지 않았을 것이다. 우리 국사가 일제가 써준 것을 베끼고 있다는 사실을 안타깝게 여겨 '역사의 울음'에 대답하고자 노력하였다.

5 고전이 특정한 목적을 가진 '징비록', '고대일록' 같은 고문은 역사적 사건 일지의 비교 교차 분석을 통해 왜곡 과정을 밝히고자 했다.

6 '영화라는 문화 현상에 역사 왜곡을 연결할 필요가 있느냐?'라는 질문이 있을 수 있다. 일반인들은 왜곡된 역사의 문화를 완전히 사실로 여길 수 있다. 문화와 영화의 소비자는 역사학자가 아니라 돈을 내고 영화를 감상하는 소비자이기 때문에 역사 소설은 '역사적 사료의 비교 교차 검증을 통한 진실 발견'이 있어야 한다.

2015. 2
배영규 드림

명량, 왜곡과 진실
잃어버린 대륙(임진왜란)에 대하여

유교사상에 편향된 시대에서 명분을 중시하는 역사에 정리가 필요했다. 살펴보면 누르하치 세력과 맞먹던 여진족 반란 세력을 진압했음에도 불구하고 신립 장군이 전사하므로 만주 대륙을 상실하게 되었고, 배설 장군의 '침략군 상륙 전 심해 섬멸'이 받아들여지지 않아 대마도주 종의지(평의지)를 회유하지 못해 대마도를 영원히 상실하고 말았다.

부산 상륙전 심해 해전이 받아들여졌더라면 대마도의 운명이 바뀌었을 것임에도 당시 동인 조정과 군 수뇌부는 임진왜란 승리에 고취된 전후 조정의 대처는 패전을 인정하고 혁신할 기회를 놓치게 했고, 조선의 지도부가 와신상담의 필요성을 무시한 전후 처리의 문제는 분명 짚고 넘어가야 할 역사적 과제이다.

여러 역사적 임진왜란의 자료를 교차 검증하여 진실을 파헤친 다큐멘터리 소설을 집필하게 되었다. 역사 왜곡을 통해 자기 민족을 헐뜯고 있는 상업주의의 폐해와 역사의 진실 사이에서 고민해 본다. 구국적 청야 작전을 하고 이순신 장군에게 군대와 거북선을 넘겨준 실존한 역사 속 명장을 악의적으로 비난하고 깎아내린 영화의 사실 왜곡을 바로잡기 위해서 역사의 진실을 알리고자 한다. 역사에서 진실은 곧 국력이기 때문이다.

고전과 실록을 통해 다큐멘터리 형식으로 사실을 찾아가면서 본의 아니게 특정 선조에게 알고 있던 사실과 다른 부분이 있다면 이해를 구하며 어디까지나 역사의 가치 재발견에 중점을 두었다. 진실 발견에 심취하여 대부분 자료는 역사적 실록으로 다소 인물의 묘사에 과장과 픽션이 있을 수 있다. 어느 인물도 비하하거나 헐뜯고자 함이 아니라 독자의 재미를 위한 허구에 있어서는 오락물로 미리 심심한 이해를 구하는 바이다.

왜? 무장들을 역적으로 몰았나?

명나라와 일본 간의 강화협상에서 유성룡은 조선과 일본 간의 강화를 위해서는 군권의 장악이 무엇보다 필요했다. 특히 유격전으로 일본군을 괴롭힌 장수의 제거는 왜군들의 희망 사항이었다. 따라서 배설이 '배를 팔아먹은 도망자'와 같은 비겁한 존재로, 조직적으로 언로에 유포되었다.

명군 지휘부는 조선 조정에 대해 일본군을 공격하지 말라고 강요했고, 일본군을 달래기 위해서 자신들의 명령을 어기고 일본군을 공격한 조선군 장수들을 잡아다가 매질을 하기도 했다. 조선군의 작전 통제권은 명군 지휘부에 의해 박탈되었다. 선조가 양위를 선언하고 칩거하여 왕권이 행사되지 못한 전란이었다.

고니시는 '명나라 황녀皇女를 도요토미 후궁으로 주고, 조선 영토 가운데 4도를 떼어주고, 무역을 허락하고, 조선의 왕자를 일본에 인질로 보내야만 조선에서 철수할 수 있다고 했다. 벽제전투 패전과 갈수록 불어나는 전비戰費 부담에 대한 명 내부의 불만을 무마하기 위해 진행한 일본군의 서울 철수는 양자의 이해가 맞아떨어진 '일시적 성과'였다. 1593년 4월 20일, 남쪽으로 철수하는 일본군을 '보호하기 위해' 명군 장졸들이 일본군을 추격하던 조선 장수 변양준邊良俊을 붙잡아 목을 쇠사슬로 묶은 뒤 난타했다.

서울을 무사히 빠져나온 일본군은 남해안에 머물면서 철수할 생각을 전혀 하지 않았다. 명군도 삼남의 요충지에 병력을 배치하여 일본군을 견제하려 했을 뿐 전의戰意를 보이지 않았다.

역사가의 주 임무는 사건의 기록에 있는 것이 아니라 가치의 재평가에 있다. 역사에서 승리의 영웅은 과대 포장되어 널리 알려지고 교육되는 반면, 큰 실패한 사례들은 진실을 내포하고 묻힌 이야기이다. 역사 그 자체는 반복되지 않는다. 그러나 실패에서 교훈을 얻지 못하면 그러한 흐름은 분명 반복된다. 역사는 매혹적이며 진실을 이해하는 산 증거이기 때문이다.

일본은 '시마즈 가문'과 '가토 가문'의 사서를 역사에 많이 참조하고 있다. 반면 우리나라는 가문의 기록을 완전히 무시하고 관의 기록만 인정하고 있다. 역사에 있어서도 관존민비의 사상의 벽을 넘지 못하고 있다. 역사물이 국가주의 독점물이라는 생각부터가 잘못된 발상이다. 중요 전투에 있어 참여자의 기록을 무시하고 국가의 기록만이 인정되어야 할 이유가 어디 있는가?

　　역사에 있어 관료주의 편식은 사실의 왜곡으로 이어질 가능성이 높다. 종군한 현장의 기록을 무시하고 진실이 국가에 있을 것이라는 관료주의적인 편향된 시각으로 왜곡한 기록을 국민들은 비판 없이 사실로 믿게 될 가능성이 크다. 따라서 가문의 사서와 구전을 모아 각종 사료를 교차 분석하여 역사적 진실을 찾아 나가는 과정에 탄생한 역사 다큐멘터리 소설이 새로운 역사 고찰의 자료가 되기를 기대한다.

|목차 |

인물, 배경 소개

| 선조임금, 이연(1552~1608) |

1552년(명종 7) 11월 11일 한성漢城 인달방仁達坊에서 중종中宗의 손자이자 덕흥대원군德興大院君의 셋째 아들로 태어났다. 어머니는 영의정 정세호鄭世虎의 딸이다. 당시는 이황李滉·이이李珥 등으로 대표되는 뛰어난 유학자가 있었지만 그들의 의견은 정국 운영에 반영되지 못하던 시절이었다.

일본은 전국이 통일되는 등 안정기에 접어들고 있었고, 여진족 역시 통일의 필요성을 인식해 가고 있었다. 이러한 왜란과 호란의 발발이 눈앞에 다가오는 풍전등화 속에서 선조는 즉위하였다.

중종의 아들 인종이 왕위 계승 1년 만에 사망하여 명종은 12세에 왕위에 올랐다. 문정 왕후가 섭정을 하다가 사망하자 2년 후 34세의 명종(아들 순화 세자는 13세에 요절)이 요절하였다. 그리고 중종의 후궁 배다른 형제, 덕흥군의 막내아들 이연이 나이가 어리다는 이유로 왕가의 친척인 선조가 16세에 왕위에 오르게 된다. 조정 중신들은 미혼으로 외척이 없고 파벌이 없는 어린 선조를 선택한 것이다. 왕가의 적통이 의문으로 연쇄 사망하자 조정(영의정 권철)과 왕실에서 세력이 없고 외척이 없어 선택된 왕은 왕권의 한계가 있었다. 이황과 권철의 시대에 또 다른 왕족인 이항복(몰락한 왕손)을 권철이 발굴하고 동인의 처사에 드나드는 유성룡의 후견인 역할을 하였다. 선조는 고립무원에서 처지가 비슷한 이항복과 유성룡에 크게 의존하여, 권철이 이항복을 천거하고 이황이 유성룡을 천거한 형태를 띠었으나, 사실은 권철이 직접 안동 이황의 사원을 찾아가서 이황의 천거 형식을 빌어 선조와 짝을 지어준 것으로 유성룡은 이황의 정식 문하는 아니었다.

선조는 어려서부터 행동이 바르고 용모가 뛰어났음이 '연려실기술'에 몇 가지 전해지고 있다. 명종이 왕손들을 궁중에서 가르칠 때 익선관을 써 보라 하니 여러 왕손들은 차례로 머리에 썼지만 선조는 두 손으로 관을 받들어 어전에 갖다 놓으며, "이것이 어찌 보통 사람이 쓰는 것이오리까."라고 하자, 명종이 기특히 여겨 왕위를 전해줄 뜻을 정하였다. 또 하루는 왕손들에게 글을 써 올리라 하니, 모두 시나 연구聯句를 쓰는데 선조만이 홀로 '충성과 효도는 본시 둘이 아니다.忠孝本無二致'라고 쓰니 명종이 더욱 기특히 여겼다고 하는 일화가 있다.

| 이황(1501~1570) 선조의 스승 |

이동설理動說, 이기호발설理氣互發說 등 주리론적 사상을 형성하여 주자 성리학을 심화 발전시켰다. 이황과 이이가 처음 만난 때는 이황이 58세, 이이가 23세인 1558년(명종 13년) 이른 봄으로 이이는 성주목사였던 장인 노경린을 뵙고 강릉 외가로 가는 길에 예안禮安 도산陶山에서 이틀을 머물렀는데, 이때 소년 배설의 9세 생일에서 한서암寒栖庵을 지었고, 도산서당이 낙성된 것은 60세인 1560년 11월이다.

두 사람의 만남은 삶의 여러 굴곡을 거친 노학자와 방황의 시간을 마치고 거친 세상으로 두려움 없이 나아가려는 청년의 해후였다. 35세라는 나이 차이만큼이나 두 사람이 삶을 대하는 태도는 다를 수밖에 없었다.

'예로부터 이 학문을 세상이 놀라 의심하고從來此學世驚疑 / 이익 좇는 경서 공부에 도는 더욱 멀어지네射利窮經道益離 / 고마워라 그대 홀로 그 뜻 깊이 두었으니感子獨能深致意 / 그 말을 듣고 나서 새로운 지혜 생기는구료.令人聞語發新知'('퇴계집 권2'에서)

'도를 배우면 어떤 사람도 의혹이 없어지게 될까學道何人到不疑 / 병폐의 근원, 아! 내게서 완전히 사라지지 않았네病根嗟我未全離 / 접대에 응하여 차가운 계곡의 물 마시니想應捧飮寒溪水 / 마음과 몸, 시원해짐을 알겠네.冷澈心肝只自知'('율곡전서 권14'에서)

성리학에서 강조하는 구체적 내용은 삼강오상을 비롯한 유교적 윤리도덕이었으며, 나아가 관료제적 통치 질서, 신분 계급적 사회질서, 가부장제적 종법 제적 가족질서를 포함하는 명분론적 질서였다. 따라서 이황은 이 보편성을 통해 성리학의 유교적 윤리 도덕과 명분론적 질서의 보편성을 교설하며, 인간은 명분론적 질서 속에서 각각의 계층적 지위에 합당한 일을 성실하게 수행해야 하는 존재로 설명했다. 당대의 대문호 이황은 선조 임금의 스승 격으로 조선의 문물과 문화에 있어 지대한 영향을 끼쳤다.

| 센 리큐千利休(1522~1591) 도요토미의 스승 |

와 비차草庵茶 전통의 원조, 일본에서는 다조茶祖라 불린다. 조화와 존경 밝음과 부동심을 의미하는 화경청적和敬淸寂의 정신을 강조하여 차 마시는 것을 일본을 대표하는 문화(다도)로 정립하고 완성한 인물이다. 오다 노부나가의 사후에는 도요토미 히데요시豊臣秀吉의 다도 자문 역할을 하며 도요토미의 스승으로서 최고의 명성을 누렸다.

일본 사카이시堺市의 유복한 집안에서 태어난 리큐(利休, 1522~1591)는 오다 노부나가織田信長로부터 센千이라는 성을 하사받았다. 아버지는 창고 일을 하는 사람으로 알려져 있고 할아버지 다나카 센나미田中千阿彌가 쇼군將軍 아시카가 요시마사足利義政의 측근에서 다도茶道에 종사하였다.

처음에는 다도茶道를 기타무키 도친北向道陳에게서 배웠으나 곧 다케노 조오武野紹鷗 밑에서 사사받았다. 리큐는 교토京都의 다이토쿠지大德寺에서 선禪을 배웠다. 오다 노부나가의 차 담당 말벗이었다가 도요토미의 통일 과정에서 그의 스승이 되었다. 그는 단지 배고픔이 아닌 씁쓸한 물 한 잔을 놓고 차 문화를 발전시켜 일본의 정신세계를 송두리째 바꾼 인물이다.

센리큐는 도요토미의 통일 과정에 회합한 장수들의 우상이었는데, 그는 물욕과 권력욕이 아닌 '조선의 밥주발에 차 한 잔' 마시는 황금 같은 시간의 가치를 오사카 성과도 바꿀 수 없다고 이야기했다. 센리큐의 말이 알려지며 장수들과 다이묘 영주(왕)들에겐 조선 다기에 차 한 잔의 여유가 권력의 상징이 되어갔다. 일본 장수들 사이에서 조선의 막사발은 '하얀 황금'으로 불리기까지 했다. 자연히 통일 과정에 등장한 신흥 귀족들의 부와 권력의 상징이 되었다.(조선 막사발이 일본의 국보이다.)

도요토미가 침략을 명할 때 주요 다이묘였던 '마에다 도시 이에'나 센노리큐(센리큐) 등 많은 사람들이 반대를 했다.

센리큐는 전쟁보다는 조선 막사발의 수입을 주창하였기 때문에 고니시(소서행장)와 의견이 일치하는 점이 있었으나, 당시 조선이 도자기 수출을 금지하고 남해안 사기장을 모두 폐쇄하였기 때문에 일본에 불붙은 '도자기 수요를 위한 전쟁'은 불가피한 측면이 있었다.

| 아이신기오로 누르하치 |

니탕개의 난에서 보듯이 임진왜란 이전에 이미 누르하치는 만주에서 거듭 세력을 확장하고 있었다.

누르하치는 16세기 말에 자립하여 여진의 여러 부部를 평정하고, 1616년에는 왕을 뜻하는 '칸汗'의 자리에 올라 왕이 되어 후금을 세웠다.(통치기간: 1616년~1626년, 묘호는 태조太祖)

여진 부락의 누르하치가 힘을 모으고, 일본 열도의 분열을 끝낸 도요토미 히데요시가 조선(명)과 전쟁을 하면서 생긴 힘의 공백으로 인해 만주지역에 통일이라는 거대한 변화가 일어났다.

니탕개 진압으로 누르하치가 여진족을 통일하고 해서 여진海西女眞의 여허(Yehe, 葉赫) 몽골계에 누르하치는, 1618년에 명나라에 대해 일곱 가지 한恨이 있다고 주장하며 전면전을 선포하였다. 이때까지 누르하치는 만주 지역에서의 패권 획득을 목적으로 삼았으나, 자신이 만든 나라가 한인의 명나라를 멸망시키리라는 예상은 하지 못했다.

누르하치가 전면전을 선언하자, 명과 몽골은 여허 부족과 연합군을 형성하였으며, 광해군이 파견한 강홍립, 김응서, 김응하의 조선군도 명군과 함께 참전하였다.

이 전투에는 양호, 유정, 이여백 등 임진왜란 당시 조선에서 활동한 명의 장군들과, 역시 임진왜란 당시 조선군에 투항한 일본 병사들을 다룬 경험이 있는 김응서가 참전하였다. '항왜降倭'라 불리는 조선군 속의 일본 병사들 역시 사르 후 전투에서 반反 누르하치 연합군에 포함되어 있었다. 16세기 말에서 17세기 초 사이의 유라시아 동부 지역의 정세였다.

유라시아 동부 지역의 패권을 두고 누르하치 세력과 반反 누르하치 연합군이 충돌한 1619년의 사르 후 전투에서는 누르하치 군이 수적 열세를 극복하고 승리했다.

누르하치의 일대기인 '만주 실록'에는 당시 강홍립의 말이 실려 있다. "우리 병사는 이 전쟁에 원해서 참여한 것이 아니다. 왜 자국(倭子國, odzi gurun, 일본)이 우리 조선을 공격하여 토지와 성곽을 약탈하는 환란患亂의 때에 대명(大明, daiming) 군사가 우리를 도와 왜자를 물리쳤다. 그 보답을 하라며 우리를 데리고 왔다. 당신들이 살려준다면 우리는 투항하겠다. 우리 병사들 가운데 대명의 군대에 합류하여 간 자들은 당신들이 모두 죽였다. 우리의 이 군영軍營에는 조선인, 그리고 대명의 유격遊擊 장군 한 명과 그를 따라온 병사들뿐이다. 그들을 잡아 당신들에게 보내겠다."(만주실록, 권5)

자신에게 적대한 모든 세력과의 충돌에서 대승을 거둔 누르하치는 요동반도로 세력을 확장코자 하였다. 사르 후 전투 후에 조선 측에 유화적인 자세를 취한 것과 마찬가지로, 그는 몽골 세력에 대해서도 친근한 언사로 접근하였다. 그는 당시 몽골에서 가장 강력했던 차하르 몽골의 릭단 칸(Ligdan Khan)에게 1620년에 보낸 편지에서 "대명(daiming)과 조선(solho) 두 나라는 말이 다를 뿐이지 입은 옷과 머리 모양은 하나같아서 같은 나라처럼 삽니다. 만주와 몽골 우리 두 나라도 말이 다를 뿐이지 입은 옷과 머리 모양은 하나같습니다."(만주 실록, 권6)

임진왜란의 최대 수혜자가 된 누르하치의 안목은 높이 평가해야 한다.

| **도요토미 히데요시豊臣秀吉(1536~1598.8.18)** |

도요토미 히데요시는 오와리국(尾張國, 아이치현愛知縣)에서 탄생했고 62세로 후시 미성에서 사망했다. 조선정벌 전쟁을 일으킨 인물로 선조에게 '군마의 정돈'을 요구하고 명나라 정벌과 인도 정벌을 주장하였다.

하급무사인 기노시타 야우에몬木下彌右衛門의 아들, 젊어서는 기노시타 도키치로木下藤吉郎라는 이름을 가지고 있었으며, 29세 이후에는 하시바 히데요시羽柴秀吉라고 하였다가, 다이죠다이진太政大臣, 간파쿠關白가 되어 도요토미라는 성을 썼다. 1558년 이후 오다 노부나가織田信長의 휘하에서 점차 두각을 나타내어 중용되어 오던 차에 아케치 미쓰히데明智光秀의 모반으로 혼노지本能寺에서 죽은 오다 노부나가의 원수를 갚는 복수復讐라는 기치旗幟 아래, 미쓰히데와 싸워 이겼다. 그 뒤, 히데요시는 노부나가의 반대파들과 싸워 연전연승連戰連勝하였고, 1585년 일본의 통일이 거의 완성될 무렵, 히데요시는 새로이 위대한 통일을 일궈내었다. 당시 천황은 실제의 권력은 갖고 있지 않더라도 천황天皇의 최고의 권좌權座를 행사했다. 이러한 옛 전통에 입각하여, 히데요시는 천황에게 '쇼군'의 지위를 하사下賜받아 충실한 신하가 되었으며, 일본 전체에서 가장 강력한 권력을 쥐게 되었다.

히데요시는 성공을 했어도 무예武藝에 출중한 사람은 아니었다. 오히려 그의 특기는 전술戰術과 외교 분야外交分野였다. 1543년에 서구에서 도입했던 총銃을 사용한 일본 최초의 봉건영주들 중 한 사람이었다. 이러한 신식 무기의 사용은 히데요시로 하여금 많은 주요 전투에서 승리를 거두게 하였으며, 따라서 봉토封土도 확대되었고 그는 토지조사土地調査를 토대로 하여 농민으로부터 세금을 걷는 제도도 만들어 냈다. 또한 그는 예술의 발전뿐만 아니라, 산업産業과 통상通商을 발전시키는데 전력全力을 다하였다. 대체로 히데요시는 일개 봉건 영주의 능력을 뛰어넘는 행정가行政家이자, 정치인政治人의 능력을 갖고 있었다. 이때부터 다이라平씨를 성씨로 사용하였으며 1585년 관백關白이 되자 후지와라藤原씨로 성을 다시 바꾸었다. 도요토미豊臣라는 성씨는 1586년부터 사용하였다. 오다 노부나가의 뒤를 이어 실권을 장악한 그는 1587년 반대세력을 모두 굴복시키고 일본을 통일함으로써 모모야마桃山시대를 열었다.

| **임진전쟁**(선조 25년) |

'개적 가도범지야蓋赤 假道犯之也', 도요토미 히데요시(풍신수길)가 이를 조선에 여러 차례 통보하였다. 조선은 중국에 이러한 사실을 통보하고 조선통신사를 파견하여 무마하고자 하였으나, 도요토미는 조선 통신사 일행에게 고압적인 자세로 조선을 아주 멸

시하는가 하면 임진왜란을 통해 조선을 무력으로 점령하고자 전쟁을 개시했다. 1592년 1월 도요토미는 전국에 동원령을 내려 전국 각지 영주들의 병력을 동원하기 시작했다.

일화: 지진으로 키요스성의 토담이 훼손되자, 노부나가가 즉시 담을 고칠 것을 부하에게 명령했으나 20일이 지나도 완성되지 않았다. 토오 키치로 오豊臣秀吉에게 수리를 명했는데 토오 키치로 오는 인원수를 두 배로 늘리고 식사와 술을 충분히 준 다음 두 패로 나누어 상금을 걸며 경쟁을 시켰다. 그 결과 3일 만에 끝났다. 노부나가는 이를 보고 감탄했다고 한다.

| 기축옥사 '천하는 공물인데 어찌 일정한 주인이 있으랴!' |

정여립(鄭汝立, 1546~1589)은 조선시대의 인물 중에서 가장 첨예한 논쟁의 중심에 서 있는 한 사람이다. 조선시대 당쟁의 중심적 사건인 기축옥사(己丑獄事, 1589, 선조 22년)를 불러온 장본인이었지만, 여러 의문을 남긴 채 사망했다.

임진왜란 3년 전인 1589년 선조 22년 1천여 명이 처형당하거나 고문 받다가 또는 귀양 중에 숨지고 투옥 당하거나 노비로 전락했다. 1567년 선조宣祖의 즉위로 정국을 장악한 사림士林 세력은 1575년 이후 동인東人과 서인西人으로 나뉘고, 양쪽의 조화를 주장하던 이율곡이 서인西人이 되면서 서인西人이 정권을 수권했다.

정국을 장악했던 서인西人들은 이율곡이 죽은 뒤, 선조宣祖의 견제를 받으면서 위축되고, 동인東人이 권력의 핵심에 진출하여 정국을 주도하였다. 이율곡의 추천으로 벼슬에 올랐던 정여립鄭汝立은 선조宣祖의 미움을 받고 그의 고향인 전주로 쫓겨갔다.

기축옥사는 당시 인구 500만이던 조선 전토를 참화 속에 몰아넣었다.

'기축옥안'은 임진란에 불탔고, 남아 있는 얘기들은 당파에 따라 극단적인 단정뿐이다. 파벌 전쟁 속에 고변과 음해, 아비규환의 고문과 자백만으로 엮어낸 엄청난 살육극이다.

정여립은 1589년 자살(살해 당한)한 뒤 조선 최대의 역적이 되었다. 정여립의 이웃에 산다는 이유만으로 집단 죽임을 당했다. 조선에 피의 광풍이 몰아쳤고, 죄 없는 수많은 선비와 백성들이 죽임을 당했다.

1589년 10월 8일 정여립은 진안 죽도에서 자살했다. 기축옥사는 1590년 7월까지 1000여 명의 무고한 사람들이 목숨을 잃었다. 역모 죄에 걸리면 삼족을 멸한다는 불문율로 죽임을 당하거나 유배를 당했다. 정여립의 시신은 능지처참되었고 조선 팔도에 버려졌다. 그의 집은 역모의 기운을 없앤다며 연못으로 만들어버렸다. 호남이 정권의 정신적 지주에서 역도의 반향이 되었고, 정여립은 근래에 이르기까지 역모의 상징처럼 인식되었다.

기축옥사가 정철(서인) 주도로 이루어져 서인 세력이 비대해 짐에 따라 선조는 서인 세력을 견제하고자 했고 그 시점에 임진왜란이 발발하였다. 호남의 반란을 우려하는 유성룡의 의견에 따라 동인 세력을 적극 지원하였다. 이순신은 전라 좌수사에 임명되기 불과 1년 전에는 종6품 미관말직이었는데, 호남 고을을 스쳐 지나면서 1계급 특진 형태로 10계단 이상 높은 전라좌수사로 임명했고, 권율도 광주목사로 임명한 후 도원수로 제수, 의병장 최경회를 경상 병마 절도사에, 김덕령을 의병 총대장에 임명하여 호남의 반란을 예방하고자 했다.

| 이순신 |

1545년 3월 8일(양력 4월 28일) 당시 한성부 건천동에서 셋째 아들로 태어나, '이순신李舜臣'은 10대 후반까지 서울에서 보냈는데, 가세가 기울여져 20세 초반이 되자 집안이 아산으로 이사했다.

이순신은 나이 28세 무과 시험장에서 활쏘기, 칼 쓰기, 창 쓰기 시험을 치르고 말타기를 할 때 멋지게 달려가던 말이 발을 헛디뎌 이순신을 내동댕이쳤고 낙마 거사가 되었다. 32세에 다시 무과에 응시하여 합격하고 함경도 북쪽의 변방을 수비하는 말단 군관이 되었다가 35세에 한성으로 올라와 훈련원 봉사訓鍊院奉事가 되었다. 종8품의 낮은 직위였으나 인사를 담당하는 자리였는데 상사의 부당한 청탁을 거절하여 좌천되었다.

여러 곳을 전전하다가 43세 되던 해에 그 상관을 일선에서 다시 만나 터무니없는 모함으로 파직되어 백의종군케 되었으니, 이것이 장군의 평탄치 못했던 생애를 말해 주는 세 번의 파직이자 두 번의 백의종군 중 두 번째 파직이다.

44세에 고향 아산으로 낙향하였다가 45세 되던 1589년 2월에 다시 임용되어, 전라감사 휘하의 조방장助防將이 되었고, 그 해 12월에 정읍 현감이 되었다. 정읍 현감으로 재직한지 1년여가 지난 1591년 2월에 전라좌수사全羅左道水軍節度使가 되었으니 종6품에서 정3품으로 무려 7품계를 뛰어넘는 파격적인 인사였다.

어려서부터 한마을에서 함께 자라면서 장군을 너무도 잘 알던 서애 유성룡西厓 柳成龍의 호남진무를 위한 대담한 천거가 주효했던 것이다(정려립 사건의 막후 조정자 송익필이 관계하였다는 일설이 있음).

이순신은 1580년(선조 13)에 탄핵을 받고 선전관에서 파직되었으나 그 해 겨울 다시 복관하여 선전관이 되었다. 1582년(선조 15)에 비국랑備局郎을 겸임하고 이듬해 4월에 강진 현감에 부임하여 선정을 베풀었다. 그러나 강진의 지역 호족豪族들과 마찰을 빚어 1585년(선조 18)에 또다시 파직 당했다. 그 뒤 특별 별명別命을 받아 선전관에 복직되어 어전을 호위하다 옛 스승인 김성일金誠一의 천거로 1586년(선조 19) 함경도 은성부 판관이 되었다.

1588년(선조 21) 의주 판관義州判官으로 발탁되어 명나라 사신 수행업무를 맡게 되었다. 이때 사절단의 행차 시 뇌물을 요구하는 것을 노자만 주고 모르는 체하자 명나라 사절단이 귀국길에 문책하려 함에 탄핵당하여 파직됐다. 1589년(선조 22)에 함경도 혜산진 첨사惠山鎭僉使에 임명되어 여진족의 침략을 막으러 나갔으나 부임 도중 발병하여 적군의 관하管下 운총벽雲寵壁 침입을 네 차례나 막지 못하여 함경도 조방장 한극성韓克誠의 문책을 받았으나 선조가 특별히 은전을 베풀어 감율減律을 명했다. 그러나 전 상사와의 불화로 부하관과 함께 삼수三水로 가게 되자 선조는 그를 파직하여 귀양 보냈다.

| 배설 장군 |

1598년 선조 31년 12월 23일(갑술)

병조 판서 홍여순이 중국군 철수 뒤 국내의 변란을 우려하여 아뢰다.

병조 판서 홍여순洪汝諄이 비밀히 아뢰기를,

"해상의 왜적은 이미 물러갔으나 중국군이 철수하여 돌아간 뒤에 국내의 변란이 일어날까 극히 우려되니, 환란을 미연에 방지하지 않을 수 없습니다. 소문에 의하면 '배설裵楔이 지난 가을에 나주에서 도망하여 지금은 충청도에 와 있는데, 현몽玄夢과 합세하여 무뢰배들을 많이 모으고 있다. 그의 행적이 이미 드러났지만 사람들이 화를 당할까 두려워하여 감히 지적하여 말하지 못하고 있다.' 합니다. 떠도는 말이라 믿을 것은 못 되지만 뜻밖의 사변이 발생할지도 모르는 일이니 본도의 감사와 병사에게 은밀히 하유하여 비밀리에 추격해 기필코 체포하도록 하고, 다른 도에도 아울러 유시하여 특별히 기미를 살피게 함으로써 그들이 용납될 것이 없게 하소서. 다만 나라의 기강이 이미 해이해졌으니 유시를 내리는 일에 있어서도 역시 심상하게 여길까 몹시 염려될 뿐입니다. 옛사람은 이러한 일에 있어서 반드시 거액의 현상금을 걸어 잡게 하였으니 지금도 역시 높은 벼슬과 후한 상을 내린다고 한다면 필시 마음을 다해 고발하거나 체포하는 자가 있을 것입니다. 요즈음 사람들이 모두 적이 물러갔다고 다행으로 여기고 있는데, 신만 구구하게 지나친 우려를 하고 있는 듯싶습니다." 하니, 아뢴 대로 하라고 전교하였다.

(지평 윤홍이 경상 감사 한준겸과 대동 찰방 정묵 등의 파직을 청하다. 지평 윤홍尹宖이 와서 아뢰기를, '배설裵楔은 방형邦刑을 받을 적에는 여정輿情이 모두 통쾌하게 여겼습니다. 그런데도 한준겸은 단지 인아姻婭라는 것 때문에 사대부의 장산葬山을 빼앗고 또 호상護喪하는 군관軍官을 보내어 적의 뼈를 완전히 묻도록 하였습니다.')

동인과 서인 간의 당쟁으로 배설을 동인들은 왜적과 동일한 적이라는 표현을 사용하고 있으므로 당쟁으로 인한 시기 모함과 누명임을 보여주고 있다. 장군은 누명을 쓰고 참수되었다. 49세의 나이로 역모의 누명을 쓰고 처형되었다가 복권되었다. 배설 장군의 묘소 옆 바위에 각자로 기록된 조정으로부터 하사받은 토지는 '주회周回 20리二十

里'로 장군의 묘소를 기준으로 지름 16km, 이것을 면적으로 계산하면 200km로 임진왜란 공신 중에 가장 넓은 땅 약 6,000만 평의 땅이다.

| **일등공신**一等功臣 |

1604년(선조 37) '선조실록宣祖實錄' 6월 25일자에는 임진왜란의 공신들에 대한 포상 기록으로는 이순신, 권율權慄, 원균이 선무일등공신宣武一等功臣이었다. 선조는 재임 중 1605년 배설 장군을 선무 원종 1등 공신에 책록하였다.

| **관존민비**(官尊民卑, 1등 주의) |

조선에서 과거 급제란 곧 관료가 되는 것이고, 민에 비해 관이란 곧 정의이다. 말로는 쉽게 '백성이 하늘이다.' 추어올리면서 사실에서는 백성(민)이란 일종의 관에 비교하여 악이며, 온갖 의무만 짊어지는 것이 현실이었다. 일단 말단이라도 관이 되어야 행세를 할 수 있는 신분제국가였다. 조선 양반 약 1백만 명의 자제들은 향교와 서당 서원에서 공부만 하는 사회로 모든 것이 과거에 집중되었고 과거 합격은 지배층인 양반사회에서 살아남는 현실적인 최후의 수단이었다. 무과武科는 식년시式年試는 3년 정기, 별시別試(특별), 경사慶事, 비상非常한 일이 있을 때 시행되었다. 초시(初試, 1차)에서 190명을 합격시키고, 복시(覆試, 2차) 그중 28명만 합격시키고, 최종시험인 전시(殿試, 3차)는 임금이 직접 주관, 확인하여 등급과 등위를 결정하는 것이다. 전시에서 불합격하는 일은 거의 없었다. 전시殿試에서 임금이 매기는 등급은 갑과 1장원 2아원 3탐화(甲科, 3명), 을과(乙科, 7명), 병과(丙科, 18명)가 있고, 갑과에 급제한 사람은 나라의 동량(棟梁, 대들보)으로서 문과인 경우 종6품(무과인 경우는 정7품)의 품계를 받고, 아원과 탐화는 문과 정7품(무과 종7품)을 받는다. 을과의 7명은 문과 정8품(무과 종8품)을 받고, 병과의 18명은 문과 정9품(무과 종9품)을 받는데 병과에 급제한 사람은 3년 후 갑과 급제한 후배의 부하가 될 수

밖에 없었다. '이순신李舜臣'은 28세인 1572년(선조 5년) 무과 별시別試에 응시했으나, 말 타기에서 낙마하면서 불합격했다. 이순신은 32세인 1576년(선조 9년) 2월에 다시 무과 식년과에 응시하여 합격하고 병과丙科 급제로 하위에 속한다. 따라서 종9품 품계로서 '미관말직微官末職'이며, 요즘 말로 하면 '말단공무원末端公務員'에 해당한다. 첫 직책은 최전방인 함경도 지방의 권관(權管, 육군하사관)이었다.

1.

전쟁의 봄

과거와 출세

때는 1583년(선조 16) 한양 도성의 과거 합격자 발표장이다.

영리가 기쁘게 말한다. "나리 합격하셨습니다."

영리는 집안일을 대신해주는 두 살 아래 노비의 이름이다.

나는 31세에 무과武科 별시에 급제하였다. 이 기쁨은 감개무량하여 괴나리봇짐을 메고 의연하고 당당하게 한양에서 문경을 거쳐 성주골로 행군하였다.

"썩 물러서거라! 배설 나리가 나가신다."

영리는 자신이 과거에 합격한 것처럼 당당하다 못해 호통까지 치고 있었고, 길에 통행하는 과거의 낙방 거사들은 부러운 듯 기죽어 있었다. 성주골에 도착하자 미리 소식을 듣고 아버지인 전 울진군수 배덕문, 둘째 동생 배건, 셋째 배즙이 마중 나왔고 온 고을이 기쁨으로 잔치국수를 즐기면서 한바탕 놀이가 벌어졌다.

'경축 조선 로스쿨 과거 합격 성주골의 아들!'

'환영 과거 급제 영남의 아들 배설 장하다!' 이런 현수막이 곳곳에 붙어 있었다. 과거 합격이 천만다행이었지만, 현실에서 조선은 백제 정신을 이어온 나라였으니 영남 출신으로 큰 역할은 없으리라, 그러나 관존민비의 나라에서 과거 급제보다 더한 영광은 없었다.

한양 송파에서 살던 '세 모녀 노비 가족'은 탐관오리들의 학정으로 '번개탄'으로 동반 자살하려고 했는데, '하숙' 하던 영리 일행에게 발각되어 죽지 못했고, 영리를 만나 경상도 성주 대야리에 이사하여 살게 되었다.

어머니는 늦은 나이에 유 정승에게서 두 딸을 얻었고 송파에서 온갖

고생을 하며 딸들을 기르게 되었다. 그중 장녀인 사임당은 자라면서 미모도 빼어나고 효성도 지극하여 어머니를 지극 정성으로 공경하였다. 둘째 세모랑은 마음씨 하나는 아주 착해서 '마지막 월세를 일곱 냥 봉투에 남겨두고 죄송합니다.'란 유서를 써 놓고 자살을 기도했다. 그만큼 타인에게 피해를 주느니 동반자살을 기도했던 것이다. 양반들에게 지급할 경작 반수의 월세 일곱 냥은 양반들에게는 껌값이지만, 세 모녀 가족이 모두 양반들 바느질을 해도 일곱 냥을 벌기 힘든 데다가 한때 세 모녀가 병이 나서 일을 할 수 없었기에 마련하는 데 어려움이 있었다.

한양의 송파에서 세 모녀가 외거 노비로 살았는데, 큰딸인 '사임당 소녀'는 만성 질환과 어머니의 바느질 실직으로 인한 생활고에 시달리다가 '정말 죄송합니다.'라는 메모를 남기고 전 재산인 현금 일곱 냥을 '집세'와 '세금'으로 놔두고 '번개탄'을 피워 자살하려 했다. 그때 번개 천둥이 치는 바람에 자살에 실패하자 집주인 양반이 성주골로 팔아넘겨서 성주골에 이사하였고 그 와중에 영리와 친하게 알게 되었다. 사임당 소녀란 '사림당녀死林當女', 자살할 환경에서 당당히 살아가는 여자라는 뜻이다. 너무도 마음씨가 착하고 순박하여 천사 같은 여자이다. 노비인 영리를 열렬히 사랑하고 이해해주는 따뜻한 여자이다.

시골 동네잔치에서 영리는 이웃집 사임당 소녀에게 말했다.

"사임당 소녀, 나와 결혼해주시오. 나리께서 과거에 급제했으니 내가 나리님의 수행을 하고 관원의 2인자가 될 것이오."

"그래요, 나리님을 따라 다닌다면 언제 뵐 수 있나요?"

마음을 정한 그들이 나를 찾아왔다.

사임당 소녀는 이웃집 노비 신분이다. 노비는 혼인은 안 되고 동거만

허락되었다. 언제든지 주인에 사정에 따라 가축처럼 매매되어 헤어져야 하는 신세였다.

사임당 소녀는 노비 신분인 영리를 정중하게 대우했다.

영리는 고개를 돌려 그녀를 쳐다보았다. 침착하고 착하며 예쁜 모습이었다. 양가의 어떤 규수보다도 기품 있고 현명해 보이는 여자였다. 정녕 그녀는 미모보다 기품과 지혜가 뛰어난 묘한 여자였다. "사랑하오." 영리는 자신도 모르게 내뱉고 있었다.

사내들이란 사랑에 빠지면 정신을 못 차리니….

내가 말했다.

"야! 영리를 봐라! 훤칠한 키에 어깨도 딱 벌어진 것이 몸 하나는 꽤 쓸 만하잖아."

"호호호! 저는 따르겠나이다. 나리님의 말씀을 따르겠습니다."

사임당 소녀가 답했다.

사임당 소녀와 영리는 서로 백년가약을 맺었다. 젊은 남녀가 신분 때문에 결혼도 못 하는 이런 세상을 기필코 내가 고쳐 주리라!

사임당 소녀는 외거 노비임에도 빼어난 미인이라고는 할 수 없었으나 어딘지 모르게 단아하고 품격이 있어 보였고 지혜로운 면이 있었다. 영리와 사임당 소녀는 서로 백년가약을 맺었다.

"그들의 약속은 내가 살아 있는 동안은 보장되며, 나는 부정부패한 세상을 바꿀 것이다."

나는 그들 앞에 다짐했다.

노비제도의 불합리도 부정부패에서 생겨난 것이었다. 조선을 건국하면서 패배자들이 먼저 노비가 되고 그 후엔 승자들 이외의 중인들이 가세가 몰락하여 노비가 되었다. 나라 자원배분 과정에 패배한 사람들이 노비가 되었다. 승자와 패자의 실력 검증이나 공정한 경쟁이 없이 오직 승자독식의 불합리가 만든, 노비제도 역시 부패의 산물이었다.

사임당이 말했다.

"나리께서 허락하신다면 따르겠나이다."

"세상에 별사람 없다. 영리 정도면 훌륭한 사내니라! 세상은 바뀌게 되어 있다. 양반 별거 없다. 양반이랍시고 뇌에 중풍 맞은 채 예쁜 계집만 찾아다니는 것들도 많은 세상에, 영리 정도면 건강하고 똑똑하고 시시한 양반보다 백 번 낫단다."

나의 말에 영리와 사임당은 고개를 끄덕였다.

그리하여 여동생 세모랑과 어머니도 장녀 사임당의 물 한 그릇 결혼식에 참석하였고 진심으로 위대한 조선에 감사했다. 노비가 결혼식을 한다는 것은 조선 노비의 행복이었다. 결혼식을 딱 벌어지게 해야 하는 양반들은 이해할 수 없는 기쁨이다.

영리와 사임당은 정식 부부가 되었고, 양인의 호패도 만들어 주었다. 세 모녀는 매우 행복해 했고, 따라서 조선도 경상도 성주골도 행복해 보였다.

물 한 그릇 떠놓고 약식으로 치른 혼례였지만 사임당은 영리와의 결혼식을 인정하고 평생을 해로하기로 다짐했다.

애초에 맞지 않는 땅에서 태어난 것이 잘못이었다. 당시 한양 땅 송파 아전들의 부패는 상상할 수 없을 정도로 극심하였고, 아전들은 위조된 문서들을 증거로 인정하여 양반들의 재산을 빼앗는 것을 실력으로 자랑하고 다닐 정도였다. 조정은 난신들로 왕은 불통 대왕이라 불리니 백성들의 고통은 당연했다. 오죽하면 아전들의 가렴주구로 세 모녀가 동반 자살을 시도했겠는가? 번개탄을 피워놓고 아전님들께 바치는 유언까지 써놓고 생활고에 감사했지 않았던가?

물론 자살은 미수로 거치고 성주골로 이사하여 영리와 결혼하게 된 것이다. 주례 겸 증인은 나였고 나는 그들의 행복을 기원했다.

영리가 사임당에게 말했다.

"아마도 우리 나리님은 영상이 되시고도 남을 분이셔."

"그러니 우리가 면천을 할 날도 있겠소?"

"당신이랑 내가 결혼하여 아이를 낳으면 노비가 아니라, 사람다운 백성이 될 것이오."

"참말로 나리께서 합격하여 기뻐라!"

영리는 귀싸대기 좀 맞아야 정신을 차리려나? 관존민비 조선의 경국대전을 엿으로 아는가?

영리의 발칙한 발언에 속으로 욕이 나왔다.

하지만 조선의 같은 하늘 아래서 영리와 사임당의 행복한 결혼식 모습이 너무 감사하다. 비록 물 한 그릇으로 올린 혼례이지만 이들의 앞길에 무궁한 행복을 빌어 본다. 성주골은 부패한 아전이 없으니 벌 받을 일도 없고 자살을 생각할 일도 없으리라.

작은 땅이지만 흙을 일구고 평화롭게 한평생 사는 데는 충분했다.

조용한 조선

조용한 아침을 맞아서 위대한 조선의 아침답게 산에는 무수한 꽃이 피고지고, 들녘에는 햇살이 황홀하리만큼 비추고 있고, 하늘엔 조각구름이 일어나 흐트러지고, 시냇가엔 맑은 물이 뚝뚝 떨어지고, 옹달샘 가엔 다람쥐가 바삐 지나는 듯싶었다. 강남에서 날아온 제비들이 서로 반가운 듯이 마을 어귀를 선회했고 짝짓기의 계절이 왔음을 알리듯 지푸라기를 물고 있었고 지지배배 노랫소리가 적막한 고요를 흔들어 깨우고 있다. 저 산 아래 하늘엔 종달새가 지저귀고, 소 치는 아이는 꼴망태를 지고 뜰로 나가고, 글 읽는 늙은 선비는 팔자걸음으로 어슬렁어슬렁 서당으로 가고 있다. 이를 지켜보는 황소가 큰 울음소리를 내는 평화로운 풍경이었다.

어디선가 "뻐꾹, 뻐꾹 뻑 뻐꾹" 뻐꾹새 소리가 구슬프게 우짖자, 온통 하늘은 갑자기 캄캄하게 어두워지고, 바람은 세차게 불어 모든 것을 날려 보낼 듯이 휘몰아치니, 어둠이 걷히기도 전에 남쪽으로부터 세찬 바람을 타고 시퍼런 창검과 총포와 시커먼 많은 검은 병사들이 산야를 뒤덮고 강토를 뒤덮고 몰려온다! 나는 적들이 우리 강터를 빼곡히 매우면서 시퍼런 칼로 나를 베려고, 내 형제와 부모와 처자식을 베려고 몰려 쳐들어옴에 놀랐다! 저들의 새까맣게 수많은 창검과 병사들이 일으키는 흙먼지가 무엇을 말하는 것인가? 전쟁은 참으로 두려운 것이다. 자신의 인생을 송두리째 바꾸어놓을 전쟁이 점점 다가오고 있다는 것을 사람들은 알지 못했다. 우리는 글을 읽는 순간에 과거와 만나게 된다. 과거의 지혜와 감동들은 미래의 지향이 된다. 캄캄한 밤하늘의 북극성과 은하수를 보듯이 캄캄함 속에서 또 다른 세계가 보이게 된다.

영리가 말한다.
"일본에서는 임진란은 치열한 첩보전이었소."
세세히 조선 정세를 꿰뚫어 보고 자신들의 입맛에 맞는 장수들이 전공을 세우도록 스스로 진퇴했다. 이에 비해 조선은 눈 뜬 장님과 같았다. 군대의 운영이 그러했고, 왜군은 무능한 장수가 하루아침에 승진하도록 전술적으로 후퇴해주는 방식을 취했다. 전쟁을 주도하는 왜군들이 이 점을 이용해 매우 유리했던 반면 조선군 장수들에게는 치명적이었다. 한마디로 조선은 명나라에 의존하는 우물 안 개구리와 다름없었다.

불통 대왕과 난신亂臣 파티

고래 등 같은 대궐에 많은 신하가 모이고 수첩 대왕·불통 국왕 앞에 조선 통신사가 돌아와서 보고할 때 서인들은 우측에 열을 지어 보고했고 동인들은 좌측인 동쪽에 줄지어 섰다. 불행히도 선조 대왕은 오른쪽 귀가 잘 들리지 않았다. 그로 인해 조선인 백만 명이 죽어 나가는 전쟁에 무방비로 임하자는 동인들의 전승 신화, 찬란한 '유성룡, 권율, 이순신의 시대'가 열리게 된다.

임진왜란王辰倭亂 선전포고

선조 24년(1591) 일본에 간 통신사 황윤길과 김성일이 귀국했다. 왜국의 사신 평조신 등과 함께 오면서 황윤길이 그간의 실정과 형세를 치계하면서 일본의 군사력과 무기가 예리하니 필시 병화兵禍가 있을 것이라고 하였다. 뒤에 선조가 불러 하문하니, 황윤길은 전일의 치계 내용과 같은 의견을 아뢰었다. 그러나 선조 이연은 오른쪽 귀가 영영 들리지 않으므로 유성룡과 김성일의 보고서를 중용하여 매우 기뻐하였다. 한편 바른말을 알린 황윤길에게 뭐라고 하는지 들리지 않으니, 상응한 엄한 벌을 내리라고 하였다.

황윤길과 김성일은 계빈에서 도요토미 히데요시의 국서에 대한 답서를 받았다. 답서의 내용은 충격적이었다. 명나라를 침략하겠다는 것이었다.

"사람의 한평생이 백 년을 넘지 못하는데 어찌 답답하게 이곳에만 오래 있을 수 있겠습니까. 국가가 멀고 산하가 막혀 있는 것도 관계없이 한번 뛰어서 곧바로 대명국에 들어가 우리나라의 풍속을 4백여 주에 바꾸어놓고 제도의 정화를 억만년토록 시행하고자 하는 것이 나의 마음입니다. 귀국이 선구가 되어 입조한다면, 원대한 생각은 있고, 가까운 근심은 없게 되는 것이 아니겠습니까. 내가 대명에 들어가는 날 사졸을 거느리고 군영에 임한다면 더욱 이웃으로서의 맹약을 굳게 할 것입니다. 나의 소원은 다른 게 아니라 삼국에 아름다운 명성을 떨치고자 하는 것일 뿐입니다. 방물은 목록대로 받았습니다."(국조보감 선조 24년)

도요토미가 선조 대왕에게 바란 것은 명나라를 치는데 '군마의 정돈'을 해서 자신의 입조를 기다리라는 것이다. 즉 중국(몽골) 원나라의 일본 침략 원한을 갚자는 것이다. 고려 배중손 정권이 일본에 항몽 전쟁에 공동 대응하자고 한 것과 유사한 생각이었다. 명을 공격할 테니 조선이 앞장서고, 선조가 군사를 거느리고 군영에 임하라는 것이다. 이 선전 포고는 매우 중요한 답서로서 판단 여하에 따라서 백만 명의 목숨을 살리느냐 죽이느냐의 중요한 문서였다. 선조는 동인 난신의 교활한 사술에 말려 일본의 최후통첩을 무시하기로 하였다. 그러나 이것으로 조선 강토가 피바다가 될 것은 감히 생각하지 못하였다.

대마도본시아국지지對馬島本是我國之地(대마도는 본시 우리 땅이라고 세종대왕이 선언한 실록에 기록된 글)

세종 원년(1419년) 조선 조정은 이종무를 삼군 도제찰사로 삼아 대마도를 정벌했다. 12세기말 일본 승려가 지은 '산사 요약기'에는 대마도는 고려가 말을 방목하여 기른 곳이며, 옛날에는 신라 사람들이 살았다고 기록되어 있다. 대마도는 역사상 한국과 일본 사이의 중계지로서 중요한 역할을 했다. 12세기에서 1868년까지 이 열도는 다이묘大名 소 씨宗氏의 봉토였다. 진도 배중손 정권이 몽골에 함락된 후 1274, 1281년에 몽골이 일본을 침공했을 때 주민들이 대량 학살당했다.

김성일이 아뢰었다.

"서인 황윤길은 겁이 많고 비겁한 신하로 인심이 동요되게 하니 사의에 매우 어긋납니다. 도요토미는 농촌에서 땅 한 평 없이 남의 집에 고용되어 노비로 살았으며 농노 출신답게 키도 작고 눈도 작으며 육손이 병신(장애자)으로 전혀 걱정할 것이 없습니다."

"오다 노부나가의 노비 출신이라면 우리가 시키는 대로 말 잘 듣겠군! 역시 서인(경상도 사람)은 겁쟁이란 말이다. 풍악을 울려라!"

이어서 김성일은 선조 대왕 앞에서 꼽추 흉내의 춤을 추어 보였다. 대궐에서는 웃음소리가 넘쳐 났다.

난신들이 고개를 조아렸다.

"대왕 폐하 망극하옵니다."

김성일은 3세 때 사서삼경과 논어를 줄줄 외운 천재이고, 유성룡은 5세 때 공자와 육법전서를 통달하였으며, 선조 대왕 이연은 총명하여 3세 때 장자와 맹자를 외웠었다. 조선의 조정의 유능함은 중국은 물론이고 인도의 고아까지 알려질 정도로 유능하고 박식하였다. 따라서 임진왜란의 승리는 이미 결정되어 있었다.

들어 보겠다? 들으면 뭐 하나? 머리에 드는 부분이 없다. 그래서 불통 아닌가? 백날 얘기해봐야 마이동풍 소귀에 경 읽기이다. 귀가 없는 게 아니라 인식이 없어 불통이 아닌가?

참으로 선조 대왕 이연은 평화주의자였다.

일본의 침략을 통신사가 여러 차례 보고하자 교활한 대신이 "전하, 민심을 요동케 하옵니다."라고 고하였고 선조는 "그래! 그래, 경이 충신이요."라며 맞장구를 쳤다.

선조가 이어 말했다.

"창과 칼을 거두어 대장간에 보내 괭이와 호미를 만들고 양반 중에 쓸수없는 것들은 노비로 만들어 생산성을 높이도록 하라. 백성들에게 태평가를 부르게 하라. 강아지조차도 배부른 행복한 세상을 만들겠다."

"대왕 폐하 망극하옵니다."

"대왕 폐하 망극하옵니다."

"대왕 폐하 망극하옵니다."

"대왕 폐하 망극하옵니다."

조선은 위대한 동방예의지국이었다.

국난이 시시각각 다가오고 있는 와중에도 지배층 내부의 당파적 증오로 인해서 조정의 국론이 분열되고 민심이 동요하고….

도요토미는 임진왜란 1년 전에 중국 해안 여러 곳과 조선 남해안의 방비를 시험 공격했고 침략 지점으로 조선을 선택했다. 조선의 군대가 허약함을 확인하여 선조에게 '군마의 정돈'을 요구했다. 조선이 국방이 든든했다면 임진왜란은 충분히 피해 갈 수 있었다. 조선의 국방이 허술하니 도요토미 자신의 조련 하에 선조더러 명나라를 치는데 선봉을 맡으라 한 것이었다. 도요토미로 하여금 명나라의 지배를 받고 있는 조선이 일본을 환영할 것이라는 오판을 하게 만든 것이다. 건국 과정에 조선 스스로 사대를 선택한 사실을 도요토미는 간과한 것이다. 한반도에서 스스로 타국의 지배를 요청하여 사대하는 경우는 조선왕조가 최초이자 최후였다.

거악은 전쟁이었다. 권력을 놓지 않으려 교활한 거짓을 고변한 조정 대신이 거악의 몸통이었다. 전쟁은 거악이었다. 서인들이 세력이 약했기에 구별하여 배척하였으므로 조정에서 감히 말을 하지 못하였다. 동인들이 장악한 조정에서 서인인 황윤길은 비겁자 겁쟁이 비열하게 체모도 지키지 못하는 중신으로 낙인이 찍혔다. 서인이란 이유로 병조판서까지 역임한 황윤길이 겁쟁이 비겁자로 동인들의 조롱거리가 되었다. 동인들은 손바닥으로는 하늘을 가리듯이 선조 임금의 귀와 눈을 가릴 수 있었고, 일본의 침략에 대해 침략은 없다라고 단언했다. 선조는 정권의 주류인 동인을 믿고 대책을 세우지 않았다. 가끔 상상한다. 신께서 인간을 만들 때 거짓말을 하면 그 자리에서 피를 토하고 죽게 하였으면 얼마나 좋았을까? 그러면 참과 거짓을 쉽게 구별할 수 있을 텐데. 거짓이 승리하는 육법전서의 나라 조선에서 거짓은 성공의 어머니였다.

조선에서 사화와 옥사는 내부 공격적인 권력 다툼의 한 방편으로 그 원인은 글자 한 자에서 시작되기도 하고(제의 조문) 또는 역모의 밀고로 시작되기도 했다. 근본원인은 내부공격을 통한 무리의 권력투쟁이었다. 황윤길의 보고서도 동인이 서인을 공격하는 내부 공격에 불과했다.

조선과 일본이 명나라로 쳐들어갔어도 그만한 인명 살상이 나오지 않았으리라. 일본군만 굶주려 5만 명이 아사한 것이 아니었다. 조선군들도 하루 한 끼로 버텨야 했다. 거기다 백성의 아사도 50만에서 100만에 이르게 한 대재앙이 닥쳐왔다.

조선의 건국 정신(위화도회군)

고구려 신라 정신을 계승한 고려와는 달리 조선은 백제 정신을 근간으로 한다. 혁명과 같은 것이 행해지는 '내부 공격적인 사회'의 폐단은 기존 질서를 전복하는 '역사의 단절'과 '문화의 단절'이다. 혁명의 추동력이 새로운 문화와 질서를 만들기도 하지만, 넓고 큰 안목에서 본다면 손해다. 내부 공격적인 집권세력들의 이익을 위해 사회 전체가 손실을 부담해야 하기 때문이다. 내부 공격적인 위화도회군으로 고려 위에 건국된 조선은 고려를 계승했다는 개념이 없었다. 고려의 영토와 외교를 계승한 것이 아닌 고려의 집권 왕조를 공격하여 건국한 역사로 볼 때 조선의 세력은 고려조의 역사를 계승하지 않았으며 고려 정신을 파괴하고 지배층을 노비로 만드는 새로운 정권을 세운 것이었다. 일본이 가진 '고려와 몽골군의 일본 침략에 대해 원한' 자체를 이해할 수 없는 역사의 단절 상태에 있었다. 동인 조정은 '무책임한 정권에 대한 일본의 분노'와 '고려의 영토와 백성이 그대로 승계되었으니 책임이 있다'는 도요토미의 조선 침략의 도'를 사실대로 보고한 서인들을 겁쟁이라고 비웃었다.

고구려를 계승한 고려와는 달리 백제 정신을 계승한 이씨 왕조는 스스로 중국의 속국임을 자처하고 중국의 문물을 받아들였고, 사대 정책으로 중국과 패권을 다투는 괴로움을 소멸시켜 조선에 평화를 정착했다. 그로 인해 일본 도요토미와 만주 누르하치의 등장에 어찌할 방도가 없었다. 세상에 공짜가 없듯이 명나라와 관계가 건국 당시에는 평화를 가져다주었지만 후일 자주적 결단을 할 수 없는 부담이 되었으며 동인을 중심으로 하는 호남 동부 세력들의 국제적 감각이 부족하여 불필요한 전쟁을 치르게 된 것이다.

저장성 대학살

1553년 8월 왜구가 중국 저장성에 대거 상륙한 참극은 처참했다. 이들은 무자비한 살육을 감행했고, 항주에서 절강 서쪽을 지나 안후성 남쪽을 짓밟은 다음 남경에 육박했다. 그 후 또다시 표양, 무석, 소주 등지에 상륙해 절강, 안휘, 강소의 3성을 짓밟으면서 80여 일에 걸쳐 4천 명 이상을 무자비하게 죽였다. 그런데 만행을 저지른 왜구의 병력은 겨우 100명 미만이었다. 이들의 정보는 통일 일본군에 전수되었다. 조선의 남해안과 중국 남동부 해안의 노략질 정보는 곧 전쟁에 관한 방비 태세에 대한 정보로 도요토미는 이를 이용하였다.

일본의 사신 살해

일본 사신 귤강광(다치바나 야스히로)의 역사 기록을 나열하면 다음과 같다.

일본 친조선파 귤강광 사신 일행이 인동 고을을 지나다가, 창 잡은 사람을 흘겨보고는 조소하며, "조선 창의 자루가 너무 짧구나."라고 조롱하였다. 일본에서 사용되던 장창의 길이는 약 5~6m로 동아시아 무기 중 최대 길이였다.

상주에서 목사 송응형이 그를 접대했을 때 기생의 춤과 음악이 시작되었는데, 귤강광이 늙은 송응형을 보고 통역을 시켜 말하기를 "늙은 이 사람은 여러 해 동안 전쟁 속에서 살았으니 이렇게 수염과 머리털이 다 희어졌지만, 목사께서는 노래와 기생 속에서 아무 걱정 없이 지냈는데도 오히려 머리털이 희게 된 것은 무슨 까닭입니까?" 하며 송응형을 풍자했다. 귤강광이 한양에 도착하니 예조판서 유성룡이 잔치를 베풀어 대접했는데, 술이 얼큰히 취한 귤강광이 자리 위에 후추를 흩어 놓자 기생과 악공들이 술이 취해 웃으며 서로 다투어 줍느라 소란스러워졌다.

   …

도요토미가 태합이 되었다. 그는 무력으로 여러 섬을 평정하여 일본 국내의 66주를 통일한 뒤 마침내 조선을 침략할 뜻을 품었다. 그래서 "우리 사신은 자주 조선에 가는데, 조선 사신은 오지 않으니 이것은 우리를 업신여기는 것이다."라고 주장하며, 귤강광을 조선으로 보내 통신사를 보내달라고 요구했는데, 그 서신의 언사가 대단히 거만해서 "이제 천하가 짐의 한 줌 안에 들어올 것이다."라는 말까지 있었다.

귤강광은 형 귤강년과 함께 원씨 때부터 우리나라에 와서 조공^{朝貢}하고 직명^{職名}까지 받았고, 긴 창을 준비하라고 조언하는 등 그의 보고 내용이 조선에 힌트를 제공하였기에 돌아가서 도요토미에게 살해당했다.

귤강광을 대신하여 대마도의 군승 현소가 사신으로 왔다. 현소 왈, "옛날 고려가 원나라 군사를 인도하여 일본을 공격하여, 일본이 이 때문에 조선에 원수를 갚으려 하는 것은 형세로는 마땅한 것입니다."(보원어조선^{報怨}^{於朝鮮} 세소의연^{勢所宜然} 기언점패^{其言漸悖}) 평의지도 방문하여 철포 3정을 선조에게 선물했는데, 그들은 일본 조총의 우수성을 보여줌으로써 선조가 전쟁을 피해 굴복할 것을 내심 기대했다. 그러나 선조가 누구인가? 수첩 불통 대왕에 난신과 어울려 역모 사건으로 노비 생산에 얼빠진 희대의 황음을 즐기는 대왕이었으니, 눈치도 코치도 없었다. 철포를 그냥 군대 창고에 던져두고 말았다. 자세히 보지도 않고 비변사에 보내지도 않았다. 현소는 선조 21년(1588)부터 조선에 드나들며 자국의 내부 사정을 설명하고, 일본의 입장을 수차례 전달했으나, 조선(형식주의 법치국가)에서 돌아온 답은 도무지 우린 모르겠다는 불통뿐이었다.

동양 예수회 발리냐노 보고서

"일본인들은 매우 흉포하고 호전적이며 이들을 정복해 폐하의 신민으로 삼는다 한들 아무런 이득이 되지 않을 것입니다. 또한, 히데요시 같은 일본의 군주들은 바다 멀리 떨어져 있는 에스파냐가 선박으로 수십만의 병력을 보낼 능력이 되지 않는다는 것을 알고 있으므로 전혀 두려워하지 않습니다."

"우리 스페인은 중국을 점령하여 식민지화해야 합니다. 일본은 풍요롭지도 않고, 너무 강하므로 정복의 대상으로는 적합하지 않지만, 그들이 보유하고 있는 무력을 이용하여 중국 정복에 사용할 수 있기 때문에 크리스트교의 일본 포교를 중시할 필요가 있습니다."

'위대한 태양신의 아들'이라고 칭하던 스페인 왕은 성경을 집어 던질 정도로 편지의 내용에 분노했다. 이처럼 오랜 기간을 거쳐 일본과 접촉했던 스페인이나 포르투갈, 네덜란드인들은 감히 군대를 보내 일본을 정벌할 생각을 못 한다. 중남미, 서아프리카 국가에서 이런 일이 일어났다면 그 즉시 토벌군을 보내어 대왕을 목메어 교수형에 처하고 그 나라 백성들을 식민지화했을 것이다. 일본에 대해 공포감이 있던 발리냐노는 중국에 관해 필리핀 총독에게 보고했다. 일본은 서양이 보기에 만만한 나라가 아니었다. 포르투갈, 스페인, 영국이 일본에 대해 동등함에 가까운 예우를 해준 것은 일본에 도요토미라는 걸출한 인물이 있었기 때문이다. 전 세계에서 일본을 우습게 아는 민족은 한민족뿐인데 이는 도요토미를 이긴 우월감에서이다. 중국마저도 도요토미 이후 함부로 일본을 대한 경우는 역사에 한 번도 없다.

왜군의 부산 상륙(종교전쟁)

대부분의 전쟁은 국가 이익과 지도층 개인 이익을 위해 종교를 이용한다. 임진왜란도 도요토미가 포르투갈의 예수회를 끌어들여 무기를 지원받아 이루어진 '일본의 기독교 복음 전파를 통한 조선의 복음화 기도'였다. 이에 반해 조선의 놀란 불교 승려들이 무기를 들게 되어 유정 사명대사, 영규 서산대사 등 거의 모든 불교 승려들이 전쟁에 참여하였다. 도요토미는 종교를 이용하여 무기의 현대화, 산업의 선진화, 영토 확장이라는 야심을 동시에 실현하고자 하였고 영토 확장만 실패하고 나머지 부분은 모두 성공했다.

　제1진 고니시 유키나가小西行長 부대는 700여 척의 전선에 병력 1만 8천 7백여 명을 태우고 4월 13일 아침 8시경 대마도의 오우라항大浦港을 출발하여 오후 5시에 부산 앞바다에 도착하였는데, 왜군倭軍의 배에는 무수한 십자가 깃발이 휘날리고, 일본군 장군들은 대부분은 기리시단(吉利支丹, 기독교)이었다. 그들은 십자가를 높이 들고 조선 땅을 행군했다. 7년간의 임진왜란 전쟁은 하나님의 이름으로 십자군과 일본 도요토미의 기독교 전파와 대일본국 건설을 위한 정벌 전쟁이었다. 제2진 가토 기요마사, 제3진 구로다 나가마사가 차례로 들어오면서, 다음 날인 14일 새벽에 부산진성을 점령했다. 포르투갈은 전국시대의 군벌 오다 노부나가의 총기류 수입으로 일본에서 예수회를 중심으로 기독교 세력을 넓혔다. 유럽식 총포 전술을 전수하여 오다 노부나가가 우에스기 겐신과 같은 기마 전술 중심의 군대를 격파하는 데 도움을 주었으며, 오다 노부나가를 이어받은 도요토미와 조선 정벌에 앞장서 종군하면서 바티칸에 조선정벌 과정을 보고하게 된다. 당시는 거의 조선 정벌이 성공할 것으로 보였기에 서양의 포르투갈, 네덜란드인들은 일본군에 앞장서서 종군하면서 각종 지원을 했다.

부산진 전투釜山鎭戰鬪

1592년 4월 14일 왜군들(고니시 유키나가小西行長, 종의지宗義智, 마쓰라 시게노부松

浦纉信, 아리마 하루노부有馬晴信, 오무라 요시아키大村喜前, 고토 스미하루五島純玄를 필두로 총 1만 8천7백여 명)의 침략으로 조선의 부산진 첨사 정발鄭撥과 그의 부하들 약 1천여 명이 강력 저항했으나 조선군들은 전원 전사했다. 십자가 깃발 이 파죽지세로 날아들고 있었다.

임진왜란은 일본의 신흥 종교인 크리스트교 유입으로 무기와 첨단 문 물의 유입 혜택을 입은 도요토미가 크리스트교 예수회를 전도해주겠다 는 핑계로 영토 확장을 꾀하고 무력으로 산업 문화 기술의 약탈을 기도 한 신앙의 문화적 충돌이었다. 두 나라 간의 산업 기술의 차이로 생긴 세 속적인 이익 충돌 때문에 생기는 갈등이었다. 크리스트교 선교사들은 악 마가 지배하는 나라를 구원한다는 사명감을 가지고 전쟁에 종군하였으 나 도요토미의 사망으로 영토 확장은 실패하였다.

동래성 전투(송상현)

1592년 음력 4월 왜장 고니시 유키나가가 지휘하는 일본군(선봉장 평의지, 고니시 유키나가, 마쓰라 시게노부, 아리마 하루노부, 오무라 요시아키, 고토 스미하루 외) 5만 명은 수영을 거쳐 1592년 4월 13일 오후 조선 땅에 도착했다. 20만여 명 의 왜군은 9개 부대로 나누어 시차를 두고 조선에 상륙하여 동래성(송상 현)을 짓밟았고, 남문 밖에 '싸울 테면 싸우고, 싸우지 않으려거든 우리에 게 길을 빌려주도록 하라. 戰則戰矣 不戰則假道'라 적은 목패木牌를 세웠다. 이 에 송상현은 '죽기는 쉬운 일이나 길을 내주기는 어렵다. 戰死易 假道難'라고 목패에 글을 써서 항전의 각오를 다졌으나 15일 전투에서 두 시간 만에 중과부적으로 퇴각할 수밖에 없었다. 울산군수 이인함은 도망하다 왜군에 잡히고, 실질적 방어 책임자인 울산병영 경상 좌병사 이각은 동래성 뒤 소산으로 후퇴해 있다가 애첩을 말에 태우고 도망가야 했다. 경상좌수사 박홍은 이미 수영 동래를 거쳐 밀양으로 퇴각하였고, 양산군수 조영규趙英珪, 송상현宋象賢, 홍윤관洪允寬, 송봉수宋鳳壽, 노개방盧盖邦 군관민 2,000여 명은 전사했다.

…

영리는 주인 배설을 따라 전장을 다니고 있었다.

임진왜란에 출병한 방어사가 승전한 곳은 없었고, 승리하여 돌아온 장군도 없고, 이러한 때 배설 장군이 평의지의 주군 혹침 구침(구로다 분신)의 목을 손수 베었으니, 그리고 평의지를 쫓아 무계진까지 추격하였으나, 조정의 명으로 합천 군수로 나아가게 됨은 안타까운 일이었다. 정발과 송상현의 목을 벤 평의지의 목을 지척에 두고 합천군수로 떠나는 배설 장군은 한탄했다.

(평의지가 송상현을 알아보고 "장군 피하시오."라고 하였으나, 송상현은 전사를 선택했고 평의지는 송상현의 장례를 치렀다. 왜장 히라요시(平義智, 평의지)는 대마도 출신으로 조선에 특별한 감정이 있었다. 대마도 출신 평의지는 고니시의 사위가 되었기에 조선정벌 선봉이 될 수밖에 없었다. 당시 조선에는 군대라기보다 경찰에 가까운 병력이 그들을 기다리던 실정이었다.)

나는, 내 조국이 왜군들의 침입으로 무너짐에 놀라고 내 귀를 의심하기까지 했다. 조국의 번영을 원하던 나로서는 청천벽력 같은 소식에 이 전쟁에서 반드시 승리하는 길이 무엇인가를 생각했다. 조선의 역사상 무장을 발굴하고 다듬지 않았으니, 쇳덩이는 사용하지 않으면 녹이 슬고, 고인 물은 썩거나 추위에 얼어붙듯이 군사들도 사용하지 않아 녹슬어 버린 것으로 생각했다.

김해성전투

1592년 4월 19일 일본군 구로다는 김해성의 서예원 이하 군민을 점령하고 성을 함락시켰다. 영남 의병들 전투는 기록조차 하지 않았던 것은 당시 호남 성역화(조선왕조의 정신적 기반) 탓이었고 그에 따라 역사를 편향되게 평가하는 모순이 있었다. 조정을 장악한 사관들과 집권 세력이 영남의 전투를 평가하지 않았으며 호남의 전투를 높이 평가하고 비호남은 여벌로 생각해서 기록조차 인색했다.

예수회의 성경엔 이민족에 노예로 끌려간 유태인의 역사가 담겨 있다. 그런 그들에게 조선이라는 나라의 성경인 육법전서(경국대전)는 자기 민족 부모 형제를 노비로 부리는 근거가 되는 악의 축이었다. 본래 예수회는 귀천이 따로 없는 종교이기에 노예(고용)는 인정해도 노비(신분)는 인정할 수 없었다. 예수회는 일본군이 잡아온 조선인 노비를 매입해서 인도나 유럽에 넘겼다. 그런 행위가 정의로운 선행으로 생각할 정도로 조선의 성경은 그들에게 악에 정점으로 보였다. 도요토미는 중국과 인도를 점령하여 로마 같은 대제국을 건설할 야욕으로 포르투갈 예수회에 포르투갈의 대형 범선 수입을 요구하였으나 포르투갈은 일본에 대형 범선 제조 기술을 넘겨주지 않았다. 중국과 인도를 자신들이 점령하려고 하였다.

임진왜란은 예수교를 통해 하나님의 지원을 입은 일본군과 악의 축 육법전서가 지배하는 조선이라는 나라 사이의 전쟁이다. 도요토미는 포르투갈 예수회와 로마교황청을 대신해서 악을 응징하고, '고려와 몽골 연합군의 일본 침략에 대한 응징'이라는 명분으로 일본군의 당당한 침략을 결행하는데 주저함이 없었다.

밀양전투

1592년 4월 18일, 울산에 본영이 있는 좌병사 이각, 밀양부사 박진은 일본군이 나타나자 즉각 후퇴했다. 이각은 경상 좌병영의 총사령관으로 그 일대의 육군을 총괄하는 장군이었다. 밀양 부사 박진은 자신 휘하의 300여 명으로 고니시의 대군과 싸우다 피해만 입고 밀양으로 퇴각했다. 이걸 싸움이라고 하기 애매했다. 300명으로 수만 군대를 어떻게 막아내나? 지나가면 저절로 묻혀버릴 것이었다.

> **| 박진(미상~1597) |**
>
> 심수경沈守慶의 천거로 등용, 선전관宣傳官, 1592년 밀양부사密陽府使, 경상좌도 병마절도사, 영천성 공격 승전, 경주성 탈환, 전라, 황해 병마절도사, 황주 목사.

2.
패전 속의
작은 승리

추풍령 출진

나는 경상우도방어사 조경의 군관(1592년 4월 17일 추풍령으로 출진)으로서 적군을 방어하기 위해 출전했으며 전투에 패배하여 상관 조경이 적군에 포로가 되었다. 나는 상주 김천 등지에서 향병을 규합하고 끊임없이 유격전을 펼쳐 일진일퇴를 거듭했고 임진왜란 지휘부가 북진하지 못하게 괴롭혔다. 나는 일본군이 약 5m 정도의 장창을 주로 사용함에 주목하여 향군에게 비슷한 크기의 죽창을 들게 하였으며, 일본군이 보유하지 못한 방패를 만들어 유격전에 임했다. 실제 전투에서 백병전의 경우 죽창이 주 무기였고 아주 근접전에서만 칼이 사용되었다. 방패는 조총을 방어하거나 장창을 방어하는데 매우 유용한 군사무기였다. '조선 전역 해전도' 그림처럼 장작귀선에 걸려 있는 방패들은 전쟁 초기부터 준비된 무기였다.

우리는 일진일퇴 유격전 끝에 포로가 된 조경을 구출하기도 하였다. 나는 잘못된 권력과 잘못된 조정 간신들의 결탁은 반드시 잘못된 행위를 가져오고 그 대가는 늘 어린 생명의 희생이라는 것, 그리고 발생한 일의 뒷수습이 어렵다는 것을 알고 있었다.

노루발 꽃이 상주벌 곳곳에 피어 있었다. 아름다운 철없는 소녀의 기도와 같이 청순한 노루발 꽃이 만발한 상주에서 일본군의 침략을 저지하려던 조선군은 거의 전원이 희생되었다. 부상병들은 노루발 꽃으로 상처를 동여매고 고통을 견뎌야 했다. 노루발 꽃의 줄기를 먹어서 오줌을 싸는 것을 막아주어야 했다. 노루발 꽃을 생즙으로 먹게 하여 탄환의 독기를 빼 주어 고통을 완화해주었다. 아름다운 조선 강토의 풀들이 약 아닌 게 없었다. 아마도 이런 왜적의 침략전쟁 시 총탄 독소를 제거하라고 미리 준비된 천사 같은 꽃이 노루발 꽃이었다. 조선의 이름 없는 병사들은 노루발 꽃처럼 지고 말았다.

상주성 전투에서 부상당한 병사들, 상주 곳곳에서 일본군에게 머리를 가격당한 병사들은 하늘과 땅이 흔들리고 불규칙하게 마구 돌아간다면서 일어나지 못했다. 서 있던 병사도 푹푹 주저앉고, 주저앉은 병사는 몸을 비비 꼬며, 머리를 흔들어 댄다. 제발 죽여주기를 애원하는 저들이 고통을 피해 들어가려는 그곳이 죽음의 세계이다. 아무것도 변한 게 없는데 모든 것이 뒤섞여 돌아 그곳이 있다며, 아비규환의 비명을 지르는 병사들이 안락한 세계를 향해 나아가기를 기도했다. 일본군과 정면에 대응한 조선군들은 전장에서 죽지 않아도 총탄의 상흔으로 출혈로 서서히 죽음을 기다리고 있었다. 시한부의 생명이었다. 그들이 받는 고통과 트라우마는 각양각색이었다. 병사만 보면 괴성을 지르는가 하면 미쳐서 날뛰다가 체력이 다하면 쓰러지기도 하고 눈 뜨고 볼 수 없는 광경이었다.

언양전투

1592년 4월 19일에는 언양에서 소수의 관병이 성을 지키다가(가토 기요마사의 22,800명에) 전멸했고, 4월 20일에는 김해 전투로 김해 부사 서예원이 이끄는 1,000명의 관군과 구로다 나가마사의 2번대 11,000명 사이의 전투가 있었다. 4월 21일에는 경주 전투가 있었는데 경주 목사 박의장 휘하의 알려지지 않은 소수 관병과 가토가 이끄는 22,800명 사이의 전투가 있었다.

부산진 전투, 동래성 전투, 밀양 전투, 경주 전투에서 조선군들은 일본군의 상대가 되지 않았다. 왜의 대군이 지나만 가도 밟혀 죽을 숫자였다. 더구나 총으로 무장된 왜군의 총탄을 다리나 복부에 맞으면 탄환 구멍으로 출혈이 계속되어 거의 중상으로 죽어 나갔다. 이에 반해 조선군의 활은 전쟁에서 특히 장거리에서 무용지물로 사용되지 못하였고, 먼 거리에서 화살에 맞아도 사망하지는 않았다.

당시 조선 유교사회는 화랑도의 임전무퇴臨戰無退와 일맥상통하는 충효사상을 으뜸으로 여겨 뻔히 알면서도 싸우다 죽는 것은 대단한 명예로운 일로 여겼다. 그리고 명예롭게 죽는 것이 후퇴보다는 칭송받았다. 그러나 적의 형세를 알 수 없었고, 모두 전장에서 전사하게 되어 적에 무지할 수밖에 없었다.

성주성 함락

1592년 4월 21일 일본군(고니시 유키나가小西行長, 종의지宗義智, 마쓰라 시게노부松浦鎭信, 아리마 하루노부有馬晴信, 오무라 요시아키大村喜前, 고토 스미하루五島純玄를 필두로 총 1만 8천7백여 명)이 성주성 목사 제말 장군 이하 관군을 전원 전사시킨 후 성주성을 장악했고 요승 '찬희'를 일본 측 성주목사로 임명하여 임명장을 주고 세금 4할 법을 반포했다. 이 소식을 알게 된 배덕문(배설의 아버지) 전 울산 군수는 즉각 의병을 모아 거병하였는데 때는 1592년 4월 22일, 그의 나이 68이었다. 주부라는 요직을 맡은 아들 배설이 추풍령 방어선에서 패전하고 향병을 규합해서 유격전을 개시했다. 그는 아들이 추풍령에 고립되어 우두령 등지에서 야밤에만 움직이고 있었기 때문에 이를 구원하기 위해 서둘러 향리에서 종친들을 필두로 거병하였다.

나는 영남에 의병을 궐기하여 달라는 전통을 보낼 수 있었다. 사연은 남명 조식 선생이 전생서 주부를 사양하고 후학을 가르친다고 지리산에 은거하였고, 내가 대신 전생서 주부를 맡게 됨에 따라 남명 선생의 제자들에게 거병을 촉구할 수 있었다.

특히 아버지(배덕문)께서 연로한 나이에도 삼 형제와 함께 성주에서 거병하여 최초의 의병의 존재를 일깨워 주시자 나는 15세에 과거 급제하여 천재란 소릴 듣던, 23세의 아들을 곽재우에게 보내어 그를 보좌하게 했고, 영남에서 의병과 관병을 동원해 일본 침략에 정면으로 맞섰다. 이에 일본의 대륙 지배 야망은 영남에서 종식되었으니 일본군은 그 뿌리를 잃게 되었다.

상주전투 尙州戰鬪

1592년 4월 24일, 25일 제1군(고니시 유키나가小西行長, 종의지宗義智, 마쓰라 시게노부松浦鎭信, 아리마 하루노부有馬晴信, 오무라 요시아키大村喜前, 고토 스미하루五島純玄를 필두로 한 총 1만 8천7백여 명) 전력은 조선의 순변사 이일李鎰, 종사관 윤섬尹暹, 종사관 박지朴篪, 종사관 이경유李慶流, 상주 판관 권길權吉 외 약 8백여 명 전원을 전사시켰다. 임란 북천전적지는 임진왜란 당시 조선의 중앙군과 향군이 왜군의 주력부대와 회전하여 900여 명이 전멸 순국한 호국의 성지이다. 조선의 중앙군 약 60여 명과 상주 판관 권길, 박걸이 밤새워 소집한 장정 800여 명 등 900여 명이 분전하여 전원이 순국한 곳이다.

조선 조정은 북상하는 일본군이 새재鳥嶺를 넘어오지 못하도록 명했다. 순변사 이일李鎰, 종사관 윤섬尹暹은 거느리고 갈 정병 300명을 확보할 수 없어, 이일은 서울에서 60명의 병사를 거느리고 4월 23일에 상주에 도착했다. 상주 목사 김해는 산중으로 피난하여 없었다.

4월 25일 일본군이 상주로 쳐들어오자 싸움이 벌어졌는데, 급하게 소집되어 제대로 훈련되지 않은 상주의 병사들은 침략군의 공격을 막아내기에는 역부족이었다. 따라서 이일은 충주로 퇴각했으며, 조선군 측은 거의 전멸 수준의 패전이었다. 조선군 측은 윤섬尹暹, 박지朴篪, 이경유李慶流, 권길權吉 및 그 수하들이 거의 모두 전사했다.

나는 방어사 주부로서 어떻게든 왜군의 북상을 막는 병사들을 책임지는 책무를 다하기 위해 간을 빼놓고 의병과 하나로 활동했으나, 정인홍, 곽재우, 김면 등의 의병장들은 백성으로서 조선 관존민비의 사상에 따라 나에게 '나리' 하며 존칭을 사용했다. 나는 의병장들을 가엽게 생각했다. 빨리 전쟁이 끝나 백성들이 본연의 자리로 돌아가서 나라를 위해 산물과 자식을 많이 생산해주기를 바라고 있었다. 법전에도 조선의 번영을 위해 이를 장려해야 함이 나와 있었다.

동인 조정이 금산 전투는 과장되게 주장하고 상주 전투는 홀대하는 이유를 도무지 모르겠다.

추풍령 전투

1592년 4월 28일 개시된 추풍령 전투는 4월 28일부터 5월 1일까지 이어져 약 3천여 명이 전사했다. 왜군과의 교전에서 우리의 조경 군대는 대패하고 조경 장군이 생포되었다. 이에 나는 향리로 후퇴하여 향병을 규합하여 유격전을 개시하기로 하였다. 주변 향리에서 이세영과 장지현 등의 지원을 받았다. 참으로 어이없는 패전에 무엇을 해야 할지도 판단되지 않았다. 우두령은 약 22.8km의 짧지 않은 대간 길이다. 전반부인 황악산까지 7km, 괘방령까지 12.5km의 여정이다. 짙은 어둠에 세찬 바람 소리와 낙엽 밟는 소리뿐, 모두 침묵 속에 한 걸음 한 걸음 나아갈 뿐, 패전으로 인해 부상병들 사이에는 적막감만이 맴돌았다.

17일 날, 선조는 조경을 방어사로 파견하면서 나(배설)를 주부主簿로 임명했고 나는 방어사防禦使 조경趙儆을 따라 남쪽으로 출정하게 되었다. 황간, 추풍 등지에서 격전이 벌어졌고 조선 군대가 패전하였다. 왜장 구로다와 모도리가 이끄는 5만여 왜군이 파죽지세로 동래성을 털고 경상도를 돌파하여 추풍령을 향해 4월 28일부터 몰려들었다. 왜장 구로다가 이끄는 2만의 왜군을 맞아 장렬히 전투했으나, 조경은 적군에 생포되고 말았다. 이에 배설은 향병鄕兵을 규합하여 왜적에 대항하기 시작했고 추풍령 전 지역은 전투장으로 변했다.

나는 이세영의 관군, 장지현 의병대 등과 요새에서 전투를 시작했고 돌을 굴리고, 불붙은 황소 떼처럼 적진에 쏜살같이 돌진하여 육박전을 전개했다. 적은 순식간에 많은 시체를 버려둔 채 김천으로 후퇴하고 말았다. 우리는 전열을 정비하여 제2방어진인 오룡동 일대에서 유격전을 하였으며, 추풍령이란 길목으로 인해 약 4만이 넘는 왜병 대군이 모여들었다. 5월 1일, 장지현 장군은 산꼭대기에서 군량관軍糧官이었던 황간 현감 정선복을 불러 김천 쪽을 가리키며, "저 오가는 불빛이 내일 새벽쯤에는 이곳으로 왜병이 돌진해 올 징조이니 어떻게 하겠소." 하고 물었고 현감이 "공의 군령이 엄숙하고 위엄이 있는 것을 보니 조방장이나 다름없소, 내가 무엇을 말할 수 있으리오" 하고 답하였다.(장지현기 중)

결국 2천 의병들과 더불어 장지현 의병장은 장렬한 최후를 맞이하였다. 병조참의를 증직하고 영동의 화암서원과 전북 무주 죽계 서원에 배행되었다.

임진왜란 최초의 향병으로 당장 패전으로 부상한 장병들을 향리에서 치료하고 먹이는 게 나의 임무였다. 나는 추풍령 방어선이 무너지고 사방이 적으로 둘러싸인 악조건에서 살아남았다. 나는 조정의 비난과 백성들의 비난 속에 인고의 세월을 견디어 냈다. 그리고 적진에서 향병을 규합하여 최초의 유격전을 벌였다. 임전무퇴의 명분에 집착하여 충신의 명예를 가지려는 유혹을 떨치고 나라 구하기만을 위해 그 어떤 수모도 견디어 냈다.

영리가 말했다.

"전쟁 상황이 몹시 어렵게 전개됩니다."

남명 조식은 영남에서 이황 퇴계 선생님과 쌍벽을 이룰 정도로 유학에 뛰어났음에 선조 대왕은 '전생서 주부'로 임명했으나 이를 사양하고 지리산에 은거하며 시골에서 오직 후학에만 힘썼다. 그리고 남명 선생의 제자들이 전국에서 의병장으로 거병하였다. 남명 선생이 사양한 전생서 주부에 배설 장군님이 임명되어 남정南征했고 곽재우를 비롯한 남명 선생의 후진 유림들이 강한 동료의식으로 적극적인 지원을 해오자 임진란의 전황이 바뀌어 갔다.

임진왜란 최초 향병 유격전

나는 관군과 장지현 의병장의 패전에 의문을 갖기 시작했다. 적들은 새를 잡는 조총을 들고 침략한 것이 아니라는 것을 알았다. 무과에 급제한 나는 그동안 갈고 닦은 병법과 전술을 통해 일단 향병을 양성하여 군수의 보급을 차단하며 적과 대항하기 시작했다.

한편 나는 성주의 부친에게 패전을 알리고, 의병을 모아주길 요청했고, 68세의 노령에도 배덕문 장군은 약 1,500여 명의 의병을 규합하고 있었다. 우리는 불리한 전쟁의 주도권을 바꾸어 싸움의 규칙을 바꿀 필요가 있었다. 싸움의 규칙을 우리에게 유리하게 바꾸면 승리는 가능해 보였다.

임진왜란의 전투는 강력한 왜적 대군을 조정이 앞세운 우리 소중한 군사와 백성이 막아서는 형국이었다. 이는 왜군의 승리로 이어졌다.

'이 전쟁은 결국은 식량의 약탈 유격전이 되리라.' 나는 판단했다.

고니시와 가토는 신바람 나게 한양을 점령하고 평양까지 점령하여 선조에게 농담 반 진담 반으로 '어디로 갈 거냐?'라고 협박까지 해놓았는데 정작 가진 군량이 다 떨어진 채 보급이 끊어진다면 어떻게 하겠는가? 나는 구로다와 모리 부대의 군량 수송에 주목했다. 왜장 가토가 성화같이 보급 독촉을 해도 남쪽에서 오는 건 보급이 불가하다는 전령뿐, 왜군들이 슬슬 배고파 먹을 것을 강도질하러 다니게 만들고 말겠다고 그를 위해 천지신명 앞에 목숨 바치겠다고 맹세하였다.

나는 잔병들과 향병을 규합하여 추풍령 김천 일대에서 밤낮이 없는 전투를 개시한다. 왜군은 보병 위주였기에 기병 위주 향병들은 지역 지리를 이용한 매복을 하여 왜군들을 피로하게 하였으며, 왜군의 정탐대와 약탈 부대를 추격하여 괴멸시킬 수 있었다. 또한 끊임없이 추격하여 왜군들을 피로에 지쳐 전의를 상실하도록 공수를 거듭하였고 왜군들이 대열에서 낙오하면 즉시 격멸시켰다. 일본군들은 일반 백성들이 알 수 있는 쉬운 한자인 '백설白雪'로 나를 지칭했다. 그러나 일본군들이 부를 땐 '배세루'라고 불렀다.

또 다른 명칭으로는 김면 정인홍 같은 의병장들이 나를 '대장大將'이라 불렀다. 관료 중심의 조선에서 무관의 의병장들이 나를 대장大將으로 호칭하거나 '배 군수'라고 부르게 된 것은 나라에서 내가 가진 주부란 중요 관직 때문도 있지만 추풍령을 근거로 삼아 감행한 유격전 때문이었다.

영리가 말한다.

"우리 배설 장군은 임진왜란 최초의 유격전을 감행하고 영남에서 최초로 의병들을 거병하신 분이시다."

초유사 김성일金誠一이 나를 가장假將으로 삼아 적을 치게 하였다. 이때 나는 의병장이 된 부친을 도와 용맹히 적진으로 나아가 부상진扶桑鎭 전투에서 적장 흑전구침黑甸句沈의 목을 베었으며, 개산진開山鎭에서는 적장 평의지平義智를 격파하는 전공을 세우고, 다시 무계진茂溪陣까지 출정하여 적을 평정하였다. 이 공로가 인정되어 1594년(선조 27) 초 행재소(行在所, 임금이 임시로 머문 곳)로부터 합천군수를 제수받았다.(배문가보)

추풍령 전투(조경 지휘)에서 대패하고 이 전투에서 상관 조경이 생포되었지만 잔병들은 조경을 구출하기 위해 추풍령 일대에서 산개적인 전투가 거듭되었다. 그리고 이 추풍령 전투는 부산에서 침략한 왜군들에 전원 전사하던 종전의 싸움과 달리 처음으로 패잔병들이 조경을 구출하였을 뿐 아니라, 영남 지역 전역에서 유격전을 개시한 최초의 전승을 올린 전투이다. 나는 영남 일대의 거의 모든 전투에 참여하여 대규모 일본군과의 전투에서 '백전백퇴白戰白退와 백전백패白戰白敗'를 하였고, 소규모 일본군 수송대와 양곡을 징발하는 전투에서는 '백전백승百戰百勝'을 했다. 그러나 500명 이내의 일본군을 격멸한 전투 축에도 들지 않는 싸움을 전투라고 하기 어렵다. 추풍령 유격 전투 대원들이 영남 전체를 소규모 전투장으로 만들었다.

성주성에 관군과 의병이 2만 명 모여든 것은 우리가 왜군들의 수송대를 타격하는 데 큰 힘이 되었다. 나는 나아가 추풍령에서 진주성까지의 왜군의 주요 보급로를 차단했고 유격전을 위해 곽재우, 김시민, 정인홍, 김면을 수시로 찾아가서 의병을 궐기해 달라고 요청하였다.

그리고 곳곳 왜군의 수송부대를 공격하여 양곡 운송을 적절히 끊어 주었다. 영남 지역은 딱히 어느 날이 아니라 거의 매일 소규모의 전투가 곳곳에서 벌어져 왜군들이 후퇴하는 직접적인 동기가 되었다. 성주성의 배덕문 장군과 고령의 김면이 의병을 모으게 되었고, 곽재우 정인홍이 이에 가세하였다.

　추풍령 전투 후 향병을 규합한 데는 여러 이유가 있었다. 비변사와 훈련원 그리고 왕명에 급파된 선전관들이 관군들이 방어선에서 후퇴하지 못하도록 후퇴하는 병사들의 목을 사정없이 베고 있었다. 관군이란 법에 따라 움직여야 하는 군대였다. 반면, 왜군들은 무법천지로 활동을 확장하는 전투에 능해 그들의 뛰어난 임기응변 전술이 관군들을 전멸시킬 수밖에 없었다.

　영리는 말했다.

　"내 고향 성주에서 뻐꾹새가 울 때가 되면, 풀베기 써레질 모심기가 시작되었다. 그때는 동리 안은 바빴고, 아낙들은 새참 준비로 종일을 걸어서 장에 다녀오곤 했다. 일꾼들을 잘 먹여야 하니, 또 그래야 대풍을 기대하니. 뻐꾹새 소리를 들으면 아이들이 모심기 철이 돌아왔다고 달려와서 알렸다. 온 들판의 풀들을 베어 소똥과 함께 퇴비로 적당히 숙성시킨 후 논에 넣고 밟아준다. 새참으로 쑥과 참나물로 구운 지짐이에 막걸릿 잔도 생각난다. 할배(할아버지)는 소와 함께 써레질을 하며 '워워!' 했다. 나는 소 등에 사람이 타지 못하게 말렸다."

　모를 심기 전에 논에 물을 넉넉하여야 농사가 되고 땅이 평평해야 곡식이 된다. 올해는 왜적이 들어와 전 국토가 유린되었으니, 농사를 써레질을 논갈이를 언제나 할까?

　경상도 신민에게 선조의 교서가 내려졌다.

"왕은 이렇게 말하노라. 상동上同 운운. 전장의 소식을 들을 길이 없어 본도(영남)의 사세와 적의 기세가 쇠하였는지 왕성한지 어떠한 줄을 알지 못하였더니, 근자에 들은즉 우도 감사右道監司 김수金睟가 용인에서 패하여 물러갔고, 좌도 감사左道監司 김성일이 진주에서 군사를 모집하였으며, 좌병사左兵使 이각李珏이 싸우지 않고 도망한 죄로 참형斬刑을 당하고 박진이 충성스럽고 용감하다 하여 이각을 대신하였으며, 우병사右兵使 조대곤이 노쇠하여 양사준梁士俊으로서 대신하였으며, 변응성邊應星이 좌도 수사左道水使가 되었다 하니, 그들이 각기 본도로 돌아가서 힘을 써서 한 일이 있는지 모르겠다. 좌도에는 영해寧海 일대와 우도에는 진주 등 몇 고을이 아직 보전되었다 하니 이것이 사방 십 리 되는 땅이나 군사 이려一旅보다 낫지 않겠는가. 본도는 백성이 신실하고 후하며 본시 충의가 많으니 너희 다사들이 진실로 서로 분려奮勵한다면 반드시 회복의 바탕이 되지 않으리란 법도 없을 것이다. 들은즉 정인홍, 김면金沔, 박성朴惺, 곽일郭, 조종도趙宗道, 이노李魯, 노흠盧欽, 곽재우, 권양權瀁, 이대기李大期, 전우全雨 등이 의병을 일으켜서 군사를 모집함이 이미 많았다 하고 배덕문裵德文은 이미 적승賊僧 찬희贊熙를 죽였다 하니, 본도의 충의가 오늘날에도 아직 쇠하지 않았음을 더욱 믿겠도다. 의병 수천 명을 모집하여 본도 절도사 최원의 병마 2만과 더불어 나아와 수원에 머무르면서 바야흐로 경성을 회복하도록 도모하고, 그의 부하 양산숙 등으로 하여금 수로와 육로로 달려와서 행재行在에 아뢰는데, 내가 그의 아룀을 보고 눈물이 글썽거려 한편으로는 위로되고도 슬펐다. 이제 양산숙 등이 군중軍中으로 돌아가는 편에 이 글을 부쳐 그로 하여금 전하여 이르게 하노니."(난중잡록)

나는 청운의 큰 꿈을 가지고 1583년(선조 16) 31세에 무과武科 별시에 급제하였다. 조선은 왕의 나라였고, 왕을 대리한 관료는 경국대전에 따라야 했다. 아무리 사대부 출신 의병장이라고 해도 백성이었다.

조선은 백성의 치마폭까지 규정할 만큼 조밀한 국법으로 돌아가는 법치주의 국가였고 그에 따라 주부인 나는 모든 의병을 먹이고, 입힐 의무가 있었다. 나는 국법에서 부여한 권리 안에서 명령을 내릴 뿐 사실 명령을 내린다는 것은 천부당만부당하였다. 추풍령 전투에서 방어사 조경 장군이 패퇴하면서 일본군과 유격전을 벌였고(비록 전란으로 간을 빼놓고 다니긴 했지만) 향병을 규합했고 백성들이 거병할 것을 권고하고 다녔으며, 아버지께도 거병을 권고 드렸다.(아버지는 흔쾌히 68세에 성주성에서 거병했다.) 모든 백성은 조선 왕(이연)의 재산이었고, 나는 이들을 관리하는 관리였다.

왜군의 일방적인 침략전쟁 구도에서 나는 뚜렷한 전선이 없는 김천 추풍령 금산 등지에 새로운 전선을 구축하여 규합된 향병을 이끌고 자유로이 일진일퇴하는 소규모 전투를 벌였다. 고니시와 가토의 제1군, 제2군이 한양으로 북진하는 상황에서 제3군인 구로다 나가마사 군대의 배후를 치고 빠지는 전법으로 유격전을 이끌었다. 침략군들의 빠른 북진은 전선을 길어지게 만들었고 그에 따라 보급로는 그들에게 상당히 중요한 의미였다. 나는 굶주리는 우리 백성을 위해서라도, 적진의 식량을 백성들에게 보급하고자 영남 전역에서 의병들을 일으키는 구국의지를 드러냈다. 나는 중앙 보급 담당답게 적의 보급로를 기습하여 적으로부터 보급품을 획득하는 방식으로 장기전의 전쟁을 전개하였다.

그리고 기병 50기(향병 약 500명)로 경상 일대를 돌아다니며, 의병을 봉기를 권장했다. "나라가 위중하면 쉴 곳이 어디에 있으리오."라고 외치며(등암전기), 영남 지방에서 최초의 의병 봉기를 만들어 나갔다. 추풍령 향군의 칼은 최후 백병전의 보조무기로 사용되었고, 일본군은 대부분 조총과 장창(5m 이상)을 지닌 '아시가루' 장창병사였으므로 우리는 이를 방어하는 방패를 소지한 기병들로 부대를 조직하게 되었다.

나는 패잔병에서 의병 신분으로 바뀌었다. 조정에서 보기에 안 좋은 행위를 하고, 저속하게 보이는 것이 비겁한 것일까, 아니면 불법행위를 했지만, 인맥이나 수완 등으로 잘 덮어서 숨기는 것이 비겁한 것일까, 아니면 총을 든 적들을 칼로 정면 대결을 하지 않고, 멀리서 숨어서 활과 총을 쏘는 것이 비겁함일까. 당시 사대부 양반들은 대나무를 사랑했다. 영남 지역에 대나무는 많이 자생하고 있었으나, 예쁜 판다 곰은 없었다. 그러니 왕대를 잘라 6m 규모의 죽창을 만들고, 조총 탄환의 방패를 만들기는 아주 쉬웠다. 덕분에 향병 5백여 명이 일본군과 유격전에서 연전연승할 수 있었다. 죽창은 일본군의 5m 장창보다 가볍고 길어서 일본군을 순식간에 제압했다. 일본군만 보면 북으로 도주하던 무수한 군사와 장군들만 봐오던 백성들이 항전의 중심이 되었다.

적지 한가운데서 죽창과 방패를 든 향병이 나타나면 일본군들은 도주하였다. 칼을 들고 출진한 부대 앞에 총을 든 군대가 나타나면 도주하는 게 상책이듯이 일본군의 장창보다 1m 더 긴 죽창 부대를 보고 일본군은 삼십육계 줄행랑을 치는 것이었다.

성주성의 배덕문 장군 휘하에 1,500여 명이 거병했고 배덕문 장군은 성주 판관에 임명됐다. 이를 지켜본 영남 각지의 의병들이 곳곳에서 봉기했고 나는 본격적으로 그곳에서 전투 교육을 시키고 의병 창의에 군수 (식량) 지원을 했다.

여남 전투

성주에서 여남현까지의 일대는 김천시 북부, 상주시 남부와 북동~남서 방향을 이루며 대상帶狀으로 분포하는 선캄브리아기 혼성 편마암과 중생대 쥐라기 화강암 경계부에 속한다. 1592년 5월 6일 새벽, 내 동생 배건裵健 부부는 나의 군대를 지원하여 합동전투를 위해 성주 고을 촌민 의병 200여 명을 인솔하여 쌀, 보리, 벼 등을 한 말 정도씩 지게에 지고, 1인당 죽창 1개 활 화살 10개를 준비하여 이동했다. 10시경 그들이 어모면을 넘어가는데, 상주에서 내려온 왜놈들 50여 명이 조총으로 무장하고, 어모면으로 내려와서 배건 부대 200여 명을 향하여 총을 쏘면서 교전이 벌어졌다. 의병들은 왜놈을 쫓아가게 되었다. 일부러 패주한 왜놈이 여남으로 튀는 척했고(여남 마을이 마치 항아리같이 생겼다.) 상주에서 미리 매복하고 있던 약 2,000여 명이 왜군들이 갑자기 기어 나왔다. 성주 고을의 200여 죽창 부대는 그들에 맞서 분전했으나 완전히 포위되어 퇴로가 막혀 중과부적으로 전원이 전사하고 말았다. 배건은 내가 가장 사랑했던 동생이다.

나도 모르게 간담이 떨어져라 목 놓아 통곡하고 울부짖었다.

'내가 죽창을 만들어 오라고 시킨 것이 너를 죽였구나! 일가친척 배씨

종문이 모두 여남현에서 일본 놈들의 손에 죽었으니 어찌 조상님과 하늘을 바라볼 수 있겠는가? 하늘이 어찌 이다지도 인자하지 못한가, 온몸이 불타고 간담이 타고 찢어지는 듯하다. 내가 죽고 네가 사는 것이 이치에 마땅하거늘, 네가 죽고 내가 살았으니 이런 원통하고 분통한 이치가 어디 있겠는가, 여남현의 천지가 캄캄하고 해조차도 빛이 보이지 않는구나! 눈앞이 캄캄하다. 아! 슬프다. 내 동생 부부여! 나를 두고 어디로 갔느냐? 내가 죽창을 만들어 오라 한 것이 잘못이었구나!'

우리는 임진왜란 초반부터 왜적의 북상을 막는 의병 활동을 지원함으로써 경상 의병 활동에서 가장 중추적인 역할을 했다. 여남 전투에서 보인 우리의 투혼은 반드시 기록으로 남길 가치가 있다. 우리의 뛰어난 전술과 용맹은 내가 후일 두 차례나 경남우도 수군절도사가 된 사실만 봐도 알 수 있다. 의병과 관군의 협동 전투를 요청한 여남현 전투에서 동생 건健 부부를 잃었다. 동생의 전사 소식을 들은 나는 보국 충정의 일념으로 더욱 왜적 소탕에 앞장서기를 천지신명 앞에 맹세하였다.

| 속오군 |

배설이 지례 전투에서 유격전을 위해 향병을 모집하여 연전연승한 것을 계기로 1594년(선조 27) 유성룡柳成龍이 속오군을 건의하여 편성했다. 지방 방어 체제인 진관 체제가 재정비되면서 편성된 최초의 향토예비군이다. 속오군은 양반에서 노비까지 평시엔 생업에 종사하고 유사시 전투에 동원되는 최초의 군대가 되어 정유재란 때 결정적인 역할을 했다.

적들은 수십만 명이 총을 들고 북진하는데, 적과 맞서 낭만적인 싸움을 하지 않고, 퇴각함이 비겁한 것일까, 아니면 도대체 비겁함이라는 것이 뭘까?

자신이 쓰지 못하는 방법을 쓰는 사람이 비겁한 인간일까, 아니면 억지를 부리면서 전쟁을 일으키고 백성들을 짓밟는 일본이 비겁한 것일까?

홍의장군 곽재우

1592년 4월 21일, 관군이 일본군에게 전멸당하자 곽재우는 고향 경북 현풍에서 의병을 조직하였다. 붉은 비단으로 된 갑옷을 입어 이로써, '천강天降 홍의장'이라 불리었다. 1585년(선조18) 34세에 별시別試의 정시庭試 2등으로 뽑혔다. 글이 왕의 뜻에 거슬린다는 이유로 발표한지 수일 만에 전방全榜을 파해 무효가 되었다. 이듬해 12월 성주목사에 임명되어 삼가三嘉의 악견산성岳堅山城 등 성지城池 수축에 열중하다가 1595년 진주 목사로 전근되었으나 벼슬을 버리고 현풍 가태嘉泰로 돌아갔다.

영리가 말한다.

"배설 장군께서는 조선군의 탄금대 전투 과정을 참작해서, 아들을 1592년 8월 22일 곽재우에게 맡겼다. 그가 장군님의 장남 배상룡(1574~1665)이다. 등암(배상룡) 자장은 곽재우의 최측근 참모로 곽공, 사봉, 김천택, 등암 등과 함께 화왕산성을 수호하였다. (그 과정에서 김천택 전사했다.) 장군님의 아버지(배덕문)께서 '아무리 전쟁이지만, 3대가 모두 전투에 참여하면

가문은 어떻게 되느냐고 강력히 만류하기도 했지만, 곽재우에게 보내어 전투를 격려하였다."(등암문집)

> "곽재우는 경상 의병 좌장으로 활동한 공적으로 1575년 진주 목사에까지 임명된 명장이다. 정유재란이 발발하자 진주성을 버리고 2,000여 명과 함께 화왕산으로 들어가 이곳을 지키는 데 주력했다. 의병들이 왜군의 상대가 안 될 때 어떻게 하면 되는지 보여준 적절한 예다. 그 후 진주성 목사로서 계모의 호상을 핑계로 울진으로 귀향하였다. 조정에서 수차 불렀으나, 끝내 거부하고 울진에서 지냈다. 곽재우뿐만 아니라 대부분의 의병과 장수들이 전장에서 전사하지 않은 경우 귀향해서 은거하였다."
>
> 임진왜란에 호남 명장론, 영남 의병사를 있는 사실대로 평가해야 한다. 심유경과 고니시의 협상에서 고니시가 요구한 기마용 오백 필을 제공한 심유경의 결단은 상대국에 무기를 제공한 걸출한 결단이다. 오백 필은 고니시를 통해 모리 부대에 보내졌다. 약 6만 병력의 모리 부대 지휘관 오백여 명이 의병대에 척살되자 지휘권이 회복되지 못한 일본군은 철군하지 않을 수 없었다. 임진왜란 철군은 영남 의병들의 유격전에 따른 결과이지 중국군의 참전 때문이 아니었고 호남 명장 때문은 더욱더 아니었다.

나는 앞산 뒷산 약산藥山 진달래가 유난히 곱게 핀 임진년에 터진 전쟁에서 상처를 입은 부상병들에게 줄 건 없었고, 앞산의 벌건 진달래 뭉텅이로 따 가지고 왔다. (진달래꽃, 꽃은 영산홍迎山紅이라고도 한다.) 진달래는 전쟁으로 인한 감기몸살에 고통받는 병사들의 두통에 효과가 있고, 이뇨작용이 있다. 나는 아름다운 우리나라에서 진달래꽃과 같은 한 나라의 전생서 주부(사무관, 종6품. 이순신과 동일 품계)로 어떻게든 왜군의 북상을 저지하려는 병사들을 책임지는 책무를 다하려 간을 빼놓고 의병과 하나로 활동했으나, 정인홍, 곽재우, 김면 등 의병은 '나리', '대장' 하고 존칭을 사용했다. 나는 의병장들을 가엾게 생각했다. 그러한 것을 조선의 번영을 위해 장려해야 함이 법전에 담겨 있었다. 동인들은 백제 정신을 상속받은 당당하고 용감하며 대국 명나라를 요리하고 있을 정도로 수완이 출중한 사람들이었다. 구국을 위한 전투에도 지역감정이 있는지 영남 의병은 헛짓거리 한 것인가? 백제 정신이 지역감정이라… 그러하다면 받아들이겠다.

666 악마의 상징, 육법전서六法典書

서양인의 눈에 비친 육법전서(경국대전)를 법전으로 삼는 법치국가는 한마디로 악의 축이었다. 특히 천주교인들 눈에는 6이라는 악마의 숫자가 들어왔다. 서양인들이 전 세계를 항해하면서 유독 조선만을 기피의 나라로 인식하기에 충분했다. 조선이란 동방의 예의지국을 자청하면서 스스로 경국대전이란 '육법전서'로 통치하는 법치국가를 서양인들은 악의 나라로 판단하고 있었다.

조선의 법치 원칙은 '첫째 대조선국은 백성의 나라이다.', '둘째 대조선국의 주권은 백성에 있고 모든 권력은 백성한테서 나온다.'였다. 그러나 그것은 법의 정신이고 그 법을 집행하는 아전들의 정신은 '토색질로 재물을 모아 뇌물을 바쳐 사대부로 신분 상승을 꾀하는 일'이 대세였다. 백성들의 생활이야 파탄이 나든 말든 아전은 토색질을 해야 하는 시스템 속에 빠져 있었다. 평생 아전만 해야 하는 그들의 사대부에 대한 적개심은 매우 높았고 이는 백성들을 잡아먹는 동기였다. 사람이 법을 이용하고 만들 뿐이다. 법이 지배하는 세상이란 존재할 수 없다. 그것은 거짓말이다. 어떤 경우에도 사람이 법을 만들고 사람이 법에 핑계를 대는 것이다.

| 안토니오 코레아(Antonio Korea) |

1597년 6월 정유재란으로 조선의 10대 소년들이 일본으로 끌려간다. 1598년 3월경 일본 나가사키에 억류되어있던 이들 중 한 조선 소년은 5명의 동료 소년들과 함께 노예로 팔렸다. 필리핀 마닐라에서 1597년 6월, 일본 나가사키로 상업 차 상륙하여 머물던 이탈리아인 안토니오 카를레티(당시 25살쯤 된 아들의 이름은 프란체스코 카를레티(Francesco Carletti)) 신부는 1594년에 본국을 떠나 대서양, 서인도제도를 거쳐 남아메리카 대륙에 상륙하고 다시 태평양을 건너 필리핀, 일본, 인도를 거쳐 1606년에 본국으로 돌아갔는데 이때 그는 안토니오 코레아를 비롯한 5명의 조선인 소년을 구제하였다. 그의 아들 프란체스코 카를레티(1573~1636)는 훗날 12년 동안 걸쳐 그의 세계 일주 기행문을 썼는데 이 책 속에서 안토니오 코레아 등에 대하여 언급했다.

'코레아(Corea)라는 나라는 9도道로 나누어져 있다. 조선

(Ciosien)이라는 이름은 수도로서 국왕이 거주하는 도시의 명칭이며, 이 나라의 해안으로부터 헤아릴 수 없이 많은 남녀노소가 노예로 잡혀 왔다. 그들 가운데는 보기에도 딱하리만큼 가련한 어린이도 있었다. 그들은 모두 구별 없이 헐한 값으로 매매되고 있었다. 나도 12스쿠디(scudi)를 주고 5명을 샀다. 그리고 그들에게 세례를 베풀어준 다음 그들을 인도의 고아(Goa)까지 데리고 가서 4명은 그곳에 놓아주고 안토니오 코레아만을 본국까지 데리고 가서 로마에서 살게 하였다.(나의 세계 일주)

서양인들 눈에 육법전서六法典書를 외우는 666의 나라 조선은 악의 나라로 이탈리아인 카를레티 신부도 조선이 두려워 입항하지 못하고, 인도 고아(Goa)에 조선 소년들을 풀어 줄 정도로 인도보다도 더 자유가 없는 나라로 인식하고 있었다. 그러한 악마 제국에 대한 인식이 일본으로 하여금 조선 정벌을 부추기고 있었다.

가혹한 정치는 호랑이보다 무섭다는 말이 있다. 그것은 정치가 일반인들에게 너무나 큰 영향을 미치기 때문이다. 경국대전은 크게 6개의 부분으로 나뉘어 편찬, 경제 관련한 '호전', 관리 등에 관한 법을 다루는 '이전', '예전', 형벌 등에 관한 '형전', 국방·군사에 관한 법을 다루는 '병전', 도량형·교량에 관한 법률을 다루는 '공전'이 있다. 6전은 각기 14개에서 61개에 이르는 세부 규정을 포함하고 있었다. 조선의 법치에서 가장 위대한 것은 '아전인수', '이현령비현령'으로 자기 논에 물 댄다는 뜻이다. 무슨 일을 양반에게 이롭게 되도록 '고봉'이라는 되 또는 말에 수북이 담는 것,

부피를 재는 것이 있었다. 받을 때는 같은 말에 고봉으로 바닥에 계속 떨어지도록 수북이 담아서 푸짐히 받아내고, 줄 때는 싹 밀어서 한 톨도 덤이 없는 식의 거래가 아전들에 인해 가동되고 정당화되는 나라였다. 백성이 죄를 짓지 않고 살 수 없게 법이 만들어져 있었고, 죄인이 되느냐 마느냐는 전적으로 아전들의 손(수사 기소)에 달려 있었다.

육법전서를 불태워 버려라! 도요토미도 누르하치도 조선에서 태어났더라면, 골방에 앉아서 육법전서는 달달 외우고 있었으리라. 유럽 상인들은 일본으로는 드나들 수 있었어도 육전이 있는 조선으로는 들어올 수 없었다. 만일 조선에 들어갔다가 잡히면 벌을 받아 목이 베이거나 노비가 될 수 있는 육법전서가 있었다. 그래서 카를레티는 노예 4명을 인도에다 해방시켜준 것이다.

유명한 하멜 표류기의 기록 역시 이를 증명한다.

조선이라는 나라는 정말 이상한 나라, 자국의 백성을 노예로 부린다.(하멜 표류기)

너희만의 법 육법전서

너희만의 법, 너희의 기득권을 지키기 위한 법, 너희만이 아는 법, 그런 법은 이제 우리에게 필요 없다. 백성은 법에 앞서 상식으로 산다. 인간적인 상식, 인간적인 도리, 인간적인 양심, 인간적인 책임 아주 사소한 거짓말을 한 것에 대해서도 가슴 조이며 살아가는, 내게 주어진 일을 제대로 못 하면 못내 죄송스러워하는, 한 달에 '3만 원'도 채 넘지 않는 '전기세'가 3개월 이상 밀려 전기를 단전시키겠다고 해도 미안해서 내일 아이들 납부금 내는 것을 미루고서라도 내고야 마는 세 모녀 가족들이 살아가는 조선이다.

조선은 일본의 무역 요청을 거부하고 삼포를 폐쇄한다. 교역이 필요한 일본으로서는 고려조의 여·몽 연합에 따른 일본 침략을 사죄할 것을 명분으로 침략을 정당화하고자 했다. 법, 법 하는데 도대체 저들이 이야기하는 법은 누구를 위한 법이란 말인가? 가난한 자, 약한 자, 소외된 자들을 법이라는 이름으로 가두고, 버리고, 몰아내고, 짓뭉개고 어디 한번 이 땅의 법이 백성 대다수를 위해 속 시원히 법 집행을 한 적이 있던가? 형부의 아전들은 입만 열면 '법은 정의를 지키는 최후의 보루'라고 한다. 하지만 우리는 그동안 너무 많이 보아오고 당하여 왔다. 법은 누구를 위한 최후의 보루였던가? 헌법이 있으면 뭐하랴! 헌법을 해석하는 자들이 기득권 세력인데, 법이란 한낱 종잇조각에 불과하다. 그 종이 조각이 뭐라 하던가? 법을 팔아먹는 장사치들이 아닌가? 민중을 위해서는 배심제로 인치가 이루어져야 한다.

아전, 본래 천한 사람이 어디 있겠나? 그러나 아전들에게 노비나 천민 중인들은 그저 아전인수의 대상이었다. 우스운 건 아이러니하게도 이런 괴팍한 제도가 임진왜란을 승리로 이끌었다는 사실이다. 첫째로 천대받고 싶지 않은 사람들이 전쟁터로 나갔고, 둘째, 굶주려 죽지 않으려는 이들이 전쟁터로 나갔다. 그다음이 구국 충절로 충신이 되고자 하는 이들이었다. 조선을 유지하는 아전은 양반은 아니지만, 평민과는 구별되는 존

재로 역관譯官, 의관醫官 등 기술관과 함께 중인 계층을 형성했다. 아전이
란 하급 관리직은 세습되었고, 관노들을 관리하는 막강한 힘이 있었다.
아전은 백성의 수저, 몽당 거리가 몇 개인지 알고 있었다. 백성의 숨통은
아전들이 잡고 있었고 흉년과 풍년에 따라 세곡을 거두어들일 수 있었기
에 1할 세율로 정해진 조선의 법은 신통하게 돌아갔다.

또한, 조선은 역모나 당쟁, 권력투쟁에 휘말려 패자가 됐을 경우에는
일가친척의 모든 남자는 죽임을 당했고, 여자들은 하루아침에 노비로 전
락했으며 이것이 승리한 자들의 풍요를 이루는 요소였다. 세조에게 반기
를 들었던 사육신들 역시 마찬가지였고 한때 동문수학했던 학우들의 아
내와 딸들을 노비로 성 노리개로 차지하는 것은 태어나는 자식들의 재
산을 형성하는 데 큰 역할을 했다. 노비와 사이에서 태어난 자식들은 매
매할 수 있는 가축과 같은 재산이며 산술적으로 복리로 늘어나는 것이
었고, 관청의 기생들이나 관노들 그리고 관리들의 증산활동으로 생산하
는 노비들도 부유의 척도였다. 그러니 기축옥사로 약 1천 명이 옥사하고
그 가족들이 모두 노비가 되자 재산이 배로 늘어난 부유층이 많았던 것
은 당연했다. 철없는 아이들은 자신이 노비인지 잘 모른다.

아이들이 엄마 품에 안겨 양반집(아버지) 담벼락에서 굶주려 죽어가면서
"엄마 '치킨(백숙)' 먹고 싶어." 힘없이 말한다. "그래 다음 생엔 저 집안에
태어나서 '치킨' 많이 먹어라." 민가에선 윤회 사상이 있었고, 지배층엔 유
교 사상이 있었다. 그렇게 죽어가는데 하나같이 죽어가면서 '치킨'을 먹
는 환각에 빠져 죽는다. 마치 저승이 있는 것처럼 느껴진다. 죽기 전에 치
킨을 먹는 곳으로 간 것 같다. 닭을 물에 삶아 냄새 없이 먹는 백숙을 어
찌 알까? 그 아이는 좋은 곳에 갔겠지.

법으로 신분 이동을 봉쇄한 조선에서 능력은 중요하지 않고 잘 태어나야 한다. 일단 태어난 사람은 운명론에 빠져 토정비결, 무슨 비결에 목메어 살아갔다. 참으로 비생산적인 놀음이 천민을 만들고, 노비를 만들어 상대적인 천함이 있어 양반을 귀하게 만든 것이다.

조선과 같은 위대한 노비생산 국가는 존재한 적이 없었다. 전쟁해서 얻은 포로가 아니라 자국민 중에 돈 없고, 힘없는 자들을 역모로 몰아 일괄적으로 노예로 만들어 말 한 필의 삼분의 일 가격으로 팔고 샀으며 부유해진 조선의 사대부들의 자존심은 가히 드높았다. 서양을 대표하는 포르투갈 상선들은 조선의 법치(쇄국)에 입항하기를 꺼려 대마도와 규슈에 입항하여 도자기를 수입하였는데 수요가 급증하자 삼포의 왜구들이 수량 조절(쿼터)에 불만을 품고 난동을 일으켜 약탈에 나선 바 있다. 이에 조선은 아예 왜구들을 쫓아내고 삼포를 폐쇄해버렸다. 당시 일본은 통일되어 무력이 넘쳐나고 도자기 수요는 폭증하여 서양을 대신하여 악의 축인 조선을 정벌하기 딱 좋은 상태였다. 일본의 국부를 위해 도요토미는 조선을 침략하여 도공을 납치하여 도자기 산업을 육성하거나 조선을 점령하여 부국강병(중국, 인도 점령)의 목적을 이루고자 하였다.

도요토미는 점령지 성주성에 '찬희'를 목사로 임명하고, 세금은 4할이라고 자랑스럽게 발표했다. 조선 농민은 1할 세금에도 못 살겠다고 굶주려 왔는데, 이젠 다 살았다는 저항의식에 의병이 거병하였다. 사실 조선의 대마도 종주가 일본의 4할을 받아들여 전쟁 준비를 한 점으로 볼 때 4할의 세금을 매긴 대마도가 유지됨은 신기한 일이다. 조선에 법치 척도인 자는 두 개 이상 집행자의 자의에 달려 있었다. 법은 만인 앞에 평등하다. 그러나 그 법의 척도는 아전들 손에 달려 있었다. 아전에게 몇 푼 찔러주면 유전무죄가 되어 법전이 유명무실해졌으며 조선은 어마어마한 승자독식의 대자유가 펼쳐지는 가장 살기 좋은 태평성대의 나라였다.

임진왜란 전에 삼포왜란이 있었다. 왜구들 3천여 명에게 세금을 면제해 주었다. 그럼에도 조선에 불만을 품고 난을 일으켰다. 조선의 대마도가 고니시 영지로 들어가면서 거두기 시작한 4할의 세금에 별 반발이 없었다. 임진왜란 이전에 많은 조선인이 왜구에 납치되어 끌려가는 일이 있었는데, 탈출해 온 경우는 거의 없었다. 따라서 4할이냐? 1할이냐의 세율보다는 운용에 묘가 매우 중요함을 알 수 있다. 아전들이 세습된 사회는 절대적으로 안정되어 매우 유리했다.

나는 1할과 4할의 문제가 아니라 '실질 세금은 큰 차이가 없었던 것은 아닌가?' 하는 의문을 가졌다. 조선의 사대부 지도층의 또다른 위대성은 앞선 무기인 총을 조총(참새 잡는 총)으로 명명하여 백성들이 조총에 무너진 자국의 무장들을 조롱하게 만들고 그에 따라 공분을 자아낸 점이다.

"666악마, 너희는 노비와 권력, 재물과 함께 죽어갈 것이다. 그 후 폐허 속에서 새로운 기시리 단이 탄생할 것이다. 새로 이주해 올 기시리 단은 베푸는 것이 아름답다는 진실을 잊지 않을 것이다."

십자가 깃발을 내건 일본군은 정의감으로 무자비하게 악마의 상징인 조선의 권력을 짓밟았으며 죽어서 코를 베어 소금에 절여 도요토미에게 보냈고 도요토미의 선교 노력에 포르투갈 예수회는 감복하였다. 악마들 머리 위에는 재앙이 퍼부어질 것이다! 조선이란 나라의 백성은 갈가리 찢겨 나락으로 떨어져 내렸다.

이런 동력이 수백만의 백성들이 총알과 생명을 바꾸는데 주저하지 않게 함으로써 일본의 명나라 침공계획을 좌절시켰다. 노비나 천민들도 면천되어 좋아질 조국을 위해 목숨을 기꺼이 바치려고 하였고, 백성들의 숨통 줄을 거머쥔 아전들이 꾸려가는 조선보다 높게 세금을 4할을 왜군들이 포고했으니, 조선 백성의 저항은 당연했다.

조선의 위대함이 전쟁을 승리로 이끌었다. 조선의 1할이라는 저율의 세금이 가능했던 것은 유능한 관료주의와 말단의 세습 아전이 있었기에 가능했다. 또한, 말·되에 있어 고봉 제도(두 개의 척도)가 있었다. 줄 때와 받을 때 다르게 받는 점이다.

역관이 말했다.

"고려에서 조선으로 넘어오면서 생긴 고려왕조의 죄인들인 반역의 무리로 찍힌 최영 일파나 사육신과 같은 집안은 정치적인 형벌로서 혈족 모두가 노비로 만들어졌고, 그 노비들은 대가 확실히 끊어졌다."(현재 후손들은 조선 후기에 외거 노비들과 중인들이 족보를 산 경우가 많았다.)

노비의 대량생산이 가능한 법률 규정인 '종모법從母法'에 따라 아전들이 중인이나 천민들을 벌주어 노비로 만들 권한이 있었고 노비의 대량 생산으로 노비가 많아져 나라는 매우 부유해졌다. 그리고 노비들이 면천을 약속만 해주면 어떡하든 자식들만은 면천을 시키고자 의병에 지원했다. 용인 전투에서 보면 근왕병 모집에 수만 명의 자원이 있었다. 사실 전쟁에 나가서 죽고 난 다음에 면천을 해주겠다는 약속이니, 지켜야 할 부담이 없이 군사력을 동원할 수 있었고, 용인 전투에 수일 만에 5만을 동원할 수 있었다.

물론 그들 대부분이 면천을 받지 못하고 전사하고 말았다. 조선의 노비는 팔고 사는 물건과 같은 신분으로 임진왜란 당시 서울 인구는 약 12만 명이었는데 그중 절반(70%) 이상이 노비였다. 조선은 엄청나게 풍요로운 나라였음을 보여준다. 노비는 기본적으로 관노비, 사노비 할 것 없이 양반들이 마음대로 사고팔 수 있는 가축이나 마찬가지였고, 왕실의 노비는 왕의 마음대로 포상으로 나눠줬으며, 그 가격은 말 한 필의 삼분의 일 가격이었다. 나중에 법으로 말 한 필의 값으로 정하기도 했다. 말 한 필이 사백 냥(오승포 사백 필) 정도였으니 노비의 값은 150냥 정도였다. 조선조에 들어서 죄수를 노비로 전락시키며 노비 수가 급격히 많아졌다.

| 강순 |

예종 1년 역적으로 처형된 강순의 처첩과 자녀들을 노비로, 강순의 아내 부귀를 곤양에, 첩 춘월을 웅천에, 아우 강말생을 해남에, 서얼 아우 강춘생을 고성에, 아들 강석손의 첩 옥금을 하동에, 첩 관음비를 사천에 영속시켰다. 강순은 영의정까지 지낸 장군이다.(예종 실록 1년)

형조 아전들의(수사 기소) 통합된 권한은 법을 존중한다는 것인데, 정말 무기력한 체제 순응적인 태도만이 이 땅에서 살 수 있는 길이었다. 노비제도를 존중해야 하고, 그놈들의 법을 충실하게 따라야 했다. 판결도 법도 비판해야 하고 의심해야 한다는 건 일제 식민지배 때 와서의 이야기다.

고슴도치도 제 새끼 귀엽듯이 노비나 천민이 대부분이던 시대에도 노비들은 제 자식만은 귀하게 여겼기 때문에 면천의 약속은 큰 유혹이었다. 노비 아이들의 베옷에 기워지는 꽃같은 천조각이 한 조각 늘어날 때마다 양반들의 귀함이 더해갔다. 세계 어느 민족도 물산을 이처럼 귀하게 여긴 족속은 없었다.

그런 만큼 왜구들과 여진족들 그리고 대마도의 말이나 치는 변방의 백성들을 무시하고 비하함이 조금도 잘못된 것이 아니었고, 그런 천한 변방에 관리로 나가야 하는 자체가 좌천이었다. 조선의 위대함이 날로 더해졌고, 사대부들은 동문수학하던 동료를 밀고하는 충성 맹세를 통해 동료를 형틀로 죽인 후에 그의 처자식들을 노비로 삼아 보살펴 주었다. 중인인 약자의 재산은 '공매, 경매'라며 법이 빼앗는 것은 재산에 한정되었지만, 조선의 승자는 처자식을 나누어 가졌다.

노비나 못난 무지들도 자신이 잘난 맛에 살아감에도 형조의 아전들은 평민 이하 사람들을 가축보다 못한 수탈의 대상으로 깔아뭉개고 막말하기를 예사로 했다. 심지어 노인에게는 아전들이 '늙으면 죽어야 한다.'며 살아 있음을 크게 꾸짖기도 했다. 노비 아이들에겐 물산을 근검절약하는 삼베옷을 기워 입히므로 그 기운 자리는 피카소의 그림보다 우수한 문양과 각양각색의 근검 정신이 오롯이 묻어나는 아름다움 그 자체였다. 백성의 의무를 많이 만들어 가만히 있으면 의무 위반의 죄로 아전들 정당한 토색질의 밥이 되는 것이 백성들이었으니, 조선이란 나라는 '이현령 비현령' 법치국가로서 죄를 짓게 되면 용서란 없었다. 대신 매를 맞아주거나 감옥살이를 해주는 바지 죄수가 허용되어 있었다. (권율이 원균 통제사를 소환하여 곤장 20대를 구형했을 때는 통제사의 군관이 원균의 죗값으로 대신 곤장을 맞았다. 조·일 해전에서 서생포 표류 건의 처벌에 대해 또 다른 군관을 보내겠다고 하자 권율은 이를 거부하고 작전 중인 원균 통제사에게 직접 곤장을 쳐서 군의 사기와 지도력을 훼손했다.) 면천을 당근으로 내건 근왕병 모집에 구름처럼 죽으러 나간 조선의 백성이 진정 위대한 것이었다. 노비가 대다수인 신분제 국가에서 노비에게 양복 입히고 아파트에 살게 한다고 양반된 것은 아니다.

이성계 태조가 위화도 회군을 통해 정권을 잡으면서 전 고려 왕조의 인물들을 제거하기 위해 노비를 만들었고, 이를 법제화하여 그 자식들은 대대로 노비가 되게 법으로 규정한 것이다. 그리하여 조선은 만만 세세 부유함을 지킬 수 있게 법으로 철저히 만들어진 나라였기에 망하려야 망할 수 없었다.

그런 부강했던 나라가 하루아침에 왜적 침략으로 무너지고 노비들이 왜군에 복속되어 나라의 화근이 감당하기 어렵게 된 것이다. 법에 따라 노비들이 많아지게 법을 만들었으니 노비가 낳은 자식 또한 노비가 되는 제도 때문에 한 번 노비이면 평생 노비이고 그 자손도 노비가 되는 것이다. 노비는 숫자가 늘어나게 되어 조선은 가장 부유한 나라가 되었다.

그러나 그런 짓눌리고 억압된 봉건 노비제도 속에서 많은 노비가 왜군에 복속되기도 하고, 또는 노비와 천민들이 면천의 약속에 너도나도 전쟁터로 뛰어들었기에 임진왜란은 치열한 살육전의 양상을 띠었다. 전쟁을 통해 이질적인 제도와 관습이 교류를 통해 문화와 예술 인간 생활의 발전으로 이어지고 새로운 문화가 탄생한다. 나라의 불행이, 백성에게 면천의 약속이 나라의 번영으로 이어져 '백성 생활이 윤택해질 가능성'이 열려 있었다. 그러나 주권을 지키려는 의식이 없었던 노비와의 약속은 무용한 것으로 통치자는 '일방적인 약자'인 노비와의 약속을 파기했다.

도덕과 양심이 잘 발휘되는 사회가 건강한 사회이다. 법과 관원이 생활(사업)권을 소유한 법치 관료주의에서 구조적 비리 부패는 문화, 법치는 도덕과 양심이 설 자리를 대체하는 것이다.

원죄 노비제 原罪奴婢制

조선이란 나라에서 삶을 살아가는 과정은 죄를 짓는 과정이다. 조선의 현실 세계에서 죄가 없다고 말할 수 있는 사람은 없다. 대소 신료이든 천민이든 노비이든 '이현령비현령' 아전인수의 나라에 죄인 아닌 사람이 어디 있으랴. 조선의 노비들은 준비되지 않은 채 일본군에 납치되어 포르투갈을 거쳐 국제시장에 내몰렸다. '글로벌리즘'의 '세계화'를 조선 노비들이 경험하였다. 조선의 노비는 일본군에 의해 포르투갈을 거쳐 유럽으로 쌀 한 가마의 값에 일부가 팔려 나가므로 조선에서 가장 먼저 국제화되었다.

조선에는 양반은 '무노동無勞動 유임금(녹봉)', 노비는 '무노동無勞動 무임금'이란 대원칙이 있었다. 노비가 일하지 않으면 무임금(굶김)으로 굶기거나 다른 곳에 소나 개처럼 팔아 버리는 것이 당연했기에 전란에 그들이 살아남을 수 있는 유일한 출구는 의병에 지원하는 것뿐이었다. 그도 아니면 포로로 잡혀 일본으로 끌려가는 것 외에 생존 방법이 없었다. 구걸이 가능한 상태가 아니었고, 양반도 굶어 죽어가는 상황이 7년간 지속되었다. 조선인이 훌륭한 민족임에는 분명하지만, 낙오자 그룹에서 생산성과 진취적인 사고가 나온다면 인간이라 할 수 없으리라. 조선의 노비제도는 밥(임금)만 먹여주는 시스템으로 생산성은 극히 낮을 수밖에 없었다. 노비제도란 노동력을 천한 것(잉여 노동력)으로 국가가 결정지은 것이다. 이는 다른 말로 생산성이 극히 낮은 태업 사회란 것이다. 도요토미가 창안한 '야르기리(돈내기)'는 경쟁 사회이다.

일본이 조선에서 폐기 방임되고 있는 잉여 노동력 약탈을 자행할 수밖에 없는 필연적인 상황이 초래되었다. 여기에 포르투갈의 예수교 정의관이 '악의 나라인 조선을 정벌하여 하나님의 복음을 전파해야 한다는 사명감으로' 일본의 침략 욕구를 부추긴 것이다.

낙오자('알바', 경비원)에게 나라를 맡긴 것과 같은 형국에서 승리는 애당초 기대할 수 없었다. 역모죄에 몰리면 노비가 되는 제도로 인해 양반들은 역모로만 몰리지 않으면, 가만히 잠자고 있어도 아래 계급의 백성들이 자꾸 늘어나서 지위가 올라가기 때문에 노력하지 않고 은거하였다. 이는 자고 나면 땅값을 올라가도록 빈부의 격차를 만들어 주면 '모텔'만 생기는 것과 같다.

만주 여진과 일본은 평민들 위에 사무라이나 관리가 되는 상향식 능력 경쟁 체제였다. 반면 조선은 양반들이 씨앗을 즐겁게 뿌려야 한다는 종모(태교)법으로 양반들의 음주 가무와 풍류를 권장하였다. 조선은 '원죄 노비죄原罪奴婢制' 국가였다. 노비들은 관병이든 의병이든 끌려 나가서 죽을 사람들로 가축과 같은 것이었다. 조선의 노비들은 임금을 받았다. 입에 풀칠할 정도만큼만은 틀림없이 밥(임금)이 지급되었다. 조선시대 약 7할이 천민과 노비였으니 전쟁에 소모될 인적자원은 충분했다.

당시 조선은 하층민이 절대다수로 장기전에 동원할 인력자원이 있었다. 더구나 경작 반수(임대료) 상실을 당한 양반들이 의병에 앞장서서 양곡을 내어 군사를 모았다. 밥이 곧 노임이고, 밥만 먹여주면 되었기 때문이다. 노비도 아무나 하는 게 아니라, 정신 바짝 차려야 노비로 살 수 있었다. 백성들은 공명첩(空名帖, 이름을 비워놓은 관직 임명장)을 산다든지, 양반들에게 직첩(職牒, 벼슬 임명장)을 산다든지, 향리에게 돈을 주고 호적을 바꾼다든지 하는 방법들을 통해 양반 신분을 살 수 있었다.

알밴종 (비싼 노비)

조선에서 관리들이 백성이라 함은 약 15% 이내의 양인들만 해당한다. 대부분 노비들은 백성에 포함되지 않았다. 노비는 가축과 같이 매매되고 상속되는 생산성 재산이었다. 노비가 자식을 밴(임신) 것을 '알밴종'이라고 해서 가격이 비싼 값에 매매되었는데, 임진왜란 중에는 명나라군과 일본군이 앞다투어 소를 도살하므로 송아지 값이 폭등하여 150냥 하던 것이 900냥가량 금값이 되었고 노비의 값은 150냥 하던 것이 100냥 이하로 폭락했다. 개는 새끼를 한꺼번에 10마리씩 낳으므로 노비보다 비싸게 거래되었다.

명나라군이 한 달 월급이 150냥 정도로 열두 달 근무하고 귀국할 때 노비를 12명을 사서 개선할 수 있었다. 만주족들은 조선의 노비 값 폭락에 싼값으로 노비를 대량으로 사들여서 귀국하였다. 만주의 여진족들이 임진왜란에 출병하여 조선의 지리와 풍토 관습을 훤히 알게 되었고, 신유교(신자유) 사상이 중국에서 유입되어 외거노비라는 제도의 숨통이 트였다. 노비에게 밥을 적게 줘야 일을 잘하고 건강하게 번식한다고 인식할 정도로 새로운 사상이 범람하여 노비 생산에 열을 올리는 '성공학'이 유행했다. 노비들은 글을 몰라야 안전한 나라라는 말대로 수십만이 일본에 끌려갔는데, 만일 글을 가르쳤더라면 강항의 간양록 같은 것들이 넘쳐나서 세계에 젠 창피를 당할 뻔했다. 역시 조선 양반들의 선견지명으로 흔적도 없이 상처가 묻혔다.

노비제는 종신고용이며 엄청나게 좋은 점이 많다고 조정의 공론이 있었기에 면천의 공약은 없던 것으로 한다는 것이 선조 이연의 결단이었다. 세상에 종신고용이 어느 나라에 있겠는가? 위대한 조선의 은혜라는데 조정 중신들은 만장일치로 면천법을 폐지했다. 양반들이 소아마비나 반신불수로 태어나면 죽을 때까지 간병인 없이 노비가 간병해주고 중풍으로 식물인간이 된 양반도 몸종인 노비가 평생 간병을 해주는 종신고용 보장이 그들이 내놨다는 일자리 대책이었다.

무덤은 평화

나는 추풍령 방어선 붕괴 후 패잔병이 되었으나 향병을 규합하여 장군이 되지 않았다. 성주의 아버님을 의병장으로 추대했다. 내가 의병장이 될 경우 조정에서 의병장으로 임명하여 임전무퇴의 방어를 명령하게 되고 이를 거부하면 선전관들이 멱을 따서 출세하려는 풍조였다. 이것이

내가 조선의 법치 때문에 일개 의병이 된 이유이다. 유격전을 할 수 있도록 조선의 법치를 역이용하여 왜군과 싸워 이기려고 했다. 왜군들이 패배함을 내 눈으로 지켜보아야 한다고 생각했기 때문이었다 . 내 생각대로 우리의 유격전에 조정에서 나를 장군이 아닌 합천 군수로 가장해서 임명해 주었다. 합천 군수란 행정관은 임전무퇴의 의무에서 조금 자유로웠다. 나는 밀양 부사 박진과 경상도를 돌면서 왜군들에 투항한 관노들의 선무활동에 진력할 수 있었다.

임진왜란으로 조정이 새로 훈련도감을 창설했다. 관에서 일하던 공노비公奴婢나 양반 댁에서 부림을 당하던 사노비私奴婢 등 천민들이 군사로 지원했고, 훈련도감과 비슷한 시기에 창설된 속오군束伍軍에도 노비들이 포함되었다. 속오군에 들어가서 일정 수 이상의 일본군을 사살한 천민은 노비 신분에서 풀려나, 자유를 얻게 해주었다.

위대한 조선

조선의 위대함은 군사력 동원에, 인적자원에 보상이 한 푼도 없어도 된다는 점이었다. 이에 반해 명나라는 군사동원에 많은 전비가 소요되어 망했고, 일본 또한 전비로 인해 내전이 발발하여 도요토미가 망하게 된다. 다만 조선의 문제는 공짜로 전란을 막아내는 데 성공하다 보니, 정신력만 강조하게 되어 무기와 군사에 소홀히 하게 되었다는 점이다. '세상에 공짜는 없다.'는 말은 국방과 조직에도 해당한다.

조선의 위대함은 노비제(세율)뿐만 아니라 세계 최초의 대량 인쇄술인 금속활자의 발명과 세계 제일의 도자기 생산 기술, 세계 제2위의 화약 제조력으로도 확인할 수 있으며 세계 4대 발명품 가운데 '인쇄술', '나침반'은 조선에서 별자리를 관측하기 위해 태어난 것이었다. 유도, 검도, 가라테 등 일본 고유의 무술 그리고 가부키, 단가, 화도 역시 조선이 발상지라고 알려져 있다. 세계제일의 저임 인력자원인 노비 생산 시스템, 두 개의 기준인 도량형과 내(치자治子) 마음대로 측량할 수 있는 아전인수의 수단을 실정 법전으로 구비한 이 나라는 명나라에 견주어도 손색이 없는 위대한 조선임에는 분명했다.

그런 조선이 일개 섬나라 그것도 농노 출신의 육손이 도요토미에게 형편없이 깨진다는 것이 도무지 말이 되나? 왜구들은 법도 없는 영주 체제의 미개한 나라이고, 도량형인 말과 되의 고봉과 평도 모르는 나라이지 않은가? 조선처럼 우수한 양반 나리들이 풍류를 즐기고 노비는 산술 복리로 생산되는 제도인 '종모법' 같은 것은 일본은 죽었다 깨어나도 알 수 없는 것들이 아닌가? 세계 제일 저율의 세금제도를 대대로 유지할 수 있는 아전(법관)들은 백성들이 수저, 몽당 거리가 몇 개인 살림살이인지 훤하게 꿰뚫고 있다. 그런 위대한 조선의 군대가 미개한 왜구들에게 속수무책으로 무너지고 있었다.

백성 모두가 골고루 잘 살아야 그게 국력이다. 그런 기반 위에 '기업'도 하고 백성도 하고 관리도 하는 것이 국력이다. 모든 사람이 존중받고 신분이나 역할 분담은 의복처럼 선택적 지위를 줘야 한다. '사법고시'를 통과하면 판검사 법조인 자격이 주어져 일신전속권이 생기는 것처럼 조선의 관리에게는 하나의 신분이 생기는 것이다. 일신전속권처럼 사람의 몸과 피 속에서 신분이 나오는 것이다.

착하고 말 잘 듣고 성실한 조선의 노비는 일본 도요토미가 탐내어 납치해가고 형제국인 말갈족 만주족들이 50만 명을 조선 공권력으로 보내달라고 요구해서 중국을 점령하는 데 큰 자산이 되었다. 평생 땡전 한 푼 지급하지 않고 일을 시켜 재산을 모을 수 있는 조선 노비를 천대할 수 있는 이들은 조선의 양반들뿐이었다. 일본 중국의 번영이 모두 조선 노비의 노동력이 없었다면 불가능했으리라, '조선업, 자동차, 핸드폰, 기피(3D)업종'까지 고도 압축성장이 가능했던 것도 착한 노동력 때문이었다. 이 나라 관리들, 양반들이 자신들이 성공신화를 만든 것인 양 자화자찬하는 그 시간에도 이 나라의 국부의 원천은 노동력이었다. 따라서 치자들은 노동자들에게 봉사하고 성과물을 돌려주어야 한다. '코리안 드림' 한국으로 외국인들이 몰려온다.

"미개한 왜구들과 용감히 맞서 싸워라! 임전무퇴로 적을 한방에 꺾어라!"

왜구들은 비웃기라도 하듯이 더욱 거침없이 조선의 군현들과 8도를 점령하고 그에 복속된 나라의 재산인 노비들까지 왜군으로 만들어버렸다. 이런 천인공노할 일이 있겠는가, 그것도 부족한지 사대부와 수령 방백의 처자식들을 잡아가고, 고관대작의 처자식마저 능욕했다. 게다가 이연 선조 대왕의 두 아들을 생포했고, 선대 왕의 묘를 파헤쳐 부관참시하고 그 뼈를 불살랐다. 통탄할 일이었다.

영리, "새로운 조선이 되려면, 확 망해 버려야 한대요."

조선의 노비는 크게 관청에 소속된 공노비와 개인에게 소속된 사노비로 나뉘는데, 노비는 재산처럼 거래되는 것은 물론 그 자식들까지 자자손손 천인賤人이 된다. 양인과 천인이 혼인하는 양천교혼良賤交婚의 경우

모친의 신분을 따르는 것을 종모법從母法 또는 수모법隨母法이라고 하고, 부친의 신분을 따르는 것을 종부법從父法이라고 했는데, 부모의 신분이 서로 다를 경우 그 자식들은 노비가 된다.

이렇게 해서 관청마다 기생들이 생산한 관노비가 너무 많아서 국가의 재산이 기하급수적으로 늘어났다. 반면 사노비들은 더욱 열악했다. 노비 사회에서 노비(프롤레타리아트)는 자신의 생활을 유지할 수 있는 재물이 없을 만큼 찢어지게 가난해, 노동력으로서의 아이를 낳음으로써만 생활을 유지하는 존재였다.('프롤레스'는 후손을 뜻하는 라틴어) 이들은 몸뚱이밖에는 아무것도 없었다. 조선은 법과 이를 집행하는 권력이란 이름으로 자행되는 폭력으로 귀천과 부귀와 공명을 강제하는 나라였다.

법치라는 이름으로 폭력적인 수단을 합법화하여 부동산 땅 재산 신분을 강제로 처분하는 것이다. 시장이 아니라 법이 재산을 빼앗(경매)는 방식으로 약탈하다 보니 개인의 노력이나 선택은 전혀 중요하지 않았다.

임진왜란으로 중요 관청과 도시들이 적의 치하에 들어갔고 엄청난 관노비들이 왜군들 포로가 되어 왜에 투항해 버렸다. 노비들은 어차피 시키는 대로 평생 일만 하다가 죽었다. 또 노비는 혼인하여 노비를 생산하는 사회의 가장 중요한 인적자원이었기에 '관청의 수령 방백이나 말단 관속까지 기생들을 품고 생산함'이 곧 국가의 재산 증식이라는 산업 활동인 셈이었다. 그렇게 조선은 저절로 부국강병이 되도록 법이 규정하고 있었고, 완전한 법치국가로 절대로 망하려야 망할 수 없는 위대한 제국이었다.

조선은 백성들을 착취하고 노역에 강제로 동원하면서도 전혀 보상을 안 해주었지만, 반면 양반들은 군역을 빠져나가고 회피하게 해주었다. 백성들을 강제 노역에 동원하였다. 그에 비해 양반들은 온갖 부정을 통해서 군대를 면제받았다. 토지에 부과하는 조세, 집마다 부과하는 공납, 호적에 등재된 정남에게 부과하는 군역과 요역 등이 있었으며, 이것이 조선 재정의 토대를 이루었고, 양반들이 소유한 토지에 조세를 낼 의무를 소작 농민에게 대신 내도록 강요하는 경우가 많았다.

조세는 과전법의 경우에 수확량의 10분의 1을 내는데, 1결의 최대 생산량을 300두로 정하고, 매년 풍흉을 조사하여 그 수확량에 따라 납부액을 조정하였고, 토지 비옥도와 풍흉의 정도에 따라 전분 6등법, 연분 9등법으로 바꾸고, 조세 액수를 1결당 최고 20두에서 최하 4두를 내도록 하였다. 그러므로 사실 소출의 약 10%가 공식적인 세금이었으나 실제는 양반집 머슴들이 몰려와서 죽어라, 패고 소작농의 소출을 빼앗아 가고 거래에 있어 고봉으로 받고 밀어서 주는 방법으로 학정에 시달리게 하였다. 또한 조선은 위대한 유교 국가로서 노동이란 천민과 노비들이나 하는 것이고, 거래에 있어 고봉이란 제도가 있어 반상의 법에 적용이 달랐다. 양반들이나 사대부들은 평생 땀 흘려 일하지 않고 수많은 노비에게 수발을 들게 해서 살았으니, 이 얼마나 풍요롭고 위대한 나라였던가? 아 대한민국! 아 조선! 저절로 노랫가락이 나오는 나라였다.

위대한 조선의 선비나 사대부들에게 유격전이란 비겁한 수치스러움을 주었으리라. 위대한 조선의 체면이 구겨졌다고 생각하는 것이었다. 서울이 함락되는 시간에도 동헌에 나가 일기를 쓰고 관청 일을 보는 그런 것이 위대한 조선이었다. 그러나 병법에 따르면 유격전도 하나의 전투이고 조선은 강력한 적과 싸워 이겨야만 했다. 전쟁을 낭만적으로 접근해선 안 된다. 조선은 양반들만이 기록을 남길 수 있었다. 패전이나 유격전은 비겁한 것으로 기록조차도 금기시되었다. 왕조 기록만 봐도 활동이 짐작될 것이다. 자유로운 영혼을 가진 자만이 진실을 발견할 수 있다. 조선에서 베옷이라고 하면, 그것이 백의였다. 천민과 중인 이하가 대부분 베옷만을 입었다. 조선의 노비제도는 위대한 문화유산이었다.

조선의 노비제도나 두 개의 자를 가진 아전인수라는 법치에 불만을 가지거나 따진다면 양민이든 노비든 조선에서 사라져야 했다. 그것은 국가의 공권력에 대한 도전이고 이런 것이 바로 역모죄였다. 역모죄를 저지른 죄인의 가족은 대대로 노비로 만들거나 아니면 죽였다. 기축옥사에서 1천 명이 죽고 그 가족들의 재산을 몰수하여 노비로 만들어 사대부들이 번영을 누린 것과 같다. 역모를 밀고하면 비밀이 보장되었으며 큰 상이나 출세를 하게 해주었다.

노비는 쌍놈이 아니다. 양반의 씨앗으로 노비인 어머니에게서 태어난 관노는 수령 방백을 아버지로 섬겼기에 궂은일들을 했고 불만 불평이 없었다. 노비라고 천출이 아니라 노비야말로 양반 중의 양반의 씨앗이었다. 김씨, 박씨 하는 것의 어원도 씨앗에서 나온 것이다. 어지간한 중인들보다 노비의 씨앗이 양반으로 어릴 적부터 어머니로부터 '네 아비는 유 정승이란다.' 이렇게 길러지고 있었다. 세계 최고 우수한 양반 혈통으로 노비를 생산 공급하는 것이다. 세계 최고의 양질의 노동력을 제공하는 '조선의 위대함'의 또 다른 증거였다. 양반의 자식으로 관노가 생산되었다. '관노들은 수령 방백을 아버지임에도 아버지라 부르지 못하는 노비 신세였으니' 혹여 '엄마가 해준 게 뭐가 있느냐'고 대들면 할 말이 없었다. 나라의 법으로 만들어진 노비였으니 누굴 탓하랴, 천벌이었으니 이에 불평함이 역모인 것이고, 공권력에 대한 도전인 것이다. 그러니 강요된 충성심이 매우 강한 세계 유일의 사회였다.

백성들에게 법치를 실제 적용하는 것은 아전들이었다. 경국대전의 법치는 임금을 대신해서 아전들이 두 개의 자와 두 개의 말과 되로 운용되었다. 그것은 수령 방백들이 하는 것도 아니었으며 아전들이 나라의 백성들을 쥐어짜고 있었다. 형조의 아전들은 온갖 죄목으로 백성들의 재산을 빼앗아서 수령들에게 상납했다. 법은 이렇게 유용하게 사용되어 한양에는 노비들이 7할에 이르렀고 나라의 재산은 날로 번식했다. 그것이 조선을 부유하게 하는 동력이었다. 조선의 번영이 영원하리라는 데 누구도 의심하지 않았다.

어떤 아전은 선하게 권리를 행사하기도 했고, 또 어떤 아전들은 토색질로 노비를 많이 만들어 나라를 부유하게도 했는데, 전쟁은 선과 악을 가리지 않았고 왜군들의 총탄은 조선인들을 죽였다.

죽임을 당하는 것이 또 하나의 정의처럼 보였다. 그들에게 저주와 같은 천함을 벗게 해주겠다는 아전(나라)들의 말 한마디에 노비들은 전쟁터로 용맹히 나아갔다.

그리고 그들은 간지럽다던 새 잡는 총이라는 조총 앞에 전멸을 숙명으로 받아들여야 했다.

누군가 이것이 아니라고 외쳐도 적군의 무자비한 총칼은 이런 것들을 가리지 않고 뚫고 들어가 죽임을 선사하는데 지체함이 없었다. 그렇게 면천의 약속은 공수표가 되었고 죽은 자들은 말이 없었다.

조선의 인구 구성은 노비가 7할이고, 중인 1할 5부 그 나머지가 양인으로 각자의 역할이 나뉘어 있었다. 이런 지극한 평화의 낙원에 전란으로 일본군이 들이치고는 많은 것이 바뀌었다. 일본군이 말을 사들였고,

명나라 군병들도 말과 소를 닥치는 대로 사들여 도살해 먹었다. 노비의 값이 150냥이었는데 반해 소와 말 값은 폭등하여 500냥을 웃돌고 있었다. 가는 곳마다 사람이 가축보다 천하니 자조적인 한숨이 나왔다. 그러나 조선이 법도가 그러했고, 전시라 법은 더욱 엄격했다.

한 끼의 푸짐한 식사가 악전고투인 전황을 바꾸어 승리를 가져오기 때문에 전쟁의 전체 판도는 소고기와 말고기가 바꿀 수 있다고 병사들은 이구동성으로 말했고 사실이 그러했다. 전쟁 전에는 집집마다 소가 농사를 대신했는데, 전쟁으로 가축인 소가 무용해진 덕택에 비싼 가격을 쳐준다고 하는데 서로들 소를 팔아 큰돈을 받았다. 그러다 보니 나중에 솟값이 폭등하여 900냥까지 갔는데, 돈을 주고도 소를 살 수 없을 정도가 되었다.

전쟁은 엄청난 인적자원의 수요를 유발했다. 이에 따라 조정은 중인과 천민들(외거노비)에게 군대에 자원하여 공을 세우면 양반이 되도록 면천免賤을 약속하고 각종 전투에 무기를 들려 내보냈다. 양반들이 노비를 소유한 채 전쟁에 참여하지 않을 경우에는 강제로 노비 중에서 튼튼한 노비를 할당하여 징병했다. 조선 수군의 대부분이 조정에서 강제로 양반들로부터 징집하여 조직되었다. 이러다 보니 외거노비, 중인 이하의 계층이 사라져서 양반들이 몰락했다. 외거노비 중에 소를 많이 사육한 경우 소를 팔아서 노비가 노비를 부리는 경우가 생겼는데, 이들은 몰락한 양반의 족보를 사거나 몰락한 양반을 데릴사위로 들여 양반 또는 중인 계급으로 등장했다. 조정이 전쟁에 나가 공을 세우면 면천하겠다는 약속을 이행치 않았으나 실제 사회에서는 분위기에 편승하여 일시적이나마 신분이동이 일어났다.

비용 0원(저임금)의 생산 주체인 조선의 노비를 약탈하는 것이 조선 침략의 일차적 원인이었다. 그들은 노비가 가장 중요한 생산의 주체이면서 소비에서는 배제된 조선사회의 이중성을 직시하고 이들을 일본으로 약탈해서 일본의 생산력을 획기적으로 향상하는 것을 첫째 목표로 했다. 도요토미는 조선을 휩쓸면서 바느질하는 사람, 도공 몇 명을 구체적으로 열거했다.

서원에서 유생들은 위대한 조선의 유학을 이렇게 가르쳤다. 그들은 국가를 위해 충효를 맹세하고 왕에게서 토지와 노비를 받았다. 물론 세금을 내지 않았다. 서원은 말로만 충효를 가르칠 뿐 실제로는 백성들을 착취하고 고혈을 빨며 온갖 명목으로 돈을 갈취해서 사리사욕을 채우는 집단이었다. 말로만 유학의 의를 내세울 뿐 실제로는 썩은 양반들의 집단이었고 조선은 땀 흘려 일하는 노동을 천하게 여기는 것이 국법인 나라였다.

나라에는 이런 불합리한 부정부패성 제도와 법치에 대하여 이를 지적하고 바로 하고자 하는 사대부가 없었다. 그저 자기 밥그릇 유지하려는 모습들뿐이어서 나는 여러 차례 이를 바로잡자는 상소를 올렸다.

훌륭한 백성들이 내일의 희망을 만들고 도전정신이 인재들을 만든다. 그 나물에 그 밥뿐이라는 자조 섞인 한탄이 백성들 입에서 끊이지 않는 것은 '제구실을 잃은 사대부들의 향락을 보장하는 수탈' 때문이었다. 관노들이 왜군에 대거 참여한 큰 책임은 우리의 제도에 있었다. 그들은 교육받은 대로 왜군들의 침략에 대해 새로운 주인에 복종하지 않고 저항할 이유나 방법을 모르고 있었다.

따라서 나는 경상도 전역에 기병으로 의병을 일으킬 것을 요구했다.

서둘러 왜군에 점령되기 전에 거병하여 관노들을 수용해야 했다. 관노들은 시키는 대로만 할 뿐이다. 그들의 목을 베어도 아무런 잘못도 모르고 대대로 그렇게 시키는 대로 움직이는 노비들의 목을 베어 군기를 세울 필요는 없었다. 전쟁이란 국가 간의 모든 국력을 동원하여 이겨야 하고, 우리 강점으로 적의 약점을 쳐야 한다. 조선은 적의 강점인 우수한 무기와 많은 대군에 응대하여 패망을 향해 가고 있었다. 조선의 강점은 철저한 신분제도로 인해 여유롭게 동원할 수 있는 많은 사람들, 그들에 대한 면천의 약속으로 노비 해방을 조건으로 동원 가능 병력이 수백만 명이었고, 둘째는 명목 세금이 소출에 1할이라는 것이 일본의 4할에 비해 낮아 이것이 백성들의 저항을 유발하여 의병으로 투쟁할 수 있었다.

조선은 위대한 신분제도와 조밀한 법치를 자산으로 일본군 침략에 전 민중이 거대한 저항으로 반대하는 구국연합 전선을 형성할 수 있었다. 반면 왜군은 조선을 통치할 수단으로 조총과 우월한 국력에 비례한 군사력의 우위를 가지고 있었다.

| 면천법兔賤法 제정 |

공사 노비가 일본군의 머리 1급을 베어 오면 면천(兔賤 천인에서 벗어남)시키고, 2급이면 우림위(羽林衛·국왕 호위무사)에 제수하고, 3급이면 허통(許通, 벼슬을 시키는 것)시키고, 4급이면 수문장守門將에 제수하는 것이었다.(선조실록)

면천법을 보면 일본군 머리의 가격이 엄청나게 비싼 사실을 알 수 있다. 일본군 1인당 조선군 코를 한 되씩 소금에 절여 보내라는 일본 측 명령과 대비해 일본군 머리 하나를 베면 면천이 되는 것이니 일본군 머리 하나의 가격은 약 900냥에 해당한 셈이다.

개성開城 출신 황진이는 학식과 권세를 겸비한 조선 사대부들을 희롱하고 조선 최고의 군자라고 불린 벽계수(본명 충남)를 유혹했다는 시조가 있다.

'청산리 벽계수야 쉬이 감을 자랑 마라. 일 도창 해하면 다시 오기 어려워라. 명월이 만공산할 제 쉬어감이 어떠하리.'

오랜 평화시기로 인해 왕족 벽계수마저 군자로서의 허울을 벗어 던졌다. 남녀 관계에 있어 신분과 당대 최고의 호인인 벽계수를 무너뜨린 일로 황진이는 유명세를 탔다. 심지어 불가의 생불로 통하던 지족선사를 파계시켰다고 한다. 거칠 것 없이 황진이와 벽계수는 송도를 떠나 조선 팔도를 유람하며 한양과 송악에서 남녀 간의 사랑을 초월한 영혼의 동반자로 인생을 함께 나눴다.

영리, "조선의 술 문화 권율과 유성룡 이순신의 운명적 만남은 요즘 말로 하면, 주막에서 이루어진 것이오?"(이덕형이 지은 송도기이松都奇異)

조사(詔使. 중국에서 오던 사신)가 본부本府에 들어오자, 원근에 있는 사녀(士女. 선비와 부인)들과 구경하는 자들이 모두 모여들어 길 옆에 숲처럼 서 있었다. 이때 한 우두머리 사신이 진랑을 바라보다가 말에 채찍을 급히 하여 달려와 관館에 이르러 통사通事(통역)에게 "너희 나라에 천하절색이 있구나!"라고 말하였다. 선비들과 함께 놀기를 즐기고 자못 문자를 해득하여 당시唐詩 보기를 좋아하였다.(송도기이) 누가 기생이 좋아서 하겠는가? 신분은 그 밖의 거의 모든 가치를 포괄적으로 귀속시켰다. 즉 '고귀한' 신분 집단의 구성원들은 정치적 권력과 경제적 부, 사회적 지위, 문화적 향유 같은 탐스러운 세속적 가치를 배타적으로 독점한 것이었고, 이들을 즐겁게 해줄 사람들이 필요한 것인데, 머리 좋은 조선의 지도층은 그 재미는 재미대로 보았고 노비는 확대 생산되고 재활용되는 '시스템' 속에서 산업 생산에 기여하니 일석이조였다.

"중국 사신을 비롯하여 일본 사신, 야인 사신, 유구국 사신 등의 외국 사신을 접대하기 위한 방편으로 기녀가 동원되었다."(망견진낭望見眞娘 최편이 래催鞭而來 주안양구이거注眼良久而去)

조선에 상국上國의 관리들도 놀고 갔다. 노비와 기생도 선진화 국제화되었다.

선조宣祖 19년(1586) 일본의 사신 귤강광橘康廣은 도요토미 히데요시豊臣秀吉의 편지를 가지고 조선을 찾아와 숱한 일화를 남겼다. 귤강광은 그때 나이 50여 세로 매우 교만했다. 당시 조선에서는 왜국의 사신이 상경길에 고을을 지날 때면 장정들을 동원하여 창을 잡고 길 양쪽으로 늘어서게 하여 군사의 위엄을 보이게 하는 것이 하나의 관례였다. 다음은 징비록에 기록된, 귤강광이 경상도 안동安東을 지날 때의 모습이다. 고을 장정들이 창을 비껴 잡고 서 있는 광경을 유심히 살펴보던 귤강광은 조소를 가득 머금은 얼굴로 "그대들이 들고 있는 창자루가 왜 그렇게 짧은

가?"라고 빈정거렸다. 귤강광이 서울에 다다르자 예조판서(유성룡)가 잔치를 베풀었다. 잔치가 무르익자 술이 얼큰해진 귤강광은 한 주먹의 호초(후추, 약재로 쓰는 것)를 꺼내 잔칫상 위에다 흩트려 놓았다. 이것을 본 기생과 악공들이 다투어 줍느라고 좌석의 질서가 걷잡을 수 없게 되었다. 이런 광경을 취한 눈으로 살펴보던 그는 객관으로 돌아와 통역에게 말하기를 "너희 나라가 망할 징조이구나. 기강이 저렇게 땅에 떨어져서야 어찌 나라가 흥하기를 바라리오."라고 하였다. 이렇듯 귤강광은 조선을 얕보고 있었다. 귤강광이 가지고 온 히데요시의 편지 내용은 이러했다. '일본국은 조선에 자주 사신을 파견했는데도 불구하고 일본국에 사신을 보내지 않았으니, 이는 곧 우리를 깔보는 것이 아니고 무엇이겠는가?'

임진왜란을 전후로 전국에서 기생들의 활동은 하나의 애국으로 판단되었다. 특히 진주성의 논개, 평양의 계월향 등등 수도 없다.(계월향桂月香(미상~1592), 조선 중기의 평양平壤 명기名妓, 기녀전)

우리의 위대한 조선국은 세금, 군역, 환곡 등이 균등하고 공평하지 않았다. 농민이나 일부 계층에 집중(사대부들에게는 면책만 있을 뿐)되어 결국은 국고가 바닥나고, 조정 중신들은 역모와 같은 옥사를 일으켜 이권을 잡고 사대부의 명맥을 이어 오지 않았나. 결국 나라의 운명은 외침 앞에 권력자의 손아귀에서만 놀아나게 되고, 권력자들은 자신들의 부와 권력을 조금 더 유지하기 위해 '좁쌀 서 말'로 군대를 만들어 반역을 꾀했다고 수천 명을 죽이고 사적인 원한들을 갚았다.

무슨 일이든지 법으로 해결하려는 것이 조선의 우수성이었다면, 법치의 척도인 수치에는 양반과 천민에게 따로 적용되는 두 개의 자 유전무죄 무전유죄有錢無罪 無錢有罪를 가지고 있었다. 다른 나라나 다른 사회에서는 없는 두 개의 자를 가지고 법을 집행하는 완전히 무결한 나라이므로 자존심이 매우 높았다. 신분제 사회에서 백성들은 자신의 운명을 개척할 수 없었고, 운명론, 숙명론이 범람하여 토정비결, 정감록 같은 비결이 유행했고 기인들이 욕구 분출에 소용되었다. 특히 무당과 점, 굿과 같은 무속이 천민이나 양반을 가리지 않고 범람하여 요행을 바라는 풍조는 더욱 거세졌다. 이런 틈을 타서 관리나 아전들은 토색질로 스스로 부를 축적하여 양반에 오르는 '운명의 개척'을 하고 있었다. 가혹한 수탈을 이기지 못한 농민들은 토지를 잃고 노비가 되거나 고향을 버리고 산속에 들어가 초적이 되었다.

대다수 농민은 농업 규모가 더욱 영세화되면서 영세 빈농, 전호 등으로 전락하였다. 토지에서 이탈한 농민들은 유민화되어 일본군을 맞서는 총알받이로 소용되고 있었다. 반면 너무 풍족했던 양반들은 당뇨병과 같은 많은 병에 시달렸다. 나는 바람도 쉬어간다는 추풍령 고개에서 패잔병으로서 향군을 모집하고 의병을 거병토록 전국 각지에 파발을 보내며 솔선수범했다. 성주성에서 아버지 배덕문(68세) 장군의 거병을 요청했고 바로 의병을 창의하여 1천5백여 병력을 모았다.

'우두령'을 넘어가면 달개비, 닭의장풀이 무성하다. 너무 잘 먹어 병에 허덕이는 양반들의 질병인 당뇨에는 최고의 풀이어서 너무도 아름답다.

달개는 이뇨작용, 급성 열병, 감기에도 특효로 병사들과 양반들의 병에 처방하면 되니, 고마운 조선 강토는 풀 한 포기도 효능이 있었다. 혹여 병사들이 뱀에 물려 독이 오를 땐 달개비가 최고였다.

탄금대 전투

1592년 4월 26일~4월 28일, 나의 신립 장군에 대한 소회는 이렇다. 먼저 건주 여진의 니탕개의 반란을 진압함은 엄청난 공이다. 조선건국 이래 최대 규모로 벌어진 여진족 반란인 니탕개의 난은 결코 작은 전투가 아니었다. 이탕개를 비롯한 야인들과의 싸움에서 신립이 보여준 용맹에 나는 평소 그를 존경했다.

> ### | 신립申砬(1546~1592) |
>
> 시호는 충장忠壯이다. 여진족 토벌로 용명을 떨친 북방의 맹장으로서 탄금대 전투에서 패전하고 자결하였다. 조선 측 병력은 도순변사 신립申砬, 순변사 이일李鎰, 종사관 김여물金汝物을 필두로 도합 8천여 명이었고 신립申砬, 김여물金汝物의 전사로 조선군은 전멸했다.(일본 측 전력은 고니시 유키나가小西行長, 종의지宗義智, 마쓰라 시게노부松浦鎭信, 아리마 하루노부有馬晴信, 오무라 요시아키大村喜前, 고토 스미하루五島純玄가 참여한 도합 1만8천7백여 명)

1567년(선조 즉위 년) 무과에 급제했다. 신립은 1583년 온성 부사 때 북변에 침입해온 여진족 니탕개를 격파하는 등 야인 토벌에서 큰 두각을 나타냈다. 1587년 흥양에 왜구가 침입하자 우방어사가 되어 군사를 인솔, 토벌에 나섰다가 이미 왜구가 철수했으므로 돌아오던 중 양가의 처녀를 첩으로 삼았다는 삼사三司의 탄핵으로 파직되었다. 곧 함남 절도사에 다시 등용되었으나 졸병을 참살한 죄로 파직, 중추부동지사의 한직으로 전임되었다.(선조와는 사돈지간, 권율 백사 이항복과는 동서지간이었다.)

임진란이 터지자 서둘러 모병을 하였는데, 백성들은 과거 시험으로 알고 유성룡에게 모여들었다. 정작 신립 장군의 진영에는 병사가 몰리지 않았다. 내가 조경의 방어사에 배속되지 않았더라면, 아마도 신립 장군 휘하에 들었을 것이다.

죽으러 가는 싸움임을 모르는 철없는 백성들, 종이와 붓을 들고 몰려온 1만여 병사들에게 무기를 들려야 하는 신립 장군이 선택할 최선의 선택은 병력 이탈을 막기 위한 배수진임이 분명했다.

우리 병사들의 경우, 추풍령에 다다르기 전에 모두 도망치고 겨우 500여 명의 병력으로 적과 맞섰기 때문에 신립 장군의 배수진은 타당하고 적절했다. 그리고 한자리 취직하러 온 병사들에게 농기구를 들려 싸운 전투치곤 대단한 승부수였다. 조선 조정이 얼마나 무식하냐 하면, 칼과 창을 든 병사가 백병전을 하면 당연히 창병이 이기는 거 아닌가? 칼은 최후 백병전의 보조무기이다. 일본군은 대부분 조총병이거나 장창(5m 이상)

을 가진 '아시가루' 창병이었다. 유럽의 창병에 상대 병사들이 방패를 가지고 측면을 막아도 방패가 뚫리는 것이다. 그런 창병을 조선은 무방비로 막으려고 했으니 세계에서 가장 무모하고 순진한 대응이었다.

이일李鎰이 서울에 있는 날쌘 군사 300명을 거느리고 가고자 하여 병조兵曹에서 선별한 문서를 가져와 보니, 모두 여염이나 시정에 있는 백도(白徒, 군사훈련을 받지 못한 사람)들이며, 서리胥吏와 유생儒生이 반수나 되는지라, 임시로 점검하니 유생들은 관복을 갖추고 시권(試券, 과거 때 글을 지어 올리는 종이)을 들고 있으며, 서리들은 평정건(平頂巾, 두건)을 쓰고 있어서 군사 뽑히기를 모면하려고 애쓰는 사람들만 뜰에 가득할 뿐이었고, 보낼 만한 사람은 없었다. 이일李鎰이 명령을 받은 지 사흘이 되도록 떠나지 못하였으므로 조정에서는 하는 수 없이 이일李鎰을 먼저 가게 하고, 별장 유옥兪沃을 시켜서 군사를 거느리고 뒤따라 가도록 하였다. 이일李鎰이 경상도에 당도했을 때 이미 현지의 지방군은 무너진 상태였다. 그는 상주尙州에서 겨우 관군·의병 800명을 수습하여 북천변北川邊을 끼고 고니시 부대의 북상北上을 막아 보려 했으나 제대로 싸워 보지도 못하고 패했다. 징비록은 그때의 패인에 대해 '수십 보밖에 나가지 못하는 활로 수백 보를 날아가는 조총을 당해낼 수 없었다.'

나와 함께 근무했던 신립의 부장 김여물이 전사했다는 소식을 들었다. 선조 이연의 판단에 의구심이 들었다. 중원 대륙의 만주를 정벌하기에 적합한 신립과 같은 장군을 왜적에 대항하여 투입함은 인사 실패라고 보였다. 기마대로 중원 대륙을 누벼야 할 장수를 보병 소총수들의 총알받이로 내보내는 이연(선조)의 판단력은 어이 상실로 예견된 패전이었다.

당시 조선에서 가장 으뜸가던 신립 장군은 왜군의 파죽지세에 중과부적이었다. 무기에서도 윤섭 장군과 상주전투에 참여한 바 있는 '역참에서 일하던 아전'이 있었다. 그는 조정에서 말을 보호하기 위해 달리지 못하게 한 규정을 빈번히 어기고 긴급한 양반들의 편의를 봐주어 뒷돈깨나 모았다가 전란 통에 모든 걸 잃고 나에게 의탁하여 기병이 되었다. 그런 아전이 적탄에 맞아서 비명을 지르는 소리는 토끼가 올무에 걸려 지르는 비명과 흡사했다. 전쟁터에서 인간은 인간의 소리가 아닌 동물의 괴성을 지르고 있었다.

부상한 병사들의 고통은 끝이 없었다. 군관이든 장군이든 병사든 팔이 부러지고 사지가 뒤틀려 신음하고 있었다. 때론 한쪽 눈알이 튕겨 나가고, 신체 일부가 마비된 채 똥오줌을 싸면서 고통에 신음하고 있다. 저들이 대체 무슨 죄를 지어, 이러한 고통을 감내하지 못해 비명을 지르는 것인가, 그런 고통과 신음이 가득한 전쟁터에서 그들이 죽음을 맞이하기까지 누구도 그 고통을 대신하거나 위로해줄 수 없었다. 엄청난 고통의 끝자락에 죽음이 있었다. 나는 그것을 보면서 인간의 고통이 끝나는 그곳에 무엇인가, 또 다른 평화의 경지가 있음을 알 수 있었다.

엄청난 출혈과 자기 육신의 상실이 끊임없는 고통이라면 죽음은 이 모든 고통의 끝이자 평화와 침묵의 새로운 경지임은 분명했다. 부상병들은 앞다투어 죽기를 소망했다. 그만큼 고통이 가득한 아비규환 속에 아침마다 일어나 새로움을 보이는 우리의 꽃, 무궁화여! 민족의 아픔의 꽃술 하늘을 향해 피어나는 한민족의 꽃이여, 짓밟혀온 우리의 한恨과 설움을 너는 알고 있으리라, 나라의 강토가 두 동강 난 비극을 너는 알고 피어나리라, 그래서 무궁화 너는 차라리 입 다물고 꽃피어 웃어주는구나! 그리고 민족의 가슴 가슴에 붉게 피어나 자유를 노래하는 겨레의 꽃, 무궁화여, 너는 알리라, 수많은 희생 위에 피어난 조국에 역사를.

일본군은 철포로 중무장했고, 조선군은 기껏 활과 칼로 무장했으니, 전략 전술 부분도 상대가 안 됐다.

충청도는 지세가 험준하고 산과 강물이 첩첩이 이어져 길을 돌 때마다 경치가 바뀌고 탁 트인 곳에서는 험준한 봉우리가 무한한 풍경을 자랑하고 있었다. 이러한 충주 땅 탄금대에서의 배수진 전법이 현명하게 병사들의 이탈을 막는 데는 성공했다. 문제는 왜군들이 먼 거리에서 차근차근 조총 교대 연발로 조선군을 짓밟아 왔다. 조선군의 화살은 왜군에 미치지 못했고, 일부 기병은 조총 총알로 제일 먼저 피해를 보았다. 나는 신립 장군의 패전 소식에 조선의 멸망이 눈앞에 보였다. 기어코 원수들을 베리라 다짐했지만, 나는 종6품의 중간 관리로서 하급 관리들을 실질 지휘하는 실무자였을 뿐이었다. 그냥 입에서 한숨만 쉬면서 조정의 인사 실패에 앞으로의 걱정만 했다.

"내 기어코 왜적들을 쓸어버리리라. 그리고 신립 장군의 원한을 꼭 갚으리라."

한편으론 만주 중원 대륙을 평정할 조선의 맹장을 잃음에 원통했다. 원수를 갚으리라 다짐하면서 군량의 확보를 위해 유격전을 계속해 나갔다.

영리, "동인 조정 난신 개새끼들, 어떤 놈 말도 믿을 게 없다. 새 총 들고 일본군이 쳐들어왔다고 하는 자체가 거짓말이었다. 전쟁은 없다고 한 말도 거짓말이고."

하긴 그랬다. 남원과 담양에 무수히 나는 왕대로 죽창 5만 개만 만들어 됐었더라도 이렇게 당하진 않았을 것이다. 나는 너무도 통분하여 분노했지만, 아무 소용도 없었다. 남원과 담양에 엄청나게 나는 대나무로 약 5m 길이로 죽창을 만드는 것은 돈이 드는 것이 아니다. 그런 것만 준비했더라도 그렇게 모두 죽지는 않았으리라. 동인 조정이 전쟁을 예견했다고? 동인들이 집권하던 시절이라 전쟁 준비를 하려고 결정만 내리면 수십만 개의 죽창을 만드는 것은 식은 죽 먹기보다도 쉬운 일이다. 일본의 주력 무기가 철포 총이고 그다음이 약 5m의 긴 창이었고, 다음이 예리한 일본도였다. 적군이 공격해 올 때 매복 유격전을 하려면 최소한 일본군이 가진 긴 창을 이길 수 있는 죽창이 있어야 전투가 되는 것이다. 조선군은 짧은 무쇠 칼이 주 무기였으므로 일본군의 긴 창 대열에 칼 한 번 제대로 휘두르지 못하고 죽어갔다. 이것은 당시 동인 조정이 일본이 침략한다는 사실을 전혀 몰랐다는 것을 확인해 주는 것이다. 선조수정실록이나 징비록에서는 일본 침략 사실을 알고 있었다고 자신들의 무지와 오판을 은폐하는 서술이 유독 많이 보인다. 일본군에 대해 조금이라도 알았더라면 그렇게 죽음의 전쟁터로 무기도 없이 내보냈겠는가? 알고 내보냈다면 정말 나쁜 동인 조정이 아닌가?

김여물은 신립과 더불어 길을 재촉하여 4월 26일 충주에 도착하였다. 김여물은 조령으로 달려가서 그 형세를 깊이 살펴보고는 신립에게, "적의 세력은 우리의 몇 배가 되니 이들의 예봉을 꺾기 힘듭니다. 적은 병력으로 많은 적군을 막기 위해서는 천험의 요새인 조령을 막는 수밖에는 없습니다. 군사를 고개 양편에 매복시켰다가 이를 치면 가히 적을 무찌를 수 있을 것입니다. 설사 적을 막지 못하더라도 서울까지 퇴각하여 방어할 수 있는 여유를 얻을 수 있다고 생각합니다."라고 의견을 폈으나 거부되었다.

신립의 막료들은 대부분 김여물의 의견에 찬성하였으나 신립은 고집을 세우고 듣지 아니하였다. 적이 벌써 재를 넘어 28일에는 길을 나누어 크게 밀어닥쳤다. 김여물은 또 한 번 "먼저 고지를 점령해서 역습합시다." 하고 신립에게 의견을 제시했으나 끝내 신립은 듣지 않고 탄금대를 뒤로 하고 충주 분지를 향해서 배수의 진을 치기에 이르렀다. 그리고 김여물은 한 명의 군관을 추풍령으로 보내 이러한 내용을 전했다. 그 전투에서 적은 세 방향으로 밀고 들어와 아군을 겹겹이 포위하였고, 조선의 최정예 기병 3천은 모두 장렬히 전사하였다.

조선의 군대와 행정 사회는 법으로 규정되어 움직이는 나라였다. 전장에서 추풍령 방어선, 탄금대 방어선 한강 방어선, 평양 방어선은 조선의 마지막 선이었고, 마지막 선으로 규정한 선에서 조정의 패배는 조선의 멸망이나 다름없었다. 선조 대왕 이연과 조정의 재빠른 도망과 요동 총관의 요구에 명나라는 냉정하게 거부했다. 오히려 이여송을 파병하면서, 조선 총관을 은근히 종용했다. 왜구들 내에서는 대마도주의 장인인 소서행장이 조선총관의 기득권을 주장하고 있었고, 도요토미의 책사 구로다 요시타카는 가토를 소서행장과 경쟁시켰다.

누가 먼저 선조 대왕(이연)을 잡느냐에 따라 조선의 운명이 달려있어 보였다. 한 마리의 토끼를 두고 세 마리의 이리가 다투는 형국으로 구로다 요시타카는 자신의 동생 구로다 분신에게도 가토나 소서행장이 조선 왕을 잡아채면 그들을 접수하라는 삼중의 명령이 하달된 것으로 들었다. 이에 구로다 나가마사도 군수 수송을 포기하고 급박하게 가토와 고니시가 전공을 독차지하지 못하게끔 북진하여 황해도까지 고니시와 가토를 추격하게 되었다. 그리고 고바야카와 모리 가쓰라 즉 제4군, 5군, 6군이 보급을 도맡게 되어 구로다 분신이 이들을 지휘하게 되었다.

탄금대 전투 닷새가 지나 김여물 부장의 생사를 확인하고자 탄금대 전투장을 훑어보았다. 부근 야산으로 피난한 피난민에게 사정을 들으니 우리의 기병은 그날따라 내린 비로 말발굽이 빠지는 통에 적들에게 전멸하고 말았다고 한다.

시체의 산 가운데 한 병사가 살아있었다. 예리한 일본도에 복부를 가격당한 듯 배가 갈라졌고, 창자들이 흘러나와 있었다. 그는 눈은 껌벅거리는데 과다 출혈로 사경을 헤매는 듯했다. 본능에 따라 자신의 흩어진 내장을 끌어 모으고 있었다. 아마도 양민으로 보였다. 관직을 얻고자 근왕병 모집에 따라온 것 같았다. 아마도 가족을 찾으려는 무의식이었다. 이미 입술이 아주 새까맣게 변해 있어 혀와 입술이 움직이지 않는 듯했지만, 눈은 또렷이 뭔가 말하려고 하는 듯했다.

아마 모진 목숨이라 육체가 모두 죽고도 눈은 달포까진 살아서 지옥을 보겠지. 껌벅거리는 눈동자 뒤로 신분 탈피와 관직을 위해 공을 세우려는 눈동자의 섬광을 보았다. 죽어도 가족을 위해 눈을 감지 못함을 보았다. 그가 본 것은 지옥이었으리라. 그토록 바라던 신분 탈피 그리고 관직은 지옥에나 있는 것인가. 한참을 걸어서 다리도 아프고 배도 고팠으나 이를 악물고 계속해서 병사들을 이끌고 앞을 향해 잰걸음을 걸었다. 쉬지 않고 내달려 숨이 턱까지 차올랐지만 걸음을 늦추지 않았다.

오랜 세월 행군과 전쟁으로 걷는 것에 익숙해진 병사들로서도 큰 걸음으로 속도를 내야 겨우 따라잡을 수 있다. 날은 점점 어두워졌고, 산이며 나무들이며 전답들은 차츰 암흑 속으로 빨려 들어갔다. 오솔길 양쪽으로 뻗어 있는 길도 어둠으로 가물가물해져서 계속 걷자니 걸음이 덤벙거려졌다.

수풀이 무성하게 우거진 산자락으로 접어들자 갑자기 저 앞에 등불과 횃불의 무리가 보였다. 사람들이 웅성거리는 소리와 함께 말 울음소리도 났다.

다름 아닌 우리 측 조정에서 파견한 선전 관원이었다.

"나는 전생서 주부요."

선전관, "혹 살아서 탈출한 병사는 못 봤소?"

영리, "다 전멸했더라고요, 조정에서 바라던 대로요."

선전관, "잘 됐군, 그럼 돌아가도 되겠다. 모두 수고하시오."

영리, "잠깐! 선전관님, 나는 주부의 비서요. 선조 대왕님께 나 한자리 달라고 부탁해 주셔요."

이연은 자신을 위해 목숨을 걸고 싸운 수하들을 위로하지 않았다. 탄금대에 도착했을 때 선전관을 보내 전투의 전황만 알아갔을 뿐이었다. 탄금대 전사 유가족을 만났다. "전쟁이 끝나면 당신들은 노비에서 면천이 될 것이다."라고 말해주었다.

그들은 너무도 기뻐하였고, 나도 마음이 든든했다.

동인 조정은 태평성대를 외치다가 일본군이 침략하자 급히 면천을 조건으로 한양과 경기 충청에서 모병한 병사들을 전쟁에 내보냈는데, 일차적으로 적의 조총 교대 연발과 밀집 방대형 선봉에 의해 공포 화살만 날리다가 반절이 죽었고, 나머지 반절은 총탄에 맞아 도주했으나 이내 이들도 전쟁터를 벗어나 죽었다. 그 나머지 병력은 임전무퇴의 자세로 무쇠칼로 백병전을 벌였는데 일본군이 수적 우위를 바탕으로 약 5m의 장창을 밀집하여 고슴도치처럼 공격하므로 준비한 칼은 장창 앞에서 사용도 못 하고 죽었고 충신이 산을 이루게 되었다. 마지막으로 간혹 창상에 살아남은 병사들도 일본군의 1m가 넘는 일본도와 칼싸움에서 석 자 이내의 칼로 싸우는 것은 불리했다.

| 김여물 |

명종 3년(1548)에 태어났으며 선조 10년(1577)에 문과에 급제했다. 1591년 당파싸움에 휘말려 파직되었으나 임진왜란이 일어나자 선조가 김여물의 재주와 용맹이 아깝다고 생각하여 옥에 갇혔던 것을 풀어주고 방어가 긴요한 탄금대로 보내어 공을 세우도록 하였다. 지략과 용맹을 겸비한 최고의 장수였다.

따라서 8천 병력이 전사하면서 적에게 가한 충격이 거의 없었다. 선조 이연과 난신들은 현장의 이러한 상황을 전혀 모르고 전투를 종용했다. 모두가 자살로 내몰린 것이다. 적을 베지 못하고 억울하게 죽어갔다. 이러한 사실을 최초로 간파한 부대는 추풍령 방어 사령부 나(배설)의 부대였다. 전투에 패배하고 조경이 적에 포로가 되자 나는 기병대를 이끌고 오히려 김천 쪽으로 남진하여 적진에서 전투를 벌인다. 그리고 향병들로 방패와 죽창 부대를 만들어 응전하였다. 약 6m의 죽창부대는 일본 장창부대를 일거에 부대 단위로 섬멸하였다.

오랜 내전을 통해 일본군들은 무기와 전술을 경쟁적으로 개발하였다. 이에 비해 조선은 무기도 전술도 전혀 없는 순진한 상태였다. 조선군의 무쇠 칼은 무겁고 짧은 데 비해 일본군의 칼은 예리하고 날카로우며 가벼웠다. 마주한 백병전에서 조선군의 용맹과 기백은 대단하였지만, 불행히도 일본군들이 조선군의 손목과 허벅지 등에 살짝 예리하게 '잽'을 날리면, 조선군은 '아얏!' 하고 칼을 놓치고 그 순간 순식간에 일본군들은 목을 베어버렸기에 조선군은 전투에서 빈번히 패배하고 말았다.

서울(한양) 점령

1592년 5월 2일 오늘, 경천동지할 소식을 들었다. 우리의 수도인 서울이 함락되었다. 가뜩이나 서울은 기축옥사로 인한 흉흉한 민심으로 아전과 미관말직이라 해도 왕의 대리인으로서 백성의 재산을 탐내어 백성들에게 무고한 죄를 씌워 재산(노비)을 빼앗는 다반사였다. 관직에 있는 사람은 누구나 그리했다. 조선의 수도 한양(서울)은 화염과 아비규환에 휩싸인 채 함락되고 말았다. 왕족도 귀족도 남산골 딸깍발이도 가차 없이 살해되고, 목숨을 건진 자는 포로가 되어 일본으로 끌려갔다. 이 같은 참극 속에서도 선조와 조정 대신들 약 백여 명만은 의주를 향해 겨우겨우 도주하고 있었다. 억수 같은 소낙비가 내리는 밤에 백성들은 울면서 절규했다. "우리 임금이시여, 우리 임금이시여, 우리를 버리고 어디로 가시나이까?" 선조는 백성들의 절규를 애써 외면한 채 의주로 향했고 선조 이연의 생애에서 가장 길고도 처참했던 하루였다.

이미 어가가 뜨기도 전에 경복궁에선 화염이 치솟았다. 선조 일행의 마음은 급하고 급했다.

정여립을 역모죄로 누명 씌워 선비들 1천여 명을 죽였는데, 그 내용은 내가 보기엔 개인적 원한들을 해결하고 그들의 재물을 빼앗고자 함이었다. 전란 중에 겪는 춘궁기春窮期로 농민들은 추수 때 걷은 농작물 가운데 소작료, 세금을 내고 남은 식량을 가지고 초여름 보리 수확 때까지 견뎌야 하는데, 분열과 갈등葛藤, 모함謀陷, 시기猜忌와 질투嫉妬, 진실과 사기詐欺, 정의와 불의不義가 뒤섞여 옥석玉石을 분간할 수 없을 정도로 난장판이 된 흉측凶測한 몰골沒骨이 지금의 우리의 모습인가? 통탄痛歎할 일이고 비분강개悲憤慷慨하지 않을 수 없다. 어찌하여 나라의 격格과 국민의 심성心性이 이토록 추락墜落하고 황폐荒廢화되고 있는가?

한양을 버리고 도망하면서 울음을 터트린 것은 선조 임금뿐이었다. 백성들도 장군들도 남의 일처럼 순식간에 일어난 일이다. 사람들이 멍청한 것인지? 이런 와중에도 어떤 장수들은 막내딸이 땅콩을 까 달란다는 핑계로 땅콩을 주러 가겠다며 말을 돌려 집으로 회항하여 돌아갔고, 대신 중에서도 이런저런 핑계로 말을 돌려 사라졌다. 눈앞에 왜군들이 닥쳐오는 그 사이에 부하들에게 한강과 도성을 지키라는 명령을 철저히 내리고선 높으신 분들은 모두 도망치고 있었다.

전란으로 대개 풀뿌리나 나무껍질로 끼니를 때우거나, 맑은 물과 쑥 죽으로 연명했는데, 이제 서울까지 적에 수중에 들어 유랑민이 되어 떠돌아다니게 됐구나, 백성들의 굶주림은 언제나 그칠지. 이제 서울 한양의 초여름에 이르는 보릿고개를 어떻게 해야 하나 걱정되었다. 나는 전생서 주부로서 걱정하지 않을 수 없었다. 조선의 아전들의 아전인수와 같은 가혹한 수탈로 공상 농민의 피해 중에는 일부 평안도 지역 주민들이 돈을 주고 향직을 사서 향권을 장악하려고 했으나, 돈만 날리고 지방 수령들의 수탈 대상이 되는 혼란이 있었기에 더욱 이연과 조정 일행의 의주행 피난이 걱정되었다. 양반 계층은 마치 권력 계층처럼 보이지만 사실은 집단 이기주의로 똘똘 뭉친 한 집단일 뿐이다. 그리고 그러한 집단 감정을 법률이 보호하고 있기 때문에 병역과 세금의 면제와 같은 특혜가 정당화되었다. 또한 농토의 소유하고 임대료에서 반수 타작이 가능했다. 이러한 집단이 권력의 핵심이었으니 노비와 백성들과의 사고 방식이 근본적으로 달랐다. 그들은 당당하게 백성들을 버리고 도망갈 수 있는 집단지성을 가지고 있었고, 도망이 그러한 집단의 감정을 살려낸 측면이 있다.

　엄청나게 많은 관청에 거주하던 관노들이 너무도 급격한 왜구의 침략으로 왜구의 수중에 떨어졌다. 아주 우수하고 혈통이 좋았던, 고된 노동으로 단련된 힘센 양질의 관노들이 적병으로 변해버렸다. 자신을 꼭 빼닮은 고귀한 혈통에다가 머리도 좋고 고된 노동으로 힘까지 센 노비들이 왜구에 복속되어 시키는 대로만 하고 있으니 지방 방백 수령들, 각지의 현령들이 기겁하고 도망치지 않을 수 없게 되었다. 한마디로 우수한 무기와 유연한 적들의 전술 앞에서 조선의 자존심인 '벌컥!'으로 상대하는 것은 곧 전멸의 지옥문을 여는 일이었다. 왜군 1번대는 한양을 급습하는 것이 우선이라 판단해 예정대로 충주를 출발하여 5월 1일에는 주력 부대까지 양평을 지났고, 2일에는 북한강을 건너 양수리 인근에서 강을 따라 서쪽으로 빠르게 전진해서 서울 동쪽으로 돌진했고, 2번대는 충주에서 음성 용인을 거쳐 2일에 한강 남쪽에 도달하여 한양 남쪽에서 쳐들어 왔으며, 3번대는 충청 황간을 거쳐 청주, 진천을 지나 죽산에서 2군의 꼬리를 따라 용인으로 북상했다.

한양을 지키던 김명원과 신각은 무관 50명과 군사 1,000명 정도를 거느리고 한강 북단에 방어선을 쳤다. 왜군 1번대, 2번대, 3번대까지 합치면 수만의 병력인데 딱 보기에도 형편없었다. 하지만 입만 산 문관이 총사령관인 상황에서 형편없는 것은 의미 없었고 적이 칼로 한번 위협하자 바로 튀어버리는 것이었다.(평복으로 갈아입고)

한양이 무너지자 미처 피난하지 못한 숱한 백성들이 죽어갔다. 이런 통에 나이가 많아 피난을 가지 못한 전직 공조 참의였던 성세령이란 작자가 있었다. 공조 참의 성세령의 기생첩이 양녀로 들인 딸이 천하의 미인이었는데, 그는 그 딸을 일본군 대장 우키다 히데이에宇喜多秀家의 첩이 되게 하였다. 내가 전국 각지에서 의병 창의문을 보낸 그때 일본군에게 장인 대접을 받으며 기세등등하게 호사를 누린 성세령은 고관대작 출신답게 조선의 자존심을 아주 망쳐 놓았다.

전쟁이 일어나자 딸을 왜군 사령관에게 바치고 왜군들의 호위를 받으며 한양 땅에서 어슬렁거렸으니 그 위세가 선조 대왕보다 높아 보였다. 한양 12만 백성과 남산의 딸깍발이 그리고 궁문을 지키든 나졸(경비), 성루를 지키든 포도대장과 포졸(경찰)들마저 관복을 버리고 숨었다. 무도한 도적놈들이 그렇게 당당히 입성하는데도 누구 하나 나가서 꾸짖는 사람이 없었다. 불사이군이네, 한 하늘에 두 태양은 모시지 않는 충절이 어쩌고, 충은 효와 같다던 수많은 유생들도 숨어버렸다. 어차피 12만 백성의 절반은 약탈로 굶주려 죽을 사람들임에도 당당히 나가서 꾸짖는 사람 하나 없었고, 나라가 망했는데 통곡하고 소리 내어 우는 사람조차 없었다. 내가 영남의 유생들을 찾아 통곡하며 의병을 일으켜 달라고 다닐 그때였다.

스님도 대사도 땡 중 하나도 길을 막고 돌아가라고 한 사람이 없었다. 종로의 육의전 대로에 우마차 달구지에 불법주차라고 계고장을 사정없이 죽죽 붙이던 시전의 관리들도 줄행랑치고 청계천의 거지들마저 숨죽이고 있었다. 간혹 청계천의 오리들과 거위들만이 꽥! 꽥 꽥! 소리를 질러대고 있었고, 간혹 왜군들의 환호 소리와 구령 소리 그리고 공포탄 소리만이 정적을 깨고 있었다. '로마군'이 진군했을 때 '차라투스트라'는 자신이 신이라고 외치다 죽었고, '니체'는 신은 죽었다고 말했다. 그 많던 운명론자 점쟁이, 거사와 방랑 시인들, 김삿갓과 각종 비결의 처사 그리고 종교인들도 모두 숨죽이고 사라졌다. (`신은 죽었다.`는 주장을 차라투스트라를 통해 표현했다.)

나 그만 살고 싶소 하는 미친놈(일명 '똘아이') 하나 없었다. 못나서 노비란 것도 허구이고 죄지어 노비라는 것도 그것이 비정상이고 사실 얼마나 정상적인가? 모두 목숨 하나를 지키려고 했다.

잠자리들이 강변에 무수히 군무를 추면서 생산에 분주한 사이에, 오리들도 신이 나서 헤엄치고 원앙이 짝짓기하는 그 사이에 가토 기요마사는 오른손에 칼을 펼쳐 남산 쪽으로 당장에라도 선조 임금의 목을 쓸어버릴 기세로 입성했다. 그들은 그렇게 침략해서 약탈과 분탕질을 하게 된 것이다. 이순신이 동헌에 나가 공무를 보고 일기를 쓰고 있을 때였다. 전국의 전선이 무너져 전투로 상처 입은 병사들이 산야와 계곡에서 신음하고 잔병을 모아 목숨을 걸고 투쟁 의지를 다짐하고 있을 때였다.

내가 패잔군을 이끌고 남명 조식 선생 문하로 찾아가서 의병을 거병해

달라고 애걸하던 그때였다. 구로다 분신은 물총새만 날아다니던 한강을 단숨에 건너 남대문을 거쳐 보모도 당당하게 입성했다. 철쭉꽃과 진달래, 개나리들이 한강을 따라 양평에서부터 한양 종로 동대문 창신동 언덕배기까지 피어있었다. 백성들이 자취를 감추고 숨을 죽이고 있을 그 시점에 고니시는 무시무시한 일본도 두 개를 하늘 높이 치켜들고 감격에 겨워 잠귀진 동대문을 여는 시간이 지겨웠든지 '쇠망치와 빠루'로 부수고 성벽을 헐어내라고 고래고래 고함치고 있었다.

위대한 조선의 장수도 선비도 아무도 나서서 이를 저지하는 백성이 없이 버려진 수도였다. 추풍령 고개나 구미의 금오산처럼 지역주민이 막아서서 투쟁하는 모습은 전혀 없었다. 용맹하고 위대한 조선의 수도는 그렇게 무혈 입성되어 약탈이 시작되었다. 왜군의 장군들이 한양에 입성할 때 한양에는 단 하나의 병졸도 없었고, 백성들은 문을 닫아걸고 공포에 떨고 있었다. 그렇게 위대한 조선의 수도 한양은 무혈점령되었다. 가토가 들어올 때 그토록 토색질로 재미를 본 아전에서부터 관리들과 유생, 양반, 고관대작에 이르기까지 누구 하나 나서 가토의 길을 막는 사람이 없었다. 한마디로 치자부터 관리까지 모두에게 버려진 도시였다.

봄에서 초여름 들어가면서 철쭉과 참꽃 진달래 두견화杜鵑花도 고이 피었는데, 종달새는 하늘 높이 지저귀고 두견새는 밤새워 피를 토하면서 울었나 보다. 온통 산야가 엷은 분홍색에 초록으로 물들고, 이틀간의 비가 그친 하늘은 맑고도 깨끗했다. 53,400명에 이르는 일본군이 진격하고 있었다.

이미 탄금대에서 조선군 주력군이 전멸하여 왜군은 저항 없이 대규모 병력을 집중集中시켜 이동했으며 그 길에는 진달래 철쭉 진분홍 꽃들이 야산 곳곳에 흩뿌려 둔 듯이 아름답게 피어 산새들 소리, 시골의 황소울음소리가 적막을 깨는 계절이었다. 죽산 용인 남사골 골짝 골짝마다 고이고이 핀 꽃들은 조선인을 위한 것이 아니었다. 그 찬란한 태양도 조선인을 위해 비추지 않았다. 제3군 구로다 나가마사와 구로다 분신이 들어오자 무수한 개구리마저 놀라 울음을 멈추었다.

구로다 분신이 한강 변에서 일본도 두 개를 빼 들고 '엑스' 자로 흔들자 한강 건너서 이를 지켜본 도원수(참모총장) 김명원과 부원수 신각의 얼굴이 파래진다.

이어서 도원수의 몸종이 말한다.

"장군님은 빨리 튀십시오, 제가 잘 압니다. 오늘 아침 신발도 제가 신겨 드렸습니다. 혼자서 신발도 못 신으시는 분께서, 적의 칼에 광채를 보십시오, 후퇴함이 만 번 지당합니다."

도원수는 고함을 친다.

"이놈 나는 과거에 장원급제했고, 서당에서 1등만 했다. 나는 대장군이기 전에 1등 인생이다." "장군님 왜장 구로다 분신의 칼을 좀 보십시오, 그리고 새까만 저 병사들을 몇 명이나 벨 수 있겠습니까? 아마도 한 명도 베지 못하고 머리와 몸이 따로 떨어질 것입니다. 장군님 아침에 버선도 못 신으셔서 제가 신겨드린 걸 잊지 마옵소서."

"그래 손자병법에 삼십육계가 있느냐?"

몸종이 끄덕였다.

"오 그래, 너 말이 옳다. 말안장을 올려다오."

몸종이 말했다.

"장군, 갑옷을 입고 있다간 죽기 딱 맞습니다."

"그래 네 말이 맞다."

이에 조선군은 모두 군복을 벗고 일제히 후퇴하기 시작했다.

내가 세상에서 할 수 있는 욕이란 욕은 죄다 퍼다 주고 싶다.

어릴 때부터 모든 걸 다 가지는 양반으로 태어나, 모든 걸 노비와 하인들에게 수발을 받으면서 자랐기에, 제 밥술도 못 뜨고 알밤 까는 것도, 성인이 되어도 누군가가 까줘야만 먹을 수 있는 양반 자제들이 대거 포로가 되었다.

백성, "조선의 건국정신은 이성계 전주 이씨로부터 비롯되니, 당시 한반도를 호남 사람들이 지배한 것 아니냐?"

영리, "그래, 조선은 초기부터 전주를 매우 중시하고 호서를 중용했어. 그다음으로 대관령 넘어 강원 삼척(이성계의 제2의 고향) 쪽을 배려했고, 추풍령 이남인 영남은 찬밥이었지. 그러나 임진왜란으로 영남 의병이 나라를 구한 데 반해, 전주는 왜군들이 무혈입성하니 호남이 좀 소외된 감이 있어."

백성, "임진왜란 중에도 호서인들이 매우 중용되고 영남이 소외된 사실은 분명했지, 조선이란 나라는 그랬어, 자료를 찾아봐."

선교사 그레고리 드 세스페데스, 루이스 프로이스는 전기에서

"그(도요토미)는 자식의 죽음을 슬퍼하여 조카 히데 츠고에게 천하

를 물려주고, 강대한 군대를 이끌고 중국으로 건너가 그 땅을 정복하는 과업에 여생을 바치기로 하였다. 위대한 업적을 세운 최초의 일본 지도자로 자신의 이름을 불멸케 하려 했다."라고 도요토미를 평했다. 도요토미는 "일찍이 일본을 제패한 사람은 여럿이지만 대륙까지 손에 넣은 사람은 없다."며 자신은 아무도 이루지 못한 일을 해내고야 말겠다고 조선 출병에 앞서 다이묘들에게 "나는 이 더 없는 명예를 얻기 위해 이미 손에 넣은 명예와 쾌락을 모두 포기했다. 너희가 이 계획에 동참한다면 설령 목숨을 잃더라도 나의 이름과 함께 영원히 남는 이름을 얻게 될 것이다."라고 말했다. 고니시 유키나가의 군대가 한양을 점령했다는 소식에 기뻐하며 편지를 보내 "그대를 명나라의 간바쿠로 삼는다. 이제 명을 정복하면 지금의 천황을 북경으로 옮길 것이다. 일본 천황 자리는 지금의 황태자나 도시히토 친왕에게 주고, 조선 왕으로는 기후의 재상인 하시바 히데카츠를 앉히리라."라고 말했다.

조선이 거의 점령되자 도요토미는 한양으로 와서 일본군을 지휘하여 중국 정벌에 착수하려고 했으나, 모리 휘원의 군관(사무라이)들이 대거 죽어 나가고, 구로다 요시타카의 동생 구로다 분신이 전사함에 위험을 느껴 조선 방문이 중단되고, 도요토미는 병사했다. 영웅도 평민도 병이 들면 마음처럼 제 한 몸도 움직여지지 않는 것이 인간의 본 모습이다.

일본군대 회합

1592년 5월 초, 서울에 모여 조선 각 도를 분담하여 점령하고 군수물자를 징발 조달하기로 하고, 도요토미 히데요시의 조선 방문에 대비하여 부산에서 서울에 이르는 도로의 정비와 숙소 건설을 명령한다. 도요토미는 조선 지배를 위해 조선인의 납치나 강간 약탈을 엄히 금지하는 군령을 내렸으며, 과거 몽골 고려 연합군의 일본 점령에 대한 구원 청산이란 명분도 축적하여 출병시켰다. 그러나 다이묘들, 장군들, 무사에 이르기까지 전쟁터는 인간의 이기심이 극도로 발휘되는 생존경쟁의 현장이다. 각군의 지휘관들과 장수들은 자신들 영주를 위해서 경쟁적으로 전쟁을 하므로 도요토미의 명령은 선언 정도에 불과했다. 그리고 1592년 7월을 기점으로 영남 의병을 필두로 전국 각지에서 의병이 일어나면서 일본군의 전략에 차질이 생겼다.

조선 파견군 장수들은 중국으로의 진격을 포기하고 조선 일부만이라도 점령하기 위해 강화협상을 벌였다. 일본군은 점령지에서 자신들에게 협력하는 자들을 관리로 임명하고 공고문을 내걸어 자신들에게 협력하고 원래 거주지로 돌아올 것을 권유했다. 조선 사회에서 노비란 군역과 노동을 하는 사람들이 대부분이었다. 나라의 어려운 문제인 전쟁의 패전에 동원되는 인적자원이고, 비정규직이든 정규직이든 모든 노동을 제공하는 사람들이 노비였다. 삯바느질을 하든 도자기를 굽든 조선 사회에서 모든 생산의 주체였으며 천한 것의 대명사였다. 그들이 있어 양반이 귀한 것이 되었다. 도요토미가 필요로 한 것은 조선의 땅이 아니라 바로 삯바느질하는 노비 아줌마 부대와 도자기와 금속공예를 하는 조선의 노동 인력이었고 이를 약탈하여 통일된 일본의 경제와 산업 생산성의 질적 향상을 꾀했다.

이순신 1차 출병거부

이순신 장군이 10계급 벼락출세의 특진 장군임에도 왜군의 침략에 금쪽같은 20일을 왜 허비했는지는 알 수 없다. 그리고 침략 전쟁 소식을 듣고 예하 장수들을 결집하여 언제든 출정할 수 있는 준비를 하고 전투는 아니라도 무력시위와 견제를 하지 않았다는 점에서 상당한 흠결이 있었지 않았나 싶다. 장수가 전쟁 발발 소식을 접하고 공무를 보았다고 일기에 기록하는 것이 나는 나라의 주부로서도 도저히 이해가 안 되었다. 개전 초기 수군들이 전면전을 하거나 아니면, 무력시위라도 했더라면, 신립 장군이나 이일 장군이 그렇게 허겁지겁 전장에 투입되어 전멸하였을까. 임진란 당시 조선 판옥선이 일본 선박보다 규모나 무기에 있어 압도적이었음에도 한 일이 뭐가 있나, 엄청난 대포를 가지고 지켜본 것뿐이다.

이순신 장군 같은 명장이 일본군이 겁나서 피한 것은 아니라고 본다. 조선과 일본의 주력 전투 전장을 육지가 아닌 바다로 만들어야 백성들의 피해가 없었을 것이다. 언제든 부산을 공격하고 부산으로 드나드는 왜군을 언제든 기습할 수 있는 경상 우수영을 두고, 왜군들이 그대로 한양으로 진군하는 것은 큰 도박이었을 것이기 때문이다. 나는 대체 원균 장군의 구원 요청을 거부한 이순신 장군의 진심이 무엇인지 모르겠다. 그래서 나는 경상 우수사로 부임하여 가장 먼저 대형 장작귀선을 건조하게 하였으며, 왜군의 재침에 대비해서 심해 전투를 고려하였다.

우리의 수군이 다 죽더라도 육지에 왜군을 상륙하게 해서는 안 되겠다고 결심했고, 또한 그러한 준비를 해왔다. 임진왜란의 양상을 달리할 임란 초반 20일의 기회를 이순신 장군은 잃어버린 것이 너무도 안타깝다. 이 때문에 조선인들이 대량 납치되어 조선 노예의 값은 한 사람당 2.4스쿠도(포르투갈 화폐단위)로, 쌀 두 가마니 정도였다. 당시 아프리카 흑인 노예 값이 한 사람당 170스쿠도였다. 조선 노예의 처지가 얼마나 비참했는지 조선 일본은 물론, 당시 포르투갈령 마카오를 거쳐 유럽으로 팔려나갔다. 왜구들은 조선 민중을 원숭이처럼 목에 노끈으로 엮어 묶고 이 끈을 우마가 끄는 달구지에 매달아 뒤따라가게 했다.

어쩌면 왜구들은 전투보다 조선인 사냥에 더 열중했으며, 이렇게 해서 일본으로 끌려간 조선인은 30만 명 이상이다. 부산에 몰려든 왜군들을 소탕하라는 왕명이 있었음에도 조선 장수들은 왜군의 위세에 출정을 두려워하고 있었다. 왜선들이 항구에 접선하기 전에 공격해야 하는 데 누구랄 것도 없이 장수들이 이 핑계, 저 핑계로 출동을 하지 않아 나라의 내륙이 도륙되고 선조는 피난길에 올랐다. 적군이 침략하여 나라와 백성을 도륙하는데도 눈을 감고 귀를 막은 장군은 그곳까지가 그의 세계요, 무지한 백성은 그들이 아는 것까지가 그들의 세계요, 절망 상태에서도 병법을 찾는 사람에게는 그 병법이 수단을 갖게 해준다. 병법이 있으니, 수단이 있고, 수단이 있으니, 필요한 무기가 나온다.

일반적인 총칼만이 무기가 아니라 먹는 물과 식량과 같은 것들 또는 적들이 자랑하는 엄청난 대군을 보유한 그 자체가 나에겐 소중한 약점으로 보였다. 인간은 저마다 생각의 공식이 있으며, 저마다 습관적으로 드러내는 일 처리의 공식이 있다. 그러므로 무사안일한 장수는 아무리 기회가 와도 위험요인만이 보일 것이다. 극단의 절망적인 상황에서도 어떤 어려움이 처해도 순간순간에도 기회를 포착할 수 있을 것이다. 나는 부하들을 부릴 때 그 사람들의 생각의 공식을 파악하여 배치했다. 매번 적이 침략한 이후에나 움직이는 병사는 후방에 배치하고 원균 장군처럼 적에 움직임에 매번 일찍 반응하는 병사를 척후병으로 만들었으며, 보통으로 반응하는 병사를 중군으로, 날래고 용맹한 병사들에게 선봉을 맡겼다. 그리고 지혜 있는 병사로 적을 관찰하여 방법을 찾게 했다. 사람은 그 생각 공식이랄까, 생각의 습관에서 벗어날 수 없고, 생각이 사람을 만드는 것이다. 적이 무서워 매번 뒷골목에 숨어 있다가 '적이 언젠가는 본대로 귀환함'을 이용하여 적의 퇴각이 마치 자신에 공인 양 하는 병사에게는 상훈을 미리미리 내려 그러한 무용한 생각을 접게 하였다. 나를 둘러선 수많은 적 앞에서도 내가 두려워하지 않는 이유는 이미 적을 알고 승리를 확신했기 때문이다. 많은 장수와 조정은 중과부적의 현실을 외면한 채 위대한 조선의 장군이라는 허영에 빠져 자멸의 구덩이만을 넓히고 있었다.

대규모 병력과 무기를 소지한 강적과의 전쟁이라는 환경을 바꾸든지 내 생각을 바꾸든지 둘 중 하나를 선택해야 한다. 내가 처한 조선의 현실과 왜군의 규모를 바꾸는 것은 불가능하다. 내가 바뀌어서 유격전을 개시하고 의병들의 거병을 촉구하면서 적진에서 향병으로 저항하자 이에 호응하는 용맹한 백성이 의병으로 거병하게 되었고, 나는 모든 지원을 다 해주었다.

고니시 군대 제1군과 가토의 제2군, 구로다 분신의 제3군 군대가 급격히 진군한 성과 뒤에는 조선 관청의 많은 양곡과 관노를 흡수하여 군대의 규모를 크게 불린 덕이 있었다. 이들 부대의 선봉대는 대마도 군병들과 조선의 관노들로 세워졌다. 일본군의 기세등등한 승전 이면에는 어두운 그림자가 서서히 다가오고 있었다. 내가 추풍령에서 거창까지 식량의 징발 유격전을 본격 시작하면서 많은 군사를 유지한 고니시와 가토 진영에 빨간 불이 들어왔다. 또한 구로다 분신이 성주성에서 척살됨에 따라 임진 침략을 지휘할 지휘부가 붕괴하였다. 이들은 서둘러 철군하거나 남하하기를 원했다.

전쟁보다 무서운 굶주림의 재앙이 서서히 이들을 강타하고 있었다. 엄청난 군대, 강력한 군대의 강점이 크나큰 약점으로 서서히 변해가고 있었다. 그리고 우리 추풍령 유격대는 대규모 죽창 부대였기에 일본군들이 상당히 놀라고 있었다. 일본에서 엄청나게 많이 동원된 장창 부대와 훈련된 장창 병사들이 죽창에 찔려 죽는다는 것은 상상도 못 했던 재앙이었다. 성주 부상현에서 구로다 분신의 부하들이 대규모로 척살된 것이다.

장군도 병사도 굶주림 앞에는 약했다. 민가를 덮쳐도 씨 뿌릴 시절에 시작한 전쟁으로 곡식 한 톨 때문에 백성과 군인들의 사투가 벌어졌다. 더욱이 조선 관노들이 왜군으로 변해있어 식량은 더욱 필요해졌고, 전쟁이 아니라 곡식 한 끼로 저승과 이승의 갈림길에 선 것은 군인도 백성도 다를 바 없었다. 계사년 들어 엄청난 한파와 폭설이 내렸다. 왜군들은 여름 전투로 동복이 준비되지 않았다. 일본군은 앞다투어 남하를 희망했다. 다행히 일본군들은 제각각 군사의 움직임에 임전무퇴와 같은 규제의 법률이 없는 영주 체제였기에 자유로이 남하할 수 있었다. 일본군 대장 구로다 분신, 구로다 요시타카는 한양을 접수하고 군량 조달을 위해 남하하여 모리 휘원과 카스라 부대를 지휘하다가 부상현서 전사하므로 모든 왜군이 긴급히 퇴각하게 되었다.

임진왜란이 발발한 지 나흘 만인 선조 25년(1592년) 4월 17일, 삼도순변사三道巡邊使 신립申砬은 탄금대에서 배수진을 쳤다가 패배하고 전사했다. 이 소식이 전해지자 선조 일행은 4월 30일 새벽 서울을 떠나 5월 1일 저녁 개성에 도착했고, 선조는 만주의 요동遼東으로 건너가 명나라의 제후 대접을 받으려 했다.

| 요동내부책遼東內附策 |

선조는 내부(內附, 요동에 가서 붙는 것)하는 것이 본래 나의 뜻이라고 거듭 강조하고 만주로 도망갈 의사를 밝혔다.(선조수정실록 25년 5월 1일)

조선의 대왕 선조는 의주에서 요동으로 들어가게 해달라고 명나라에 요청했다. 그러나 명나라는 명을 치겠다는 왜군들이 북상하고 있어 이를 허락하여 명나라로 전쟁이 번지는 것을 막고자 서둘러 파병에 착수했다. 피난 중의 조정 중신들의 반대와 명나라로부터의 반대에 선조는 만주로 가려는 계획을 포기하고 의주로 파천했다. 만일 요동으로 들어갔다면 조선은 일본의 의도대로 되었을 것이다. 5월 4일 선조는 개성에서 다시 평양으로 도주하려고 하면서 윤두수尹斗壽에게 이렇게 물었다. "적병의 숫자가 얼마나 되는가? 절반은 우리나라 사람이라는데 사실인가?"

선조가 조선을 버리고 도주하려 했던 근본 원인은 조선 백성들이 대거 일본군에 가담했던 것 때문이다. 그리고 그 숫자도 선조가 듣기에는 일본군의 절반이나 된다고 할 정도로 많았다. 이렇게 된 이유는 조선의 관노 제도, 병역 제도와 조세제도 때문이었다.

동인 조정의 중신 중에는 고니시와 내통하여 국왕이 의주까지 가면 중대 결단을 내릴 테니 속도 조절을 해달라고 요청하고 한편으로는 우리 장수들을 급파하여 전세를 뒤집어 보려는 양다리 걸친 이가 있다는 소문이 자자했다. 조정이 양다리를 걸치고 있다는 소문은 일본군의 공작이라고 생각된다. 임란 발발 후 경상 우수군의 원균 장군은 개전 소식을 이순신 장군에게 알리고 구원을 청하였는데, 거부되어 원균의 부장 이영남이 통곡하며 세 차례나 찾아와 사정하였는데도 이순신 장군은 응하지 않았다. 오히려 적이 경상 우수영의 아군을 괴멸시키는 그 사이에 이순신 장군은 동헌에 나가 공무를 보았다. 나는 이순신 장군이 겁이 많아 그런 것은 아니라고 확신했다.

임진란 초기 20일 부산에 집결한 왜군들을 수군들이 합동으로 들이쳤다면 전쟁은 내륙이 아니라 바다에서 결판내었을 수 있었다. 그래서 나는 내가 수사라면 적들을 바다에서 격멸하겠다고 생각했다. 전투를 바다로 설정하면 조선의 백성들이 보호되는 것이다. 이순신 장군은 벼락출세한 이름난 장수로 왕명이 없어서 군대를 관할 지역에서 넘기지 않았다고 알려졌다. 서울이 함락되었다. 조선법의 규정은 평시 규정이고, 외적과 맞서 싸우는 아군이 지원을 요청하는데 무시하는 것은 큰 죄로 알고 있다. 이런 것이 조선 장수의 기개란 말인가. 양반들이 풍류를 즐긴 이 땅에 부동산 제도를 합법화하여 새로운 노비제도를 만들 수 있다. 투기해 먹고 난 뒤치다꺼리를 평생 수습하는 것처럼, 노비가 따로 있는 것이 아니라 땅을 매개로 수탈을 정당화하는 법을 만들어 강제한다면 새로운 노예제도가 되는 것이다. 우리 아름다운 강토를 마침내 그렇게 세습의 신분을 만드는 데 사용해 먹을 것이다. 이미 인적 종모법이나 신분제도에는 백성들이 속지 않겠으나, 땅이나 건물 부동산 또는 돈을 이용해서 새로운 노예제를 언제든지 만들 수 있을 것이다. 위대한 조선의 법치에서 모양만 바꾸어 노예를 자동 생산하게 할 수 있으리라. 노비들은 자식을 낳지 않으려 하여 양반들이 씨를 뿌려 주었듯이 '삼포세대'라는 비통의 상황에 생산력을 증대시키는 방법을 찾아야 나라가 번영한다고 누구나 말하고 있다.

1592년 5월 7일 일본군이 계속 북상하자, 경상 우수사 원균元均은 율포 만호 이영남李英男을 전라 좌수사 이순신에게 또다시 보내 구원을 요청했다. 이에 이순신은 5월 5일 이른 아침 출항하여, 이튿날 전라 경상 양도의 모든 장수가 한산도에서 합석하여 작전 계획을 짜고 송미포松未浦에서 결진했다. 7일 전 함대가 동시에 출항하여 옥포 앞바다에 이르러 전열을 가다듬고 일제히 포구를 향하여 공격을 시작했다. 왜선 50여 척은 선창에 정박하고 일본군들은 포구로 들어가 분탕질을 하고 있었다. 조선군이 급습을 가하니 일본군도 대포와 활로써 대항하여 격렬한 전투가 벌어졌다. 조선군은 승리를 거두어 왜선 26척을 격파하고 포로가 되었던 조선인 3명을 구출했다. 옥포에서 승리한 뒤 거제도의 영등포永登浦 앞바다에 결집하여 밤에, 멀지 않은 곳의 일본군 대형선 5척에 대한 급보에 따라 출동했다. 조선 수군의 추격을 받고 달아나던 일본군은 합포 바다에 이르자 육지로 올라가 조총을 쏘아대기 시작했다. 일본군의 대형선 4척과 소형선 1척을 분파하는 등 승리를 거두었다. 옥포, 합포 해전에 이어서 거둔 해전에서의 3번째 승리이다. 이순신은 5월 23일 가선대부家善大夫로 승진하였다.

제말 장군

성주(선생안先生案)에 제말諸沫이라는 사람이 있었는데, 이 사람은 고성固城 사람이었다. 임진란을 당해서 갑자기 군사를 일으켜 적군을 공격했는데, 향하는 곳마다 앞을 막는 자가 없어서 곽재우郭再祐와 나란히 일컬어졌으나 명성은 오히려 그보다도 높았다. 조정에서 특별히 본주 목사를 제수하였는데 오래지 않아 죽어서 공명이 크게 드러나지 못했다 한다.

또 소문에는 적군과 진을 마주쳐서 교전할 적에는 용기가 충전하여 수염이 모두 위로 뻗친 것이 흡사 빳빳한 고슴도치 털과 같았으므로 적군들이 멀리서 바라보고 호랑이처럼 두려워하였다 한다.(약천집藥泉集, 선조조 고사본말, 영남 의병)

도요토미는 전쟁을 통해 도자기 기술을 획득하여 일본의 식생활 문화의 낙후를 100년 이상 끌어 올리는 데 성공하였다. 그뿐만 아니라 인쇄술 의류 제지술의 발전을 이룩하였다. 또한, 서양에 도자기 등을 수출하고 서양에 우수한 산업기술을 들여와서 일본의 백성 수준을 획기적으로 향상했다. 일본은 전쟁으로 큰 혜택을 입게 된 것이다.

임진강 전투臨津江戰鬪

1592년 5월 17일~18일 가토 기요마사加藤淸正, 나베시마 나오시게鍋島直茂, 사가라 요리후사相良賴房의 2만여 명이 조선 측 도원수 김명원金命元 7천여 명, 도순찰사 한응인韓應寅 3천여 명, 유도대장 이양원李陽元 5천여 명 1만 5천여 명과 싸웠으며 신할申硈, 유극량劉克良, 홍봉상洪鳳祥 등이 전사했다. 일본 측은 기무라 토모키요木村智淸가 전사했다.

해유령 전투(양주 전투, 1592. 05. 16)

한강 방어선 최고 책임자인 도원수 김명원, 신각은 자신의 군사들만 이끌고는 유도대장 이양원과 합류한다. 신각과 이양원은 병사들을 해유령에 매복하고, 일본군 선발대 70여 명이 해유령 지역 안으로 들어오자 활로 선공을 하고 모두 베어 완벽한 승리를 거두게 된다. 도원수 김명원은 한강 방어선 붕괴에 대한 문책과 벌이 두려워 "부원수 신각이 명을 듣지 않아 전장에서 패하였다."라고 항변했다.

신각을 잡아 군법으로 다스리기로 했다. 연천부근 대탄에 도착해 보니 부원수 신각을 군법으로 벌써 목을 베어버린 상태였다. 선전관들 중에 종9품의 미관말직 임시직 선전관이 어명을 대신 읽어 내려가는 권한으로 전시를 틈타 군 참모총장과 같은 부원수 신각의 목을 베어버렸다. 이런 젊은 장교들이 적과 싸우고 있는 아군 장수에게 법에 따라 후퇴의 죄를 물어 목을 베어 공을 세우고자 했다. 이러니 일선 지휘관들은 아군의 패잔병을 공격하여 수급을 베어 전공으로 포상 받는 허위 전공 보고가 많았다. 이 거듭된 패전으로 조정은 풍전등화의 책임을 지워 임전무퇴의 군령을 어긴 죄로 참수되었다. 군율이란 지엄했다.

봄을 닮은 승전 앞에 조정의 미소가 모락모락 피어오르는, 따사롭고 향긋한 라일락 향 같은 희망이 함초롬히 담겨 있었다. 그럼에도 조정과 군대의 지휘부는 승리한 장수의 목을 벨 정도로 제정신이 아니다. 어쩌면, 전쟁이란 옳고 그름의 문제가 아닐지도 모른다. 해유령 전투에서 공을 세운 신각 장군은 젊은 선전관에게 목을 베이고 말았다.

그 이유가 임전무퇴의 한강 방어선에서 후퇴한 죄 때문이었다. 조정의 관심과 사랑과 믿음이 없는 전투의 비극이랄까, 목젖을 타고 흐르는 뜨거운 침이 체한다. 요람 속처럼 평온을 찾아야 하는 군대의 방위가 무너졌으니, 백성들이야 초근목피에 들판으로, 산으로 피난의 행렬이 평양까지 이어졌구나! 조선의 일상이 행복이라고 한다. 일상이 평화요, 일상이 백성들의 안전임을 알지 못했던 조선의 조정 신료들은 패전한 장수를 목 베는 일뿐이었다. 시대에서 경쟁력 없는 장군이 도태되는 것은 당연하다.

호랑이가 병들거나 다친 동물을 내버려 두지 않음으로써 산중의 질서가 유지되는 것처럼, 전쟁에서 옳고 그름은 무의미한 것으로 타인의 피눈물을 기반으로 공을 세우고 출세하는 엄격함을 가져야 공신녹권을 받을 수 있는 충신이 될 수 있다. 다른 장수들의 퇴각이 젊은 선전관들에게 공을 세울 절호의 기회이기도 했다. 도원수 김명원과 부원수 신각은 선전관들에게 쫓기다가 신각이 먼저 참수되고 김명원은 선조를 알현, 해명하여 살아남을 수 있었다. 자신에 누명을 벗을 길이 없었던 죽은 장군만 억울한 것이다.

젊은 선전관들이여 위대한 조선을 지키기 위해 임전무퇴를 어긴 장수를 즉시 참하여 공을 세우라, 그리하면, 너와 너의 가족을 자손만대의 충신으로 살아남게 해줄 것이다. 전쟁이란 생사의 고비에서 공을 세우는 방법은 여러 가지이다.

적과 싸워서 공을 세우는 방법도 있고, 아군의 목을 베어 출세하는 길

도 있고, 동료를 모함해서 공을 가로채는 방법도 많았다. 어느 것이 정답
이라고 누구도 장담하지 못한다. 그만큼 앞날이 불투명하다. 전쟁에 미
쳐서 본능에 몸을 맡기고, 많은 경쟁자를 제거하면 우뚝 설 것이다. 임전
무퇴 군법을 어긴 고위 장군을 참하고 짓밟고 올라서 위대한 조선의 장
수, 승리자가 되는 것인가.

| 선전관宣傳官 |

선전관청宣傳官廳에 속하여 임금에게 형명刑名, 계라啓螺 및 부
신符信의 출납을 맡았던 무관직武官職.

| 신각申恪 장군 |

조선군 부원수 임진왜란이 일어나자 서울의 수비守備를 위해
중위 대장中衛大將이 되고 이어 도원수都元帥 김명원金命元 휘하에
부원수副元帥로서 한강漢江을 지키다가 패전, 유도대장留都大將 이
양원을 따라 양주楊州에 도망가 있었다. 이때 함경북도 병마절도
사 이혼李渾의 원군援軍을 만나 산병散兵을 수습한 뒤 양주 해유
령蟹踰嶺에서 일본군을 요격邀擊했다. 해유령 전투는 조선 육군
이 왜군 70명이라는 어마어마한 적군을 섬멸한 전투로 알려져
있다.

조선이 다시 피어나게 해 주소서. 백성들이 주신 이 땅 위에, 가시덤불 헤치며 피 흘리는 신각 장군을 닮게 하소서. 전란의 와중에 여럿 헛된 보고로 인해 목 베임 당한 원혼을 치유케 하시고, 호국의 고마움이 새롭게 피어나게 하소서. 패전의 아픔이 신각 장군 때문이랴, 백성들의 큰 아픔이 되지 않게 하시며, 나라를 위한 고뇌를 알게 하소서. 한 분 한 분 귀한 생명을 앗아간 침략자들을 응징하고, 제 민족 제 백성을 믿고 사랑하게 하소서. 오직 백성과 강토를 위해 피 흘리신 영령들이여, 슬기를 깨우치게 해 주소서. 다시는 이런 피를 흘리지 않게 해 주소서. 신각 장군의 영령이여, 죽어서 다시 피우게 해 주소서. 백성들의 목숨을 지켜주소서.

3.
민초들의 응전

정암진 전투

1592년 5월 24일, 거름강江 남쪽(함안군 월촌리)은 다리를 건너면 의령 땅이다. 진주에서 흘러내리는 남강南江은 의령군 지정면芝正面 돈지마을 앞에서 낙동강과 합류한다. 두 강의 합수지점인 의령의 남강南江을 우리말로 거름 강이라고 부르고, 한자로는 기음강岐音江 또는 기강岐江이라고 쓴다.

강물 위로는 '솥바위'라 불리는 높이 4m쯤 되는 섬이 오뚝하게 솟아있다. 섬의 모양이 솥과 흡사하고, 물속으로는 솥발과 같이 세 개의 기둥바위가 박혀 있어 그렇게 불리고 있다. '금오산의 9정 7택의 물이 정암에 들어오면 솥바위를 중심으로 사방 30리 안에서 큰 부자가 날 것.'이라는 전설은 아직도 이곳 사람들의 입에 자주 오르내리고 있다.

안코쿠지安国寺恵瓊는 2,000명의 군대를 이끌고 전라도로 통하는 길목인 경상도 의령으로 진격한다. 한편 선비 출신이었던 곽재우가 의령에서 최초로 의병 50명을 조직하여 거병했고 곽재우는 안코쿠지에 대항하여 남강 북안 정암진에 군사들을 매복시킨 전투에서 승리했다. 솥바위의 한자 표기가 정암鼎巖이다. 옛적엔 이곳에 나루가 있었는데, 한자로는 정암진鼎巖津이라고 표기했다. 여기가 바로 의병장 곽재우郭再祐의 대표적인 전승지이다. 정암루 밑에는 충익공忠翼公 홍의장군紅衣將軍 전적戰蹟 기념비가 세워져 있다. 나의 장남 등암(상룡)은 15세에 과거에 합격했고, 막 23세 때 나는 아들을 곽재우에게 보내 그의 참모로서 진력토록 했다.

나는 이 전쟁에서 기필코 조선이 승리하리라 믿었다. 다들 천재라고 했지만, 23세가 되어도 겨우 곽재우 장군의 참모 역할밖에 없던 것이 조선이다. 아이들은 '고등학교'까지는 천재들이지만, 양반들이 자원과 신분을 장악해서 아이들이 성인이 되면 그들의 바지 역할뿐이다.

실력으로 되는 사회가 아니다. 서당에서 천재 소리를 듣고 과거(고시)에 합격해도 관직에 나가지 못하면 무위도식 바보가 되거나 토색질을 해야 살 수 있게 되어 있었다. 도자기를 굽거나 바느질하는 것보다도 사회에 유익을 주지도 못하지만, 신분적으로 먹고 마시고 계집질하는 것은 보장되었다. 그러나 나라의 재산은 왕조의 것이고 관료든 사대부든 그들은 하나의 바지 역할에 불과했다.

조선의 사회는 정글의 법칙이 적용되는 권모술수의 나라였다. '빽' 좋은 강자는 살아남고, 약자는 도태되는 것이다. 조정의 군 수뇌부는 사람을 볼 줄 모르고, 아첨에 빠져 있었다. 하지만 나는 이미 곽재우와 거병을 상의하면서 그의 지략과 인품을 알게 되었다. 때를 만나지 못했을 뿐, 비록 지금은 수십 기의 의병장에 불과하지만 큰 인물이었고, 하루 앞도 내다볼 수 없는 전란에 나는 언제 죽을지 모르므로 나의 자식을 그에게 맡겨 참모로 전투하게 했다.

법치와 인치

조선은 법치국가 겸 왕의 덕치 국가였다. 법치와 덕치의 제도란 결국에는 그것을 집행하는 인간에 의한 인치이다. 따라서 법치란 가장 낙후된 질서이고, 인치란 가장 진보된 질서임은 분명하다. 모든 법치와 덕치의 종국에는 그것을 집행하는 인간에 의해 집행되기 마련이다. 관료들, 형조의 아전들이 수탈을 빌미로 법치를 외치지만, 그 법치의 끝에는 아전들의 토색질과 부패만 있을 뿐이었다. 그러니 누르하치의 만주국과 일본의 영주 국가들의 법이 없는 인치에 조선은 상대가 될 수 없었다.

우연히 적이 물러가면 그 사이에 전공 보고서를 올려서 포상을 받고 법적인 승리를 주장할 때나 법이 중요할 뿐, 백성들의 생활에는 언제나 인치가 법 위에 있다. 아전들이 왕권을 견제하고 자신들이 다른 사람들의 운명을 거머쥐고자 외치는 것이 법치였다. 교활한 아전들은 위로 군왕을 속이고, 아래로는 백성들을 수탈하는 데 법치를 악용하고 있다. 법치에서 사람의 마음을 알 수는 없지만, 그래도 믿을 것은 사람뿐이다. 사람이 땅과 나무나 돌과 같은 법전에 의지하는 비극이 있을 뿐이다. 최선의 정치는 인치이며, 최악의 제도는 법치이다. 법이 무엇을 말한다는 말인가? 그것은 법을 악용해서 이익을 꾀하는 자들이 즐겨 외치는 구호이다. 세상에 법치란 존재할 수 없다. 왕권과 권력에 빌붙은 자들이 동서고금에 백성들을 수탈하기 위해 법치를 주장해왔다. 사람이 없는 법치란 존재할 수 없기 때문이다.

법치를 강조하던 조선이란 나라에 법치란 정의이자 선이었다. 형조의 아전들은 법치가 무너지면 나라가 붕괴한다고 엄살을 떨지만, 사실은 그들의 수중에 있는 약탈권의 붕괴를 우려하는 것이었다. 무법천지의 영주국 왜군들의 침략에 무슨 법이 있었느냐 말이다. 일본의 도요토미는 조선의 사과를 요구하였고, 명나라는 조선 하 사도를 일본에 양도하겠다고 했다. 인간 사회에서 법치란 이름으로 가해지는 폭력은 있을지언정, 법이 인간을 통치하는 법치란 존재할 수 없다. 법의 이름 뒤에서 이루어지는 폭력이 있을 뿐이다. 법은 어떤 경우에도 법 자체로서 사람을 지배할 수 없다.

  법의 이름 뒤에서 가해지는 인간의 야만적인 폭력의 질서만이 있을 뿐이다. 어떤 법도 법 자체로서 사람들을 구속할 수 없다. 노예사회에서는 노예제도는 합법이란 주장 뒤에 형조의 아전들이 자신들의 수탈을 정당화하는 괴변으로서 법이 존재하였다. 법치라고는 했지만, 그것은 다름 아닌 법을 집행하는 사람들의 인치이고, 잦은 동료의 모함 정치 투쟁의 결과는 종종 너 죽고(재산, 처자식, 나의 노비) 나 살기 식의 유혈사태를 불렀다. 조선 백성들은 하느님, 부처님, 천지신명, 무당님, 토정비결, 점술에 매달리는 가엾은 백성들이었고 육법전서六法典書 형조에 따른 아전들의 세상이었다.

  조선 조정이 전란 중에 시급히 할 일은 중국 명나라 백성과 조선 백성이 동등한 대우를 받도록 하는 것이었다. '명나라는 천자국 상국'이라는 굴욕적인 조선의 태도는 말하지 않겠다. 어쨌든 조선 백성 하나하나가 명나라 백성과 동등한 권리와 대우를 받도록 하는 것은 조정의 노력에 달린 것이다. 명나라 백성과 조선 백성은 다를 바 없으므로 조선 조정 중신(지배층)은 노력했어야 했다.

  이러한 할 수 있는 일을 도외시한 조정의 행위는 용서되지 않는다. 언제 피바람이 불지 모르는 정국에서 군권의 장악이란 양보될 성질의 것이 아니었다. 겨우 도원수를 장악한 동인(남인) 유성룡 세력에 선조 대왕이 이순신 전라, 원균 경상 수사로 협조하여 전투하라는 요구는 탕평책이 아니라 분란의 소지가 있었다. 아전들이 밥 못 먹을까, 법치를 외치는 게 아니다. 또 왕이나 지도부가 법이 없다고 군림하지 못하는 것도 아니다. 법치의 주장엔 오직 토색질로 더 많이 챙기자는 유일한 목적이 담겨 있다. 그들은 종종 돈을 받고 법을 어긴 사람들을 봐주고 방면하기도 한다. 그런 식으로 괴변과 핑계를 적당히 끼워 넣어 해먹는 것이 법치의 근본인 것이다. 그래서 백성에 의한 배심제만이 인치를 구현할 수 있다.

옥포해전 玉浦海戰

1592년 5월 7일, 원균, 이순신李舜臣, 이억기의 합동작전이 벌어졌다. 이순신 함대는 전선 24척, 협선 15척으로 원균元均의 전선 4척, 협선 2척이 합류하여 도합 전선 28척, 협선 17척이 되었다. 도도 다카토라藤堂高虎, 호리우치 우지 요사堀內氏善가 이끄는 일본 측 전선 50척 중 26척이 완파당했고 조선 수군이 승리했다. 일본군 본진이 모두 육지로 올라가 양국의 수군 간에 벌어진 대결이었고 대규모의 적이 아니라면 조선군이 유리하다는 것을 확인한 전투였다.

임진왜란 개전 초기에 왜적들이 부산진에 상륙하여 부산과 동래가 차례로 함락되었다. 이때 원균 공의 수하에는 단지 배 3척 만이 있을 뿐이었다. 원균 혼자서는 부산 앞바다를 가득 메운 적과 싸워 이길 수 없음을 깨닫고 이영남을 전라 좌수사 이순신 장군에게 보내 힘을 합해 적을 막아내자고 청했다. 이에 이순신은 출전을 아니 하였고, 조정의 교지를 기다리다 5월 4일 새벽에야 비로소 출전하여 피해가 커졌다.

경상우도 수군의 규모는 약 1만 병력에 전함 60여 척으로 박홍 장군이 이끌다가 원균 장군에게 넘겨주었는데, 얼마나 적과 분전하였던지, 수차례 적과 교전하여 적선 10여 척을 불사르고 빼앗았다. 5월 6일 비로소 전라 좌수사 이 장군이 전함 24척을 거느리고 전라 우수사 이억기 장군과 함께 거제 앞바다에 모였고, 다음 날인 7일 새벽 옥포 앞바다에 진을 치고 있던, 왜선을 공격하여 대승을 거둔다.

비록 원균 장군은 전쟁으로 전함 거의 모두를 잃어 3척이 남을 지경이 되었지만 분전했고 선봉에 서서 맹전하였다. 이순신은 과거 고려조의 왜구들처럼 일본군이 잠시 놀러 오듯이 약탈하러 온 군대로 오판하였다.

| 이순신의 오판 |

"뭍으로 올라간 왜적들이 여러 곳에 가득 차 있는데다, 만약 저들의 돌아갈 길마저 끊어버린다면, 막다른 골목에 몰린 도적으로 변할까 봐 염려되었습니다."

이미 전쟁 이전에 대마도는 조선 정부와 협정을 맺어 동남부의 3포를 개항해서 60명의 왜인이 상주하게 하였고, 왜적들은 각종 세금의 면제로 인해 그 수가 3,000명에 이르렀다. 조선에 대한 납세는 물론 국방의 의무도 지니지 않아서, 군포도 내지 않았으며 노역도 없었다. 대신 그들은 대마도주에게는 세금을 내야 했다. 왜구들은 삼포 외에서도 자유롭게 살게 해달라며 비어있는 무인도의 섬을 소유하게 해달라고 요구하고, 조선에서 왜인들에게 지원하는 쌀, 포목, 약품 등을 더 많이 지원해 달라고 하여 이를 거부한 조선의 3포에서 폭동을 일으킨 바가 있었다.

조선에 불만을 품은 삼포의 왜인들은 대마도주의 아들이 주장이 되자 약 4,000명의 왜구를 편성해서 조선을 침공하였고 왜구들은 조선 동남부를 장악하고 살인, 약탈, 방화를 하였다. 약 300여 명의 백성이 죽고 800여 채의 민가가 불탔다. 그리고 수많은 조선인이 잡혀갔는데 조선으로 돌아오기를 원하는 숫자가 극히 적었고, 일본에 강력한 통일 막부가 생겨 대마도주가 일본을 믿고 양다리를 걸치게 되자 조선은 그들을 함부로 할 수 없게 되고 말았다.

대마도주는 뻔뻔스럽게 조선 정부와 협상하여 그전의 혜택보다 더 많은 혜택을 누리려 했으므로 조선은 이미 일본의 강력한 통일국가를 인정하고 그들의 무력을 알고 있었다. 종의지와 그의 장인인 고니시小西行長는 조선의 일본과의 무역을 독차지하고 갖은 횡포를 부리고 조선을 유린하였다.

이운용의 신도비문伸道碑文

선조수정실록을 편찬한 택당 이식李埴이 지었다는 비문 중에 이런 내용이 있다.

'6월에 적을 쫓아 진해양鎭海洋에 이르렀다. 공公(이운용)은 영등포 만호 우치적禹致積과 더불어 종일토록 역전하였다. 화포를 쏘아 적의 누선을 부숴버렸다. 날이 저물어 우리 군사가 모두 피곤해지니 싸움을 그치고 그만 물러가려 하였다. 공公(이운용)은 소리 높여 우치적을 불렀다. '우리가 죽을지언정 싸움을 중지하고 물러갈 수는 없다.' 그러면서 쇠줄을 써서 남은 적의 배들을 얽어 매어 바다 한폭판으로 끌고 가서 뒤엎어 버렸다. 적은 크게 패하여 달아났다. 적병들은 물에 빠져 낭자하였다. 노획한 금, 은, 보화와 병장기 등은 헤아릴 수가 없었다. 7월에 적은 다시 전선 수백 선을 모아 견내량을 넘으려 했다. 그러자 공公(이운용)은 계책을 써서 먼저 적선과 몇 차례 싸우다가 거짓으로 물러나는 체했다. 그러다 외양外洋에 이르자, '이순신李舜臣'의 수군이 그때를 틈타서 뒤따르며 적을 쳤다. 포화가 바다를 들끓게 터지니 적병 수만 명이 죽어서 바닷물은 모두 붉게 물들었다. 6일日에는 또한 안골포에서 적의 누선 등 30척을 깨뜨리니, 이로 인하여 적은 감히 내양內洋으로 들어오지 못하여 내호(內蝴, 전라도)의 뱃길은 탈이 없었으니, 이는 모두 공公(이운용)의 힘이었다.'

> 이운용李雲龍과 우치적禹致積은 변란초變亂初부터 죽음을 무릅쓰고 역전力戰을 하였으며, 왜장이 탄 배를 모두 사로잡았다. 그들이 전후에 걸쳐 참살斬殺한 적의 수는 헤아릴 수 없으며, 싸움에 있어 항상 적선에 먼저 뛰어올라가 우리 동포를 구해내고 또한 적을 많이 사로잡았다.(선조실록, 선조 27년 12월 16일, 1594년)

삼포왜란

조선이 삼포왜란에 난의 근원지인 대마도주 종의지를 처단하지 못하고 수수방관했고, 대마도주의 상전 고니시小西行長는 일본에서 자신이 조선에 기득권이 있다고 주장하며 조선 총관을 요구했다. 조선이 대마도주를 응징할 수 없음을 알아차린 대마도주 종의지, 고니시 유키나가, 도요토미 히데요시는 조선의 무력 불사용을 일본에 대한 항복으로 착각하였다. 일본을 통일한 태합 도요토미가 구로다 요시타카와 고니시小西行長에게 조선국의 사정을 염탐하게 하였고, 동인 조정과 내통하던 고니시는 조선 총독이 되고자 '조선국은 소인의 영지'라고 무주물(주인 없는 것)의 선점을 주장하였으며, 이런 연유로 도요토미는 조선에 길을 빌려 명나라 정벌의 구상을 하게 되었다. 조선의 충분한 협조와 지원을 받을 수 있다는 오판의 근거가 되었다.

명나라 원정 전에 사전 초석을 다진다는 의미로 조선과 일본 간에 통신사가 빈번하게 왕래하였고, 조선은 일본의 홀대와 모멸을 잘 견디었다. 조신 통신사들에게 의례적인 친선교환 당시에 도요토미는 분명히 명나라 정벌 의지를 확인시켰다. 명나라 정벌이라는 도요토미의 야욕에 조선은 누구도 확실하게 '아니요'라는 대답을 유보한 채 백성들을 속여 왔음은 분명했다. 선조 대왕 이연의 불분명한 외교는 임진왜란이라는 대형 전쟁을 유발했다. 백성들을 도요토미를 오판하게 한 전쟁이란 소용돌이 속으로 밀어 넣었다. 일본군이 2천여 척의 전함을 부산포에 당도하여 15만 8천여 명의 대군이 상륙했지만 원균이 홀로 대항했을 뿐, 조선의 저항은 없었다. 동래성 전투 막바지에 일본군의 선봉장 평의지가 동래 부사 송산현의 소매를 잡고 피신을 권유했음은 고니시小西行長 측과 조선의 동인들이 접촉하고 있었기 때문에 가능한 일이었다.

종의지가 보낸 조총이 장롱 속에 있었듯이 조선의 진귀한 것들은 사대부들의 장롱 속에 있었다. 그러니 위대한 조선임에는 틀림이 없었다. 단지, 사대부만이 향유하고 있었을 따름이고, 노비는 가축과 같이 국가의 재산이었다. 그런 전통은 오랜 것으로 바뀔 수 없었다. 조선은 금속활자에서 보듯이 법과 틀을 만드는 데 익숙한 나라이다. 이러한 틀을 만들어 만백성들이 누리게 한다면 이것이 대량생산이다. 그러나 불행히도 이러한 틀을 소수가 누리는데 온 나라의 힘을 쏟아붓고 있었다. 법(틀)으로서 소수의 사대부가 대대로 독점적으로 지배하면서, 노비나 쌍놈들은 못 나서 그렇다고 속이고 있었다. 전쟁터에서 총알과 화살은 반상을 가리지 않고 뚫었으며, 죽음 앞에선 모두가 평등했다.

그럼에도 선전관들은 엄격한 군율로 퇴각하는 장수들을 그 자리에서 목을 베었다. 하물며 백성들은 더 말할 것도 없었다. 지지리도 못나서 그렇게 죽어 가는 것이라고 말했다. 그리곤 죽으면 좋은 곳에 태어나리라는 신념도 심어주었다. 나라가 하는 일이 그런 것을 교육하는 일이었다. 용감히 나가 싸우다 적에 총알받이가 되어라, 그것이 백성의 운명이고 충효이니라. 구국의 전선에 모여 적을 무찔러라! 그것도 무기도 없이 정신력으로 해야 그게 능력이라고 했다.

조정은 왜군들과 내통하는 듯이 보였고, 군사들은 곳곳에서 죽어 나갔다. 바다에서는 원균 함대가 괴멸되었고, 땅에서는 부산진, 동래성, 창원성 수많은 도시들이 차례대로 점령되어 군사들이 죽어 나갔다.

그나마 산이 많은 조선의 지역 특성 덕분에 계곡 곳곳에 부상병들이 피난할 수 있었다. 그때마다 기다렸다는 듯이 칡꽃은 등나무 꽃처럼 총 상꽃차례로 피어났고, 꽃은 타래 꽃송이 중간쯤까지 피어 있었다. 꽃꼭지가 있는 꽃송이가 여러 개로 타래지어 붙어서, 밑에서부터 피기 시작하여 차례로 타래 꽃송이 끝까지 피었다. 아직 꽃망울이 터지기 전의 칡넝쿨들은 병사들의 부러진 팔과 다리를 동여매는 데 큰 도움이 되었다. 부상당한 병사들이 갈증을 느낄 때 칡즙은 해갈에 큰 도움을 주었다. 전쟁터 어디든지 칡넝쿨들이 있어 병사들의 부상을 치료하는 데 사용되었고, 병사들은 칡즙을 삼켜 갈증을 해결하며 고통을 참아 내었다. 고마운 칡의 도움에도 불구하고, 총상으로 인한 부상은 상상 이상이었고 과다 출혈로 전쟁터에서 전멸하지 않고 겨우 살았다고 해도 대부분 병사는 시름시름 칡넝쿨에 쌓여 죽어가고 있었다.

전쟁 속에서도 백일홍 꽃잎은 뚝뚝 떨어지고, 간혹 들리는 뻐꾹새 소리, 장마의 빗줄기 소리가 전쟁을 더 슬프게 하였으며 숲 속에도 빗물이 흘렀다. 병사들은 죽어 가는데 그래도 꽃들은 아주 아름답게 피고 지고, 조선의 풍경은 아름다움을 잃지 않는다. 병사들의 혼백은 꽃밭으로 들어가 꽃이 되었다. 칡넝쿨을 동여맨 병사는 칡의 꽃이 되었고 백일홍 아래에서 죽은 병사는 백일홍 꽃이 되었으리라.

당항포해전 唐項浦海戰

1592년 6월 5일, 이순신李舜臣 23척, 이억기李億祺 25척, 원균元均 3척으로 조선군 총 51척이 도쿠이 미치토시得居通年, 모리 무라하루森村春가 이끄는 왜군 측 26척에 완파당했다. 그 과정에서 도쿠이 미치토시得居通年, 모리 무라하루森村春, 가시바루 우시노스케樫原牛之介, 오모리 로쿠다유小森六大夫, 아와타 한시치粟田半七, 와타메 시키부渡部式部가 전사했다. 선조실록에 초유사로 남도로 파견되어 전란 수습 및 의병 모집을 하던 김성일은 1592년 6월 28일에 조정에 남도의 전황을 보고하는데 경상도 지역의 전투 상황을 보고한다.

"신이 본 바로는 좌수사左水使 박홍朴泓은 화살 한 개도 쏘지 않고 먼저 성을 버렸으며, 좌병사左兵使 이각李珏은 뒤이어 동래東萊로 도망하였으며, 우병사右兵使 조대곤曹大坤은 연로하고 겁이 많아 시종 물러나 움츠렸고, 우수사右水使 원균元均은 군영을 불태우고 바다로 나가 다만 배 한 척만을 보전하였습니다. 병사와 수사는 한 도道의 주장主將인데 하는 짓이 이와 같으니 그 휘하의 장졸將卒들이 어찌 도망하거나 흩어지지 않겠습니까. 양산梁山의 가장假將 밀양 부사密陽府使 박진朴晉도 창고와 병기兵器를 불태우고 도망하였습니다."

1592년 6월 28일자 선조실록에는 김수가 전황을 보고한다.

"경상 우수영右水營은 수사(水使, 원균)와 우후虞候가 스스로 군영을 불태우고서 우후는 간 곳을 알 수 없고, 수사는 배 한 척을 타고서 현재 사천泗川 해포海浦에 우거하고 있는데 격군格軍 수십 명 이외에는 군졸은 한 명도 없습니다. 원균은 수군水軍 대장으로서 여러 장수들을 거느리고 내지內地로 피하고, 우후虞候 우응신禹應辰을 시켜 관고官庫를 불태우게 하여 2백 년 동안 저축한 물건들이 하루아침에 없어져 버리게 하였습니다."

임진왜란 발발 후 일주일도 지나지 않은 1592년 5월 10일 선조실록을 보면 선조가 선전관 민종신 등을 인견하고 징병 상황, 적의 형세 등을 묻는다. 하니, 종신이 아뢰기를, "원균元均이 바다에 나가 적선 30여 척을 격파했다고 하였습니다."

출동을 미루는 이순신 장군을 보고 군관 송희립이 말했다.

"큰 도적이 치고 들어와 그 행세가 커졌는데, 가만히 앉아서 외로운 성만 지킨다고 혼자 보전될 리 없으니 나아가 싸우는 것이 상책입니다. 그래서 다행히 이기면 적의 기운이 꺾일 것이고, 또 불행히 전쟁에서 죽는다고 하더라도 신하臣下된 도리에 부끄러움이 없을 것입니다."

녹도만호 정운도 말한다.

"영남도 우리 땅이므로 적을 치는데 있어서 전라도, 경상도에 차이가 없습니다. 신하로서 국은을 입고 국록을 먹다가 이런 때에 죽지 않고 어떻게 감히 앉아서 보고만 있을 수 있습니까?"

이순신 장군 진영에서 의견이 분분할 때 원균 장군은 이 장군이 도착하기 전에 몸소 수척의 적과 교전하여 적선 10여 척을 불사르고 빼앗았다. 5월 6일 비로소 전라 좌수사 이 장군이 전함 24척을 거느리고 전라우수사 이억기 장군과 함께 거제 앞바다에 모였고, 다음 날인 7일 새벽 옥포 앞바다에 진을 치고 있던 왜선을 공격하여 대승을 거둔다. 원균은 영남 해역에서 단독으로 왜군의 함정 10여 척을 격파하는 등 전과를 올리면서 이순신에 원군을 계속 요청하였지만, 이순신은 계속 출동을 미루기만 하였기에 이는 후일 두 사람의 불화不和를 빚게 되는 불씨가 되었다.

조선의 안보는 안전한가? 안보란 상대적이다. 어떤 경우엔 동인 조정은 병력과 무기가 없는 경우가 더 안전하다고 생각할 수 있었다. 그런데 침략국 일본은 바로 그런 점들을 파악해서 명나라 정벌에 조선이 협력하리라 오판하게 하였다. 안보가 허술한 곳을 침략하여 정벌하고자 함은 명백한 것이다. 명백히 실패할 길은 피해 가는 것이며, 안보 준비가 안 되어 있는 곳을 공격함은 분명했다. 중국 명나라 남방과 조선 남해안을 공격하여 방비태세와 대처 방식을 파악한 도요토미는 조선 정벌을 결정하게 되었다. 실제적인 조선의 안보와 백성들의 안전한가는 조선이 결정하는 것이 아니라 침략국의 침략 방식에 달린 것이다. 조밀한 법치와 능력을 검증하는 과거제와 같이 매우 세세하게 인적자원을 조직하고 엄한 군기로 안보가 지켜진다면 얼마나 좋겠는가, 침략국인 일본은 이러한 조선을 비웃고 정벌 대상으로 확정했고, 야마토국 복속 대상으로 천명했다.

군대의 출병지연 죄

나는 추풍령의 녹음이 푸릇한 중턱에서 말에서 내려, 싱그러운 숲 내음을 맡으면서 정인홍 의병장으로부터 이야길 들었다. 원균이 경상 바다에서 패전하여 왜군에 쫓겨 전라 좌수사(순신)에게 구원 요청을 하였음에 관할이 아니라고 딱 잘라 거절하였음을 들었다. 영남 우수군이 거의 몰살했다는 것은 알려진 대로였으나, 국법을 어길 수 없다는 이순신 장군의 이야기를 전해 들었다.

임란 발발 후 원균 장군은 개전 소식을 이순신 장군에게 알리고 구원을 청하였다고 한다. 이를 단호하게 거부하여, 이영남이 통곡하며 세 차례나 찾아가 사정을 하였다. 하지만 20일 후에 한양이 무너지고, 조정이 원균을 도우라는 구원 명령을 내린 후에 전라 좌수군은 움직였다. 난중일기에도 '전쟁의 발발 소식을 원균 장군으로부터 전해 듣고, 그 이후 이 장군은 전쟁 소식을 이문하고(전하고) 동헌에 나가 공무를 보았다.'고 기록되어 있다. 나는 왜적의 침략 소식에 전라 좌수사가 전쟁 소식을 듣고 공무를 본다는 것은 이해되지 않았다. 이 당시 이미 경상도의 좌우 수군이 쉽게 괴멸될 것이란 것은 추정되고 있었다.

임란 초기의 해전은 모두 경상 우수영에서 벌어진다. 원균 장군이 경상 우수영을 버리지 않았기 때문에 지원군은 원균 장군의 지휘를 받아야 하는데, 임란 초기 금짝 같은 시간에 20일간 경상 우수군이 무너져 전라좌수영으로 퇴각하기만을 고대하고, 경상 수군이 전라 좌수영으로 퇴각하면, 지휘권을 획득할 요량이거나 적이 무서워 개전을 꺼리는 것으로 보였다. 나는 생각했다. 우리의 수군들이 왜군들이 먼 거리를 이동하여 부산 상륙전에서 심해 해전을 해야 함에도 원균 장군, 이순신 장군은 이미 부산항에 집결한 왜군들로 조정의 사직이 위태로움에도 움직이지 않는 무책임한 장수들이라 생각했다. 개전과 더불어 금쪽같은 시간은 흘러가고 있었고, 곳곳에서 아군들은 전멸하고 있었다.

침략 초반 약 20일, 만약 원균 장군의 구원 요청에 전라좌수영이 합세해서 부산포 바다의 왜군 선단을 기습했더라면, 왜군들은 그렇게 빨리 진군치 못했을 것이다. 그리고 부산포에서 적군을 격멸했더라면, 대마도 장수 평의지가 선봉에서 조선을 우습게 보진 못 했으리라, 고니시, 가토가 파죽지세로 몰아붙인 것은 부산포의 허술함에 있었고, 이는 평의지의 선봉대를 꺾지 못하였음이다. 우리 조정에 우호적이던 대마도 장수 평의지를 꺾었다면, 전쟁의 양상은 달라질 수 있었을 것이다. 종6품 전생서 주부라는 나의 관직은 과거(고시)에 급제하고 선조 이연이 직접 임명한 관리이다. 나처럼 과거에 급제하지 않은 아전이나 진사들은 평생 관에 부역해도 오르지 못하는 선망의 자리이다. 그러나 전쟁으로 나는 잔병이 되고 말았다.

아전들은 대대로 수십 년 평생 관가에 붙어 열심히 일하고, 아주 관운이 좋은 경우에도 일선 읍, 면의 현령 아래에 있다. 그래도 관기나 노비 평민 백성들보다는 떵떵거리고 토색질로 살아가는 나라이다.

아전과 형리들 관졸들에게 나 같은 주부는 죽도록 해도 오를 수 없는 하늘 같은 직급이다. 그럼에도 나는 향병을 규합하고 왜군들의 군량이나 탈취해야 하는 신세에 있다. 조선의 관리 대부분은 미관말직으로 한평생 사는 사람들이다. 죽어서 무덤에 들어갈 때 제문에는 종9품 이상, 아니 가능하면 당상관은 되어야 퇴직 당시 직책을 묘비에 쓴다. 나는 왜군들과 전투로 전사하면 나의 비문에 무엇으로 쓰일지, 생각해보았다.

하급 관리는 현령이 임명하고, 백성들이나, 하급 관리들의 벼슬은 백성들과 같이 '학생부군신위'라 쓴다. 조선의 품계는 18품계이고 종6품은 중간관리이다. 전라좌수사 이순신은 얼마 전까지만 해도 종6품이었다. 그런 그가 종3품 당상관의 전라 좌수사가 되어 왜적이 창창히 육지를 짓밟음에도 출전을 하지 않았다는 소식에 이연(선조)의 무능이 나타났다고 생각했다. 어제, 밤에 왜군 수송대와 교전으로 부상한 병사의 죽음을 지켜보았다. 나도 죽으면 저렇게 한 줌의 흙이 되리라, 그리고 아름다운 꽃봉오리로 다시 태어날 것이리라. 산에는 6월의 꽃들이 무수히 흐느끼고 있었다. 죽음 뒤에 무엇이 있겠냐는 생각에 웃었다.

장수들이 자기 철 밥그릇 뺏기지 않으려고 발악한다고들 말하지만, 나는 국난 앞에서 작금의 선조 대왕 이연이 밉다. 그리고 왕도 중신도 미운 것이다. 저렇게 많은 병사가 죽어가는 것을 그들은 알기나 할까? 나는 조선의 관리임이 부끄러웠다. 관료와 장수들이 토색질인 부정부패를 저질러서 국가를 망치고 있었다. 백성의 피를 빨아먹는 그런 관리들은 다 때려죽여 버려야 한다는 생각이 들었다. 나는 이미 기약 없는 패잔병일 뿐 관료가 아니었다. 그저 지나온 잘 되겠지 했던 지난 시절이 아득하다. 그래도 이만큼 왔지만, 죽음이 저 앞에 기다리는 전쟁터에서 나라가 걱정되었다. 그리고 백성들은 우리보다 훨씬 더 힘들 텐데 하며 마음으로 백성들을 위로했다. '힘내라, 힘들었던 시절, 처자식 보살피며 지금껏 버텨왔으니 앞으로 한 몇 년만 더 버티면 현령 정도라, 청렴해라, 열심히 해라, 의병으로 나서 다 죽으라고 솔직히 못 하겠다.' 곽재우에게 아들 등암을 부탁했다. 언제 죽을지 알 수 없는 시국이다. 한 치 앞도 내일도 알 수 없다. 충주 탄금대에서 차근히 죽어간 병사들과 군관들을 생각하면 적을 베지 못하고 죽어가는 전장에서 나도 모르게 '몸을 사려라, 살아남아라.' 이렇게 이야기를 하면 정말 안 되겠지만 참으로 답답한 세상이다.

이순신 장군의 출전 거부에 대해 아무런 판단도 하지 않고 유보하기로 했다. 단지 선조 대왕 이연의 무지한 전쟁 대처에 한숨만 나왔다.

식량, 약탈전쟁

　충추 탄금대에서 군대가 몰살을 당하자 선조는 곧바로 한양을 떠나 북으로 도망치면서 남쪽 전라도로 서찰을 보낸다. '근왕병을 일으켜라!' 왕의 서찰을 받은 전라 관찰사 이광은 전라도 각 지역에 공문을 돌려 군사를 모은다. 조선의 조정과 선조 대왕은 전쟁에 대한 현실 인식이 안 돼 있었다. 용인 전투와 금산 전투에 근왕군(의병)까지 정면 대응을 명령하였고, 후일 의병에 명령을 내려 보내 관군에 편입하려고 하였다. 조정이 대책 없이 쫓기는 와중에도 실패한 작전을 포기하지 않았던 밑바탕에는 '위대한 조선이 그렇게 쉽게 무너진 것을 인정할 수 없다.'라는 근거 없는 정서가 있었다. 의병들이 관군 편입에 즉각 반발한 것은 천만다행이었다. 임진왜란의 본질은 노동력 뺏기였다. 고대에는 토지생산력보다 개인 한 명의 노동력이 더욱 중요시되었다. 조선 당시 노동력 유출을 막기 위해 형사취수제가 존재하고, 조세제도에 세금이 토지세가 아닌 인두세(人頭稅,

사람에 매기는 세금의 비중이 컸던 것도 이 때문이었다. 녹읍과 관료전 지급을 두고 왕과 귀족이 대립한 것도 이 때문이었다. 녹읍은 토지세에다가 더 나아가 녹읍에 지정된 곳에 사는 사람들의 노동력까지 동원할 수 있지만, 관료전에서는 토지에 대한 세금밖에 걷을 수가 없었다. 영토 확보는 그다음이었다. 고대에는 인구밀도가 낮았기 때문에 영토보다는 노동력이 더 중요했다. 그래서 적국의 영토를 점령한 뒤에 민간 포로를 납치하여 철수하는 경우가 많았다.

이광은 삽시간에 5만의 군사를 모아 북으로 진군하여 1592년 6월 6일 아침 용인에서 왜군(와키자키 야스히로)과 만났다. 왜군은 1,600명에 불과했다. 5만 명의 조선군 근왕병이 대혈투를 벌여 무참히 전투에서 졌다. 권율만이 휘하 약 1,500여 군을 이끌고 겨우 광주로 도주했다. 큰 기대를 걸었던 삼도 근왕병三道勤王兵이 허무하게 무너지자 나의 서울 수복의 꿈은 깨졌고, 조선 전 군민軍民의 사기는 땅에 떨어졌다.

| 이광 |

전라도관찰사 이광은 전투에 패배한 죄로 전주로 돌아가 곧 파직되었다. 충청도관찰사 윤선각은 공주로, 경상도관찰사 김수는 겨우 몸 하나를 건겨 경상우도로 돌아갔다. 유성룡은 '징비록'에서 이 전투에 대해 '군사 행동을 봄놀이 하듯 하면 어찌 패전하지 않겠는가'라고 평했다.

이광이 5만 대군으로 1,600명한테 깨졌다. 1592년 6월에만 해도 5만 대군을 긁어모으는 일은 쉬웠다. 4월 28일에 신립이 충주 탄금대에서 몰살당한 병력은 8,000명, 기병이 3,000, 보병은 5,000이었는데, 대부분 충청 병력이었다. 신립의 기병들은 각 고을 '택시'처럼 '택배' 역할을 하던 역참 기수들이 징집된 것으로 이들이 전멸하였으니, 조선의 통신망은 완전히 쑥대밭이 됐다. 3,000명이나 되던 말 탄 운송 '배달부들'이 다 죽었다.

단 며칠 동안에 8,000명을 모으고 5만 명을 모으는 일은 사실 어렵지 않았다. 오랜 관료 문화로 인해 한자리 준다고 하면 다 모여들었다. 사농공상 관존민비의 제도 덕분이었다. 지긋지긋한 신분제도 탈출을 꿈꾸던 사람들이 먼저 모여 죽어 나갔다. 토색질이 창궐한 덕분에 모두 죽으려고 병사가 되어 나왔다가 전멸하였다. 그들의 묘비에는 학생부군신위도 쓰이지 못했다. 그냥 이름 없는 원혼이 되어 떠돌게 되었다.

나는 이제 패전의 잔병이 되었다. 나는 백성에 대해 생각해보았다. 말단 관료도 아니고 직접 백성들과 아전들을 통해 할 말이 많은데, 경국대전의 법 때문에 전시에 손가락 하나 안 움직여진다. 나는 백성들의 패전에 대한 원망을 알고 있다. 욕 처먹을 짓이었다는 것을 알고 있다. 일본군은 먼저 조총으로 병력을 많이 죽인 후에 5m의 장창병들을 일제히 진군시켜 찔러 죽이고 그다음 3척이나 되는 왜검을 들고 춤추면서 전진하니 이를 막을 자가 없었다. 왜검의 크기는 같지는 않았지만, 3~4척(징비록懲毖錄), 3척 내외(무예도보통지武藝圖譜通志)였던 것으로 기록되어 있으며 일본군 병사들의 칼이 이순신 대장의 칼과 비슷한 크기였던 것으로 추정된다. 이에 반해 조선군의 칼은 짧은 편이었다. 장창으로 거의 이미 반절 이상 죽은 상태에서 칼은 왜군의 전투 마무리 단계에서 쓰였다.

용인 전투로 5만여 근왕병이 무너졌다. 전라도 순찰사 이광李洸, 충청도 순찰사 윤선각尹先覺이 패주했다. 선전관 비변사의 관원들이 후퇴하는 우리 병사들의 목을 베어 분위기를 전환하는 것도 한계가 있어 보였다. 전사자들의 명복을 빌면서 들판에 핀 꽃들을 보았다. 그것은 민들레였다. 전쟁이 끝나 행복을 누리고 싶다는 생각에 한 해에 한 번 피는 꽃이라고 한다. 우리의 행복은 일 년 내내 우리의 곁에 있으면 좋겠다만 민들레는 그런 꽃이다. 민들레는 생명력이 강하여, 겨울에는 잎과 줄기가 시들어 죽지만 그 뿌리는 살아남아 다시 꽃을 피운다. 마치 밟아도, 밟아도 다시 일어나는 백성들과 같다. 일편단심 민들레는 우리의 향병들과 같이 땅바닥에 납작 피어있다. 나는 말에서 내려 민들레 꽃을 따서 냄새를 맡아 보았다.

'아! 5만의 근왕군이 풍비박산 나다니, 조선의 운명이 경각에 달렸건만, 군대 지휘부들은 강력한 적에게 정면 대응에 주력하고 있으니….'

나는 전투가 벌어진 금산 이치와 탄금대 방면으로 정찰대를 보냈다. 돌아온 정찰대의 보고는 서로 달랐다.

"엄청난 숫자의 왜군들이 조선 군사들을 전멸시키며 북상하고 있습니다."

"적들은 너무 많고 너무 강합니다."

나는 향병들에게 말했다.

"저들은 북진하고 있고 그 뒤를 엄청난 양의 양곡을 실은 수송대가 따를 것이다. 그것은 우리의 밥이다. 가족들에게 밥을 줄 수 있다."

병사들은 두려워했지만, 나는 힘주어 말했다.

"우리는 적들 속에 있어 안전하다. 우리는 이미 적들 속에 있어 도망갈 곳이 없다. 북으로 갈 것인가, 남으로 갈 것인가, 동서로 가서 적들의 사냥감이 될 것인가, 적진에서 적들을 사냥할 것인가? 아니면 후방으로 도주하여 적에게 섬멸될 것인가?"

병사들을 설득했다. 그리고 강한 자신감으로 칼을 뽑아 하늘로 치켜세
워 승리할 수 있음을 보여줬다.

"적들은 아무것도 아니다. 우리의 밥일 뿐이다. 그깟 숫자가 무슨 문제
인가? 기동력으로 치고 빠지면 될 것이다. 우리의 병사는 외롭고 부족하
다. 주민들에게 확실한 정보를 얻고 이를 교차 분석하도록 하자. 단 한
번의 실수를 해도 우리는 그것으로 끝이다. 오직 승리만이 필요하다."

우리는 패잔병으로서 새들도 넘기 어려울 정도의 첩첩산중 인적도 극
히 드문 숲 속을 진지 삼아 날마다 산을 오르고 내를 건너는데, 산길은
구불거리고 험하며 숲길은 가도 가도 끝이 없었다.

무계진전투(무계전투, 茂溪戰鬪)

1592년 6월 6일, 조선 측은 김면金沔 의병장, 정인홍鄭仁弘 의병장, 배덕문
裵德文 성주 의병장, 손인갑孫仁甲 의병장이 참전하고 일본 측은 무라카미
가케치카村上景親가 맞선 무계진전투에서 일본 측 1백여 명이 전사했고 무
라카미 가케치카村上景親가 중상을 입었다.

무계진전투는 성주 기군장起軍將 이승李承이 합세하여 임진년 6월 4일
밤을 틈타 공격을 개시하였으나 실패하고 6월 5일 여명에 왜적의 군막을
공격하여 불태우고 왜적을 압박하여 낙동강으로 멀리 나갔는데 현풍의
왜적이 구원해 오자 후퇴한 패전 전투이다.

인류가 존재한 이래로 국가의 형성으로 국방 안보는 매우 중요한 관심 사였다. 국방 안보의 개념은 물리적인 힘인 무기와 군대의 규모에 맞추어져 있었다. 조선은 안전한 나라인가, 조선 백성들의 생활을 거의 모두 파괴된 임진왜란, 일본군의 침략에 따른 선조 대왕의 의주로의 도피는 백성들에게 조선이 안전한 나라가 아님을 확신시켜 주었다. 백성들의 두려움은 계속 증가했다. 특히 요동 내부 망명설은 조선의 멸망을 말하는 것이었다. 일본과의 전쟁을 회피하려던 명나라 황제의 거부로 조정의 망명은 이루어지지 않았다.

임진 7월 23일부터 전라도 무주에서 선발대 1,000여 명, 후속 부대 5~600여 명, 후미 부대 70여 명을 지례로 이동, 둔취시켰다. 김면金沔은 각처의 의병을 증파하고 초유사로부터 함양, 안음, 산음 등의 의병 수천 명을 증강하여 8월 1일 서예원徐禮元, 황응남黃應男을 좌우 위장衛將으로 삼아 적진을 포위하여 분전하니 일대의 적을 소탕하고 지례를 수복하였다. 그러나 아군도 50여 명의 희생이 있었다.(고대일록孤臺日錄, 정경운), (정만록征蠻錄, 이탁영)

정인홍 손인갑 이승과 합세해 야밤을 틈타 공격했으나, 실패하였다. 하지만, 배설의 유격대가 새벽에 왜병의 군막을 급습하여 왜군 진영을 불태우고 압박하여 낙동강으로 내몰았으며, 많은 군량과 무기들을 회수하여 의병들에 지급했다. 본격적으로 약 5m의 장창을 쓰는 일본군의 잘 훈련된 장창 부대와 약 6m의 죽창의 쓰는 우리 부대의 대결에서 적들은 수 많은 전투 경험으로 훈련된 장창의 묘기를 선보였고, 우리 의병들은 그 냥 쿡, 찔러 버리는 면밀한 유격전의 급습으로 대승을 거두었다. 추풍령 일대의 향병 유격전이 점차 방패와 죽창 부대의 전투로 커졌고 이 대담 한 전투 노하우는 대구 전투에까지 활용되었다.

대구 전투

1597년 7월 7일 초대 의병장 임하 정사철의 뒤를 이어 '집향병문'을 지 어 의병을 모집 창의하는 한편 쌀 콩 300곡을 모아서 청도의 '예산성'에 군량으로 보조하였다. 당시 대구는 오직 공산성만이 의병활동을 할 수 있는 곳이었으므로 여러 인사가 이곳에 모여 창의하였다. 이들이 의병을 거병하게 되면 군량을 지원하기 때문에 서둘러 의병이 거병되었으나, 왜 군들 때문에 드러내 놓고 활동을 하지는 못 했다. 그러나 암암리에 군량 은 지원되었다.

| 최호 장군崔湖 將軍 |

충의사는 조선 중기의 무신인 최호(~1597) 장군의 위패를 모신 사당이다. 장군은 선조 9년(1576) 무과에 장원급제하여 관직에 나 아간 후 여러 관직을 거쳐 선조 27년(1594) 함경도 병마절도사가

되었으며, 선조 29년(1596)에는 충청도 수군절도사로 이몽학의 난을 평정했다. 선조 30년(1597)에 정유재란이 일어나자 칠천량 해전에서 전사했다. 선조 37년(1604)에 이몽학의 난을 평정한 공으로 청난공신 2등에 봉해졌다.

영리, 정기룡은 조경의 선봉장이었고 배설은 군수참모였다. 임진왜란 중 엄청난 적군을 무력으로 사살하고 적에게 포로가 된 장수를 구해낸 유일한 장수들이고, 외로이 향군을 조직하여 대항하므로 영남 의병들이 대거 일어나게 된다. 그들이 말한다.

"장군께서 영남에서 항전하면서 의병 창의를 주장하지 않았더라면 조선은 존재할 수 없었다."

영남의 전투들, 고령 전투의 전황도戰況圖나 전투 내용이 잘 정리된 것이 없다. 영남 병사들 전투들의 공통점이다. 상주 전투에서 900명이 전사했음에도 조헌의 700의총에 비해 평가받지 못하였다. 이는 당시 동인 조정 이씨 왕조가 백제를 계승한 전주 상징 정권이었기 때문이다.

손승의가 말한다.

"그래서 정기룡 장군이나 곽재우 장군, 배설, 김면, 정인홍 등이 업적을 인정받지 못했다. 전투 보고 자체를 무시해 버린 이중성이 전쟁 중에도 있었다."

4.

병가 상사兵家 常事

전쟁에서 이기고 지는 일은 흔히 있는 일

대장의 도망

전쟁에 있어 패전이든 승전이든 모든 정보가 동격은 아니다. 동래성 전투와 탄금대 전투에 대한 정보는 전투 승리를 위한 정보가 아니다. 반면에 적과 만나 전투를 한 접점에 관한 정보는 매우 중요한 정보라 할 수 있다. 이 정보가 앞으로의 전투 양상을 결정지을 것이기 때문이다. 이러한 정보는 정확히 설명하기 어려운 수치화 되지 않는 경험이다. 전쟁에는 이러한 정보를 습득한 인물을 투입하는 것이 적절하다. 곽재우의 참모로 등암(배상룡)을 투입한 것은 등암이 능력이 있거나 뛰어나서가 아니었다. 실전 전투에 대한 정보를 제공하여 참고하게 함으로써 패전과 승전을 가늠하게 한 것이다. 추풍령 김천 일대에서 4월 17일에서 1593년 1월 16일 약 9개월간 향병으로 식량 약탈을 위한 유격전에 돌입, 방어사 조경이 적의 포로가 되었다. 조선군은 왜군에게 일방적으로 유린당하였고, 나는 잔여 부하들을 수습하고, 성주 상주 김천 등지에서 유림의 거병을 요청하면서 향병을 규합 약 500여 병력을 이끌고 있었기에 백성들과 피난민들이 나를 대장'大將'으로 불렀다.

그러나 사실 조정과는 '끈 떨어진 연' 같은 신세로 패잔병에 불과하였다. 단지 고급관료 출신 의병의 처량한 신세로 이등병과 같은 것이다. 조정의 누구도 추풍령 방어사가 죽었는지, 그런 부대가 존재하는지도 기억해주지 않았다. 그리고 이렇다 할 큰 공도 세우지 못했던 것도 사실이었다. 조정은 일본군을 섬멸하기를 바라고 있을 뿐 소규모 유격전은 하찮게 생각했다. 조경 장군과 함께 남정하여 장군이 포로로 잡히고 거의 모든 병사가 전사했다. 다행히 나는 식량 보급 담당 군관으로서 직접 전투에서 전사하지 못했다. 그러나 패전의 고통으로 살아 있는 것이 죽는 것보다 더 고통스러웠다. 조경 장군을 따르는 용맹한 병사들은 모두 죽었고, 이제 더는 살아갈 이유가 없다고 생각한 나는 전장으로 뛰어가서 적들도 죽이고 전장에서 목숨을 버리고자 했다.

그러나 남은 부상병들이 '죽고 사는 것은 운명입니다. 하늘의 뜻을 거스르지 마십시오.' 만류하여 기필코 장군을 구출하고 장렬히 전사하여 충신이 되리라 다짐했다. 그런 연유로 적의 배후를 기습하고 치고 빠지는 유격전을 개시함으로 왜군들이 '배설은 도망자다.'라고 할 때도 개의치 않고 김천 등지에서 유격전을 펼쳐 임진왜란 지휘부가 북진하지 못하게 향병을 모아 괴롭혔고, 조선을 구하기만 한다면 명예와 비난은 내려놓는 오직 구국의 일념뿐이었다.

추풍령 방어선이 무너지고 뒤이어 탄금대 방어선이 무너졌다. 전투장 곳곳의 가고 오는 길에는 왜군으로부터 전군이 몰살당했다는 비통한 이야기가 있었고, 이리저리 떠도는 피난민들이 길마다 넘쳐나는 것을 보았으며, 여기저기에 널브러진 시체들도 무수히 보았다. 모두 이 나라 조선을 위해 장렬하게 죽은 충신들이었음에도 아무도 거두는 사람이 없었다.

살아서 원수를 갚고 장렬히 죽고자 생각하고 나니 캄캄하게 무너진 어두운 하늘에 솟아날 구멍이 생긴 것 같았다. 사람이란 이런 것인가, 생각 하나 바꾸니 그저 죽는 것만이 충신의 길이란 생각이 바뀌고 무너진 하늘 속에 솟아날 구멍을 발견한 듯이 새로운 일들이 생겨났다.

조총 교대 연발 부대가 우리의 부대를 추격하다가 참으로 한심한 일이 벌어졌다. 먼저 기세 좋게 기마 무사가 뛰어나왔다. 한데, 놀랍게도 나는 도망을 쳤다.

'저런 비겁한 배설 녀석!' 하고 쫓아오는데, 나는 말 위에서 돌아서면서 짧은 표창과 철환을 사무라이들에게 날렸다. 왜군의 기마 무사는 모두 죽거나 다쳤다. 이를 보고 도주하려는 무사는 칼로 시원하게 목을 치고 이미 도주하고 있는 기마 무사는 활로 등에서 심장을 관통시켜 고통을 완화해 주었다. 그것은 내가 해주는 그들에 대한 자비였다.

불쌍하게 조총을 교대로 연발하던 왜군 부대는 근거리에서 구경하다가 자신들의 지휘 무사들이 모두 눈앞에서 죽는 모습을 보고 두려워 자신들의 본진으로 도망갔다. 나는 왜군 부대를 만나면 도주하는 척을 했기에, 일본 무사 3~4명이 칼을 빼든 채 말을 타고 소리를 지르며 나를 추격하였다. 조총 사격 거리를 벗어나자마자 나는 그들, 칼로 추격하는 무사들을 베어버렸고, 이에 놀라 도주하는 무사는 추격하여 활로 죽였다.

심지어 왜군들에게는 '배설(백설白雪)의 얼굴을 보게 되면 틀림없이 죽는다.'라는 말까지 돌았다. 중견 무사들이 추격하러 갔다가 돌아오지 않으니 왜군들은 정처 없이 성을 지키기만 했다. 소대, 중대, 대대 규모의 왜군들은 모두 조총 보병으로 이루어져 있었고 지휘 무사(사무라이)들은 5~6명만 말을 타고 지휘하기에 나는 영남 일대의 일본군 지휘부 사무라이들을 격멸했다. 전투에서 앞서는 병사가 있어 앞이 든든하고, 뒤처진 병사가 있어 뒤가 든든하고, 빠르고 날쌘 병사는 앞세워 나아가고 뒤처진 병사는 뒤를 지키며 따르게 하여 무적 부대로 만들어 기병한다. 나는 적이 대군이라 기동치 못함을 알고 있었고 군대를 적의 전면과 후면 중간마다 허리를 수시로 정벌할 수 있는 부대로 만들었다. 나의 향병 규합의 피나는 노력 사이에도 피난민들의 행렬은 길게 이어졌다. 그들은 하나같이 비쩍 말라갔고 기력이 없어 몇 걸음 못 가서 숨을 헐떡였다. 피골이

상접한 그들을 산길을 뒤져 열매를 따다 주면서 허기를 때우게 했다.

하얀 황금, 소금

이러한 전쟁은 비용이 발생했다. 조정은 하는 수 없이 전비를 소비세인 염분에 과세했다. 고려조에 도염원이 있어 '염분'을 생산했는데, 임진왜란으로 농경사회에 꼭 필요한 염분을 세금으로 판매하면서 소牛, 금金으로 불리었다. 관에서는 염분이라 했으나, 이를 소비하는 백성들에게는 소와 황금처럼 귀해졌다는 의미이다. 일종의 소비세였는데, 소금값 급등으로 인해 백성들은 염분의 부족 증세를 겪었고 이에 온갖 전염병이 창궐하게 되어 염병이 돌아 병사가 급증하였다.

"전란 중에 세금을 과도히 올리다니?" 뺑덕 어미가 말했다.

"나쁜 새끼들, 벼룩의 간에 빨대를 꽂고 쪽쪽 빨아먹는구나! 염분이 없어 아주 손발이 오그라진다. 백성은 초근목피로 배가 터지고 똥구멍 찢어지는데 염분 값을 올리다니, 이 배 때기에 기름 찬 강도보다 나쁜 아전 새끼들."

염분(소금)을 독점하던 나라에서 가격을 올리자 소금 장수들은 소금을 아예 팔지 않았다. 보유하고 있으면 값이 올라가는데 팔 이유가 없었으니 소금을 가진 보부상들도 활동을 중단했다.

영리가 거들었다.

"뺑덕 어미, 왕후감이네요, 마! 중전마마 하세요."

빵덕어미가 나를 보고 말했다.

"훌륭한 나리, 제발 소금 좀 주세요."

영리 역시 내게 호소했다.

"쓰레기 더미에 사는 구더기보다 못한 천민들 면천 시켜주시면 죽어도 원이 없어요."

"호로 개자식들 염병이 창궐하는데도 염분 값을 올려?"

내가 분노했다.

백성들은 여기저기 아우성 쳐봤자 그때뿐이다. 솟값이 다락처럼 급등하였고 염분 값은 정부의 소비세 징수의 일환으로 급등하여 염분은 금과 동격 동의어인 '소금'이라 불리며 명사가 되었다. 당시 소금의 전매 기관專賣機關인 도염원이란 관청이 초기부터 있었으며, 이조와 호조戶曹에서 소금은 국가 독점품이었다.

명나라군이 들어와서 보이는 대로 소를 사들여 도축하자 솟값이 급등했다. 소 한 마리 값이 오승포 900필 값인 900냥이 되었는데, 노비의 값은 100냥 아래로 떨어졌고, 노비는 전란으로 농사가 방기되면서 밥만 먹일 수 있으면 가져가라 할 정도로 가치가 추락했다. 소는 금값이 되고 노비는 똥값이 되었다. 소 장사는 장수의 대접을 받았다. 소 장사꾼을 '소장수'라고 부르게 된 것이다.

백성들이 소리쳤다.

"조정 염분세 인상을 보면서도 세금인상을 발의한 ×발 대신 새끼하고, 거기에 한 명도 반대 없이 찬성한 동인당 새끼들이랑 동조한 서인당 ×발 새끼들."

"많이 해 처먹어라!"

"주둥이만, 백성, 백성, 하는 아전 놈의 새끼야! 너도 반대 토론에 한마디 해야지."

"에라, 조정 ××들아! 더러운 개만도 못한 ×발 새끼들아! 나, 너희한테 쌍욕했다. 노비인 날 고발해라."

염분 값을 꽉꽉 올려 숯값이 되고, 금값 되도록 백성 건강을 지키기 위해 전쟁에 무기도 없이 싸우라며 자살로 내몬 조정이 병든 백성이 불쌍하다고 건강을 위해 염분 값을 꽉꽉 올려 주시니 참 감사해라!

"개만도 못한 ×발 새끼들아!"

"전쟁비용을 소금에다 전가하느냐? 전쟁 중에 도망을 다니던 것들이 돌아왔나 보네!"

선조대왕과 조정은 백성들 건강증진을 위해 염분 섭취를 줄여 주자는 명분으로 소비세를 올린 것이었다. 조정은 명나라에 바칠 자금을 만들려는 것은 전혀 아니고, 백성들 건강증진을 위하여 소금 섭취를 주려 백성들의 건강을 보호하려고 했다.

영리,

"염병 지랄하네, 다 염병 걸려 죽겠다."

전쟁으로 부상병들이 속출하였고, 일본군의 약탈 과정에서 부상도 많았다. 염병과 같은 전염병이 창궐하였다. 가뜩이나 백성들이 병고로 신음하는데, 염분(소금) 값이 폭등하여 마음에 병들도 생겨났다. 재정과 명나라 전비 보상을 위해 올린 소금값이 백성들 마음속에 화병을 만들었다. 그러나 백성들은 언제나 그때만 불평할 뿐, 그냥 참아야만 했다. 또 다른 방도도 없었다.

조정도 힘든 것이 조선의 양반들은 면세였기에 세금을 거둘 수가 없게 되어 있었다. 따라서 세금은 소비세를 통하여 해결되어야만 했다.

백성들, "진짜 양심 있는 양반들은 너희처럼 안 산다. 더러운 놈들."

"양반이라고 노비들 천대하고. 그 꼴난 망한 양반이라고 왕이라도 된 줄 아나?"

"제기랄, 저런 인간들한테 세금을 걷어야지."

"소금값만 올리고."

아! 슬프다. 25년간 먹던 소금을 오늘날 끊었다. 지금 당장 금염(소금)을 실천해 보길 바란다.

아침에 일어나면서 문득 든 생각이 이러다간 안 되겠다. 혹시 재수 없어서 염분 과다 섭취로 고혈압 당뇨로 죽으면 어떻게 하지? 난 오래 살아야 하는데라는 긴장감, 매우 급한 감이 갑자기 들더니 금염을 하게 되었다. 그리고 무능력한 나라에 지금 내는 세금으로 조선 백성의 의무를 충실히 하고 있다. 아마 모두 금염하면 다른 곳에 또 세금을 매길 것이다. 양반 사대부에게 세금을 면제하니 소비세를 거두어야 하겠지?

"여립, 재산 식솔 빼어 재산 챙긴 양반들에게는 왜 세금 못 걷어내나?"

"똥인지 된장인지 구분 못 하더니, 나라 꼴이 참."

"썩어 문드러진 아전 새끼야~! 소금 금값 만들어 뭐 달라지느냐?"

"김성일처럼 아첨꾼, 어차피 회전문에 재활용 인사로 초유사 되었대?"

영리, "전쟁이 안 난다고 호언장담하던 유 대감은 시간을 끌어 항복하자는 거냐? 뭐냐? 본심을 보여라."

백성들, "중국도 망하고 일본도 망하는데 얼마나 선조가 유능한지 알아보라나 뭐?"

"이 썩어 문드러진 새끼들!"

"염분이 건강에 안 좋아서 때문에 값을 올린다. 좋아하시네."

"도둑놈들, 백성들 얼마나 등쳐먹으려고, 개새끼들."

대왕께서 백성에 건강을 위해 소금값을 파격적으로 올렸으니 이에 감복한 백성은 궁궐을 향해 절을 하고 감읍한 사람들이 많았다. 이연 사모빠돌이는 이 판국에 빠 노릇을 하냐? 그 얼마나 감격스러운 일인가? 사대부 만석 지기(재벌) 아들들 봐라! 수십만 냥씩 나눠 가진 것 좀 봐라! 상국에 유학 핑계로 빼돌리는 은화를 보고도 그따위 말이 나오냐? 사대부(재벌)만 옹호하는 노비들, 한숨만 나온다. 노비들 신분에 당연한 거 아니겠나? 노비와 가난한 중인들만 죽어나는구나!

"우리 시골, 아직도 염분 많이 한다."

"정~ 염분 값을 올리시겠다면, 요번 참에 소금을 끊던가, 아님 시골 내려가서 바닷물 가져와 소금 만들어 먹자."

이게 나라입니까! 우리 백성은 바보입니까! 도둑 같은 만주 용병에 털리고 강도 같은 왜놈에 다 털리고 명나라군의 노예가 되어 뼈 빠지게 일해도 밑 빠진 독이고 관리들은 토색질에 법들 먹이고, 자기들은 '헬스기구' 척척 사고, 천 냥짜리 옷 사 입고, 반찬 타령에다가 돈 척척 찍어내서 쓰면서 30년 먹어온 염분은 끊어야 건강해진다고 하네? 돈 없으면 염분(소금)을 염분값 난리에 끊으라고?

영리, "염병 지랄들 하네, 그건 국법을 어기는 거란다."

"쩝~ 이렇게까지, 해야 하나 싶다. 백성 슬프네, 값을 올리니 애국해야지."

염병하고 자빠졌네, 조정 놈들이 백성 건강 생각해서 염분 값 올린 줄 아느냐? 세수 확보 목적이라는 건 동네 개새끼들? 건강 챙겨 주시는 홀

룡한 임금님에 눈물이 난다. 고혈압 당뇨를 예방해주시려는 임금님께 감사드리고… 참, 노비가 고혈압 있나?

"쇄신은 무슨? 우리나라에서 혁신이니 쇄신이니 하고, 되는 거 본 적 있나? 결국은 꼬리 자르고 한 놈 책임 몰아서 교체하면 끝이다."

개새끼들, 염분이 그렇게 해로우면 생산을 하지 말고 판매 또한 하지 말아야지 주머니 우려내어 백성들 약 올려서 염병 들게 해놓고서 없는 주머니 먼지까지 털어가니, 좋으셔 선조 너부터 염분 끊어라!

염분 먹지 않는 백성은 무척 좋아하지 마셔요, 다음에 세금 펑크 나면 담뱃세 주류세… 조만간 입에 폭탄들이 숨어 있다는 걸 명심하시길.

나라는 목적 달성할 수단과 힘이 있다는 걸 꼭 명심하여 나라를 잘 되게 해야 한다. 썩은 난신 '관피아' 쇄신하겠다더니, 이번에 새로 내정된 동인 인사들 모두 '관피아' 출신이다. 인적쇄신 주요 부서 임명된 인사들 대부분 유 대감의 입김이었다.

우리나라 형조 아전(관사)들은 법만 알뿐 객관성, 공정성이란 게 없어. 사또님 나팔만 잘 팔고 도염원(소금 관리청 대기업) 사옹원(도자기 관리청 중소기업)들 쓰레기처럼 경영할 거면 그냥 망해라! 너희 같은 놈들이 조선 경제의 영향을 끼치는 거라면 차라리 일본으로 잡혀가는 게… 더럽게 꼴 보기 싫으니깐 그냥 팍 뒈지련다. 우리나라에서 쇄신? 개가 웃을 일, 쇄신할 부분은 무슨, 그냥 해체 말고는 답이 없는 나라다.

영리, "농토 황폐화로 어세漁稅, 염세鹽稅, 선박세船舶稅 등과 결작結作의 징수로 보충하였다. 죽은 사람에 징수하는 백골징포(빚내서 매입한 재산에 부과하는 세금처럼 죽은 사람에게 세금을 거두었다.) 황구첨정 등 악습으로 농민은 유망流亡하게 되고 마침내 민란의 원인이 되어 민란으로 저항한 사람들은 정부군에 의해 모두 죽게 되었다. 조선이 생긴 이래 전 백성이 부상당하고 굶주리고, 이상 한파로 추위가 있고, 소금값 급등으로 염분이 부족하자 염병이 창궐하였다. 아프지 않은 사람이 없는 병자 천국이 펼쳐졌다. 완전히 망한 것 같은 조선의 하늘 아래 땅 위에 토색질과 전쟁비용의 등짐이 아무리 무겁다고 하여도 끊임없이 새로운 아이들이 태어나고 그들은 그 무거운 짐들을 감내하면서, 새로운 조선을 만들어 가고 있었다."

해와 달이 조금도 변함없이 조선의 산고를 감내하게 이정표를 제시했고, 그 조선의 햇볕은 날마다 새로웠다. 썩은 조직에서도 썩은 흙에서도 새싹이 돋았으며, 개울물에는 썩은 나뭇잎이 떠내려가서 올챙이가 생겨났다. 그리고 강산에는 진분홍 진달래 철쭉꽃이 만발하였다. 진달래꽃은 꺾여야 꽃병에 담을 수 있다. 꺾인 꽃이라야 꽃병에 쓰임이 있듯이 나의 부대는 병사들의 특기와 생각의 공식을 적절히 배치하여 버림받은 병사가 없는 천하무적의 부대였다. 왜적은 선두만 다투는 중간과 뒤가 부실한 군대이지 않은가, 그리고 그들에게는 낙오 부대라는 약한 부대도 많지 않은가, 그에 비해 나의 부대는 완전한 천하무적임을 그들은 알고 있었고, 나아감과 후퇴에 있어 적들이 우리를 피하는데 두려움이 강한 자신감과 패려 함으로 바뀌었다. 이제 기다리면 적장들이 나타날 것으로 생각했다.

다른 관점에서 본다면, 조선이 침략을 공공연히 주장하는 일본에 대응하는 데 있어 어떤 수준의 안보가 필요한가라는 질문에 대해 국력의 격차가 크다면 그에 따른 안보가 해답이 될 것이다. 조선은 부산 방어망과 탄금대 방어망, 한강 방어선이 차례대로 무너지게 되었음에서도 소수의 병력을 적의 강점인 '밀집대형' 조총 교대 연발 정면에 배치하는 실수를 반복하는 명령을 끝까지 했다. 적의 배후 기습 공격이나 측면 공격이 전쟁 내내 없었다. 이는 원체 위대한 조선이라는 정당성이 훼손되지 않고 자 스스로 군사적 열세를 자인하지 않은 데 기인한 것이다. 그러나 다급해진 의병들의 전투 사령부인 성주성에서 채택한 전체 의병들의 전투 방식은 침략군의 측, 후방을 공격하고 식량을 탈취하는 것으로 의병연합이 공감하였다. 이는 의병들이 적의 강점을 회피하는 유격전에 돌입했음을 말하는 것이다.

| 김억추 金億秋 |

전라남도 강진 출신, 증 병조판서 충정忠貞의 아들이다. 일찍이 무과에 급제하고 제주판관·사복시판관 및 진산·순창·초산의 현감을 거쳐, 1592년(선조 25) 임진왜란이 일어나 왕이 평양으로 파천하자, 방어사로서 허숙許潚 등과 함께 수군을 이끌고 대동강을 지켰다. 1594년 만포진첨절제사滿浦鎭僉節制使가 되었으나, 탐비貪鄙하다는 사간원의 탄핵으로 또 교체되었다. 다음 해에 다시 만포진 첨 절제사에 임명되었다가 곧 진주 목사로 승진되었지만 무능한 무관이 큰 고을의 목민관이 될 수 없다는 대간의 반대로 고령진첨절제사高嶺鎭僉節制使로 교체되었다. 1597년 칠천량 해전漆川梁海戰에서 전사한 이억기李億祺의 후임으로 전라우도 수군절도사가 되었고, 일시 부장 겸 조방장副將兼助防將으로 명나라군에 배속되기도 하였으나, 이후 주로 전라 수군절도사로 활약하였으며, 통제사 이순신李舜臣을 따라 명량해전鳴梁海戰에서 많은 공을 세웠다.

전쟁과 방어비용

국가의 전쟁 방비에 무한의 시간과 예산이 있다면, 거의 완벽한 전쟁 준비를 할 수 있다. 하지만 왜군은 조선이 의식하지 못하는 사이에 적은 시험 침입을 하여 방비와 무기 수준을 확인하였고 그에 맞는 공격을 채택했다. 그러므로 단순히 십만 양병설이 준비되었다 해도 방책이라 할 수 없다. 광범위한 적의 침입 방식에 대한 효과적인 방비책이 있어야 한다. 적의 약점과 강점을 알고 적절히 대응하는 능력이 있어야 한다. 백성들이 봤을 때 전쟁에서 이길 수 있다는 확신이 주어져야 의병들이 거병하는 것이다. 물론 면천과 관직을 주겠다는 유혹이 초기 근왕병 모집에 주요 방법이었다는 점도 있지만 이는 일시적이다. 전투 방식에 있어 추풍령 잔병들의 향병규합이 전쟁 방식을 바꾸었고 이것이 효과적인 방법이라는 데 공감하여 경상 의병이 거병했고 영남 의병은 전쟁의 양상을 바꾸었고, 이는 도요토미 철군 결정의 직접적인 원인이었다. 정유재란이 호남으로 돌아 서울로 올라간 이유도 경상 의병들의 유격전을 피하고자 한 것이었다. 호남 침략 시기가 칠팔월에 추수할 철이 아니었고, 또한 호남에 식량 창고가 있었던 것은 더더욱 아니었다.

현풍의 상산강에서 김면이 파견한 황응남을 비롯한 의병 30여 명이 왜군 80여 명을 사살하고, 군수 물자, 보물 등을 가득 실은 배 2척을 나포했다. 나는 개산포 전투에서 적을 종횡무진 교란하였다. 개산포 전투 이후 끈질기게 군수 물자를 보급하는 왜군들을 추격, 군수품을 약탈하는 소규모 전투를 계속했다. 부산에서 출발한 식량을 실은 짐바리 부대는 한양까지 가는 동안 길에서 기습을 당하고, 야영하다 야습을 당하고, 산에서 산적을 만나고, 들에서 의병을 만났다. '마을에 들어가면 청야 작전으로 쥐새끼 하나 없는 잿더미뿐이고, 어디선가 의병이 나타나 불을 질러 홀랑 다 태우니' 부산에서 출발한 1,000섬의 군량 중 한양에 제대로 도착한 것은 1백 섬에 불과했다. 얼마나 우리의 전투가 치열했는가를 알 수 있다.

왜군들은 우리의 근거지를 토벌하고자 했으나, 우리는 근거지가 없었기 때문에, 토벌하러 나온 왜군 소규모 부대가 허탕 치고 돌아갔고 그 시점에 우리는 또다시 기습하였다. 그것이 지레 전투였다. 특히 추풍령 황간 김천 등지에서 일본군의 주력부대가 진격하지 못하게 또 적군을 유인하기 위해 두 곳으로 갈라져 퇴각하고 일정 부분 지나면, 다시 또 두 곳으로 갈라지는 현지 사정을 이용한 적군 쪼개기를 시도했고 적이 소규모가 되면 기습을 감행했다. 왜군은 임진년 5월 이후 8할 이상이 굶어가며 싸움을 했다. 각종 실록, 사료에 '왜군은 도적 떼와 같이 먹을 것을 빼앗고 인육을 먹었다.'라는 기록이 남은 건 이 때문이다.

1592년 6월 13일, 왜군에게 평양이 함락되어 이연(선조)은 의주로 피난했다고 한다. 한양에서 100명이 호종했는데, 굶주림으로 의주에 당도하니 50명에 불과했다고 한다. 이에 이연은 이덕형李德馨을 명나라로 보내어 지원을 요청하여 수일 내로 곧 명나라의 요동 원군이 압록강을 건너올 것이라 한다.

조선의 지도부가 이렇게 무능한 전투를 거듭함에 화가 난다. 전쟁을 제대로 해라. 꼭 저렇게 전멸해서 충신으로 이름을 날려야 하는가? 군대란 장소와 시간과 주변의 상황을 이용하지 않고 임전무퇴만 외치는 조정이 의주까지 도망쳤으니, 나에게 월급은 나올까, 그리고 이 많은 병사는 누가 먹여 살려야 하나, 백성들이 초근목피인데, 나는 처음으로 내가 주부임을 후회했다. 그냥 백성으로 살아가고 싶다. 군대란 돈이 좀 들더라도 제대로 된 무기로 적당한 곳에서 싸워야 한다. 아니면, 백성들에게 비용을 드리고, 전투준비나 무기를 준비시켜야 한다. 나는 우리 조선의 문화를 좀 바꿔야 한다고 소리를 질렀다. 제발! 1592년 5월 춘궁기가 싫다. 올해 겨울엔 '송년회 회식'이다. 모두 집어치워야겠다. 그리고 1593년은 산뜻하게 맞이해야지, 이게 뭔 일이고, 서울이 점령되다니? 끝까지 사람 잡네, 도대체 왜군들은 어디까지 쳐 올라가려나, 정말 명나라로 쳐들어가는 건 아닌가?

이연의 어가엔 기축옥사로 죽은 여립의 죽은 귀신이 붙어 다니나? 군대의 인사를 기축옥사로 개판으로 하였으니, 아까운 신립 장군마저 잃고, 이제 만주 대륙이 여진으로 넘어가는 건 아닐까, 왜군들의 숨통을 조이려면 어떻게 해야 하나?

개산포를 벗어나자 온통 구불구불한 산길이었다. 다시 산을 넘고 물을 건너기 시작했다. 비가 내리고 바람이 불기 시작하면 한겨울처럼 매서웠고, 해가 나면 푹푹 찌는 것이 고통스러웠다. 오락가락하는 추위와 더위에 몸도 마음도 지쳐갔다. 게다가 피난길 식사라 한 끼는 때우고 한 끼는 굶는 식이었으니 피난민들은 하나둘 길 위에 쓰러져 갔다. 수많은 사람이 시신 옆에서 옷가지를 부여잡고 통곡을 해댔다. 그 비참함이란 눈 뜨고는 못 볼 지경이었다. 여기저기 피난민들이 무수히 쓰러져 갔다. 그런 피난 행렬 속에서도 허리가 몹시 아파왔다. 아마도 전일 전투 때 너무 용을 쓴 모양이다. 이럴 때에는 그 원인을 알지 못하고 다만 요통이라고 느꼈다. 요통이 아니면 관절염, 신경통, 견비통 등에는 길가에 흔히 있는 위령선이 통증을 멎게 하고 풍습을 없애주었다. 위령선은 덩굴식물로 '사위질빵'이라고도 부른다. 사위질빵은 땅위줄기가 겨울에 말라죽고 줄기가 겨울에도 말라죽지 않는다. 위령선은 걸음을 걷지 못하던 사람이 아침에 먹고 저녁에 걸어 다닐 수 있게 되었다고 할 만큼 약효가 빨리 나타나는 것으로 유명하다. 조선의 버려진 풀 한 포기도 약초 아닌 게 없었다.

바지 선조대왕

전쟁이 일어나지 않는다고 선조를 속인 동인의 시대였고, 전쟁이 발발하자 선조는 피난길에서 동인 조정 중신에 둘러싸여 호송되므로 전권을 내주고 의존하고 있었다. 그만큼 이순신은 전쟁에 유리한 입장에 있었지만, 원균의 요청에 출병을 거부했다. 동인들은 당쟁으로 정권은 손에 넣었으나 막상 전쟁이 발발하자 전쟁 준비가 전혀 되어 있지 않아서 허둥대면서 전쟁 준비를 한 장수들이나 현감들을 쫓아내고 자신들의 수하를 내려보내 군대를 장악, 전공을 세우는 수법을 써 선조를 기만하고 있었지만, 당시로선 국난 앞에 다른 방도도 없었다. 능력이 없는 장수들은 허위 전공 보고를 많이 하였다. 따라서 백성들의 민심이반이 심했다. 자신들 수하의 장수들에게 허위 장계를 여러 부 다르게 꾸며 올리게 한 다음 선조의 기분에 맞추어 적군의 목을 100명 50명 5명 참수했다는 식으로 짜고 보고하였고, 이순신도 허위보고를 하여 선조를 격노하게 했지만, 선조 대왕이 취할 수 있는 수단과 방법이 없었다. 한마디로 선조 대왕은 동인 조정의 바지에 불과했다. 실제 정무와 군사 문제는 난신들이 처결하고 있었다. 그러니 전쟁에 책임질 누구도 없는 상태로 7년간 전쟁이 지속한다.

한·중·일 세 나라는 이웃하여 있다. 영토와 인구는 중국과 일본이 월등하다. 일시적으로 경제력이 앞선다 해도 돈과 재력으로 중국과 일본을 능가하기 어렵고, 재력으로 그들의 집중력 아래에 있게 된다면 영원히 벗어나기 어렵게 될 수 있다. 세 나라 중에서 인물 본위로 역사를 평가하고 미래 또한 인물 위주 제도 위주로 백성이 선택해줘야 국론 통일이 가능한 것이다. 우리라는 독 안에서 무조건적인 굴종의 노예근성을 버려야 조선이 산다. 조선 백성에게 지워진 법치의 과도한 채무를 줄여주어야 하고 획기적으로 소득을 올려서 백성의 삶의 질을 획기적으로 올려야 한다. 그러려면 훌륭한 제도와 유능한 인물이 필요하다. 그러나 조선 동인 조정의 바지에 불과한 선조 대왕은 소금값에 소비세를 붙여 몇 배의 가격을 올리고 한양의 상권을 단속하는 '금난전권'을 발동하여 '6의전'을 허가함으로써 6대 재벌 경제체제를 꾸려 폭리를 취했고 이씨 왕조의 장기 집권의 교두보를 확보하고 조선 백성을 모두 노비로 만들고 '핫바지'로 만들어 갔다. 명나라 중국은 세계 1위 강대국이었고 그다음 조선은 2위로 '지투(G2)'였다. 그런 조선이 동아시아의 약소국이 되는데 200년이 걸렸다. 지금부터 바지 제도인 형식주의 법치를 파괴하고 인간의 나라를 만들면 200년 후에는 'G2'의 강대국이 될 수 있다.

| 김완 |

　전라병사 이광악李光岳을 따라 남원에 갔을 때 아버지를 무고
하여 옥사시킨 한덕수韓德脩가 도원수 권율權慄의 비장裨將 병력
점검을 위해 온 것을 죽이려다 실패하였다. 모포毛浦의 만호萬戶
남원 판관 등을 거친 뒤, 서울에 가서 권율의 비장을 죽이려 했
으나 실패하고 체포되어, 수년간 투옥되었다. 1615년(광해군 7) 관
무시觀武試에 급제, 고산첨사高山僉使 등을 거쳐 창성 방어사에 이
르렀다. 1624년(인조 2) 이괄李适의 난 평정에 원수 장만張晩을 도
와 공을 세워 진무공신振武功臣에 책록, 학성군鶴城君에 봉해졌다.
이어 훈련원 도정都正 황해도 병마절도사를 지냈으며, 병조판서
에 추증되었다.

초계草溪 전투(6월 22일)

　정인홍鄭仁弘 휘하의 중위장中衛將 손인갑孫仁甲은 무용武勇이 비범한 장수
로 처음 조정에서 동래 현령으로 삼았으나 당시 동래가 적의 수중에 있
었으므로 아직 도임하지 못하던 차에 정인홍의 휘하에 들었다. 임진년 6
월 22일 초계 마진에서 적이 약탈한 보화를 여러 배에 만재한 채로 낙동

강 상을 떠내려 온다는 정보를 입수하게 된 손인갑은 곧 수병手兵을 거느리고 연안을 향하여 급히 달려가서 적선 11척을 공격하여 대승을 하고 이 전투에서 전사하였다. 초계 지역의 방어와 왜적의 낙동강 보급로를 차단하기 위해 낙동강과 황강黃江에서 임진 6월 17일, 22일, 23일, 24일, 25일, 8월 8일 등 누차에 걸쳐 토적討賊하여 적으로 하여금 경내에 들어오지 못하게 하는 활약을 펼쳤다. 그 후 임진 7월과 9월에는 정인홍鄭仁弘 의병대장의 영令으로 초계 의병장 전치원全致遠, 이대기李大期와 가수假守 곽율은 초계읍병草溪邑兵을 거느리고 성주, 합천, 고령, 거창의 4읍 의병과 합세하여 무계와 성주 전투에 참전하여 공을 세웠다.(김덕진, 이대기, 전치원의 의병활동, 『남명학연구』 제2집)

법전 법치국가

일본 왜구의 전쟁 준비를 시찰하고도 정권을 잡고자 전쟁은 없다고 한 동인들로 인해 무수한 백성이 죽어 나갔다. 동인 조정(선조 임금) 김성일, 유성룡은 전쟁 책임을 져야 했음에도 백성들을 기만하여 전쟁 책임을 얼버무리고 동인 군부가 전쟁을 승리로 이끌었다고 억지 주장을 해 왔고 서인 출신 장수들은 비겁하고 무지하여 개전 초기에 전투에서 패배했다며 전쟁의 패전 책임을 덮어씌우려 했다. 나는 이래서는 안 된다고 생각했다. 점진적인 의사결정의 진화가 가능한 데서 역사가 필요한 것이다. 정형화되어 틀에 묶인 법전 법치국가인 조선에서 점진적인 발전의 가능성은 없다.

전쟁과 혁명은 이런 불가변의 폐쇄 국가에 매우 좋은 변화의 결말을 유도한다. 다만 선조 대왕이 약속한 면천과 능력 위주의 사회는 전쟁 중에는 약속했으나, 전쟁이 끝나므로 이 약속은 없던 것이 되었다. 동인(남인)들이 정신력으로 조선이 승리했다고 여기는 자부심은 곧 조선은 더욱 위대한 나라라는 공식이 성립됨을 의미한다. 서인과 서인 군부는 겁쟁이이고 경상도 군인들은 겁쟁이다. 이러한 인식은 조선을 위해 참으로 불행한 것이다. 이는 후일 인조반정의 원인이 되고 임진왜란에 대한 통렬한 반성의 기회를 놓쳐서 혁명을 초래하여 각지의 민중 봉기와 난의 원인이 되었다. 나라의 미래 요구 사항이 조정에 반영되지 못함으로써 필연적인 '이몽학의 민란'이 발생했다. 백성들의 희망 사항이 전쟁의 승리로 묻혀 기존 질서가 더욱 공고화되었다. 그리고 만주 대륙과 대마도의 영원한 상실로 이어졌다. 역사의 상실이 결국 대륙의 상실로 이어졌다.

백성, "도대체 이게 말이 됩니까?"

큰 소 두 마리가 빨간 압류 딱지가 붙은 채 울면서 끌려갔다. 창검으로 중무장한 국가기관과 목숨 건 1년간의 전쟁은 관의 옥박지르기, 꾀기, 울며 겨자 먹이기 권력 앞에 어쩔 수 없었다.

"조선 관원은 마피아라 돈, 권력 힘으로 책임회피, 사건은폐, 증거조작, 직무유기 끝내 무혐의 처분, 불공정 판결… 백성은 숨도 못 쉬고 노비가 되어 억울하게 졌네. 보복은 혹독했다네. 덤비면 연행하여 특수공무집행방해죄로 징역 5년 감방 보내겠다는 협박은 보통, 과실 사망사건에 대해 보상 한 푼 안 주고 공권력을 동원하여 법이라면서 빨간 압류 딱지로 기르던 큰 소 두 마리 강제로 팔아 챙겨갔네, 큰 소 두 마리가 끌려갔네,

법 앞에 만인은 평등하냐? 현실은 그렇지 않다네. 유전무죄, 무전유죄라네. 잘못된 법치국가이네, 나쁜 국가네, 세상이 법처럼 생겼다고 속이고 있네."

대마도를 찾자는 말을 하면 잡아 처넣고 만주 이야기를 하면 간첩으로 몰고 그게 법치이다. 조선 4천 리 강산이 삼천리로 바뀐 것이다. 어떤 관점에서 보더라도 임진왜란을 승리한 전쟁이라고 해서는 안 되는 이유이다.

오히려 패전 역사에서 찾아내야 할 문제를 승리로 덧칠하여 묻어버린 것은 아닌가. 일본군의 철군이 영남 의병전쟁의 패전 때문이라는 사실과 강화협상으로 철군하는 적을 쳐서 승리했다는 것은 문제의 본질이 다른 것이다. 하나는 패전을 승전으로 호도하는 거짓이기 때문에 사회 발전과 역사 발전에 장애가 되고 군사에 있어서도 기술 개발과 무기 개발 병법의 방식을 무시하고 정신력만 강조하여 후손들이 나라를 잃게 하는 귀결점에 이르는 길이다. 당연히, 무너져야 할 나라가 한 개인의 능력, 정신력으로 존재한다는 것은 사실일 수 없다. 본래 존립해야 하고 존립할 수 있었던 나라가 전쟁 방식의 실패로 패배했다. 전투의 방법을 찾아낸 영남 의병들로 인해 일본이 철군했다. 명나라를 치겠다던 일본이 명나라의 참전으로 철군하지 않았음은 명명백백하다.

또한 제해권 상실로 철군하지 않았음을 입증하는 것으로 침략군들이 거의 모두 철군에 성공했는데 어떤 제해권을 장악했느냐 하는 것이다. 고니시와 가토군의 병력 4할의 손실은 군량 때문에 굶주려 죽은 것이다. 기근과 유격전, 식량 탈취 전쟁이 일본군이 철군한 진정한 이유였다. 법전 만능의 교조적 법치 국가인 조선은 점진적 발전 가능성이 없었다. 조선이 망하지 않아서 결국은 서양의 식민지 또는 일본의 식민지가 될 수밖에 없었던 것이 당시 우물 안 개구리 신세였던 우리의 역사라고 옹호하고만 있어서는 안 되는 것이다. 학정에 죽지 못해서 살아남은 백성이 99퍼센트였다. 관리가 된 1% 계층의 부귀공명을 위해 99%의 백성이 처절히 신음하는 악의 제국은 붕괴가 빠르면 빠를수록 후손들이 고통이 적었을 것이다. 양반 계층의 경작 반수 독점 상태의 나라는 소비시장이 없어 멸망을 향한 장거리 경주를 시작한 것과 다를 바 없었다.

지례|知禮 전투

1592년 7월 29일 지례 전투, 의병장 김면(배설)은 군사적 요충지인 지례에서 1,600여 명의 적과 싸워 소탕하고 지례를 탈환하는 과정에서 주로 일진일퇴를 거듭하면서 왜군의 식량과 군수품을 약탈하여 경북 북부지역에 공수하는 유격전을 개시하였다. 의병 연합군이 창고를 둘러싼 채 불을 지르고 사방에서 화살을 쏘아 왜군을 전멸시켰다. 왜군이 전라도로 진출하다 예봉이 꺾여 지례로 후퇴한 순식간에 창고는 불바다가 되었고, 우왕좌왕하는 왜군을 향해 사방에서 화살을 퍼부어 그들을 거의 전멸시켰다. 겨우 도망친 10여 명이 화상으로 인해 멀리 못 가고 객사에 숨어들었다가 잡혀 죽었다. 끌려온 부녀자들도 모두 타죽는 비극을 맞았다.

방법을 찾아라!

지례의 지세는 동남쪽에는 악산이 우뚝 솟아 있고, 그 아래 낙동강이 유유히 흘렀다. 강과 산이 서로 의지하고 맞물려 흐르는 모습이 마치 용과 봉황이 자리를 잡고 있는 듯 상서로운 기세가 풍겼다. 예로부터 경사스러운 제왕 지기는 낙동강 칠백 리 태백산맥의 조화를 이루는 데서 비롯된 것이라 말했다.

시장에 좁쌀 한 되를 사려고 해도 아무리 잘 살펴도 지나보면 잘못 사서 후회하고, 다음엔 제대로 하게 된다. 무릇 전투에서 한 번에 실수는 병가에 상사이건만, 전투의 실상을 모르는 문신들은 한 번에 전황을 뒤집고자 선전관들을 보내 전투를 독려했고, 선조 대왕 이연은 만병통치약처럼 조선을 구할 강력한 정신력인 '임전무퇴'를 맹신하고 있었다. 그러나 전투에서 조선군은 왜군을 베지 못하고, 총알과 목숨을 바꾸고 있으니 답답함은 일선 군관의 한숨 소리뿐이었다.

어쩌면 치통으로 고통스러운 병사에게 전쟁의 고통은 죽음을 가져가 주는 안락사인 듯했다. 김천의 황악산은 녹음이 짙푸르고 꽃들은 비단결같이 아름다웠으며, 낙동강 칠백 리 굽이굽이 남쪽으로 흘러감에 그 기세가 용과 같이 살아 움직였다. 조선의 길지인 김천에서부터 계속해서 반나절을 유격부대의 의병들을 쫓다가 지친 왜군들이 지례로 들어갔다. 일제히 공격을 개시하여 전원 전몰시키고 전승을 올렸다. 지례 김천은 곳곳에 쇠무릎이 있었다. 피난민들은 쇠무릎의 어린순은 나물로 먹었다. 쇠무릎의 꽃은 그냥 꽃이다. 쇠무릎을 다른 말로 우슬초라고도 한다. 뿌리까지 버릴 게 없다. 전쟁에서 극도의 신경쇠약으로 고통스러운 병사에게 큰 안정을 주었다. 그리고 쇠무릎을 먹은 병사들은 혈액이 잘 돌아 다른 잔병까지 고칠 수 있었다.

임진왜란 당시 경상도 점령을 맡은 왜군 지휘관은 제7군 대장 모리 테루모토毛利輝元였다. 그는 지금의 히로시마에서 시모노세키에 이르는 대大 영지를 가진 번주藩主였다. 그의 석고(石高, 세키다카)는 120만 석石으로 임란 때 동원한 휘하의 병력은 3만 명이었다. 9개 군軍으로 편성된 왜군 총병 력 15만 8천 800명 중에서 모리의 제7군은 최대 병력을 보유한 부대였다.

영남 의병은 강했다

임란 초기 모리의 제7군은 낙동강 동쪽 지역인 경상 좌도의 상경로上京 路는 장악했지만, 나의 유격전으로 낙동강 서쪽 지역인 경상 우도를 점령 하지 못했다. 경상 우도를 맡은 제6군 대장은 고바야가와 다카가게小부川 隆景였다. 다카가게는 고바야가와 가家에 양자로 들어가 성姓이 바뀌었지 만, 실은 모리 테루모토의 친삼촌으로서 범 모리씨氏이다. 고바야가와는 다음 해 1월의 벽제관 전투에서 명군明軍 제독 이여송李如松의 부대를 격 파해 무명武名을 떨치게 된 장수이다. 나의 상대는 바로 제7군과 6군, 4군 전체적으로 조선에 파병된 가장 많은 병력의 모리 가문(5대로)이었다. 적 의 허리에 해당하고 제4, 5, 6, 7군을 통할 지휘하던 구로다 분신의 수급 을 베므로 일개 의병 신분에서 합천 군수를 제수받았다. 어느 정도의 공 헌이 없다면 합천 군수란 직책을 내리지 않는다. 동인 쪽 자기들 끼리끼리 낙하산을 타고 다니는 장수는 결코 해낼 수 없는 근본적으로 실력만이 필요한 전투였다.

"우척현牛脊峴을 경계로 한 거창居昌과 지례知禮 김산金山은 적의 전주 침공을 방어할 수 있는 전략적 요충지이며 또한 산악지대로서 게릴라전을 충분히 발휘한 산척山尺의 활약이 컸던 곳이다. 지례 전투는 김면金沔 의 병군이 임란 초기에 거창 우척현牛脊峴에서 장곡역長谷驛까지 진격하여 왜적을 저지하고 지례知禮를 공격하여 적을 소탕한 대첩이다. 왜적은 지례 주둔군을 강화하기 위해서 임진 7월 23일부터 전라도 무주에서 선발대 1,000여 명, 후속 부대 5~600여 명, 후미부대 70여 명을 지례로 이동시켰다. 김면金沔은 각처의 의병을 증파하고 초유사로부터 함양, 안음, 산음 등의 의병 수천 명을 증강하여 8월 1일 서예원徐禮元, 황응남黃應男을 좌우 위장衛將으로 삼아 적진을 포위하여 분전하니 일대의 적을 소탕하고 지례를 수복하였다. 그러나 아군도 50여 명의 희생이 있었다."(고대일록孤臺日錄, 정경운), (정만록征蠻錄, 이탁영)

지례 전투에서 우리가 왜군의 1만 병의 추격을 따돌리고자 도주하면서 두 갈래로 나누어지자 적들도 두 갈래로 나누어 추격했다. 나의 부대는 향리 지리에 밝은 기병이었기에 수차례의 갈라짐을 통하여 적의 부대를 동서남북으로 나누게 하였다. 반나절이 지나 적들이 지쳐 추격하고 있을 때쯤 갈라져 퇴각하던 우리 기병대는 지례 방면의 소규모 부대를 일시에 협공하여 전멸시켰다. 적들은 보병을 위주로 한 부대였기에 기병의 장점을 살려 삽시간에 500여 기병이 몰려들어 적들을 소탕하였는데 적들은 이런 사실을 알고도 손을 쓰지 못했다. 적들은 나의 부대를 수천의 병력으로 인식하고 있었다.

조선과 인간, 사람을 죽이는 싸움의 미화 그리고 비명, 죽기 전의 신음. 전쟁터에서 재빨리 몸을 추슬러 죽을 힘을 다해 땅을 박차고 튀어 올랐다. 온몸의 힘을 손에 집중시켜 말을 부여잡고 사정없이 휘몰아쳐 오다 보니 정신을 잃고 말았다. 생존의 마지막을 향해 육체의 격렬한 움직임. 경련, 경련. 사정없는 경련, 그리고 죽음의 반복… 이것이 전쟁이었다.

"정인홍·김면金沔·박성朴惺·곽일郭逸·조종도趙宗道·이노李魯·노흠盧欽·곽재우·권양權瀁·이대기李大期·전우全雨 등이 의병을 일으켜서 군사를 모집함이 이미 많았다 하고 배덕문裵德文은 이미 적승賊僧 찬희贊熙를 죽였다 하니, 본도의 충의가 오늘날에도 아직 쇠하지 않았음을 더욱 믿겠도다. 하물며 곽재우는 전술이 비상하여 적을 죽인 것이 더욱 많았으되 공을 조정에 아뢰지 않는다 하니, 내가 더욱 기특히 여기노라. 내가 그의 이름을 늦게 들은 것이 한이로다. 호남에서도 또한 전 부사 고경명과 김천일 등이 의병 수천 명을 모집하여 본도 절도사 최원의 병마 2만과 더불어 나아와 수원에 머무르면서 바야흐로 경성을 회복하도록 도모하고, 그의 부하 양산숙 등으로 하여금 수로와 육로로 달려와서 행재行在에 아뢰는데, 내가 그의 아룀을 보고 눈물이 글썽거려 한편으로는 위로되고도 슬펐다. 이제 양산숙 등이 군중軍中으로 돌아가는 편에 이 글을 부쳐 그로 하여금 전하여 이르게 하노니."(난중잡록)

이러한 전쟁 속에서도 패전한 패잔병들조차 원초적으로 배고픔을 느낀다. 많은 장정이 모인 의병대에 찾아오는 끼니때 굶주린 얼굴들, 인간이 이무기가 되어서 바라는 기본적인 본성, 어차피 피를 흘려 죽을 터, 그럼에도 그들은 밥을 찾고 있다. 많은 장정이 굶주림에서 바람 소리에도 귀를 기울이고 배고픔을 참지 못하는 상황이었다. 인간이 인간이라도 잡아먹을 수 있다면 좋겠다는 생각이… 먹지 않고 사는 방법은 없는 것인가?

살기 위한 길, 죽임과 죽음, 싸움과 응전, 그리고 피! 피, 피, 비명! 의병도 향병도 관군도 모두 야수들이 잠재한 생명이라는 생각이 들었다. 사실 나는 사람의 몸속에 야수가 살고 있다는 것을 알고 있었다. 주위의 것들을 먹어치워 가면서도 오직 살기 위해 끝없이 먹어야 하는 야수들과의 싸움에서 이길 수 있을까?

> 성주의 주부主簿 배설裵楔이 본 주의 가장假將이 되어 군사 수백 명을 모아 복병을 매설하여 왜적의 통로를 차단하고 목 벤 수효가 퍽 많아 포상되어 합천 군수로 승진하였다. 그의 부친 전군수 배덕문裵德文 역시 왜적에 붙좇은 중僧 찬희贊熙를 잡아 목 베어 상으로 판사判事의 직을 받았다. 그때 찬희는 성주의 왜적에 붙좇아 들어가서 판관判官이라 가칭하고 창고를 풀어 백성들을 꾀었다. 『경상 순영록』에 나온다.(난중잡록)

누르하치가 명나라를 무너뜨리고 중원 대륙을 장악할 때가 온다면? 신립 장군은 기병으로 누르하치를 제압할 명장임에도 그를 일본군의 총알받이로 출전시키다니? 조정이 제정신이 아니구나! 이 식량과의 싸움이 시작되면, 아무리 강한 일본군도, 살기 위한 길로 손을 뻗고 말 것이다. 아무리 훌륭한 명장도 배고픔을 이기지는 못하리라! 뻐꾸기는 '뻐뻐꾹' 하고 울고, 쑥국새는 쑥국 쑥국하고 울고, 매미도 맴맴맴 우는데, 나는 전쟁으로 고통받는 백성들을 지켜보면서 울었다. 찔레꽃 아카시아꽃, 탱자꽃, 안개꽃이 모두 흰빛으로 향기로운 오월 푸릇한 숲 속에서 적군을 기다려야 하고 적을 쫓아 칼을 휘둘러야 한다. 조총 소리 요란하니 푸드덕 나는 뻐꾸기, 하나, 본 것이 본 것이 아니고 들은 것이 들은 것이 아닌데, 보고 들은 것에 마음을 두고 길을 찾아 말을 달린다. 내가 달려가는 길은 소나무 숲을 지나 산 계곡에 부상자들의 비명 가득한 무덤으로 끝나는 길이었고 나는 그 길을 달리고 있었다.

적군의 대규모 회군

드디어 나의 예상대로 굶주리던 왜군의 군대가 남하하기 시작했다고 한다. 나는 이들보다 단 1초의 시각, 1여의 시각이라도 먼저 적들이 웅거할 곳에 도착하여 관찰하고 기습하는 작전을 메모하고 있었다. 대규모의 적이 회군하여 내려온다는 것이 너무도 벅찬 상황이었지만 나의 동지들은 나를 믿어 주었다. 나는 임진왜란 침략자의 파죽지세로 밀려드는 군대가 북진하지 못하게 적의 예봉을 꺾어 전세를 바꾸었다. 오사카에서 공수된 기름진 쌀과 염장 생선들, 고구마와 감자를 수송하던 모리 테루모토, 가쓰라, 구로다 군대의 배후를 노렸다.

영리가 말한다.

"나리, 나무상자 가득히 담긴 마처럼 생긴 것들입니다."

"어디보자!"

한 입 깨물어 독이 없는지 살피는데, 달달한 맛이 도는 것이었다.

"야 이거 고맙구먼, 도요토미께서 마를 다 보내 주다니, 징발하라! 고맙고 마도 접수하라! 고구마를 징발하라!"

"여기에 동그란 마도 있사옵니다. 어라? 폭약은 아닌가, 둥그런 것이군, 감사해야지. 감자도 징발하랍신다."

박진 밀양 부사에게 징발한 식량을 전달하니 그가 답한다.

"대장, 전란이 참혹하오! 고맙게도 고구마와 감자를 보내주시니 오늘 밤엔 허기를 면하겠소."

일본은 점령지에서 도자기를 약탈하여 국내뿐만 아니라 유럽으로도 팔아 막대한 부를 얻었다. 일본의 사쓰마 규수 번의 영주들은 그 이익으로 또다시 유럽의 신무기들과 선진 공업 물자를 수입하여 근대화 세력으로 등장하였다. 그들이 후일 조선을 병합하는 데 큰 힘이 되었던 저력은 모두 임진왜란에서 약탈한 기술로 도자기를 만들어 유럽에 수출함에 따른 것이었다.

"병사를 모으는 데는 식량이 우선이요, 김시민 목사도 매우 어렵다지요?"

시체로 뒤덮힌 산야에도 꽃은 피고 새는 우짖는다. 산속으로 숨어든 피난민들이 들꽃으로 연명하고 있었다. 어둠이 서서히 내리는 산야의 꽃 냄새가 바람에 흐르고 있다. 아득히 마을들 곳곳에는 아직도 화염과 연기가 자욱하다. 왜군이 거친 민가들은 불타고 있었다.

"나리 여기 또 둥근 것도 있사옵니다."

"그래! 감자도 징발하라!"

함경도와 의주로 선조 대왕을 잡으러 간 가토와 고니시는 이제 밥 구경은 하지 못할 것이다. 사실 도요토미는 30만 대군을 준비하여 15만 병력을 투입, 선조가 스스로 항복하리라 생각했다. 그러나 선조 이연은 계산도 눈치도 없는 몰염치한 군주로서 조선에서 징집, 전투할 수 있는 병력은 약 1만 병력 내외였다.

신립 장군이 모든 군대를 탄금대에서 소모시켜 한양도성에 군대가 없었다. 선조 대왕은 처음엔 도성에서 전투를 계획하였으나, 패전한 경상도 방면의 박홍, 이각 장군이 도망을 주장하여 이에 따르게 된다. 동인 조정은 수만 명의 일본군이 북상하자 무조건 튀어야 한다는 생각뿐이었다. 여차하면 만주로 튈 생각이었다. 만일, 도요토미가 약 2만에서 5만 내외의 병력을 투입했더라면 선조 대왕이 한양에서 저항하다가 포로가 되거나 죽었을 가능성이 거의 '백 퍼센트'였다. 워낙 많은 병력이 몰려오니 겁먹은 조정이 서둘러 명나라에 구원 요청을 하고 싸울 엄두를 내지 못했는데, 그것이 조선의 생존에는 매우 유리하게 되었다.

경상지역 의병의 수가 2만에 이르고 관군이 3만에 이르러 왜군의 군량의 탈취는 심지어 경북 북부지역에서까지 이루어졌다. 임진왜란 전에는 보리밥도 구경하기 어려웠는데, 전란 중에는 안동 지방까지 염장 고등어와 기름진 오사카 쌀밥을 먹었다고 할 정도로 영남 의병의 종횡무진한 군수품 약탈 활동이 이어졌다. 영남 의병들의 목숨 건 저항은 일본군 진영에 오롯이 아침저녁에 연기가 나지 않았을 정도였다. 식량을 탈취당해 굶주려야 하는 일본군의 사기는 말이 아니었고, 어차피 제한된 군량으로 어느 한쪽이 먹는다면 어느 한쪽이 그만큼 굶주려야 했다.

　조선정벌 전쟁 중에 일본군들은 도요토미에게 '병사들이 굶고 있으니 식량을 보내 달라.'고 요청하였다. 도요토미는 조선에서 싸우고 있는 일본 병사들을 위해 많은 양의 식량을 일본에서 징발하여 조선으로 보냈다. 군수품들이 부산포 일대에 도착하였고, 보급품은 일본군을 위해 이동하였는데, 이동 경로에서 곳곳에 숨어있던 우리 의병에게 식량을 탈취당하기 일쑤였다.

　제4군 고바 야케 다카게(울산성) 일본 장수는 본국에서 식량만 오면 운반 도중에 사무라이(무사)들이 운송 중 공격을 받아 죽어 나가 식량을 약탈당하였다. 왜군들은 쌀을 빼앗는 사람을 의병이라고 불렀다. 구로다 나가마사, 가쓰라 모리의 왜군이 추풍령 일대에서 군수를 약탈당해 고니시와 가토군의 작전에 차질이 빚어지자 나가마사 군대가 직접 황해도로 진격했으나 굶주려 큰 타격을 받았다. 제6군 휘하는 굶주림으로 경상도의 비겁한 도적들은 임진왜란이 끝나기를 원치 않는 사실을 파악했고 왜군 식량을 빼앗고자 전쟁을 지속하기를 바라고 있는 유격대의 추격을 중단하고 방어에 주력했다. 정유재란에 일본군이 호남으로 치고 들어간 주요 원인이다. 일본군은 전쟁을 지속하기를 바라는 영남 의병들하고는 전투를 하고 싶지 않았다. 일본군은 의병들이 비겁하다고 말했다. 일본에서는 그런 경우가 없었나 보다.

　일본군들은 "임진왜란에는 경상 도적 배설(백설白雪)이 식량 탈취에 혈안이 되어 명나라 정벌 전쟁을 망쳤다."라고 말하고 다녔다. 왜병들에게 준 본국의 쌀을 빼앗는 도적들을 조선인들이 의병이라고 추거 올렸는데 일본군은 이는 군대가 아닌 도적 떼로 취급했다.(일본의 기록) 식량 탈취 도적들이 추풍령 전투 후 점차 남하해서 부산 진주까지 이르자 제7군은 바짝 긴장하였고 도요토미는 '조선정벌 회의론'을 막고자 도적들 소탕을 위해 정유재란을 통한 백성(의병)들의 살육을 명하게 되었다. 선조의 업적 중에 가장 훌륭한 것은 남명 조식 선생과 배설 장군을 전생서 주부로 임명한 것이다. 조식 선생은 이를 사양하고 지리산에서 후학을 가르쳤고, 배설이 조식 선생 문하생들에게 의병 창의문을 남명학파에 보냄으로써 영남 의병이 창의하게 되고 조선이란 나라가 구해진 것이다. 일본군은 영남 의병들을 군대로 보지 않았고 굶주림에 지친 도적 떼라고 보았기 때문에 전투에도 소극적이었다. 결국 최대의 일본군 사령부 모리 가문은 남쪽으로 후퇴하고 만다. 따라서 고니시, 가토, 구로다 군대는 허겁지겁 남쪽으로 후퇴하지 않을 수 없게 되었다.

| 전생서 주부(경국대전 법제, 종6품) **|**

전생서를 관리하는 관직, 전생서란 궁중의 제향에 사용할 양·돼지 등을 기르는 일을 맡아보는 관청으로 타관이 겸직하는 제조提調 1명을 두었다. 관원으로 종6품 주부 1명, 종7품 직장 1명, 종8품 봉사 1명, 종9품 참봉 2명을 두었다.(소관의 가축으로 양, 돼지, 거위, 오리, 닭 등, 종묘제宗廟祭, 문선왕 석전제文宣王釋奠祭, 문소 전별제文昭殿別祭 등에서 필요로 하는 흑소, 황소를 공급했다. 이들은 해마다 여러 읍에서 수납했다. 또 가축 사육에 소요되는 곡초도 부세로 받았는데 그 양이 적지 않았다.)

| 조식(曺植, 1501년 7월 10일(음력 6월 26일) 생) **|**

그는 조선 전기의 성리학자이고 영남학파의 거두이다. 본관은 창녕, 자는 건중楗仲, 호는 남명南冥이다. 어려서부터 학문 연구에 열중하여 천문, 역학, 지리, 그림, 의약, 군사 등에 두루 재주가 뛰어났다. 명종과 선조에게 중앙의 전생서주부를 제안받았다. 남명학파를 창시하고 벼슬에 나가지 않고 제자를 기르는 데 힘썼다. 조선 중기의 큰 학자로 성장하여 이황과 더불어 당시의 경상좌·우도 혹은 오늘날의 경상남·북도 사람을 각각 영도하는 인물이 되었다. 유일遺逸로서 여러 차례 관직이 내려졌으나 한 번도 취임하지 않았고, 현실과 실천을 중시하며 비판정신이 투철한 학풍을 수립하였다. 그의 제자들로는 임진왜란 때 의병을 일으킨 곽재우, 정인홍, 김우옹, 정구 등 수백 명의 문도가 있으며, 그들은 대체로 북인 정파를 형성하였다.

인간은 감정을 혼자서도 느끼지만, 주위와 나눈다는 특징이 있다. 의무가 적은 자유로운 상태에서 제공되는 노력에 감사와 고마움이 가진다. 신분으로 법으로 강요된 노동은 다양한 가치를 포함하지 않는다. 조선의 양반만이 누린 혜택은 전쟁으로 인류와 백성 생활의 질을 올리는데 기여했다. 중국, 일본, 조선이라는 세 나라는 지역을 경계로 하는 지역감정을 갖지 않아야 한다.

남명학파 의병창의

나의 추풍령 방어선 고수로 인해 이곳 선비들이 자신들이 모은 사람들을 합하여 의병에 가세했다. 성주 본가의 아버님, 배덕문 장군이 의병을 일으켰고, 고령의 김면 등이 거병하며 군세가 수천 명을 이루었다. 나는 그들을 지원하고 격려하였다. 추풍령 유격병들은 5월 1일 추풍령을 에워싼 구로다의 2만 병력에 의해 장지현 장군이 전사하자 왜군의 배후를 치기 위해 남하하기 시작하여 거창 진주까지 출전하였다. 천연 요새인 추풍령에서 조병장 이세영이 이끄는 관군과 왜장 구로다 나가마사가 이끄는 1만여 명의 적군이 싸우다가 관군은 패주하였으나, 의병들은 필사적으로 분투하여 적병을 김천 방면으로 퇴각시켰다.

제3군의 선봉이 푸르게 우거진 산기슭에서 1진이 꺾였고, 왜적이 재침한 5월 1일, 2일에는 백병전으로 화살이 다하고 칼이 부러짐에 적진에 뛰어든 장지현 의병장이 전사하였다. 왜병들은 계속해서 고개로 기어오르지 못하고 추풍령 아래 금산(지금 김천 앞 벌) 넓은 벌에 물러서서 우리 편 군사의 동정을 살피며, 잔병을 소탕하고자 1만 병을 동원하였다. 나는 말 탄 군사 오십 기로 돌격 장군과 함께 튼튼한 군사를 거느리고 거창으로 말을 달렸다.

남쪽 후속 부대는 계속 상륙을 해서, 구로다 나가마사(혹전 장정)의 제3군의 뒤를 이어서 제6군 일만 오천 명이 사월 중순에 부산에 상륙하여 낙동강을 건너 들어오고, 다음에는 제8군의 대장 모리 휘원이 삼만 명을 거느리고 동래로 돌아와서 오월 초순께는 창령, 현풍, 고령, 거창으로 향하고 있었기 때문에 우리 추풍령 유격대는 이들의 배후를 급습하고자 하였고, 군사적 열세를 만회하기 위해 향병을 규합하고 남명 조식 선생 휘하에 의병 창의문을 발송하고 직접 방문하게 되었다.

김성일이 거창에 머물렀는데 '정만록'에 따르면 6월 21일에 거창에 가니 김성일이 있었고, 관군과 의병이 적병의 머리 300여 개를 베었다고 한다. '선조실록' 1592년 6월 28일자에 실린 김성일의 장계에는 거창, 안음安陰, 함양, 산음山陰, 단성丹城, 진주, 사천, 곤양昆陽, 하동, 합천, 삼가三嘉 등 10여 고을이 기록되어 있다.

명군의 1차 출병

1592년 6월 15일 조승훈은 압록강을 건너왔다. "당장 일본군을 쓸어버리겠다."고 큰소리쳤지만 같은 해 7월 17일에 벌어진 평양 전투에서 조승훈祖承訓 휘하의 3,500명은 일본군에게 참패했다. 조총에 맞설만한 무기도 없는 상황에서 무리하게 작전을 벌였다. 대다수의 장졸이 전사하자, 큰소리만 치던 명나라의 조승훈은 패잔병을 이끌고 되돌아가 버렸다.

명나라 병부상서(국방장관) 석성은 '순망치한脣亡齒寒'의 성어를 들어 파병을 주장한다. 요동은 대부분이 평야 지대인 데 비해 조선은 산악 지역이 많아 조선에서 일본군을 억제하는 방어가 훨씬 유리하다. 그러므로 '조선을 구원한다.'는 조선에 은혜를 베푼다는 명분으로 필요한 군수물자를 조선에 부담시키고 전투만 하는 형태의 참전을 결정했다. 명나라와 조선은 압록강 하나를 사이에 두고 요동과 맞대어 있어 조선에서 해로海路를 이용하면 바로 산동반도山東半島나 복강 등 명나라 동부 해안가로 바로 상륙할 수 있었다. 일본군이 요동이나 산동으로 진입하는 것은 시간문제로 명나라의 심장부가 바로 위협에 노출되었다. 명나라가 100만 대군을 장부상 가지고 있었어도 각 성을 지키는 내란과 변방의 잦은 전투에 필요한 기본 병력(변방 억지력)은 최소 70만은 되어야 했다. 따라서 명나라가 동원할 수 있는 병력은 약 30만에 불과하고 원정 중에 변방에 반란을 도모하는 격문이 붙게 되면 이 병력도 빼내기 어려웠다.

명나라는 동남 해안선이 광범위하고 각 해안에 이민족을 억지하고 있어 일본군이 출병하면 방어가 쉽지 않다는 현실적인 이유로 전선을 조선에 고착시키는 것이 절실했다. 조선에서는 '명군은 참빗, 일본군은 얼레빗'이라는 불만이 나왔다. 명군 지휘관의 상징인 이여송은 조선의 주요 산혈山穴에 말뚝을 박아 총관이 되려고 했던 인물이다. 명나라가 출병과 동시에 강화 교섭에 매달린 것도 조선의 분할이라는 미끼를 던져 전선이 확장되는 것을 막기 위해서였다. 일본은 15만 병력으로 조선 정벌이 성공하면 예비대 15만 병력이 산동 절강 등으로 들어가고 조선의 15만 병력이 요동으로 들어가 양쪽으로 공격하게 되니 승산이 있다고 여겼다. 당시 명나라는 자체 각지 이민족이 독립을 꾀하고 있어 붕괴 위험이 잠재해 있었다.

그러나 조선이란 나라의 결단력 없는 군주의 갈팡질팡한 처신은 일본의 예봉을 개차반으로 만들어 버렸다. 사실 선조가 똑똑하거나 사리 분별 능력이 탁월했더라면 항복을 했을 것이다. 자신이 능력이 없고 세상을 볼 줄 모르면 유능한 군주의 덕이라도 봐야 하는데 남의 전쟁을 자기 강토에 끌어다가 7년 전쟁을 치러 낸 것이다.

의병 봉기

　양반은 경제적으로 지주이며, 정치적으로 관료이고, 사회적으로는 지배자였다. 양반층의 특권에는 전횡적인 측면이 있었다. 우선 경제적으로 그들은 지주로서 농민층과 지주 전 호적佃戶的 관계를 통해 병작반수倂作半收를 거두어 들이는 특권을 누리면서, 국가에 대한 전세田稅 공물貢物은 극히 적게 납부하거나 합법 혹은 불법적으로 면제받는 경우가 많았다. 따라서 일본군의 점령은 토지에서 생산된 산물의 절반을 빼앗기는 것이다. 일본이 점령지에서 세금 4할을 반포하였는데, 이는 다름 아닌 양반들의 수입을 인정하지 않는 것이다. 또한, 조선은 국가 운영에 필요한 모든 노동력을 신분에 따라 국역國役 형태로 수취하였는데, 국역 중에서도 가장 장기적이고 부담이 큰 군역軍役의 경우에도 지배 신분인 양반에게는 특권적으로 면제, 경감되었다. 일본군의 점령이 장기화할 경우 양반 사회의 붕괴는 불을 보듯이 뻔했다. 이에 유림을 필두로 한 양반들이 먼저 거병을 하고, 전쟁으로 유랑민이 된 노비나 중인들이 군사로 지원하는 분업체계가 의병의 봉기를 원활하게 했다. 영남에서 추풍령 잔병들이 계속 항전을 하므로 전 국토가 유린된 이때 급격히 유랑민이 몰려들어 의병 창의가 시작되고 특히 의병들은 조정의 붕괴에도 일본군의 군량 약탈에서 승리했다. 아주 작은 전투인 군량 수송대와의 전투 승리로 의병들은 자신감을 갖게 되어 점차 대담한 전투가 벌어졌다.

| 홍여순洪汝諄(1547~1609) |

음흉하고 교활하여 남을 해치려는 마음을 품고 평생 부정한 방법으로 권세가에 붙어 남을 해치는 것을 능사로 삼았다. 일반 주민들의 진기한 꽃, 이상한 나무까지 모두 빼앗아 가므로 사람들이 그를 두려워하는 것이 아귀餓鬼나 야차夜叉와 같을 뿐만이 아니었다. 아, 예로부터 신하로서 남의 나라에 흉악한 해독을 한 자가 많았으나 끝까지 자신을 보전한 자가 거의 없었고 보면, 선한 사람에게 복을 주고 악한 사람에게 화를 준다는 설이 과연 빈말이 아니니 경계하지 않아서야 되겠는가.(조선왕조실록 광해 1년 2월 10일)

임진란 때 병조판서로 선조를 호종할 때 평양에 이르러 난민들의 폭동으로 뼈가 부러졌다. 1608년 광해군 즉위 년에 탄핵받아 진도에 유배되어 이듬해 죽었다. 이원익으로부터 '이 사람을 쓰다가는 국가에 큰 화가 미치겠다.'는 평을 들었다. 1600년 삭탈관직되어 1608년 진도에 유배되어 이듬해 배소에서 무뢰배들에게 맞아죽었다.

이치전투

7월 8일 고바야카와 다카카케小早川隆景, 다치바나 무네시게立花宗茂의 일본군 1만여 명이 광주목사 권율權慄, 동복 현감 황진黃進의 1천 5백여 명과 싸웠다. 황진黃進이 중상을 입었다. 전라도 진안 이사에서 벌어진 혈전에서 의병의 활약은 초전에 왜군의 기세를 꺾는 데 크게 공헌하였다. 특히 웅치 이치의 대첩은 권율이 스스로 평하여 '행주대첩보다 더 큰 공이 있다.'고 하였다.

일본 장창부대의 위력

의병장 고경명은 7천의 의병으로 북상하여 호서 경기해서 지방에 격문을 띄우고 평안도로 진격하려 하였다가 왜군이 금산으로 침공함에 따라 전주가 위태롭게 되자 금산 눔벌에서 왜군을 공격하였다. 여기에서 고경명과 그의 아들 고인후 및 유팽로 안영동이 장렬하게 전사하고, 의병군은 대패하였다. 추풍령을 중심으로 한 배설(白雪) 유격대는 왕성한 활동으로 많은 거병을 불러일으켰다. 금강을 축으로 지역을 이용한 구하고에서 407.5km, 금강 하굿둑까지 397.25km, 유역면적은 9,885km²에 걸친 추풍령 유격대의 활약이 서린 전장들은 임진왜란 역사에서 패전으로 기록된 현장들이다.

역사서엔 방어사 조경이 대패하여 적에 포로로 수레에 묶여 금산까지 끌려갔으나 결국 추풍령 유격대가 주장을 구출해 내는 개가를 올린 것으로 기록되어 있을 뿐이다. 금강은 장수군 장수읍 수분리 신무산(神舞山, 897m) 북동쪽 계곡에서 발원하여, 진안, 무주, 금산, 영동, 옥천, 대전, 연기, 공주, 부여, 논산, 강경 등 10여 개의 지역을 지나 군산만으로 흘러들며, 강 하류는 충청남도와 전라북도의 경계를 이룬다. 이 강으로 유입되는 주요지류로는 진안의 정자천程子川·주자천朱子川, 무주의 남대천南大川, 금산의 봉황천鳳凰川, 옥천의 보청천報靑川, 연기의 미호천美湖川, 공주의 유구천維鳩川 그리고 논산의 논산천論山川 등이 있다. 이 모든 지역에서 왜군들의 저지를 위한 많은 수의 의병이 스스로 자원하여 금산과 이치에서 약 7,800여 명이 전멸했다. 일본의 창병 부대는 약 5m의 장창으로 동아시아 최대의 길이로 그 끝에는 약 50cm의 칼날이 달려 있어 조선군은 무게와 회전반경 탓에 환도를 들고 사용도 못 해보고 목이 잘려 축구공처럼 나뒹굴었다. 머리에서 눈알은 자신이 죽은 것인지를 알지 못해 휘둥그레 움직이고 있었고 불시에 머리가 잘린 수백 명의 몸통은 칼을 든 채 반 보 또는 한 보나 내딛다 쿵하고 쓰러지고 있었다.

잘 훈련된 장창 부대가 장창을 휘두를 때마다 발아래로 조선군의 머리가 추풍낙엽처럼 뒹굴게 되었다. 무게와 회전력이 지렛대 원리로 배가되었기에 장창 칼날의 날카로움은 칼로 막아낼 수 없었다. 스스로 자살 비스름하게 죽는 것 이외에 다른 방법이 없었다. 죽어서 충신이 될 것인가? 아니면 도주라는 소릴 듣고 방법을 찾을 것인가?

전쟁의 근본 원인은 일본의 선전 포고에도 전쟁 준비를 하지 않은 동인 조정과 선조 이연에게 있는데 비겁한 난신들과 십상시는 장수들에게 그 책임을 떠넘기고 있었다. 조선이란 나라가 백성들이 순진하고 역사도 그러하다니 참으로 한심한 일이다.

영천성 수복전투

7월 24일 영천성 앞 들판에 진지를 구축한 권응수와 권응평, 정세아, 이온수 기타 의병들은 기병 500기를 지휘하여 적을 타격하기 위해 공격 태세를 갖추었다. 자정이 넘어 야습을 감행하여 왜적들을 활로 쏴 죽였으며, 이튿날에는 성 위에 올라서서 도발하던 왜군들을 공격했다. 아군이 사면으로 포위하였다. 드디어 대규모 공격을 시작한 아군은 흙벽에 올라 사다리를 타고 일제히 성벽을 오르기 시작했다. 왜군들은 성 위에서 조총을 쏘며 반격했으며, 성문을 열고 유격대를 내보내 역습을 시도했다.

유격대 기병 500기가 돌진하여 성을 나온 왜적들을 모조리 베어버렸다. 아군들에게 농기구와 낫과 칼을 들려 1천여 명을 무장하였고, 영천성의 네 모퉁이에 진격 명령이 떨어지자 아군은 성문을 깨부수고 사다리를 기어오르며 공격하기 시작했다.

성벽을 넘은 아군이 화살을 퍼부으며 성 내부를 소탕하자 조총도 무용지물이 되었다. 왜적들 대다수가 관사의 창고 안으로 숨어들어 갔다. 아군은 포로로 잡힌 백성 1천여 명을 구출하고 창고 주위에 볏짚을 쌓아 불을 놓기 시작했다. 폭약이 설치된 짚단에도 불을 붙여 사방에서 폭발이 일어나고 불이 옮겨 붙었다. 왜적의 탄약고에도 불이 나서 폭발 잔해가 사방으로 떨어졌다. 나는 생각한다. 인내와 노력, 이 두 가지만 있으면, 이 세상에서 못 해낼 일이 없다. 인내야말로 기쁨에 이르는 문이다. 끈질긴 노력과 피나는 투혼 없이 어찌 어려운 이 세상을 살아간단 말인가?

영천 전투는 굶주린 왜군들에 대한 인내력의 결정판이었다. 그리고 영천지역 의병들의 끈질긴 투혼의 결과였다. 많은 의병들은 그렇게 이름 없이 죽어가야 할 존재였다.

주권포기 외교

양반이 백성에게 행하였던 토색질이란 탐관오리가 백성의 고혈을 짜고, 선비라고 양반 가문의 자제가 동네 노년들을 버릇이 나쁘다고 볼기를 치는 정도의 처벌을 가하는 것이었다. 이를 보고 양반에게 거부감이 있었던 나는 영천성 전투에서 우리나라를 동방예의지국이라고 자칭하는 이유를 알았다. 백성은 위대했고, 왜군들은 한없이 초라했으며, 양반들은 이름을 날렸다.

한 사람의 충신을 위해 수천 명의 병사가 피 흘리며, 얼마나 심한 고통 속에 죽어 감을 알고 있을까, 오직 사직을 지키기 위해 무수한 거의 비무장 상태인 백성들에게 칼을 들려 전쟁터로 내보내고선 전세를 뒤집을 묘수가 나오길 요행을 바라고 있었다. 백성들의 고통을 만분의 일이라도 이해한다면 적들과 협상에 직접 나서지 못할 이유가 어디에 있겠는가, 조정은 최선보다는 무조건 도망치고 지켜보았다. 그들은 백성들이 질서의 붕괴로 굶어 죽기 싫어서 일어나 싸워주기를 요청하는 근왕병 모집이 유일한 희망인 상황에서 한편으로 명나라 황제의 처분을 기다리는 것으로 민심의 동요를 차단하려고만 했다. 왜구들과의 강화협상에 직접 나서길 두려워하는 이유를 알 수 없다. 왜구들에게 조선의 소유권이 중국에 있음을 강조하기 위한 호가호위의 위선에 왜구들이 속아 넘어갈 것 같지 않다. 이연과 조정 대신들은 어찌 스스로 주권을 포기하는 이런 외교를 하고, 백성들 운명을 포기하여야 할 만큼 전쟁에 무지할 수 있단 말인가, 백성들을 무장시키더라도 이길 수 있는 싸움보다 법치만 외쳐서, 적의 유연한 임기응변에 전멸을 요구하는 세상 물정 모르는 지도부의 명령을 어떻게 해야 할 것인가?

사헌부, '지금 전쟁 끝에 겨우 살아남은 백성들이 살길이 이미 끊겨 거의 죽어가고 있습니다. 연곡輦轂 아래에도 굶어 죽은 시체가 즐비하고 심지어 모자母子가 서로 잡아먹고 부부夫婦가 서로 잡아먹는 일까지 있으니 예부터 상난喪難이 있어 왔지만, 지금보다 더 극에 달한 때는 없었습니다. 생각이 여기에 미치니 참담함을 견딜 수가 없습니다. 기민飢民을 진구하고 군대를 조련하는 일 외에는 모든 사역事役을 일체 정지하여 오직 인명人命을 보존하기에 겨를이 없어야겠습니다. 삼궐三闕 옛 터는 현재 전혀 방새防塞가 없어 꼴 베고 나무하는 사람들이 마음대로 드나들고 있으니 거기에 군대를 배치하여 지키게 한다는 것은 혹 모르지만, 울을 치고 담까지 쌓는다는 것은 그 주위가 너무 넓어서 굶주림에 시달린 잔졸殘卒들이 쉽게 할 수 없는 일입니다. 부역赴役하다가 길가에 쓰러지기라도 한다면 보기에 더욱 불쌍한 일이며, 백성을 돌봐야 하는 뜻으로 볼 때도 역시 매우 미안한 일이니, 삼궐의 역사役事를 정지하도록 명하소서.(선조실록 권50, 선조 27년, 4월 6일 갑인)

1594년 1월에는 도성都城 안팎에서 사람 잡아먹는 일이 허다하다 말하고 있고, 2월에는 행인行人마저 잡아먹는다고 했다. 물론 그 까닭이야 굶주림 때문이다. 그리고 4월에는 임진왜란이라는 전쟁 통에 굶어죽은 사람은 말할 것도 없을 뿐 아니라, 어미와 자식母子이 서로 잡아먹고, 남편과 아내夫婦가 서로 잡아먹는 일까지 생겼으니, 이 얼마나 참담한 일인가?

미개한 백성들! 명나라군은 지방 수령을 목매 개 끌듯이 끌고 다니면서 노략질이 혈맹의 권리라고 우겼고, 매국노들이 애국자가 되어 있었다. 민족을 말한 지도자들은 역적이라는 이상한 지역감정에 상식이 통하지 않는 버러지(벌레)들의 세계 같았다. 친구들의 의리로 행해진 국정 논단 십상시 전횡이 난을 대비하지 못하게 했고, 그들은 끼리끼리 해 먹는 것을 의리로 알고 있었다. 정당하고 바른 가치관이 돈이 되고 존경받는 미풍

양속이 본래 조선에는 없었다. 스승이 제자를 성폭행하고, '의사'가 '수술' 하다 도망가고, '국회의원'이 제수를 겁탈하고, 외제 창녀도 '국회'에 입성 시켜 준다. 백성들의 선택이 아니라 지배층의 선택이다.

이러고도 정상적인 조선 사회를 꿈꾼다면 그것이 바로 사치요, 허세였다!

| 현풍玄風 창녕昌寧 영산靈山 수복 전투 |

1592년 7월 하순, 정암진 승첩 이후 의령을 비롯한 인근 고을에 침입했던 왜군이 전부 거름강과 낙동강을 건너 좌도로 도주하였다. 그러나 현풍, 창녕, 영산에 주둔한 왜군은 군세가 왕성하여 김해에 있는 적과 서로 통하고 요소에 진을 치고 도로를 확보, 성주와 연결하고 있었다. 곽재우 의병대장은 정암진 승첩의 여세를 몰아 임진년 7월 하순 현풍을 위협해 가자 현풍의 왜군은 놀라 도주하였으며 창녕에 주둔해 있던 왜군들도 현풍 소식을 듣고 뒤따라 도주하였다. 그런데 영산에 주둔해 있던 적은 그 세력이 강한 것을 믿고 퇴각하지 않았다. 이때 아군 측은 의병대장 곽재우郭再祐, 부장 주몽룡朱夢龍, 별장 윤탁尹鐸이 선두에 참전하였고 적군은 9번대로 주장은 우시수승羽柴秀勝과 휘하 부대였다. 곽재우 의병대장은 초유사 김성일에 청하여 의령, 초계, 고령의 3현 병력을 동원하여 3일에 걸쳐 역전하였다. 왜군은 이에 맞서 결사항전하였으나 더 이상 버티지 못하고 야간도주하였다. 이후 창녕을 통하는 길(우로)은 왜군의 왕래가 단절되고 오직 밀

총알은 귀천을 구별하지 않는다

김여물 부관의 전사에 가슴이 아팠다. 적군의 총알은 빈부도 귀천도 반상도 선악도 가리지 않고 꿰뚫었다. 나라의 귀한 분들이 연일 정신력으로 이길 수 있다고 외치는데도 최종 방어선은 적에게 뚫리고 무수한 병사가 죽어 갔다. 죽음은 노비도 양반도 가리지 않았다. 위대한 조선의 정신을 총알은 무참히 짓밟을 뿐이었다. 총알은 조선의 위대한 빈부와 귀천이 거대한 기망 위에 성립한 것임을 확인이라도 시켜주려는 듯이 미친 듯이 날아와서 생명을 앗아갔다. 조선의 천함을 죽여 없애려 하는 것처럼 보였다. 아마도 전쟁이 조선의 천민들을 모두 없애려고 작정한 듯 보였고, 백성들은 면천을 위해서든 구국을 위해서든 전장에서 싸웠고 전장에 나가지 않는다 해도 더 큰 고통인 굶주려 죽어야 했다. 단지 생명을 약간 연장하는 것일 뿐, 굶주림이 천한 백성에게 손짓하면서 찾아들었다.

위대한 조선을 깨끗이 정화라도 해줄 듯이 모든 것을 쑥대밭으로 만들고자 전장은 꿈틀거리며 천벌을 내리고 있었다. 조선군은 '면천'을 받으려면 왜군의 목을 잘라야 하기에 튼튼한 무쇠 칼로 어떻게든 목을 베려고만 했다. 이에 비해 왜군을 약아서 야하게 가벼운 일본도로 조선군의 손

목이나 다리에 살짝 '잽'을 날리는 전술을 썼다. 일단 '잽'을 맞은 조선 병사가 '아얏!' 하고 칼을 놓치면 그 사이에 목을 순식간에 베어버리는 전투였다. 일방적인 살육에 가까운 백병전이 되었다. 이에 능철과 단검, 표창, 쇠 구슬로 유격전 병사들이 무장하게 되었다. 추풍령 곳곳에는 전에는 생소하기도 하였던, 잘 모르고 지나쳤던, 여름에 피는 꽃들이 많이 보였다. 아, 이런 전란 속에서도 꽃은 피고, 고유의 향기를 내어 놓으니 눈도 마음도 행복하고 즐겁구나!

꽃들은 자신들도 하나의 살아있는 생명체라는 말을 하고 있구나! 개나리 꽃이 '희망'을 상징하는 듯하다. 아! 김여물, 조선에 하나뿐인 아까운 전략가가 죽다니, 슬프도다! 나는 추풍령 고개에서 적들을 내려다보면서 슬픔을 느끼고 있었다.

가난한 조선의 백성들이여, 오늘날, 우리 가난한 조선을 침략군들이 쳐들어와 천지에 전란으로 흩어진 가족들은 아비규환이요, 가난한 아낙들과 피난민들마저 병이 들고, 여기저기 몸져누운 시체들에 백성은 벌써 밥 동냥을 대신하여 꽃들을 따먹고 있다. 힘든 나날을 개나리꽃이 지탱해주는구나! 백성들은 봇짐 속에 노란 꽃나무 가지를 꺾어 짊어지고 있다. 이것이 그들의 최후의 양식이란 말인가, 개나리 백성 가족들이 어려운 상황에서도 옹기종기 모여 희망을 잃지 않길 바란다. 내일은 저들에게 밥을 먹이리라. 구로다 기다려라, 내일은 내가 간다.

모든 인간에게 기회가 비교적 골고루 돌아가는 사회적 분업 사회에서는 서로의 집단이 상대 다른 집단을 존중하지 않을 수 없다. 반대로 인간의 직업과 역할이 신분인 사회에서는 자신에 신분 계층의 이익을 사수하고자 다른 집단, 다른 사람을 경멸하고 저주한다. 조선 사회는 폐쇄 사회, 하나의 거대한 독(도가니)과 같은 사회로 약 14%의 양반이 86%의 백성을 가두고 노동력과 인격권을 수탈하는 구조이다. 조선 땅에서 잘못 태어난 죄라고도 했다.

배설(백설白雪)은 투항하라!

우리가 계속해서 유격전 대상으로 공격하자 제6군 대장 고바야카와 다카카케小早川隆景가 7월 전라도로 방향을 틀었다. 이들 군사는 약 15,700명, 약 1만 명은 이치 고개를 넘어 전주성으로 진격하고, '안코쿠지 엔케이'가 이끄는 부대 5,700여 명은 웅치 고개를 넘었다. 따라서 나는 영남에서 미적거리는 제6군 고바야카와 다카카케小早川隆景의 군내 수송대를 타격하는 데 집중했다. 왜군 제6군은 군량 문제 때문에 호남으로 진격하려 하였고, 아니나 다를까, 적들은 이치 고개를 넘어가고 있었다.

나는 오직 식량의 탈취에 고심하고 있었다. 이것은 바람에 나뭇가지가 떨어져 내가 맞은 것과 같다. 내가 화를 낼 까닭이 없다. 그러나 미치지 않은 사람이라 하더라도, 갑자기 뒤에서 돌멩이로 때리면 돌아보고 돌을 던진 놈은 바로 도망친다! 일본은 백성들을 백정이라고 부른다. 그리고 나를 백설이라 부른다. 백설이라 함은 내가 평민 '설'이란 뜻이다. 고얀 놈들!

나는 관존민비의 조선의 종6품 관리로 현령 급이다. 갑자기 뒤에서 돌멩이로 때리는 그런 자는 정신이 있는 사람은 아닐 것이다. 그렇다면 정신이 없는 사람이니, 미친 사람과 다를 바 없는 것이다. 우리 조선군에는 이처럼 정신이 없는 사람들이 많다. 그들은 관리라는 이름으로 토색질을 해 먹고 살아간다. 이 전란이 끝나면 이런 것들이 고쳐질까, 나는 아니라고 본다. 조선 백성들은 정신이 없는 사람들일까? 하여튼 조선의 장수들은 나라의 불행을 꼭 아무에게나 덮어씌우고, 분풀이 한풀이하더라!

웅치 전투는 치열하게 전개되었다. 중과부적의 적진에서 유격전을 벌이고 있었는데, 우리가 지키고자 하는 조선 왕조는 이미 망한 것이나 다름없었다. 그러나 후손들이 대대로 살아갈 이 땅을 왜구에게 내어 줄 수는 없었다. 왜군들은 방문을 붙였다. 영수 "너희 왕은 중국으로 도망갔다. 투항하면 용서해주겠다.", "배설(백설白雪)을 잡는 자에게 합천군수를 주겠다.", "죽음은 무사가 갈 길이다. 삶과 죽음을 놓고 선택해야 하는 경우가 생긴다면 주저 없이 죽음을 선택하라. 그것은 아주 간단한 일이다."(하가쿠레)

조선인들에게 방문이 붙여졌다. 구로다는 조선인 포로들과 미처 피난하지 못한 백성들에게 은밀히 "배설은 비겁자고 도망자다. 여러 전투에서 왜군이 무서워 도망쳤다!"란 소문을 퍼트리라는 명령을 내렸다.

구로다는 모리 휘원에게 말하지 않고 비밀리에 진행하라고 엄하게 함구령을 내리고 가토 기요마사에게 퍼트려야 할 구체적인 소문의 내용까지 알려주었다. 왜군들은 배설이란 이름이 매우 낯선 듯 배설(백설白雪)이라고 불렀고, 아군들은 나에게 대장大將이라고 호칭했다. 나의 비극적 운명은 나의 강직한 성격 때문이라고 생각하기 쉽지만, 비극의 근본 원인은 전쟁이라는 극한 상황에서 어리석은 조정과 왕의 현실 인식 때문이었다. 또 군 수뇌부 구성에 실패하였고, 무기의 개발에 노력하지 않고서 맨손으로 백성을 속여서 전장에 내보내니 우리 병사들이 겁을 먹는 것은 당연

하였다. 나라의 비극을 나의 성격 탓이나 원균 통제사의 탓으로 돌린다
면 우리는 갈수록 역사에서 배울 점이 없어 무관심해질 것이다. 패전이
라고 기록하지 않고 역사에서 배우지 않는다면 겉만 번쩍이는 시각을 갖
게 되며 역사에서 교훈을 얻지 못할 것이다. 그러므로 도덕과 양심이 회
복된 사회가 온다면 억울한 누명을 뒤집어 쓴 치열히 싸우다가 전사한
수많은 병사들과 장수들의 원혼에 위로가 될 것이다. 그들은 무지하고
어리석어 패전한 것이 아니었다. 침략군을 구성하는 영주(왕)들인 쇼군들
은 천황과 태합(도요토미) 아래서 자유로운 계약 관계를 가졌다. 그들은 더
좋은 조건을 제시하면 언제든 주인을 바꿀 수 있었다. 능수능란하고 유
연한 전투를 하는 군대였다는 것을 알아야 한다.

1592년 7월 18일 한극함 대 일본 가토오의 싸움에서, 일본은
조선군의 격렬한 저항에 금산을 포기하고 후퇴했다. 24일 중도中
道의 대부대 왜적은 인동仁同으로 해서 낙동강을 건넌 다음 선산
善山으로 진격하여 그곳을 함락시켰고, 신령에 머물러 있던 왜적
은 의홍으로 옮겨 역시 함락시키니 현감 노경복盧景福은 도망쳐
달아났다. 그때 김수가 박진朴晉과 배설裵楔에게 선산에 가서 왜
적을 정탐하라 했는데, 도중에 죽패竹牌를 차고 있는 7명을 만났
다. 그런데 그들은 박진 등이 왜적의 무리인가 의심하여, 말 앞에
서 살려달라고 애걸하면서 꿇어앉아 왜의 글을 바치는 것이었
다. 위쪽에는 크게 영令 자 한 자를 썼고, 그 아래에는 잔 글씨
로, '군현의 백성들은 속히 옛집으로 돌아가 남자는 모를 심고

보리를 거두며, 여자는 누에를 치고 실을 뽑아 각각 자기 집 일
에 힘쓰라. 만약 우리 군사가 법을 범하면 반드시 처벌한다. 천정
天正 20년 6월 15일 습유시중拾遺侍中 평의지平義智.'라고 씌어 있
고, 그 아래엔 이름까지 적혀 있었다. 박진 등이 그들을 포박해
오다가, 졸지에 왜적을 만나자 버리고 달아났다.(난중잡록)

일본 군관들과 대결

조선의 관리들은 슬픔을 이런 식으로 표현하고 있다. 과연 우리 조선
이 동방예의지국인지 미개국 왜국과 같은 것은 아닌지, 얼토당토않게 누
명을 씌우고, 이연에게 허위를 보고하는 게 능력으로 알고 있으니, 참으
로 한심한 일이다. 그래 뒤통수를 치는 사람은 정신이 있는 사람일까? 아
니면, 미친 사람일까? 시스템이 그러하다면 누구도 벗어날 수 없는 게 국
가이다. 죽는 날까지 자신만의 고정관념으로써 '에헴!' 하고 토색질을 하
려고 목민관을 하는 것일까?

왜군 대대나 중대 규모의 말 탄 군관(사무라이)이 5~6명인데 비하면 나
의 오십여 기의 기병대는 그들을 압도할 기동력과 무력을 보유하고 있는
셈이다. 언제든지 적진을 종횡무진 활동하고 사오 명의 군관(사무라이)들이
우릴 추격만 해준다면 조총 탄환 사거리를 벗어나자마자 적을 쓸어버리

는 것은 전력 자성의 원리처럼 자연히 이루어졌다. 적들은 죽어 나갔지만, 우리의 희생은 최소한에 그쳤다. 그러다 보니 고바야카와 가쓰라 모리의 2만 합동 병력이 소탕전을 개시할 때마다 환호성이 터져 나왔다. 2만 대군의 조총부대라고 해도 거의 9할이 보병이고 지휘 군관들은 오십여 기의 기병에 불과하여 그들의 추격은 곧 우리의 승리를 확신시켜주고 있었다. 단지 2만 적병과는 대결이 안 되므로 소탕전에 후퇴하면서 싸워야 하는 유교적 비겁함이 문제였다.

적의 제5군, 6군의 지휘부를 일망타진하였기에 틀림없이 대장들이 추격할 날은 점차 가까워지고 있음을 알 수 있었다. 금산 일대에서 조헌의 7백 군대와 고경명의 7천 군대를 전멸시킨 고바야카와는 나의 부대를 인정하지 않았다. 그는 나의 부대를 하나의 '게릴라 테러리스트' 정도로 생각해서 투항을 권유하는 벽보를 붙였다. 다름 아닌 '백설白雪은 투항하면 그전의 죄를 묻지 않겠다.'는 것이었다. 왜군들은 아마도 나의 이름을 저렇게 한문으로 쓰고 전투장에서는 소리 나는 대로 '비겁한 배세루'라고 외쳤다. 고바야카와의 기병 무사들이 하루에 수십 명씩 죽어 나가서 그들은 지휘부가 없는 보병대로 모양이 바뀌고 있었지만, 그들은 자신들을 모르고 있어 보였고, 반대로 나의 기병 유격대의 반경은 탄금대에서 진주성, 합천, 부산 동래성까지 넓어졌다.

구로다 나가마사 측에서 조선인 왜노를 통해 인편을 보내왔다. 내용인즉 '이미 서울이 함락되었고, 왕은 항복을 조율하고 있다고 하오.' 위쪽에는 크게 영슴 자 한 자를 썼고, 그 아래에는 잔글씨로, '군현의 백성들은 속히 옛집으로 돌아가 남자는 모를 심고 보리를 거두며, 여자는 누에를 치고 실을 뽑아 각각 자기 집 일에 힘쓰라. 만약 배설(백설白雪)에 협조하는 자는 반드시 처벌한다. 천정天正 20년 6월 15일 습유시중拾遺侍中 평의지平義智.'라고 씌어 있었다. 실기하지 말고 투항하면 항거한 죄를 묻지 않겠다는 전갈이다.

"왜군 측에서 나를 '배세루(배설)'라고 하는데, 나의 이름은 배세루(배설)가 아니요, 흰백白 자, 눈설雪 자 백설이라고 부르는 이유가 무엇이오? 그대들의 말대로 허허, 침략군이 물러가면 나는 눈 녹듯이 사라질 것이라고 전하시오. 동장군이 엄습했는데 어찌 얼음과 잔설이 없겠소. 귀국이 병사들을 거두면 나 '눈雪'은 흔적도 없어질 것이라고 전하시오."

"쇼군에게 올릴 때 그대로 전하겠습니다."

"그대들은 나라가 무너져서 적 치하에 있는 몸이나, 조선인의 피가 흐르고 있음을 잊지 마시오." 구로다 나가마사의 연락관들은 사라졌다. 그런데 조정에서 나의 비겁함을 문제 삼아 처단할 일을 논의했다고 일본군이 알려 주었다. 일본군 최대 파벌 모리 가문의 무사들을 소탕한 나의 분전이 비겁함이라고 하는데 죽을 날만 기다려야 하겠군?

평양성전투 平壤城戰鬪

1592년 7월 17일, 조선의 도원수 김명원金命元의 3천여 명, 명나라 부총병 주청순祖承訓의 3천여 명, 총 6천여 명이 고니시 유키나가小西行長의 1만 5천여 명과 교전했다.

이여송이 2000문의 화포(블랑기)를 가져왔는데, 이는 조선의 화포의 원본이랄 수 있는 것으로 사거리가 1Km로 조총 사거리 50m보다는 월등히 긴 사거리를 자랑한다. 평양 전투에서 이여송은 약 2천 발의 화포로 두들겼다. 화포가 위협적이긴 해도 정유재침에 일본이 화포에 대한 특별한 대책이 전무한 점을 보면 실전에서 큰 위협이 되지 못했다.

북진했던 고니시, 가토, 구로다 군의 남하는 식량부족 때문으로 조선의 산림에 호랑이가 살 정도로 추위는 나무를 베어서 불을 피우면 되지만, 굶주림은 견딜 수 없다. 일본은 단기전을 목표로 농사철에 대군을 투입하였는데 이게 장기전으로 바뀌면서 심각한 군량 문제가 발생했다. 명나라의 5만 군이 출병하여 심각한 군량 문제가 발생하고 조선의 장·차관들이 곤장을 맞을 정도였다.

적의 약점을 치다

평양성이 무너졌다. 나는 싸움의 기본은 조선의 강점으로 적의 약점을 치는 것으로 해야 한다고 생각했다. 구로다 나가마사의 엄청난 위력의 총들과 예리한 칼날 그리고 무기들, 우리는 보통의 대장간에서 만든 활과 칼과 창 같은 무기로 무장되어 있었다. 조정관 비변사 선전관들은 무조건 후퇴하면 목을 벤다. 임전무퇴臨戰無退를 전술로 이해하고 있다. 병법에 따르면 적의 약점이 무엇인지 먼저 살피고知彼知己 적의 약점을 공략하면서 전략적 무기로 활용해야 한다. 그러면 적의 약점은 무엇인가. 적은 침략군이다. 이들은 군수 수송에 의존하여 하루하루 먹고살면서 전쟁을 치르고 있다. 무시무시한 총격 부대도 먹지 않고 전쟁을 할 수는 없다.

왜군의 엄청난 숫자와 적의 강점 자체가 엄청난 약점이다. '성경에 골리 앗과 다윗의 싸움 이야기가 나온다. 소년 다윗이 거인 골리앗에 맞서 싸 운다. 무수히 많은 전사를 이긴 거대한 인간 골리앗을 목동 소년이 창과 칼이 아닌 돌팔매로 제압하여 승리한 일화가 있다.' 행주치마의 전승도 총을 돌팔매로 이긴 것이다.

먼 거리인 조총의 교대 연발 사격을 기습공격을 통하여 완벽히 무력화 시켜야 한다. 그러나 조선군은 선전관들이 이를 용서하지 않을 것이다. 나는 전생서 주부로 전쟁에 참여하였으므로 실제 군인은 아니었고, 군인 들 뒷바라지를 해주는 임무을 담당한 관리였다. 일본군은 조총이고 조선 군은 활이며 일본군의 장창은 약 5m이고 조선군의 삼지창은 2m가 안 됐다. 일본군의 칼은 1m이고 조선군의 칼은 두 자 약 60㎝이다. 이순신 장군의 칼이 90㎝ 정도였다. 칼과 창이 50㎝만 길어도 전투가 안 되는 것 이다.

파죽지세로 치고 올라간 일본군들의 강점을 뒤집어 약점으로 만들 기 회임에도 조선의 무장들은 스스로 패전하면, 죽기를 앞다투었다. 그리하 여 탄금대에서 전국 역참 기병들이 모두 전사했다. 만주 대륙을 압도하 고 누르하치를 중원으로 밀어낼 유일한 인재인 조선의 신립 장군을 조총 부대에 내어준 조정관 이연(선조)의 무능함에 치를 떨어야 했다. 오십 기의 기병으로 나는 거창으로 달렸다. 하늘에는 독수리들이 날고 있어, 무수 한 시체의 향연을 즐기는 듯했고, 슬며시 깃을 펴고 피를 마시며, 햇살 아래 날갯짓하면서, 어디선가 왔다 사라지지 않는가?

바람은 소리 없이 귓전을 때리는데, 우리의 기병들 갈 곳이 없었다. 적들을 사방에 깔렸고, 그토록 간신히 기대했던 명군은 돌아가 버렸다. 바다는 유린당하였고, 조선의 군왕 이연은 정처 없이 의주로 떠돈다. 하늘을 날고 있는 독수리가 적들의 위치를 가늠케 한다. 우리 조선인들은 언제나, 명랑하고 즐겁게 사는 민족이다. 저 독수리의 군무는 하늘을 지배하고 있고, 그 나라에서는 어디서나 거리낌 없이, 지저귐이 삶의 환희이자 승리인 것으로 보였다. 우리는 패전했고, 저 높은 하늘 아래 그리고 저 넓은 들판 어디에도 우리를 기다리는 이, 우리가 숨 쉴 곳이 없었다. 곳곳에는 선전관들과 비변사의 장교들이 퇴각한 장수를 찾아 목을 베고 있었다. 그나마 나는 장군이 아니라 수십 기의 기병으로 전란에 침탈당하지 않은 경상 10개 고을을 휘돌아 치며 울부짖는 아전들과 관노들에게 의병에 거병하라고 독려할 수 있었다.

이윽고 우리의 기수병들이 거창에 당도하여 이방과 아전들, 관속을 찾아 행장을 찾다가 객주에서 여장을 풀었다. 음산하고 아늑한 술집에서 백성들이 대화를 나누고 있었다.

"나 말이야, 관청에서 인세로 몇 푼을 빼앗는데, 뇌물이라고 들통이 나서 징계를 받아 감봉을 당했어."

"아이 바보야. 난 기축옥사로 들판을 챙겼는데 까딱없어, 많이 먹고 안 걸리면 청렴결백한 것이 되고, 적게 먹고 걸리면 부패한 아전이 되는 거야. 많이 먹으나 적게 먹으나 안 걸리면 청렴결백한 거 아니겠어?"

"어떻게 하면 안 걸리는데?"

"그야 간단해, 방백들과 수령들에게 줄을 써야 하는 게지."

아전인수我田引水, 모두 아전인수, 합창이 되어 나온다.

전란이 모든 민심을 바꾸어 놓았다. 전란으로부터 안전한 곳은 전라 감사 자리라고 한다.

감사 중 최고 노른자위가 전라 감사로 가장 기피지역이 경상 감사였다.

전라도는 농노 출신들로 곡창에서 곡물이 대량생산되니 잡아다 볼기 몇 대만 치면 재물을 풍족히 하고 쉽게 수탈할 수 있었던 반면 경상도 감사를 그러지 못해 꺼렸다. 경상도는 양반 사대부들이 중앙정부의 세도를 장악하고 있어 관리들이 토색질을 하거나 지나가는 아무나 붙잡아다 볼기짝을 치면 재물을 얻기보다 목이 달아나기 십상이었다. 호남은 비옥했고, 새롭게 부임해 오는 지방관의 비위를 맞추기 위하여 음식이 발달하고, 기생 문화가 발달하였다. 수령 방백들의 비위를 맞추어 주기 위해 수탈당하는 농노들의 피눈물이 동편제와 서편제로 나타났고, 백성들의 울분 또한 많았다.

한양이 점령되었음에도 이순신이 출병하지 않아 경상 우수영의 병력이 거의 전멸하고 원균이 3척의 배로 고군분투하며 대항하고 있다는 유숭인 장군의 보고를 군관으로부터 들었다. 익히 알고 있는 일, 오랜 역사와 문화의 차이라고 느껴진다. 토색질에 부패한 백성들의 원성은 전란으로 어디에서나 이야기되고 있었다. 조정이 도주했으니, 관리로서 무슨 이야기를 할 수도 없었다. 백성들은 용전분투하는 원균 장군에 호의적이었고, 출병을 거부하여 한양이 함락되도록 방치한 전라 좌수영을 비난했다. 군인이 왜 필요한가?

나는 거창 의령을 돌면서 조선 백성의 삶이 망가진 것은 우리 관리들의 잘못과 책임이라고 생각했다. 그래서 "왜군에 부역한 여러분은 탈출하여 의병이 되십시오, 그리고 부역의 죄를 갚기 위해 노력해서 우리 조선을 구합시다!" 하고 외치고 다녔다.

백성들이 다시 이 땅에서 살아갈 수 있는 유일한 방법은 잃어버린 자존심을 우리가 다시 찾아주는 것이었다. 그래서 전멸의 광경을 바라보고 눈시울이 눈물로 범벅된 뭉개진 내 마음을 다잡아 의병들에게 권유했다. "나는 전생서 주부요, 여러분들이 거병하면 소도 말도 오리도 식량도 얼마든지 대어 주겠소."

백성이 '분노' 하지 않으면 '국가'가 엉망이 된다. 모두 '상복'을 입고 땅 바닥에서 '통곡'해야 한다, '통곡'해야 한다. 백성은 무엇을 먹고 살아야 하는가?

가련한 '노비들'이 통곡 통곡하고 있으며, 가련한 '비정규직'이 '통곡' 하고 '통곡' 하고 있다. 조선 땅에다 '멍석'을 깔고, '상복'을 입고 통곡하고 통곡하여 조선을 위한 애국을 하길 바란다. 조정 운용의 무책임, 어디 도망할 때인가? '상복'을 입고 통곡하고 통곡하여 '정치는 책임을 지는 것'이며, '공직은 책무를 다하는 것'이라 일깨우라. 조선을 위하여 상복을 입고, 통곡하며, 통곡하라. 조선을 살릴 수 있는 길은 조정 앞에서 '상복을 입고' 통곡하며 통곡하는 것이다.

대국의 몰락

명나라는 임진란 조선 출병으로 은화 780만 냥 정도가 소진되었다. 요 즘 돈으로 환산하면 약 14억 달러 정도, 원화로 치면 1조 2,600억 원(환율 1,000원)이다. 1490년에 명나라 조정이 거둬들인 세금이 3조 4,500억 원이니, 명나라 국고가 휘청거리게 된다. 철없는 이연은 무조건 도와줄 것으로 의지하니 명나라 장군들의 이연에 대한 구박은 당연했다. 명나라 말로 오면서 임진왜란까지 닥치니 명의 정치는 더욱 부패하고, 환관 엄숭과 위충현이 계속 권세를 잡아 나라는 더욱 혼란에 빠졌다. 명나라는 안으로는 환관의 횡포와 이에 견디다 못해 곳곳에서 발생하는 민란 그리고 밖으로는 왜구와 몽골족의 공격으로 어려운 지경에 빠지게 되었다. 명대 후기로 가면서 만주 지방에서 세력을 확대한 후금(나중의 청나라) 세력이 명나라를 계속 압박했다.

임진왜란에 출병한 일부의 병력이 요동에서 모집되었고 임진왜란을 거치면서 돌아간 병력 중 일부가 나중에 누르하치가 후금을 건국하자 "우리 조상은 대대로 명에 순종하면서 살았는데 할아버지와 아버지는 죄 없이 명에 의해 죽임을 당했다. 이것은 도저히 씻을 수 없는 한이다."라고 말했다. 임진왜란에 여진족이 명나라의 군사(용병)로 출전하였고 그 덕에 명과 조선에서 수탈한 국력으로 누르하치는 세력을 키워 스스로 명나라에 대적할 정도가 되고 말았다. 만주족이 명나라군 용병으로 참전하면서 만주로 들어간 은화가 약 400만 냥에 이른다. 일본의 도요토미가 조선을 침략한 임진왜란으로 명은 가뜩이나 어려운 상황에서 조선에 원군을 보냄으로써 국가 사정이 더욱 어려워질 수밖에 없었다. 이는 만주족 누르하치에게 천재일우의 기회였다. 나라 이름을 '후금'이라 칭하여 만주 요동의 랴오닝 성에서 왕위에 올랐다.

이 당시 요동 총관이 이여송이었는데, 이미 일본군에 패해서 도주한 장수라 만주족들이 우습게 보았다. '후금'이란 이름은 12세기경 그의 조상들이 세웠던 금나라를 계승하고 있음을 나타낸다. 후금은 본격적으로 명과의 대결 구도에 들어갔고, 내전에서 이여송은 패배하여 전사하고 만다.

누르하치는 후금을 세운 다음 해에 명나라에 대한 선전포고로서 무순을 공격하여 함락시켰다. 그러자 명에서는 만주족 토벌을 위한 군대 동원령을 내리고 요동의 심양에 주력군을 주둔시켰다. 결정적으로 후금이 세력을 떨치고 명이 쇠망하게 되는 커다란 분수령이 된 '살이호' 전투가 벌어졌다. 1619년 이 전투에서 명의 대군을 격파하고 대승을 거둔 후금의 부대는 심양, 요동 등을 그들의 영역 안으로 집어넣었고, 1625년 심양으로 수도를 옮겼다. 명은 이 만주족과의 싸움에 엄청난 국력을 소비해야 했고, 그만큼 백성들의 고통도 깊어질 수밖에 없었다. 백성들의 고통이 커질수록 그 불만을 등에 업고 전국 각지에서 반란세력들이 나타나게된다.

금산전투錦山戰鬪

1592년 8월 18일 고바야카와 다카카케小早川隆景, 다치바나 무네시게立花宗茂가 이끄는 약 1만 5천여 명이 의병장 조헌趙憲이 이끄는 7백여 명, 승병장 영규靈圭가 이끄는 수백여 명 총 약 1천여 명과 맞붙었고 의병 전원이 전사하여 일본이 승리했다.

| 조헌|

1586년, 공주 목교수 겸 제독관公州牧教授兼提督官에 임명되었으나, 정여립鄭汝立에 관한 만언소萬言疏를 올리는 등 5차례에 걸친 상소를 올려 받아들여지지 않자 옥천으로 다시 돌아왔다. 1589년 지부상소持斧上疏로 동인의 전횡과 시폐를 지적하다가 삼사三司의 탄핵을 받아 길주에 유배되었으나, 그해 11월 정여립의 모반 사건을 빌미로 서인이 집권하면서 귀양에서 풀려났다. 1591년 조선에 온 겐소玄蘇 등의 일본 사신이 명나라를 칠 길을 빌리자 청하며 조선 침략의 속셈을 드러내자, 일본 사신의 목을 베라는 상소를 하고 영·호남의 왜적 방비책을 올렸으나 받아들여지지 않았다. 이듬해 임진왜란이 일어나자, 5월에 격문을 띄우고 의병을 모아 차령車嶺에서 문인 김절金節 등과 함께 왜군을 물리쳤다.

의병장 조헌과 영규 모두 전사했다. 부상병들로 가득했던 병사들에게

적들은 마지막 자비를 베풀고자 일본도를 들고 계곡으로 돌아왔다. 서로 엉켜 피가 튀고 뼈가 부러지는 마지막 저항이 벌어졌다. 계곡이라 총이 소용없었고 어차피 죽어가던 부상당한 조선 병사들은 마지막 저승에 동행할 친구로 왜군들을 붙잡고 놓지 않았다. 삽시간에 계곡 전체가 비명으로 가득 찼다. 금산은 삽시간에 피로 물들었다. 계곡 곳곳에는 전투의 피가 튀고 뼈가 부러지는 비명으로 가득했다.

그 가운데 곳곳에서 배롱나무가 흔들리고 있었다. 병사들이 배롱나무 아래 전투를 벌이며 그 꽃을 지혈에 이용했다. 배롱나무는 국화과의 백일홍과 혼돈하기 쉬우나, 나무에 피는 백일홍이라는 뜻에서 목木백일홍 이라고 하는데 부상병들의 지혈에 큰 도움이 되었다. 그러나 끝내 일본 군들은 전멸을 위해 한 목숨도 남기지 않고 살육했기에 결국 배롱나무의 지혈도 소용없었다. 인간들의 전투에도 아랑곳없이 엉겅퀴와 여뀌들이 바람에 흩날리고 있었다. 목 안이 헐었을 때 뿌리를 씹어 먹으면 엉겅퀴 즙이 지혈에 특효가 있었다. 습지나 냇가에서 자라나는 여뀌는 지혈에 아주 우수한 효과가 있어 전투하는 부상당한 병사들에게는 매우 고마운 식물이었다. 그리고 그 꽃들도 아름다웠다.

완벽한 준비는 없다

일본군도 만반의 침략 준비를 한다는 것은 도저히 바랄 수 없는 형편 이었다. 애당초 유격전의 백성들과 싸울 생각이 추호도 없었던 일본군은 의병들의 제압을 마무리하는 일에 병력을 투입하고 있었기 때문이다. 네 모꼴로 진을 치고 빽빽이 늘어서서 싸우는 전투 대형인 밀집 방진으로 교대 연발 사격으로 적을 몰아 일본도로 마무리하는 전투였다. 조헌 의병장의 용맹과 기개는 널리 알려져 있었다. 군관이던 나는 이러한 사실 때문에 조헌 의병장이 큰 공을 세우리라 믿고 있었고, 이들과도 제4군의 공략에 함께 참여하였다. 물론 나는 장수가 아니기에 역사에 이름을 드러내지 못했을 뿐, 실제로 군병의 보급과 군량에 대해서 나는 백방으로 뛰었다. 한 가지 아쉬움은 우리의 의병들이 좀 더 신축적인 유격전을 펼칠 수 있음에도 조헌 장군이 군무에 관한 임전무퇴臨戰無退의 정신으로 대처함이 안타까웠다.

우리의 군대가 제6군을 상대할 당시 조헌의 의병들은 제4군과 대응하고 있었다. 진짜 우수한 민족은 보이는 정치와 경제, 군사력에만 국운을 걸지는 않는다. 짧은 군사력보다는 영원히 지속하는 정신 권력에 모든 승부를 거는 역사를 국사로 가르치는 것이다. 그러므로 역사의 투쟁은 장기적으로 국가 민족의 권력 투쟁이다. 이러한 중차대한 전란에 훌륭한 장수가 많아야 국난이 수습되고 승리할 수 있을 것인데, 유교의 화랑도의 임전무퇴臨戰無退라는 정신이 우리 조선을 지배하고 있음이 안타까울 따름이다. 즉 임전무퇴臨戰無退를 어긴 장수들을 비겁자로 몰고 있고, 선전관이나 독전관은 퇴각한 장수를 그 자리에서 목을 베고 있는 현실이었다.

나라에서 국가가 위기에 달하면 윗 놈부터 도망치는 것과 나중에 한 것도 없이, 돌아와서 그나마 남아서 열심히 일한 유능한 사람들, 장수들을 제거하는 것보다는 임전무퇴의 정신이 그나마 본받을 것임은 분명하다. 어떤 사람은 위대하게 태어나고, 어떤 사람은 위대함을 성취하며, 그리고 어떤 사람들은 위대하게 죽는다는 게 임전무퇴의 용맹이다. 그러나 나의 죽음으로 전쟁이 끝나는 것도 아니고, 백성들이 적 치하에서 고통받음을 간과하는 잘못에 울분이 터진다. 백제가 망하자 의자왕은 무능한 왕으로 기록되었을 뿐이고, 삼천궁녀가 낙화암서 뛰어내리기 전에 계백 장군의 5천 결사대는 황산벌에서 용맹이 맞섰으나, 결사대가 전멸함으로 백제는 망하고 말았다. 백제가 멸망해서 계백 장군이 용맹하지 않은 것은 아니듯이, 계백 장군의 임전무퇴 정신은 고귀하나 백제의 멸망을 막을 수 있는 방도를 찾지 않았음은 다른 문제라는 생각이다.

밥은 먹었소?

조선의 왕도 사대부도 관료도 제 손으로 쓰레기통 하나 치울 줄 모르는 상태에서 우수한 무기를 장착한 침략군을 맞아 도주하기도 너무 바빴다.

선조와 조정의 피난으로 군량의 공급이 끊기자(선조 임금 일행도 수일 굶음) 향병을 규합하여 왜군들의 군량을 탈취하여 부대를 유지하게 하였다. 왜군들이 평양성까지 진격하여 여러 도시를 점령하여 조선의 식량들을 접수하고 관노들을 흡수하면서 진격의 동력에 큰 역할을 하고 있었다. 워낙 빠른 속도로 진격하다 보니 조선군은 군량을 어찌할 여지조차 없이 고스란히 왜군에게 상납하는 상황이 되었다. 만약 조선의 군량과 관노가 없었더라면 왜군은 빠른 진격에 군량 부족의 문제로 더 빨리 후퇴할 수밖에 없었을 것이다. 점령지마다 많은 양곡이 쌓여 있는 걸 보고 왜군들은 좋아했고, 더욱이 관노들이 많음에 군사력까지 얻었다.

조선이 가난하다고는 했지만, 사실 관공서에 쌓인 양곡은 상당했는데, 고스란히 일본군에게 넘겨주었고, 그로 인해 조선의 재정은 엉망이 되었다. 서울의 경창京倉이 왜군에 넘어가고 평양성에서 수십만 석 이상의 많은 양곡이 왜군에 넘어갔다고 한다. 조선 관리들과 백성들의 양식이 이렇게 왜군의 수중에 떨어졌다. 왜군들은 점령지에서 조선 백성들에게 조세를 거두는 노력을 했다.

그러나 백성들이 모두 피난해 버렸기에 조세의 추가 징수는 뜻대로 되질 않았다. 조선은 당장 군대를 동원할 식량이 없었다. 명나라 군대가 들어오면서 군량과 마초를 준비해야 했는데 당시 비변사의 준비 기록을 보면 10월에 의주에서 평양까지 쌀과 좁쌀 5만 석, 콩 3만 3천 석 등 5만의 병력이 한 달 반 정도 버틸 수 있는 군량을 마련했다는 소식이 있다.

백성은 전란으로 소득은 '깡통을 찼는데' 입에 들어가는 염분세(각종 세금, 건보료, 벌금, 공공요금, 국민연금 등)를 올리니 소금값이 폭등이다. 그러다 보니 쓸 돈이 없다. 그리고 언제 죽을지 몰라서 항상 불안해서 소비도 없다. 사대부들은 상국으로 유학 핑계로 튀고(재벌가는 해외로 다 나가고, 젊은 청년들은 취직이 안 되고) 동인 조정은 부정부패 비리자들의 전 재산을 몰수하지 않는 이유가 뭐냐? 이순신 같은 장군만 구속하다니?

전쟁 중에 장군들을 구속해서 목을 베면 일본군이 물러간다더냐? 조선은 입에 들어가는 것에 세금을 매기는 공평한 나라로 거둬들인 돈이 수만 냥(수조 원씩 혈세)으로 사대부와 관료들(공무원, 군인, 사학연금) 주머니로 들어간다. 이 땅에 태어났다고 힘차게 울어 재꼈더니 주민세, 땀 흘려 노동했더니 갑근세, 힘들어서 담배 한 대 빨았더니 담뱃세, 힘든 퇴근길 대포 한잔했더니 세금, 아껴서 저축했더니 세금, '껌 휴지' 샀더니 소비세, '화장품'에 뜬금없이 붙은 '농어촌특별세'?

놀랍다! '깡통 자원외교' '4대강 전투', 방위산업에 투자한다더니 제 주머니에 챙기고 맨주먹 행주치마로 적을 막으라 하니 의병들 신세가 슬프다. 나라 법이 그러니 어쩌겠나?

강력히 개혁해서 백성들 입에 들어가는 것에 대한 세금 부담 좀 덜어 줬으면 좋겠다. 그래야 쓸 돈이 생겨 소비도 하고 도자기도 사고 소금도 구입해서 경제도 살아난다.

일본군의 조세발표

왜군들의 점령지에 자신들 관리를 임명하고 조세의 징수에 나선 도요토미는 한양을 점령하면서 세금을 4할로 발표하였다. 조선에서는 세금이 1할이었는데, 4할이라고 하니 엄청난 저항을 받았다. 순조롭게 점령한 함경도도 마찬가지, 일본식 점령 행정을 하다가 저항을 맞았다. 특히 성주성을 점령하여 일본이 임명한 '찬희'를 목사로 임명하여 조세를 4할로 발표하였다. 이에 의병장 배덕문이 성주성에서 거병하여 일본이 임명한 수령 '찬희'를 척살했다. 배덕문은 나의 아버지이다. 백성들과 노비들은 당장 1할과 4할의 차이에 민감했다. 조선의 위대성이 여기에서 나타났다. 일본의 저울과 조선의 저울이 이렇게 달랐기 때문에 이를 잘 활용하여 의병들을 모을 수 있었다. 특히 양반들과 유생들이 자신들이 소유한 노비들로 땅에서 4할을 바치면 생활이 유지될 수 없었다. 영주 국가인 일본과 조선의 차이점이 의병들의 거병에 원인으로 작용했다. 자신들의 기득권을 지켜야 하는 세력들이 양곡을 모아 거병하였고, 자신들의 노비에게 무장을 시켜 거병하여 재산을 지키려 한 경우도 종종 있었다. 또한 의병들의 지원자들도 조국에 대한 구국의 정신과 전공을 세워 신분을 탈피할 수 있음에 기대를 걸고 많이 참여했다.

나는 상주 전투와 탄금대 전투 금산 전투에 유격전을 주장하면서 전장에서 대장大將으로 불렀다. 백성들은 나를 '대장'으로 불렀다. 아마도 군관 출신이라서 그렇게 부른 것으로 장수들이 모두 죽어 나가자 자연히 대부대를 거느린 나에게 '대장大將' 칭호를 붙여 주었다. 많은 영남 의병의 거병에 심혈을 기울여 군량을 책임져 주고 유격전을 실습시켰다. 상주 합동전투를 치르고 성주로 오는 길, 들 가에는 '꿩의다리'가 많이 피어있었다. 이 '꿩의다리' 꽃은 피난민들의 수질로 인한 이질 결막염 각종 종기 등의 감기 두드러기 설사에 즉효한 꽃이다. 숲 풀에서는 말발굽 소리에 놀란 뜸부기가 푸드덕, 날아올라 사라진다. 그러고 보니 어둠이 내리 깔린 서쪽 하늘을 향해 기러기들이 2열 종대로 무리를 지어 날아감이 우리 병사들의 행군과 같았다. 저들은 마음대로 날아가건만, 우리는 왜적을 피해 다녀야 한다는 생각에 말발굽 소리가 한층 처량하게 들렸다.

| 이긍익(1736~1806) |

그가 지은 '연려실기술'의 기록에 따르면 그는 7월 9일에 고경명이 곽영과 더불어 군사를 합쳤다. 고경명의 두 아들 종후從厚·

인후囚厚가 각각 남원·김제·임피 등 고을의 군량과 군사를 모아 여산에 모여서 그대로 충청도·경기도를 진군하여 평양에 도달하기를 기약하였다. 그런데 은진에 이르러서 막하의 장수들이 황간·영동의 왜적들이 금산으로 넘어 들어왔다는 말을 듣고는 되돌아가서 전라도를 구하여야 한다는 말을 고경명에게 청하였다. 고경명은 또한 전주의 형세가 위급하다는 보고를 받고는 부득이 군사를 옮겨 진산으로 들어가서 곽영과 더불어 좌·우익이 되어 금산의 10리 밖에서 주둔하였다.

경명이 정예 기병 수백 명을 내보내어 적을 치는데, 군관 김정욱金廷昱의 말이 부상함으로 물러나 달아나니 우리 군사가 약간 후퇴하였다. 저녁에 경명이 광대하는 사람 30명을 시켜 성 밑의 토성에 달려들어가 성 밖에 있는 관청 민가들을 불지르고, 진천뢰震天雷를 터뜨리어 성내의 창고와 노적을 연소시키니 적군의 사상자가 많았다. 날이 저물어서 각각 군사를 거두었다.

곽영이 고경명에게 사람을 보내 다음 날 같이 싸우기로 약속하였다. 이때 아들 종후가 고하기를, "오늘 우리 군사가 승리하였으니 이 승리한 형세를 가지고 군사를 온전히 보전하여 돌아갔다가 기회를 봐서 다시 나오는 것이 좋겠습니다. 만약 적병과 진지를 마주 대하여 들판에서 잔다면 밤중에 습격을 당할 우려가 없지 않습니다." 하니, 고경명이 말하기를, "네가 부자 간의 정으로 내가 죽을까 걱정하느냐, 나는 나라를 위하여 한 번 죽을 따름이다. 그것이 나의 직책이다." 하므로, 종후가 감히 다시 말을 못 하였다.

| 조경남 |

임진왜란 정유재란 때 군문에 들어가려 했으나 뜻대로 하지 못하고, 조헌의 진영에서 활동했다. 1598년(선조 31) 29세에 전라도 병마절도사 이광악李光岳 막하에서 명나라 군대와 합세하여 금산, 함양 등지의 왜군을 무찔렀다.

| 배덕문襄德文 |

배덕문과 배설襄楔이 의병을 일으켰다. 배덕문은 자는 숙회叔晦이며, 본관은 성주星州이다. 명종 계축년에 문과에 급제하였고 군수를 지냈다. 배설은 덕문의 아들이다. 『선생안先生案』 기록에 따르면 성주에 제말諸沫이라는 사람이 있었는데, 이 사람은 고성固城 사람이었다. 임진란을 당해서 갑자기 군사를 일으켜 적군을 공격하였는데, 향하는 곳에는 앞을 막는 자가 없어서 곽재우郭再祐와 나란히 일컬어졌으나 명성은 오히려 그보다도 높았다. 조정에서 특별히 본주 목사를 제수하였는데 오래지 않아 죽어서 공명이 크게 드러나지 못했다 한다. 또 소문에는 적군과 진을 마주쳐서 교전할 적에는 용기가 충전하여 수염이 모두 위로 뻗친 것이 흡사 빳빳한 고슴도치 털과 같았으므로 적군들이 멀리서 바라보고 호랑이처럼 두려워하였다 한다.(약천집藥泉集. 선조조 고사 본말 영남 의병)

성주성 제1차 전투

1592년 8월 22일 성주성 남쪽으로 진출한 다음, 8월 22일부터 운제雲梯, 비루飛樓, 충차衝車 등 공성 기구를 마련하여 대대적으로 성주성을 공격할 준비에 들어갔다. 개령에 있든 일본 모리의 증원군은 의병군의 측 후방으로부터 공격을 시작하였고, 포위망을 미처 완성하기도 전에 기습을 받은 의병군은 곧 대열이 무너지고 대항도 제대로 하지 못한 채 후퇴했다.

군사 면에서도 일본이 싸움의 월등한 수적 우위에 있었다. 조선 의병들이 거의 모두 결집하여 2만을 모았음에도 일본군의 대군이 남하하여 2만 병력을 유지하였고 구로다 분신은 군대를 사열하면서 옆에 있던 모리 휘원을 돌아보며 말했다.

"조센의 도둑들이 많이도 모였군. 진을 친 것을 보면 그렇게 멍청해 보이진 않군. 내일 총공격을 하여 고경명 조헌의 군대처럼 전멸하는지 시험해보기로 하세."

모리 휘원과 가쓰라 구로다는 호탕하게 웃었다.

"조센징 도둑놈들, 얼마나 살아남는지 꼭 기록해두세."

"하하하! 배세루노 꼭 잡고 말 테다."

"족제비 같은 놈을 생포하여 일본 '태합'(도요토미) 각하에게 보내리다."

일본군들은 자신들의 패전은 전혀 상상도 하지 않았다.

1차 공격에 실패한 정인홍, 김면 의병은 보기 좋게 실패했다.

김면은 만석 지기 유생으로 임진왜란으로 망하게 된 양반이다. 고령에서 봉기하여 의병도 대장에 오른 인물이다. 그 아래 곽재우(좌장, 의령) 정인홍(우장, 합천) 기타 그의 대부분 의병장이 휘하에 있었고, 심지어 경상도 초유사 김성일(경상도 관찰사)도 그 아래에 있었으며 약 1년간 맹활약을 하다 사망하였다. 김면이 당시 북으로 진격해서 서울로 들어갔더라면 도원수가 되었을 것이나, 김면과 곽재우 정인홍 등은 시류를 읽지 못하여 흉악한 왜적을 추격하므로 힘든 일생, 고단한 전투를 해야 했다.

먼저, 일본 중부군에 맞서 옥천 의병장 조헌, 영규(승병장, 공주) 등이 금산 이치에서 새 잡는 조총으로 무장한 왜군을 격멸하고자 진군하였으나 왜군에게 패해 800여 명이 전원이 전사하였다.(7백 의총) 조헌을 지원하려고 출병한 고경명의 병력도 합세하였다가 대패하여 고경명 병력 약 6,000여 명이 희생되었다. 금산 이치에서 6,800명의 의병을 살육한 일본군들을 성주성 북쪽(부상현)에서 합천 군수의 1,500병력으로 막으라는 것은 이치에 맞지 않는다. 김면 휘하 거의 모든 의병들이 참여하여 왜군 중부군 주력 육군 약 20,000명(가쓰라)에 대한 1~3차 공격을 펼쳤으나 모두 실패했다. 성주성을 중심으로 개령 지례 개산진 전투에 의병들은 일본군의 상대가 되지 않았다. 중부 주력군에 맞선 의병들은 그 흔적도 없이 전멸했다. 성주성에서 맞닥뜨린 의병들의 살육을 저지한 것은 내가 적장 수급을 벤 공로임에도 이는 인정도 받지 못했고, 패전의 책임만 내가 떠맡았다.

성주성은 대구-구미-선산-상주-문경-조령 또는 대구-구미-금산(김천)-추풍령을 잇는 일본군 주보급로를 지키는 요충이었기 때문에 이 성을 탈환하면 일본군의 보급에 막대한 차질을 줄 수 있었다. 그렇기에 의병들이나 일본군들은 일전불사의 자세로 상대 대군이 마주하고 있었다. 원래 성주성의 점령부대는 '하시바 히데카스'의 제9군이었는데, 8월 11일자로 제7군의 모리 테루모토 휘하 부장 가쓰라 모토쓰나의 1만 병력과 교대하여 경상 우도右道 일대는 일본군이 모두 집결하여 총 2만 명이 넘었다. 김성일은 김면, 정인홍 등의 의병이 성주를 공격하도록 하는 한편 도체찰사인 정철에게 병력 증원을 요청하여, 운봉과 구례의 관군 5천여 명을 지원받을 수 있었다. 거기다가 화순에서 기병한 최경회와 임계영 의병이 합세하여 관군의 지원군과 기존 병력을 합하자 총병력이 2만여 명에 육박했다. 나는 배덕문의 병장의 휘하에서 의병 신분이었다.

영리, "배설 장군의 뛰어난 전술과 용맹은 후일 두 차례나 경상도 수군 절도사에 임명됨을 보면 알 수 있다."

동생 배건 부부는 금오산성에서 내가 왜적과 싸우고 있을 때 고향에서 의병을 모아서 오다가 중간에 왜군을 만나서 부부가 그곳에서 전사했다. 그때 나이 38세, 그 아래 동생 배즙은 조방장으로 35세에 노량 해전에서 순사했다. 나는 전란으로 천지를 거처로 삼고 전장을 누비었다. 나는 호방한 성격만큼이나 무한한 시공간 개념을 갖고 있었다. 나에게 천지는 한순간에 불과했다. 하늘을 지붕으로 땅을 집으로 생각하고 전장을 누벼 온 세월이었다.

도자기 약탈

나의 3형제가 임진왜란에 자원하였고 3대에 걸친 전투에 참가한 호국의 가문으로 일본군이 성주성을 점령하고 목사 '제말' 장군을 죽이고 '찬희'를 성주목사로 임명하는데 맞서 성주성을 탈환하여 지킴으로 왜군의 북상을 저지하였다. 구로다 분신의 목을 베어 도요토미가 지휘권으로 하사한 금부채와 대장 칼 2개를 빼앗았다. 이 전투는 성주성 2만 왜군의 군량을 차단하는 유격전의 성공을 여실히 보여 준다.

"저놈들이 무엇을 약탈해가나 궤짝을 뜯어보라!"

"흙이 가득 들었습니다."

"조선의 땅이 금싸라기라는 것을 알고, 조선 땅을 싹 쓸어 가려나 봅니다. 흙 속에 밥주발이 들어 있어요. 궤짝엔 엄청 무거운 흙을 운송해가고 있어요."

흙 속엔 백성들의 밥주발 막걸리 사발들이 있었다. 그것도 백성들이 사용해서 이가 빠진 그런 것들을 그렇게 왜구들은 목숨을 걸고 약탈해서 운송하고 있었다.

조선 내륙에서 장장 2천 리 길을 도자기를 신주 모시듯이 약탈해 가고 있었다.

"흙으로 도자기를 구우면 될 일을 그렇게 힘들여 조선 땅 흙 속에 도자기를 넣어 깨지지 않게 일본으로 가져갔으니…"

이빨 빠진 밥주발이 조선 돈으로 900냥 정도에 신흥 귀족들의 차 잔으로 팔려 나갔다.

영리는 말한다.

"그러니까, 배설 장군이 왜군의 군수 수송대를 급습해서 군량미와 고구마, 감자, 염장 고등어, 염장 상어, 담배, 고추 등을 징발하였는데, 조선에서 일본으로 약탈해 가는 궤짝 쪽을 뜯어보면, 흙을 가득히 채운 조선의 막사발이 있었다."

"미친놈들 아닌가, 흔해 빠진 막사발보다 흙이 더 많이 들어 엄청나게 무거웠겠군."

누구나 이렇게 말했다.

"왜놈들이 민가를 덮쳐 가져가고자 하던 것이 바로 저거였군. 조선에선 막걸리 잔으로 또는 된장 사발로 집집이 사용하는 흔하디 흔한 막사발 때문에 조선 사람을 죽인 것이군. 왜놈들은 삼포왜란의 난동 때도 막사발과 도자기의 수출을 요구하였지. 조정에서 사옹원을 내륙으로 옮기고, 남해안 도자기 가마를 폐쇄했어. 왜구들의 약탈 때문이었지. 근데, 저들이 그렇게 요구하는 도자기의 수출을 허용하면 안 되는 이유가 뭔가?"

일본은 도요토미로 인해 통일 정부가 수립되고 신흥 귀족 상류층이 많이 생겨 고급 소비재로 고급 도자기 수요는 폭증한 데 비해 생산기술이 부족했다. 그렇게 난동까지 일으키며 도자기 수입을 요청했는데 조정은 반대로 대처했다. 가마터 폐쇄를 하고 도자기 사기(工) 장을 내륙으로 옮겨 수요를 조절한 것이다. 일본의 수입 요구를 묵살하여 폭동이 난 것이었다. 아마도 일본에서는 막사발 하나가 소 한 마리 값이 되었다고 한다. 그러니 소금값의 폭등처럼 일본에서는 소+ 자기였다.

조선의 곳곳에 도자기 공장이 있었다. 사옹원이란 관청 소속의 관노들이 공짜로 도자기를 생산하고 있었는데, 침략군들이 이곳들을 급습하여 도공들을 납치해갔다. 그리고 이들에게 노임을 제공하고 살아갈 수 있도록 영주(왕)들이 보호하고 우수한 장인들에게는 귀족 대우를 해주었다. 조선처럼 공짜로 부려먹고 아전들의 토색질에 붕어 낚시 밥처럼 보호하지 않은 것과 달랐다.

영리, "일본이 통일 과정에 대규모 영주와 귀족들이 생겨났고 이들의 소비 욕구는 부와 권력의 상징이 필요했다. 일본 특유의 습하고 더운 지역은 음식물의 부패를 방지하고, 청결해 보이는 도자기가 가문의 부의 상징이었는데, 일본의 도자기는 옹기 수준을 벗어나지 못했으므로 조선의 도자기를 수입했다. 대마도가 중계무역을 했는데 삼포왜란으로 수출을 중단하면서 일본은 다이묘들이 침략을 통해 국내 소비 욕구를 충족시키려 했고 그들은 조선정벌에 적극적으로 나서게 되었다. 흙을 구워 단단하게 만든 도자기는 설거지를 해서 계속 쓸 수 있었다. 신흥 귀족 부유층 귀족들의 차 사발로 쓰인 품위 있고 깨끗한 도자기는 부와 권력의 상징으로 여겨졌다. 그러므로 조선을 침략한 장수들이 도자기를 약탈하여 엄청난 돈을 벌게 되었다."

도검류 단속법

일본군과 전투에서 일본도를 획득한 조선군들은 좋은 칼을 좋아했고 서로들 갖겠다고 난리가 났다. 조선군 대장이 석 자 칼이니 그 부하들은 두자 정도의 칼만 사용할 수 있었다. 일본도는 약 1m 정도 되므로 누구도 소지하게 되면 불법이었고 도검류법의 단속대상이었다. 멋모르고 일본도를 소지한 의병들은 일본 첩자로 몰려 처형되거나 불법도검 소지 혐의로 처형되었다.

성주星州에 진을 쳤던 적에게 이미 무계茂溪·현풍玄風의 응원이 없어져서 세력이 심히 외롭고 약해졌으므로, 정인홍鄭仁弘이 김면金沔과 세력을 합쳐서 진격하기로 약속하였더니, 김준민金俊民은 형세가 불편하다 하여 어렵게 여기고 의심하는 빛이 있었으나 여러 사람의 의론으로는 모두 진격함이 옳다 하여 드디어 진격하기로 결정한다. 모든 군사들이 모두 모여서 각기 부대를 정돈하고 수십 리에 둘러 포진하니 군사의 형세가 심히 장하였다. 인홍과 김면이 가평可坪에 대진對陣하니 성주성星州城에서 5리나 가까웠다. 모든 군사가 차례로 전진하여 성문을 포위하고 육박하며 진퇴하고 충돌하며 유인하여 도전하나, 왜적이 나오지 아니하고 다만 철환鐵丸으로 방어하였다. 종일토록 진퇴하여도 성을 함락시킬 기구가 없어서 해가 저물자 본진으로 돌아오고, 이튿날에 다시 진격하기로 약속하였다. 김면이 배설裵楔을 시켜 부상현扶桑峴에 매복을 시켜 개령開寧에서 응원하러 오는 적을 방비하게 한다. 배설이 응낙하고는…(중략)…(난중잡록)

영천 신령 유격전

박진 밀양 부사와 나는 경상도 영천 땅 신령골에서 적들을 포박해서 가다가 더 큰 적군을 만나 놓아주고 말았다. 초유사가 나에게 합천군수를 제의하면서 공을 세울 것을 말했다. 나는 저 작자만 봐도 화가 난다. 임진왜란이 없다고 '엉터리 보고'를 한 통신사 부사였기 때문이다.

성일은 자신의 비루함과 모자람은 안중에도 없이, 내가 군량이나 털고 다닌다며 열심히 죽기로 싸워온 동지들 앞에서는 상훈을 약속하고, 뒤에서는 침을 뱉는 천하에 머저리 같은 놈들과 작당하고 있었다. 오직 죽어서도 이름을 날리고자 죽을 자리만 찾아드는 것들, '초유의 사고 뭐고 다 때려치우고 인성부터 다시 쌓아라.'라 말해주고 싶었다. 제 눈에 꼴 보기 싫다고 모함이나 해대는 초유사가 무슨 충신을 운운하는 것인지 꼴사납다. 나라의 일이 잘못됨을 알면서도 침묵을 한다는 건 아주 추악한 공범이다. 국가의 주도권을 빼앗겼음을 알면서도 침묵한다는 건 아주 비겁한 것이다.

그저 비겁함을 감추려고 옳은 소리도 못하는, 비겁한 우리들이 충신 운운하는 자체를 보면 죽은 자들은 뭐라 생각할까? 나는 이런 우리의 비겁함이 부끄럽다. 자신들은 충신이라는 교지를 받고자 죽을 자리를 물색하고 강물에 뛰어들면 되지만, 나라의 약속을 믿고 면천, 미관말직이라도 한자리 얻고자 모여든 저 병사들의 죽음은 누가 알아줄까?

한민족은 수천 년의 도전과 응전의 역사를 갖고 있다. 만일 우리가 일본의 침략이라는 도전 앞에서 실패했다면, 한반도는 언어나 문화 종족마저도 중국화나 일본화가 되고 말았을 것이기에 피 흘려 싸워야 했다. 그래서 적어도 이 땅 위의 혈통만큼은 보존시키려고 끝까지 투쟁하고 전투를 장려하였다.

초유사 김성일은 내게 말했다.

"배 군수, 어떻게 그리 왜군 진영을 종횡무진으로 활동하시오?"

"저는 간과 쓸개를 두고 전장에 임하고 있습니다."

"대단하시오, 배 군수가 수만 명의 경상도 병력의 양식을 충당한다고 알고 있소. 진주성의 김시민 장군에게 많이 지원해주길 바라오, 부탁하오."

나는 울컥했다. 결과가 어찌 됐든 일단 나라를 구하고 볼 일이지, 무슨 구로다가 대준다고 하나? 옳은 일을 행하고 안 좋게 끝나면, 죽음으로 쳇하고 넘기면 되지, 누명 쓸까 봐 오들오들 아무것도 못 하고 굶주리는 군대가 자랑스럽다고 저렇게 말하는가.

성주 부상현 계곡에는 부상병들이 계곡에 모여들기 시작했다.

"나는 팔을 다쳤고 나는 다리를 다쳤다.", "나는 내장이 터졌어."

한 병사가 말했다.

"이렇게 다쳐서 집으로 가서 죽을 수는 없다."

병사의 입에도 피가 홍건하고 송곳니 두 개만 덩그러니 보여 더욱 슬슬해 보였다. 누군가 외쳤다.

"자살하여 순국하자! 그리하면 자식들은 면천이 될 것이다. 여기서 욕되이 살아서 자식들의 면천을 못 하면 순국함보다 못하다."

여기저기서 웅성웅성 했다.

"너만 다친 게, 아니다. 조선이란 나라가 다쳤고, 자! 내 몸을 보아라! 영웅이라는 나의 몸, 어디에도 성한 곳이 어디 있더냐?"

옷을 벗어 재끼자 숱한 상처가 나왔다.

"보이느냐 이것들은 드러난 상처에 불과하다. 나의 마음에는 적에 총탄이 이미 숱하게 스쳐 지났느니, 이 수모를 기필코 갚아 주어야 하지 않겠나? 모두 걸을 수 있는 자는 걸어라, 그리고 나를 따르라!"

상처 난 자들에게 '흰 점박이 꽃무지'를 잡아서 씹어 먹였다. 애벌레는 썩은 나무 밑 곳곳에 있었다. 큰 벌레는 나무의 진을 먹고 살아가므로 부상으로 인한 감염원인 간을 보호, 치료하는 효과가 있었다. 성주의 벌레마저도 조선 의병들의 상처의 치료에 이용되었고, 그 효과는 매우 확실했다. '흰 점박이 꽃무지'의 수난은 왜군의 침략 때문이었다. 사람들은 내가 죽은 줄 알았다. 적의 칼은 가볍고도 예리하게 순간 나의 허벅지를 가격했다. 나는 정신없이 말을 몰아 진지로 돌아와서 정신을 잃었다. 내가 눈을 떴을 때는 칡넝쿨에 둘둘 감겨있었다. 왜군들도 아군들도 나는 죽었다고 생각했을 것이다. 극심한 통증이 허벅지에 느껴졌다. 더 이상 서 있을 수도 없었다. 나는 운명이 나를 배신했다고 느꼈다.

어쩌면 이렇게 죽는 것이 전쟁임을 알 수 있었다. 갑자기 통증이 몰려오자 환청이 들리기 시작했다. 전쟁터의 아비규환 신음이 끝없이 들려와서 정신을 잃었다. 깨어나길 몇 번이던가, 또 둔탁한 수박 깨어지는 감각이 내 손을 강타했다. 시뻘건 피투성이가 내 얼굴에 쏟아졌다. 그것은 전쟁이란 이름으로 가해지는 강요된 살인들이었다. 적이 무수히 내 등과 몸을 짓밟고 지나감을 흐릿한 기억만이 하고 있었다. 나는 죽은 것일까, 꿈이기를 간절히 바라면서 허벅지의 고통을 느끼면서 칡넝쿨에 싸인 나를 다시 발견했다. 그렇게 적진에서 살아남았구나! 나는 나를 이전과는 다르게 볼 수 있었다. 임전무퇴, 바로 그 전투에서 나는 살아서 돌아온 것이다. 아마도 내가 적장의 칼을 맞고 땅에 떨어져 적들이 나를 밟고 지나간 것 같다. 나의 애마가 나를 혓바닥으로 깨우자 따뜻한 기운에 순간적으로 나는 말 위에 올라타고 진지까지 와서 정신을 잃었던 것이다.

백성들은 이제 누구한테 무엇을 기대하며 살아야 하는 건지, 무조건적으로 조정 정권만을 옹호하는 전 방위적 국가관들과 독립성이 요구되어야 하는 형조의 아전들(사법부)이 너무 썩고 부패하여 토색질 앞에 아무런 기대를 갖게 하지 못하니….

전쟁이 안 난다던 동인들이 간판을 남인으로 바꿔도 전투준비는 정신력으로 한다는 뻔한 답들뿐이어서 한숨만 나올 뿐이다. 방법은 깨어있는 백성들이 행동하는 수밖에 없을 듯하다. 이보다 무능하고 저열하고 야비하고 거짓뿐인 정권은 없어 보였고 말 그대로 희망이 없는 조선이 되고 있었다.

조선 왕조 동인 조정은 내심 속으로는 의병활동을 환영하지 않았다. 국난에 어쩔 수 없어 인정하고 활용했지만, 관존민비의 왕조에서 의병이란 민간 조직으로 통제 불가능한 군사집단의 출현을 환영할 왕조는 없다. 의병장들은 전쟁 끝나고 역모죄를 씌어 잡아 죽인 사실이 있다. 왕조 입장에서 군대로 관의 통제를 받아 전투하다가 죽어 나라가 지켜지면 별도의 보상이 필요 없다. 그러나 의병들의 전공을 인정하게 되면 왕조 이외의 세력에게 보상이나 채무가 발생한다. 의병들은 우리나라를 지키겠다는 의식이 강한 것이고, 이씨 왕조를 지켜야 하는 왕조, 주체 세력 입장에서는 혼란으로 다가왔다. 동인 조정이 원하는 대로 최후의 승리자는 국민(의병)과 나라가 아니라 왕조였다. 밀양 부사 박진과 나는 영천의 신령골로 기병하였다. 조국에 대한 영원불멸의 사랑, 영천 신령골의 산수유 꽃! 신령골 깊은 마을에 산수유 꽃이 가득가득하였다. 산수유의 꽃은 전쟁 속에서 '영원불멸의 사랑'을 생각하게 했다. 옛날 여인들이 낱낱이 열매를 입에 물고 깨물어 산수유로 허기를 잊었는데, 산수유의 약효는 여인들은 젊어지고, 남자들을 강성해지는 것이었다. 산수유로 인해 여인들은 아름다워지고, 남자들은 건강해져 백성들이 살기 좋아진다고 한다.

밀양 부사 박진은 적들의 염탐꾼은 그냥 놓치고 말았다. 그리고 산수유의 꽃말처럼 영원불멸의 나라 조선을 만들기 위해 나는 신령골을 뒤졌다. 모든 지상 전투에서 용기백배의 조선군들이 일본군에게 전멸을 당한 이유가 이러했다. 왜 다 같은 칼싸움인 백병전에서 지느냐는 백성들의 비난만 가득한 가운데 현실은 냉혹한 조선군의 대량 살상뿐이었다. '미주 대륙에서의 인디언들과 카우보이의 전투'는 총과 활의 대결이었지 일본도라는 예리한 칼은 없었다. 임진왜란에서 약아빠진 일본군들의 총과 예리한 일본도 그리고 교활한 정보 전략은 일본을 우위에 서게 만드는 요소들이었고 조선 병사들은 당할 수밖에 없었다. 이에 유격대는 능철을 화약으로 대량발사(크레모아)하는 무기들을 주로 활용하였다. 경상 의병들이 대활약한 본거지는 당시 성주성이었고, 경상 관찰사 본영은 금오산성이었다. 국왕의 칙서를 소지한 일본과의 강화 통신사에 나의 금오산성 축성 부관이었던 사명대사가 종전 협상에 주역이 되므로 조선·일본 간의 200년간의 종전 평화를 만든 것이다.

명나라의 입장

중국 명나라의 의견은 이렇다.

'요진은 북경의 팔이고, 조선은 요진의 담장입니다. 200년간 복건과 절강에 왜적이 침범했으나 요양은 그러하지 않았고 이는 조선이 담장으로 있기 때문입니다. 만약 왜적이 조선을 침공하면 요양은 하루를 안심할 수 없으며 배를 타고 오면 수도의 앞뜰인 천진도 화를 당할 것이고 북경도 진동하게 될 것입니다. 우리가 빨리 출정하면 조선의 힘을 빌려 왜적을 치게 되고, 늦으면 왜적이 조선의 힘을 빌려 우리와 싸우게 될 것입니다. 왜장 행장은 서울로 물러 나와 지켰고, 총병總兵 수가秀嘉와 부장 삼성三成과 장성長成 등 30여 장수들이 병력을 합쳐서 진영을 잇달아 버리고서 험한 요지를 차지하여 군건한 그 힘을 깨뜨릴 수 없었으며, 벽제碧蹄 전투가 있은 뒤에는 더욱 명군明軍이 전진하기가 어렵게 되었습니다. 그때 판서判書 이덕형李德馨이 개성부開城府에서 나를 만나보고, '적의 형세가 저렇게 확장되고 명나라 대병은 또 물러가니 서울 탈환은 반드시 바랄 수 없다.' 하고 울면서 나에게 말하기를, '서울은 우리나라의 근본이 되는 땅이므로 이곳을 탈환해야만 전국 각도의 병력을 부를 수 있는데, 지금 사세가 이렇게 되었으니 장차 어찌 하리까?' 하였습니다. 내가 말하기를, '한갓 서울만 수복한다 해도 한강 이남의 여러 도道를 회복하지 못한다면 사세가 또한 펴나가기가 어려울 형편이오.' 하니, 이덕형은, '서울을 수복한다는 것은 진실로 소망 밖이나 수복만 되면 한강 이남의 지방도 우리나라 임금과 신하들이 스스로 지탱하여 나가기는 어렵지 않을 것입니다.' 하였습니다. 내가 '내가 시험 삼아 너희 나라와 같이 일하여 서울을 힘써 수복케 하고 아울러 한강 이남의 여러 도道까지도 회복하고, 왕자와 배신들도 다 돌아오게 하여 이 나라를 완전하게 하겠소.' 하니, 이덕형은 눈물을 흘리며 머리를 조아리고 감격하면서 말하기를 '노야가 과연 그렇게 한다면 이 나라를 다시 만들어주는 것이니, 그 공덕이 적지 않을 것입니다.' 하였습니다. 조금 뒤에 내가 배로 한강에 나갔더니, 왕자 임해군臨海君 등이 청정淸正의 군영에서 사람을 보내어 나에게 말하기를, '만약 귀국하게 되면 한감 이남의 땅은 어디를 막론하고 네가 청하는 대로 주겠다.'고 하였으나, 나는 따르지 않았습니다. 또 나는 왜장倭將들과 '너희들이 왕자를 돌려보내려면 돌려주고 돌려보내기가 싫으면 네 마음대로 살리든지 죽이든지 하라. 그 밖에 더 말할 것이 없다.'라고 서약했습니다.'(제조번방지)

명나라는 전선을 조선 반도에 억제해야 했고, 일본군은 의주까지 선조 대왕을 추격한 가토, 고니시, 구로다가 평양으로 후퇴하였다. 명나라군과 전투의 승리에도 가장 큰 문제는 영남 의병들의 봉기로 모리 가문의 5만 병력 지휘관(사무라이) 오백 기수의 손실과 이를 총체적으로 지휘하던 구로다 분신의 전사였다. 이는 선봉대 3번대의 군수식량이 중단되었다는 것이다. 모리 가문의 군대가 허리와 같은 상황에서 이를 통수하여 선봉대에 군수지원을 해주던 구로다 요시타카의 동생 구로다 분신이 전사하자 모리 가문은 이를 핑계로 군량 보급을 중단해버리고 자신들의 살길을 찾게 되었다. 모리 가문은 최대 병력을 파견했고 조선을 정벌해도 얻을 게 없는 상태였기에 도요토미의 분신인 구로다 분신과 그 휘하 군관들이 대거 몰살한 것을 핑계로 미지근한 행보를 할 수밖에 없었다. 가토, 고니시, 구로다 선봉대는 철수하지 않을 수 없었다.

일본군과의 전투에서 패배하여 몸 하나만 챙겨 도망간 명나라군 장수가 이여송, 조승훈, 이양원, 동일원 등등 많았음에도 일본군 장수가 도주한 일은 없다는 점만 봐도 무기에서 밀린 것임을 확인해준다. 유 대감은 징비록에서 명나라 장수들의 도망은 한 구절도 욕하지 않고 조선 장수만 욕하였다.

기생을 구국전선에

계월향의 소서비 척살에 대해 평양 별장 김응서(26세)가 남긴 글의 편찬 시기는 1590년으로, 임진왜란이 일어나기 2년 전의 기록이고, 편찬자는 평양 부윤(윤두수)이었다. 계월향과 내통하여 김응서가 척살했다는 소서비 는 1592년부터 1597년 정유재란 당시 명나라 심유경과 중국을 방문하였 다. 그리고 1593년 평양성 탈환 작전에 이여송과 김응서가 활약했다. 계 월향의 구국 절개란 것은 유교 사회에서 충성을 유도한 신화이다. 소서비 는 1600년 세키가하라 전투에서 고니시 유키나가의 부장으로 함께 이에 야스에 맞서다 패배하여 할복하였기에 계월향이 척살했다는 것은 기생 들의 충성을 유도한 교육이었다고 보인다.

천한 기생 계월향의 죽음마저도 유교 사회인 조선의 선비들은 이용하 여 기생들이 침략군에 저항하여 왜적 장수들을 죽이도록 정신 교육하였 다. 조선의 관노인 기생들이 일본군에 점령당하자 이를 이용, 왜장들을 암살한다는 구국 신화로 천한 기생 계월향이 졸지에 구국 영웅이 되어 역사 속에 태어났다. 일본 장수와 하룻밤 잠을 자고 일본 장수 소서비를 척살했다고 조선 선비들이 흠모하기에 앞서 선비들이 칼을 들고 적장을 살해할 용기는 어디로 갔단 말인가?

해정창 전투

7월 18일 해정창, 조선의 한극함이 일본 측 가토오 왜군들을 맞아 승리했다. 명나라 원정군이 출병했으며 요동백, 이성량, 이여송은 수많은 몽골족, 여진족 병사를 거느리고 있었다. 요동을 다스리기 위해서는 많은 병사가 필요했는데, 당시의 명나라는 몽고와 여진족에서 용병을 사서 조선에 출병시키고 있었다. 몽고족, 여진족과 전투를 하는데, 말을 익숙히 다루는 같은 몽고, 여진족으로 대응하는 방법이다. 임진왜란 당시에 명군을 북병, 남병이라 나누어 구분하는데, 남병은 주로 화포로 무장하며, 남방에서 왜구 격퇴를 주로 하던 부대라서 약탈이 적은 군대였다.

북병, 그들은 주로 몽골족, 여진족으로 이들은 전투를 했다 하면, 적군을 살상하고 불을 지르고 약탈하여 조선에 와서도 왜군과의 전투가 없으면 조선인을 약탈, 살해했다. 평양성에서 패배하고 곳곳에서 왜군에게 전패하자, 왜의 목을 가져오면 상금을 내린다는 대책이 마련되었다. 이에 조선인의 목을 쳐서 상금을 받으려는 오랑캐들이 많아졌다. 왜인은 머리칼을 밀고 조선인은 머리칼을 밀지 않았다며, 상금을 가려주자, 조선인의 머리칼을 밀고 목을 치거나, 혹은 자른 머리에서 머리칼을 밀어내느라 잘린 조선인의 머리마저 북병들의 낫질에 코며 얼굴이 성한 머리가 없었다. 심지어 명군이 지나가면 사방 40리에 사람의 흔적을 못 찾으니, 그 피해가 왜군보다 더했다. 그러나 조선으로선 마땅한 대책이 없었다. 6월 14일 평양이 함락되었고, 17일 가토군은 함경도까지 유린하고 왕자인 임해군과 순화군이 포로로 잡혔다.

| 이항복(李恒福, 1556~1618) |

　경주 이씨 몽량夢亮의 넷째 아들로, 자는 자상子常이고 호는 백
사白沙·청화 진인淸化眞人, 서울 필운동 양생방에서 태어났다. 이
항복의 처가는 안동 권씨로, 행주대첩의 명장名將인 권율(權慄,
1537~1599)이 그의 매부로 동서지간이다. 옆집에 살던 권철 대감
집에 감나무 문제로 다투면서 그의 총명함을 보여주었고, 20세에
진사 초시에 합격하였으며 23세에 성균관에서 지기知己인 이덕형
과 교류하였다. 이항복은 권철 영의정 옆집에 살면서 인정받아
관직 생활은 1580년(25세, 선조13)에 알성문과의 병과에 급제하여
승문원 권지부정자가 되면서 시작되었다. 이후 그는 이조 전랑이
되었다. 이 자리는 관리 추천권이 주어지며 장관인 판서까지도
견제할 수 있는 자리로 다른 관직으로 옮길 때는 자신의 후임자
를 스스로 천거할 수 있는 권한을 지닌 핵심 요직이었다.

물에서 건져주면 모자 내놔라.(심유경)

　심유경과 고니시 유키나가의 협상에서 심유경이 일본군의 무력을 인정
하고 조선 조정 왕실 의견을 참작하여 조선 영토를 나누어 줄 테니 철군
을 해달라고 회유하는 사이에 영남 의병이 일본군의 허리를 무력화하고

군수를 차단하여 일본군 대병도 철군하지 않을 수 없었다. 이에 심유경의 회유를 들어 주는 척하고 남하하여 모리 가문의 대병을 지원하고 의병 근거지로 판단한 진주성을 격파하였다. 제6, 7, 8군의 지휘부를 무력화한 의병은 약 5만 대병을 보병대로 만들어 자유자재로 군수 약탈에 성공하였는데 명나라군에서 오백 필의 기마용 말을 제공하였음에도 일본군이 보병대 수준에서 나아지지 않자 제1, 2, 3 선봉대가 남하하여 의병 소탕에 돌입하였다.

심유경과 석성은 일본군을 일단 철군시키기 위해 일본의 요구를 모두 들어주겠다고 약속하며 조선의 포로가 된 두 왕자를 석방해주기를 도요토미에게 요청했다. 도요토미는 승낙하고 한강 이남을 떼어주기를 기다린다. 그러나 조선이 이에 반발하고 언제 그런 이야기를 했느냐고 심유경을 압박한다. 그러자 명나라 황제는 심유경에게 죄를 덮어씌워 명나라 본국의 황제가 허락한 내용이 아니라 모두 심유경 자신이 스스로 꾸민 말이었다고 변명하고 사형에 처하게 된다. 심유경이 조선에 들어올 때는 이여송, 조승훈이 연거푸 패배하여 명나라의 안보가 위험했으며 조선에서도 한강 이남은 일본에 할양해야 한다는 의견이 많았으나 영남 의병을 소탕하려고 남하한 일본군을 보고서야, 조정은 완전 철수를 주장하며 한강이남 할양 거론은 없었던 일로 하자고 국론이 바뀌게 되었다.

이에 도요토미는 조선 신료들이 교활하고 거짓이 많으며 속임수를 많이 쓴다는 것에 격분하고 신뢰를 지키라고 공식 요구를 하며 정유 재침을 준비하였다. 군사력에서 비루한 조선이 두 왕자를 석방해준 도요토미에게 사신으로 찾아가서 조선·일본의 평화를 찾아야 함에도 겁먹은 조선은 포로 석방 당시 약속을 저버리고 숨어 버렸고, 아무런 실권이 없는 나의 부장인 사명대사가 사신이 되어 도요토미를 알현하자 도요토미는 속은 데 분노하여 백제 정신 말살을 명하게 되었다. 국가 간 협상은 힘이 있을 때만 지켜지는 것으로 심유경의 사형으로 그간 약속은 없었던 일이 되었다. 선조와 동인은 나라의 주인의식이 부재하여 협상 당사자로 나서지 않았고, 명나라 심유경에게 맡긴 후에 결과에 대해 불평불만만 평했다. 최소한 포로를 풀어준 두 왕자는 총대를 메고 조선을 구하려고 노력해야 했다. 그러나 그들은 숨기에 급급했다.

5.
잃어버린 대륙

누르하치의 원병 제의

전쟁 이전까지, 두만강 너머에 살고 있던 여진족들로부터 간헐적으로 침략을 받은 적은 있었지만, 조선은 그들이 국가의 안위를 위협할 정도로 강력한 존재라고는 생각하지 않았다. 심지어 유성룡柳成龍은 1583년 선조宣祖에게 올린 차자箚子에서 여진족을 가리켜 '비록 종족은 다르지만 오랫동안 조선에 의탁해 살아온 자식'이라고 했다. 여진을 '자식'으로 여기고 있던 조선에 원병 파견을 제의한 누르하치는 괄목상대刮目相對한 인물이었다.

조선 조정이 제대로 정신이 있다면, 누르하치의 원병 제의를 받아들일 것으로 판단했다. 왜군의 강력한 무기와 군대의 규모를 고려할 때 우리 조선이 이들의 야욕에 희생되는 것은 너무 가혹했다. 만약 누르하치의 원병을 받아들여 왜군과 만주족의 전투가 되었다면, 왜군들은 이를 명분으로 하여 중국으로 들어갔을 것이다. 그렇게 되면 일본과 여진의 전쟁이 되는 것이고, 명나라와 우리는 충분히 협공이 가능할 것인데, 조선 조정은 중국을 믿고 누르하치의 제의를 거부했다고 한다. 참으로 마음 아프다. 어차피 명나라군의 전비는 조선이 지급하는 것인데, 명나라는 여진과 몽골족에 돈을 주고 그들을 전투에 투입하고 있었다. 이로써 조선 백성들은 이중고를 겪게 되는 셈이고, 결국 누르하치는 돈을 모아 중국을 무너뜨리게 될 것이었다.

위대한 조선 건국 역사를 돌이켜 볼 필요는 없는 것인가? 요동정벌을 포기하고 위화도회군으로 정권을 잡은 이성계는 바로 왜구들의 하 사도 침입에 대적하면서 성장한 인물이다. 이성계가 요동정벌에 출병했을 당시에 왜구들이 먼저 요동을 공격했다는 사실이다. 이성계는 회군하여 조선을 건국하였고, 왜구들은 이러한 사실을 어떻게 받아들였을까? 괜히 요동까지 공격한 왜구들은 김칫국만 마셨던 것이다. 위화도회군은 요동정벌과 같은 외부를 바라보는 것이 아니다. 따라서 고려말 극심하던 왜구의 출몰이 근본적으로 평정된 것이 없는 땜질로 막아졌고 그는 그 공로로 조선의 왕이 되었다. 왜구들은 조선의 내부 공격적 사회를 꿰뚫고 있었다. 만만한 먹잇감으로 이보다 더 좋은 나라는 없었다. 명나라를 점령한다면서 만만한 내부(당쟁과 사화) 공격적인 나라를 치게 되는 것이다. 외부를 바라보지 못하는 역사를 가진 나라와 전쟁을 선택한 것이다. 조선이란 고려의 내부를 공격하여 건설된 국가였다. 태생적으로 내부 공격과정에서 패배자들이 노비가 되었고, 승자들을 제외한 사람들이 중인과 천민이 되었다. 그리고 중인과 천민들은 나라의 재화의 분배에서 소외되어 노비로 이행되었다. 조선의 건국은 외부 외교 정치문제를 포기하고 내부 공격으로 지배 집단의 이익을 과점하고자 벌어진 사건이었다. 선조가 요동으로 들어갔더라면 일본이 만주로 방향을 잡아서 전투가 중국에서 개시되었을 것이다. 일본은 명나라와의 역사의 아픔으로 이 전투를 위해 30만 대군을 양성해두었으며, 동원 가능한 병력은 약 80만이었다. 반면 조선은 동원 가능 병력은 20만 정도였다. 하지만 군 제도가 문란하여 전란 중에 최대 실질 동원 병력은 신립의 탄금대 전투 8천 명으로 봄이 타당하다. 이 병력도 전투장까지 도착하지 못했다. 만주 여진족의 전쟁 참전 목적은 첫째도 둘째도 돈 버는 것이었다. 일본의 전쟁 목적도 조선의 노동력과 기술을 약탈하여 중국을 도모할 부국강병을 이루는 것이다. 조선의 전쟁 방어 목적은 조선 왕조의 법치국가의 과점체제를 지키는 것이다. 누르하치의 파병 제의를 선조 이연은 거부했다. 이에 누르하치는 명에 용병을 제안하여 누르하치의 토만 군대는 이여송을 조선 원병 총관으로 하여 조선에 출병하였다. 이들이 명의 북군이다. 누르하치의 파병 제의를 받아들였다면 왜군들이 여진(만주)으로 진격했을 것임은 자명했다. 그렇게 만주 여진군와 왜군의 전투가 벌어지면 조선으로서는 더욱더 길어진 왜군의 보급로를 차단하기 쉬워지고 여진(만주)으로 전쟁터가 이동하게 되면 도요토미가 조선에 협력을 애원하게 될 것이었다. 그러나 그들이 명의 용병이 되어 조선에 파병됨으로 왜군은 명과의 전쟁에 신중해질 수밖에 없었고 조선반도 전쟁터화의 장기화는 피할 수 없게 되고 말았다. 같은 파병을 받더라도 이렇게 결과가 달라진다. 나는 인도와 중국을 합친 군고구마처럼 생긴 대륙을 취할 기회를 상실한 것으로 생각한다. 문화적으로 백 년의 간극이 있던 일본은 섬나라로 한계가 있었기에 일본의 앞선 무기로 인도와 중국을 점령하려 해도 결국 그 땅은 다스릴 문화와 능력이 있는 조선의 차지가 되었을 것이었다. 일본은 조선의 하부국가에 지나지 않는 나라가 되었을 것이다.

누르하치의 호의를 거부하고 명나라군에 목을 메다니, 누르하치의 군대가 조선에 1진으로 들어왔더라면 명의 파병도 쉬워지는 것이고, 왜군을 만주의 여진으로 올려 보냄이 조선에 국익 상 유리해 보였다. 끝내 조정과 이연은 누르하치의 호의를 거부했다. 요동 대륙의 상실로 끝나는 것이 아니다. 왜구들은 자신들로 인해 정권을 잡은 이성계 왕조라 생각했다. 우리가 역사의 항해에 있어 지난 시절 잃어버린 역사의 대륙을 찾아 내려는 시도를 지금 다시 시작해야 할 것이다. 그러기 위해서는 지난날 의 역사를 똑바로 직시해야 한다.

차도살인借刀殺人

직접 조선이 전투해야만 이기는 것은 아니다. 적은 이미 분명한 태도를 보이고, 우방의 국가가 아직 입장을 명확하게 밝히지 않은 상황에서는, 우방국을 끌어들여 적을 무찌르도록 함으로써 자신의 힘을 낭비하지 않 아야 했다.

한 말기 유비는 손권과 연합해 조조에 대항하면서 그 세력이 강해졌 다. 서기 219년, 유비는 관우로 하여금 조조를 공격하게 하였고 조조의 전술가인 사마의는 손권을 자극해 유비를 치도록 계략을 내놓았다. 조조 의 계략에 넘어간 손권은 관우를 공격하였고 손권이 비록 관우를 물리치 나 그는 동맹국을 잃고 그로 인해 그의 군사력과 영향력은 급속히 줄어 들게 되고 결국 망하게 된다. 차도살인借刀殺人은 북송시대를 배경으로 하 는 희곡 '삼축기三祝記'에서 유래되었다.

전쟁 경험이 전혀 없는 범중엄을 그의 정적들이 제거하기 위해 서하西 夏를 정벌하라는 임무를 부여했다. 그들의 목적은 군사력이 강한 서하라 는 칼을 이용해 정적인 범중엄을 없애는 것이었다. 즉 호랑이 아가리에 머리를 들이밀고 설태를 제거하라는 명과 비슷한 것이다. 누르하치의 원병 제의를 거부한 이연을 비웃듯이 누르하치는 명나라에 원병을 제의해서 명나라 이름으로 조선으로 들어온 것이고, 이여송은 이 군대의 수장으로서 일본군이 패퇴하면 조선 총관을 요구하고 있었다. 그의 기세는 선조 임금과 조정 대신들을 압도했다. 그는 바로 상전이었다.

조선은 관노들을 거래하는 것이 나라 재물의 횡령으로 엄히 금지되어 있었고, 많은 관노가 관청 부유의 척도였다. 관노들이 양잠과 길쌈, 가축의 사육 등도 하였다. 그러한 관노들이 왜군의 침략으로 왜군에 복속되어 왜군의 정찰병과 조선 백성의 선무에 활용되어 왜군의 북진에 큰 동력이 되었고, 이들까지 포함한 왜군의 숫자는 거의 30만이 훨씬 넘었다. 이는 누르하치와 일전이 조선에 불리함이 없다는 것이다. 반대로 왜군들은 이런 병력으로 명을 치기는 어렵지만, 만주의 여진과의 전투는 사양할 이유가 없었다. 도와주겠다는 제의를 따뜻이 받아줄 줄 아는 것도 필요하리라. 우리도 보잘것없는 군세로 명군이나, 여진이나, 산야에 적에게 쫓겨 이슬을 맞으면서 뜨락에서 잠들면서, 동방의 예의지국만 찾다가 우리의 터전은 어디에 있는가, 나의 무딘 두 손은 칼자루만 부르르 잡고 말 뿐이다.

하늘을 향해 높이 칼을 잡고 치켜들었지만, 내려놓을 곳이 없구나!

어머니가 안아주시듯, 이, 동방의 나라들이 힘을 합쳐 맞서야 하거늘. 이연은 어찌 저렇게 명나라에 목을 멘단 말인가, 가슴이 터질 듯이 두방망이질했다.

원추리 꽃이 산에는 나폴거리고 있다. 핏빛 주홍의 전쟁터에서 어디서나 백합꽃이 살랑거리며 나부낀다. 저들은 우리 인간들의 전장을 알까,

백성들은 넘나물이라고도 불리며 산지에서 자라는 저 꽃들을 취해 먹고 있다. 밥 대신 나물이었다. 사방에서 퍼지고 원뿔 모양으로 굵게 피어나고 있다. 양반은 보려고 심고, 백성들은 먹고 살려고 찾아 어린순은 나물로 먹으며, 뿌리를 이뇨 지혈 소염제로 쓴다. 그리고 우울증이나 불면증, 신경쇠약에 효능이 있어서 먹으면 기분전환이 될 수 있다. 전쟁에 지친 병사들을 위해 저렇게 산에 피었나 보다! 원추리 꽃을 한 아름 따다가 입 안에 넣고 나니 좀 진정이 되었다.

| 시마즈 요시히로 |

사츠마 번(17대 번주)에 포로가 된 정희생은 조선으로 비밀 편지를 보냈다. '저희들은 고향을 떠나고 부모와 헤어진 채 지금까지 죽지 않고 날마다 조국에서 좋은 소식이 있기만을 기다려왔습니다. 사츠마 주에는 포로로 잡혀온 사람이 총 3만 7백 명 있는데 이들은 모두 본국으로 살아 돌아가기만을 기다리고 있습니다.' 아버지는 너희들을 꼭 데리러 가마 하는 아버지의 말을 기다리며 어린 남매들은 그렇게 외국으로 팔려갔습니다.(광해군일기)

언젠가 기다리면, 적은 물러갈 것이다. 저 산에 피는 백합꽃을 바라보면서 마음의 요동을 잠재운다. 아픈 병사들의 신음도 백합꽃 한 떨기로 잊힌다. 사랑하는 조국 가족 그리고 보고 싶은 그를 기다리는 마음이 불현듯이 솟아오른다. 따뜻한 밥 한 끼, 사랑하는 이와의 시간, 친구와의 수다, 이런 것들을 별것 아닌 것으로 알았던 나 자신에게 원추리 꽃은 많은 것을 가르쳐 주고 있었다. 가족과의 한 끼의 따뜻한 밥과 구들장에서 하루의 이슬을 피한 하룻밤이 그리워진다. 사실 우린 별것처럼 살고 싶지만 별것 아닌 것에 위로를 받는 하질 것 없는 모습을 가지고 있다. 적들에게 언제 죽임을 받을지 모르는 저 많은 병사와 피난민들의 모습을 지켜보면서 한 떨기 원추리 꽃을 향해 나도 모르게 한숨이 흘러나왔다. 언제 적군에 칼과 총에 죽을지 모르는 인생을 나그네라 생각하면, 아귀다툼하며 산다는 것이 얼마나 덧없는 것인지 이제야 알게 된 것 같다. 짧은 생의 시간을 나는 배려하며 사랑하며 살 수 있기를 기도해 본다. 원추리, 원추리 고맙고 참으로 아름다운 꽃이다!

한산도대첩

한산 앞바다(현재 경남 통영시 한산면) 1592년 7월 6일, 전라좌수사全羅左水使 이순신李舜臣, 전라 우수사全羅右水使 이억기李億祺, 경상 우수사慶尚右水使 원균元均의 조선 함대가 견내량見乃梁에 정박 중인 왜의 함대를 한산도閑山島 앞바다로 유인하여 학익진(鶴翼陣, 학이 날개를 편 모양으로 함대를 배치하는 진법) 전법으로 왜선 66척을 격파하여 큰 승리를 거두었다.(일본의 함선 60여 척을 침몰시켰다는 장계) 와키사카 야스하루脇坂安治의 제1진은 70여 척을 거느리고 웅천熊川 방면에서 출동하였고, 쿠키 요시타카九鬼嘉隆의 제2진은 40여 척을,

제3진의 가토 요시아키加藤嘉明도 많은 병선을 이끌고 합세하였다.

일본군을 86명 사살한 원균, 이순신, 이억기의 대승이었다.

1차 금산 전투

8월 15일, 일본 6군 15,000명과 고경명 의병 7,000명 사이의 전투에서 고경명의 병력은 전투력이나 무기 면에서 일본군에 비해 불리했다. 일본군은 창원에서 남원을 거쳐 전주를 점령할 계획이었다. 하지만 중간 지점인 의령에서 곽재우 의병 부대의 저지를 뚫지 못하자, 방향을 틀어(또한 성주의 악명 높은 유격대를 우회하여) 금산에서 전주로 들어가려 하였다. 웅치엔 김제 군수 정담이 이치엔 광주목사 권율이 지키고 있었고 왜군은 이들과 소규모 전투를 벌인다. 관군이 싸울 뜻이 없는 것을 간파한 일본 제6군의 우두머리 고바야카와 다카카게는 이 싸움으로 7,000명의 의병을 전사시켰고 고경명도 전사했다.

아버지의 목이 일본군 창끝에 걸린 것을 본 고경명의 아들 고인후가 전투에 나섰으나 그 역시 전사해 창끝에 목이 걸린다. 후에 고경명의 장남 고종후가 목 없는 이들의 시신을 수습해 장례했다.

전쟁에서 죽어가는 상황에서 양반이든 노비든 결국은 제 한 몸 살다 가는 것이었다. 종3품의 당상관도 죽음 앞에서 땡전 한 닢 가지고 가지 못하였다. 적군이나 아군이나 죽음은 평등했다. 사람은 살아 있을 동안의 복지와 잘 하는 것이 필요했던 것이다. 선조 대왕처럼 죽은 뒤에 교지를 내려 벼슬에 봉하는 것은 대왕의 황음에 불과했다.

| 고경명 |

임란시 의병장. 26세에 문과에 장원 급제 후 여러 관직을 거쳤다. 동래부사를 끝으로 관직을 마치고 고향으로 돌아온 고경명이 회갑을 앞둔 상황에서 임진왜란이 일어났다. 고경명은 명문 장가로 그가 써 붙인 격문이 얼마나 구구절절한지 30일 만에 6,000~7,000여 명의 의병을 담양에 모이게 되었다. 고경명의 전사로 전주성이 보전되었고, 일본군은 성주성으로 후퇴하게 된다. 고경명의 장남인 준봉集峯 고종후高從厚는 1577년(선조 10년) 별시 문과에 급제한 뒤 임진왜란 때 금산전투에 참가했으나, 아버지와 아우를 잃은 뒤 진주성 전투에서 김천일金千鎰, 최경회崔慶會 등과 함께 순절하였다. 고경명의 차남인 학봉鶴峯 고인후高因厚는 1589년(선조 22년) 증광문과에 급제한 뒤 임진왜란 때 부형과 함께 금산 전투에서 순절하였다.

고경명 장군은 용맹하고 불의를 거부한 선비였다. 나는 군관으로 추풍령 전투 이후 그를 잘 알 수 있었다. 고경명 군대를 전멸시킨 고바야카와 다카게는 나와는 악연 관계인 추풍령 소탕작전에 돌입한 악랄한 왜군 장수이다. 고경명 같은 의로운 선비, 특히 문장에 뛰어난 인재를 잃음은 실로 나라의 큰 손실이었다. 조선은 그러나 고개를 숙일 수 없었다. 나는 세상을 똑바로 정면으로 바라보려고 한다. 피 흘린 고통의 뒷맛이 없으

면 진정한 평화는 없을 것이다. 모든 가르침의 최고의 성과는 관용과 아량이다. 실로 아량이 없고 관용이 없는 지식이나 지위란 다 하잘 것 없고 고통만 선사할 뿐이다.

나는 나의 조국의 역경에 대해, 고경명 장군의 전사에 고개 숙여 기도한다. 나는 고경명 장군의 의로운 전사 때문에 나 자신이 살아 있다고 생각한다. 그를 통해 나의 조국을 위해 어떻게 살아야 하는지를 발견했다. 나는 가슴 속에 언제나 고경명 장군의 전사를 담고 잊어지지 않기를 바랄 뿐이다.

화준 구미 해전, 다대포 해전, 서평포 해전, 절영도 해전, 부산포 해전

1592년 9월 1일, 원균의 지휘 하에 이순신, 이억기가 함께 작전을 펼쳤다. 적들은 군사를 거두고 싸우지 않았으며 높은 곳에 올라가 총을 쏘아대므로 수군들이 뭍으로 오를 수가 없었다. 그래서 빈 배 4백여 척을 불태우고 물러났다. 녹도 만호 정운이 앞장서서 힘껏 싸우다가 총알에 맞아 죽었으므로 이순신이 비통해하고 아까워 하였다.(선조수정실록, 1592년 8월)

9월 1일에 벌어진 것은 부산 해전으로 무려 4개의 해전이 그날 하루에 치러졌다. 날짜를 거꾸로 올려 전투가 벌어진 걸로 짜깁기를 한 것은 아닌지 전승 신화를 위한 동인들의 조작이 의심되는 전투이다.

이순신 등이 부산에 있는 적진을 들이쳤으나 이기지 못하였다. 그래도 빈 배 4백여 척을 불태우고 물러났다.

영리가 말한다.

"이날 400척을 불태웠으면 전쟁은 그걸로 끝난 거다. 뭐 몇몇 척은 불사질렀겠지. 원균 장군과 이순신 장군이 볼 때 왜군이 소극적으로 나오자 그들이 철군하는 걸로 생각하여 이날 하루에 죽 한 바퀴 돌고는 그냥 생각나는 대로 여기서 백 척, 저기서 백 척 해서 400척을 괴멸시켰다는 장계를 올린 것으로 추정된다."

기록마다 다 다르긴 하지만 이순신의 장계는 100여 척 괴멸로 기록되어 있고 400척 괴멸은 사관들까지 가세하여 과장한 것이었다. 결론은 '이순신 등이 부산에 있는 적진을 들이쳤으나 이기지 못했다.'는 것이다.

일본의 적선 400척을 괴멸시켰으면 전쟁은 끝나는 것이다. 그런데 일본군은 육지로 더욱 거세게 몰아붙인다. 핵심은 '이기지 못하였다.'이다. 즉 일본군의 목을 하나도 베지 못하고 유람하듯이 흘러 다녔다는 것이다. 한 명도 죽인 게 없으니까 '이기지 못하였다.'라고 하는 것이다. 그리고 무슨 전쟁이 8월에 미리 장계를 올리고 9월 1일날 전투를 하나? 세상 천지에 그런 경우는 없다. 원균 통제사는 2월부터 7월까지 매일 전투가 있었고, 그 공은 이루 말로 다할 수 없다. 참 대단한 나라이다. 그래서 원균 장군이 원통하다는 것이다. 원균 통제사의 전투는 바람에 사라졌다고 하고 이순신의 공은 이렇게 챙겨주는 동인 조정에 뭐라고 하겠나?

초 3일 임신, 가랑비가 아침 내내 내렸다. 이날 여도 수군 황옥천이 왜적의 소식을 듣고 집으로 도망갔는데, 잡아다가 목을 베어 군중 앞에 내다 걸었다.(임진 일기 5월, 난중일기)

계사 2월 초 3일 무자 맑음, 이 날 경상도에서 옮겨온 귀화인 김호걸과 나장 김수남 등이 명부에 오른 격군 80여 명이 도망갔다고 보고는 하면서도, 뇌물을 많이 받고 붙잡아 오지 않았다. 그런 까닭에 군관 이봉수, 정사립 등을 몰래 파견하여 70여 명을 찾아서 잡아다가 각 배에 나눠주고, 김호걸, 김수남 등을 그날로 처형했다.(계사일기)

영리가 말한다.

"나는 이런 일기도 신뢰하지 않는다. 설마 이순신이 이렇게 자국 병사들을 많이 참수했겠느냐? 그것을 믿지 못하겠다. 다만 죽은 병사들 목이 베이고 그 전과 포상으로 곡식을 구하여 병사들을 먹여 살리는 것이 대세가 아니었을까?"

운명과 죽음

인간은 무위자연의 심정으로 살아야 함에도 관직이나 가문의 명예나 신분의 탈피라는 욕망에 이끌려 많은 백성들이 적의 총탄에 무고히 죽어갔다. 모두가 그러한 것은 아니고 개중에 구국의 충정도 또한 많았으리라, 구국에 충정 또한 죽음 앞에 욕망이 아니겠는가, 누구나 자신이 처한 환경과 위치는 운명적이고 숙명적인 것이다. 장수는 장수대로 백성은 백성대로 자신의 운명이 주어지는 것이다. 나는 나의 자리에서 최선을 다하고자 했다. 충신·열사의 자리나 출세와 같은 세속적 욕망이란 죽음 앞에서 얼마나 덧없는 것인가, 그것에 집착하는 사람들이 전쟁을 일으켰고, 면천을 받거나 공을 세우고자 하는 욕망으로 인해 무수히 죽어간 한맺힌 그들의 후손들은 언젠가는 면천이 되어 그들 조선 백성들의 죽음을 헛되게 하진 않아야겠지!

우리가 태어나 숨을 쉬고 농사짓던 우리의 땅, 나의 조선을 생각하면 왜적의 침입이 너무 슬프고 또한 아쉽다. 저들이 저렇게 총 들고 몰려올 때 우리는 무엇을 하였단 말인가? 말 없는 초여름의 녹음 산을 바라보며, 우리도 충절로 죽음을 맞기로 맹세한다. 전쟁 속에서도 강물은 흐르고 숲은 자라며, 햇볕은 쏟아지는 것을 배우기로 해본다. 조선을 나무라기만 한 나의 죄를 강산과 흐르는 물들이 내게 묻고 있다. 진정 부끄러워 얼굴을 가리고 싶다.

아무리 용맹한 것도 마침내 전사하기 마련이다. 우리는 말을 달리며, 전투하는 전장을 잊고자 한다. 모두가 싫어하는 전투, 노동에 임해야 하는 운명을 누가 거부할 수 있으랴. 남들이 싫어하는 것, 대신 내 몸으로 때워야 살 수 있다. 적군이 닥치니 이연은 도망하고 조정 대신들은 도망가고 우리가 남아서 밤새워 전사자들을 태워야 한다. 그들의 영혼과 충절마저도 냄새까지 태워야 했다.

주인 잃은 갑옷과 칼은 땅에 묻으면 흙이 되겠지, 그리고 태우면 재가 되어 꽃으로 피어나리라, 금산에서 추풍령 그리고 부산까지 이렇게 충신들이 전사함을 그들은 고마워할까, 한 명의 장수가 죽어 가고 또 한 명의 장수가 죽어가고 한 집씩 쓰러지고 또 한 마을이 스러지고, 이 땅의 남는 주인들은 진정한 일꾼들이 되기를 바라는 것인가, 세상 일꾼들이 주인 되고 충신이 주인 되는 세상, 진정으로 배우는 사람은 전사 앞에서도 배워야 한다. 한 번을 살더라도 부끄럽지 않게 살겠노라고 다짐한다. 올해 금산의 들녘에는 예전에 없던 금낭화가 너무 예쁘게 피었다. 고경명 장군의 전사를 아는 듯이 금낭화는 아름답게 피어올라 인간들의 전쟁을 비웃고 있었다. 옛 여인들이 차고 다니던 비단으로 만든 주머니와 닮은 금낭화가 더욱 아름답게 보인다. 시집온 새색시 '며느리 주머니' 같이 생긴 꽃의 둥근 모양이 마치 여인들이 치마 속 허리춤에 매달고 다니던 두루주머니(염낭)와 비슷하다. '피가 흐르는 심장'이라는 뜻이 우리의 모습을 보는 것 같다. 따르리라, 고경명 장군님 당신을 따르겠습니다. 사람은 장군이나 병사나 백성이나 양반이나, 누구나 죽는다. 죽음에는 순서가 없다. 그리고 아무것도 가져가지 못한다. 그리고 아무도 대신할 수 없다. 이 세상에 죽음만큼 확실한 것은 없다. 그런데 사람들은 겨우살이를 준비하면서도 죽음은 준비하지 않는다. 병사들은 누구나 모든 병사가 다 죽는다는 것을 알면서도 자신만큼은 죽지 않을 것처럼 생각한다. 병사들은 누구나 적에 총알이 스치면 죽는다는 것을 다 알고 있다. 그럼에도 불구하고 마치 그것을 알지 못하는 듯 미친 듯이 전투에 임한다. 그러나 전쟁에서 병사들은 거의 모두 죽어야 한다.

신흥 귀족의 탄생!

'아파트 부동산 신화'는 내부 공격의 절정의 과실이다. 국민에게 피해를 주지 않는 신흥 귀족의 등장은 조선의 역성혁명과 거의 비슷하다. 누구에게도 피해를 주지 않는 부동산 개발을 통한 부의 독점은 조선 양반이 차지한 특권과 거의 유사하다. 과거를 통하거나 공신 책록으로 지배계층이 되어 백성들의 경작 반수(임대료)를 당연히 받아내고 노동을 시키기 위해 노비제도를 만든 것처럼 부동산 투기로 부를 쌓고 임대를 놓아서 세를 받는 것이다. 부동산 투기로 벌어들인 부와 그것을 관리하면서 챙기는 임대료 소득, 이것이 바로 당시로는 지배계급의 성과물로 보이지만 사실은 미래 세대의 이익을 미리 가불하는 내부 공격적인 부이다. 미래가치를 미리 가불해먹고 우리의 아이들에게 짐을 지워주는 부인 것이다. 공정한 경쟁을 했든 수입을 피나게 투자했든 불로소득이든 간에 국가가 보장하는 법에 의해 미래 소득을 가불한 것이라는 점이고 이런 경쟁은 어떤 경우에도 정당해질 수 없는 법으로 제한된 경쟁이거나 특혜로 이루어지는 것이다.

고도 압축 성장이라고 자화자찬하는 것들은 사실은 태양의 빛을 집적하면 불타는 온도를 만드는 것과 같은 것이다. 여러 자원을 권력과 법으로 한곳에 집적하면서 수입된 기술을 매개로 효율화하여 나타나는 결과가 고도성장의 진실인 것이다. 여러 가치의 집합으로 전체 '파이'가 커진 것이 아니기에 나라 백성은 가난한 것이다. 이러한 고도성장은 일시적인 단거리 경주에서 승리하는 것처럼 보일 뿐이다. 법치 만능은 곧 권력 만능의 법치 전제 국가이다.

영리가 말한다.

"'PF 대출', '가계부채', '공기업 부채', '지자체 부채', '기업들 부채'까지 부채 대란이 한 나라를 강타하고 있다. 나라 곳곳마다 '아파트 문제', '깡통 계급장 문제', '하우스 푸어 문제'로 줄줄이 망해가는 아비규환이며 경비원에 화풀이를 하는 몰상식한 사회에 노비제도가 부활해 대부분 국민을 고통 속으로 밀어 넣었다. '신군부'의 스승 격인 모씨는 '빨강 볼펜'으로 지도에다 그림을 그려 투자할 곳인 '강남 개발 예정지'를 알려 주었다. 이로 전국에서 '빨간 내복'이 불티나게 팔렸다. 서민들은 빨강 볼펜으로 팔자를 고치는 비밀을 구체적으론 알 수 없었어도 뭔가 너도 나도 빨강 내복을 구입하면 좋은 일이 있을 거라 생각했고 그것은 부적이 되었다."

스승님의 은밀한 내부 공격 개시 비밀, "평당 3만 원에 구입할 수 있을 것이오. '은행문'은 열어두었소. 권력과 법이 몇 년 후에 3천만 원을 보장할 것이오."

"노비들이 끼어들면 3십만 원이 3천원이 되도록 법으로 다스려야 하오. 또 '은행문'을 꼭꼭 닫아야 함을 잊지 마시오. 법치에서 하는 일이란 그런 것이오."

하하하! 한 오백 년 살자는데 웬 성화냐?

두 왕자 체포 사건

소 장수로 큰돈을 벌어 아전(매관매직)이 되었던 국경인은 요로에 엄청난 뇌물을 상납한 대가를 임진왜란이 발발해 본전을 찾지 못하게 되어 평소 불만을 가지고 있었다. 국경인은 아전이 되어 회령 지역 노비가 7할이나 되도록 열심히 나라의 부강을 위해 죄를 취조하여 노비를 많이 만들어 충성을 다했다. 선조 임금도 기축옥사를 일으켜 약 1천 명의 선비들을 도살하지 않았던가? 다 나라의 대신들의 노비를 생산하는 과정이었으니 황음이 망극한 것이다. 이에 순화군과 임해군이 함경도 회령으로 피난하여 근왕병을 모아달라고 부탁하자, 왕자 식솔 일행 약 50여 명을 포박하여 가토에게 상납하고 포상으로 회령과 경성 고을의 수령을 제수받아 출세하려고 했다. 일본군이 퇴각할 때, 조선군이 추격할 수 없었던 원인은 두 왕자 포로 때문이었는데 정문부가 의병을 일으키자, 회령會寧의 유생儒生들이 국세필 정말수(관노) 일당의 목을 베어 정문부에 바쳤다.

| **국세필**(鞠世弼, ?~1592) |

　조선시대 선조 때 역신逆臣으로 선조 때 회령부아전會寧府衙前으로 있던 조카 국경인鞠景仁과 함께 임진왜란을 틈타 반란을 일으켜, 피난 와 있던 왕자 임해군臨海君과 순화군順和君을 왜장 가토 기요마사加藤淸正에게 넘겨주었으며, 그 대가로 일본의 병사兵使 벼슬을 얻어 회령會寧과 경성鏡城 고을을 다스리고 있었다.

국세필은 조선 시대 역신逆臣으로 선조 때 회령부 아전會寧府衙前으로 있으면서 조카 국경인鞠景仁과 함께 선조가 도망하고 왕자들이 피난 오자 이 틈을 타서 피난 와 있던 왕자 임해군臨海君과 순화군順和君을 왜장 가토 기요마사(加藤淸正, 가등청정)에게 넘겨주었다. 왜군이 함경도에 침입하자 회령에 유배되어 향리로 있던 국경인鞠景仁과 그 친족 국세필鞠世弼 등 일당에 의해 임해군 및 여러 호종 관리들과 함께 체포되어 왜군에게 넘겨져 포로가 되었다. 전라도 전주 출생으로 알려져 있던 아전으로 부정부패로 함경도 회령으로 유배를 당하게 되었다.

뇌물을 잘 사용하여 회령에서 유배가 풀리면서 아전으로 있었는데, 여기서도 역시 치부를 하였다. 이때 함경 북병사 한극함은 화승총 세례에 타격을 입고 후퇴한 뒤에 병력을 추슬러 다시 적을 공격하려고 했으나, 안개 가득한 밤에 습격해온 가토군에게 궤멸되었다. 한극함은 임해군과 순화군을 버려두고 여진족 서수라 부락으로 도주했다가 잡혀 가토에게 넘겨졌다. 선조의 아들 중 장남이 임해군이고, 5남이 정원군이며, 6남이 순화군(광해군과 배다른 형제들)으로 왕자이기 때문에 법의 심판을 받지 않았고, 그들은 제멋대로 날뛰면서 수많은 만행을 저질러 왕실의 골칫덩이가 되었다. 임진왜란이 일어나자 함경도로 병력 모집 및 보급을 위해 보냈는데, 형 임해군과 회령에 주둔하면서 아전인 국세필과 의견이 달라서 자신이 왕자임을 내세워 함경도민에게 행패를 부렸고 열 받은 국경인, 국세필이 임해군과 순화군을 가토 기요마사 왜군에게 넘겨버렸다.

순화군은 막가파로 포로 협상으로 풀려난 이후에도 40명이 넘는 사람을 살해하고 순빈 김씨의 궁녀를 겁탈하는 패륜을 저지른다. 법이 있으면 무엇 하나? 양심이 무너지고 유전무죄의 무법천지가 아닌가? 법은 도둑질 토색질의 수단으로 아전들이 악용하였다. 순화군에게 유배도 소용 없었다. 조선 왕실이 부국강병책으로 권장한 즐기면서 생산한다는 씨 뿌리기(황음) 때문이었다. 이렇다가 그 짓을 너무 열심히 한 덕택에 풍(風)을 맞아 쓰러져 움직일 수 없게 되었고, 마침내 죽음으로서 이 짓거리도 끝을 맺었다. 그는 1607년 28세에 죽었다.

함경도가 가토 기요마사에게 넘어갈 때 임해군과 아들과 딸 역시 적에게 넘어갔다. 6살이던 딸은 가토의 부장에게 양녀가 된 뒤 자라서 그자의 첩이 되었다 하고 임해군의 아들은 일본으로 잡혀가 승려가 되었다고 전해진다.(나베무시) 아전이 두부를 자르는 권력이 있다면 그 두부는 백성과 조정 사이에 균분되지 못한다. 아전의 마음대로 잘라질 뿐이었고, 그것이 백성들의 고통이었다. 아전은 사실 농사를 하거나 산물을 생산하는 직책이 아니다.

이들에게 권력이 주어져 사실을 왜곡할 칼이 쥐어졌기에 그들은 그런 권력을 선용할 수 없었다. 국경인과 국세필은 자신에게 주어진 아전의 권력으로 두 왕자 일행을 체포, 구속하여 가토 기요마사에게 넘겨버렸다. 아전이었던 그들은 아전인수의 사고를 가지고 왜국에 충성함이 잘못인 줄 알지 못했다. 비록 임해군과 정원군(큰엄마를 납치)의 행패보다는 덜했음에도, 무고한 사람을 죽인 숫자를 헤아리기 어렵고, 백성들이 그를 두려워하여 호환을 피하듯 했다.

이후 안변을 거쳐 이듬해 밀양으로 옮겨지고 부산 앞 바다의 배 안에 구금되어 일본으로 보내지려 할 때, 명나라의 사신과 왜장과의 화의로 계사년(1593년) 7월 22일, 가토 기요마사에게 잡혀있던 임해군과 순화군이 석방되었다. 이것만 봐도 얼마나 막돼먹은 것인지 짐작이 된다. 오죽했으면 가토 기요마사가 '저거 영양가 없다. 풀어줘라!' 했겠냐? 이연이 기축옥사에서 한 짓을 그대로 본받으려고 한 작자가 태자였으니, 아전들 세상이 되어 노비가 급증한 것이다. 아전들은 최소 두 개 이상의 자를 가지고 일을 처리한다. 평과 고봉의 되, 말이 있는데 주고(공시지가, 실지가, 감정가) 받을 때가 다르다. 아전들 놀기가 딱 좋았다. 한 되 빌려주고 두 되는 못 받지만, 고봉으로 받으면 얼추 석 되는 되었다. 양반, 쌍놈이 있듯이 모든 거래에도 두 개의 자가 자유자재로 사용하였다. 충에 있어서도 예외는 아니다. 왜군 점령지에 몸을 더럽혔다며 부인과 어머니, 형제들에게 자결을 요구하고 자신은 도망 다니는 것이 조선의 충이다. 왕에서부터 아전까지 한민족 아니랄까, 다들 그랬다. 그게 충이요, 의였다. 조선에서 의란 '우리가 남이냐?' 이런 것이다. 정의正義란 말은 일본에서 만들어진 단어이다.

영리, "이미 왕자 둘, 손주는 가토에 잡혔고, 한 사람이 머리를 조아리고 일본이 원하는 도자기를 구워 수출하게 하면 백성들이 죽어 나가진 않았을 텐데."

순화군, 임해군, 아들과 딸은 일본으로 끌려갔고 두 왕자를 도요토미가 풀어 주자 순화군, 임해군은 아이들, 왕세손 앞에서 울먹이면서 "너희들을 데리러 꼭 가겠다. 조금 참고 기다려라!"라고 말했다. 왕자는 울며불며 콧물까지 흘리며 끌려가서 규슈의 한 절에 맡겨졌다. 그리고 그들은 밤낮으로 고국에서 사람들이 구하러 오길 기다렸다. 마지막 이별 순간 아버지의 말을 평생 간직했다. 비정한 조선 왕실은 일본이 무서워 끝내 일본으로 찾아가서 왕세손들을 송환할 용기가 없었다. 그러니 일반 백성 포로는 아예 체념하고 일본인이 되어 갔다. 도요토미는 피도 눈물도 없는 조선 왕실이 왕손을 버린 데 분개하여 거듭 왕자들이 찾아오길 기다렸다. 순화군의 "부디 살아만 있어라, 그러면 내가 너를 찾아내고야 말리라."라는 말을 믿고 순화군의 아들과 딸은 규슈 바닷가에서 조선을 바라보면서 늙어 죽었다. 그리고 두 왕자를 풀어준 도요토미는 속은데 분노하여 정유 재침을 단행했다. 조선이란 나라는 약속을 헌신짝 버리듯이 왕세손을 버렸다.

화원花園 지역 전투(10월~계사 5월)

우배선禹拜善은 임진년 5월에 창의한 화원 지역 의병장이다. 휘하의 의병이 100여 명 내외인 소 의병부대를 이끌었으나 그 구성원이 오장伍將, 대장隊將, 궁인弓人, 시인矢人, 야장冶匠, 궁수弓手, 창수槍手, 포수砲手, 산척山尺 등으로 매우 다양하였다. 의병활동은 낙동강과 금호강 달천과 감물천, 비슬산과 최정상最頂上을 무대로 펼쳤으며 왜적을 기습, 추격하고 야작夜斫, 미격尾擊, 요격腰擊 등 유격전술을 동원한 결과 그 군공책軍功冊에 기록된 임진 10월부터 계사 5월까지만 보더라도 사살 604명 척살 110명의 많은 전과를 거두었다.(창의유록倡義遺錄. 우배선) 그 결과로 명나라가 패퇴하고 스루史儒, 마스롱馬世隆, 장귀종張國忠이 전사했고 일본 측은 히다카 고노무日高喜가 전사했다.

백성은 영원한 채무자

조선의 건국 과정에서 패배한 백성들 대중은 사회적으로 채무자였다. 그리고 조선 땅에선 신흥 사대부인 유교 신봉자들이 주류였다. 조선이란 국가는 8도의 땅이며 선조 이연이 아니다. 나라라는 것은 지배세력들의 지속성을 가지는 세력 관계인 것이다. 유동적이며 모순적인 집단의 정형화가 법치이고 제도적 통치의 구체화는 아전들에게서 시작되는 것이었다. 국가 내 경쟁적 또는 대립적인 가치들의 충돌을 제어하는 세력관계의 총합이 바로 국가인 것이다. 따라서 도요토미의 조선 침략은 국가 간의 병합보다는 일본이 필요로 한 첨단 산업의 약탈과 그에 종사할 인력의 약탈에 주안점이 있었다.

그 방법은 내부 공격적인 사회에서 패배자인 노비들을 약탈하는 것이었다. 능력에 비해 분배에서 소외된 조선의 노동력과 기술을 약탈하는 것이었다. 조선의 내부 공격적 폭력이 생산한 노비 계층의 약탈로 일본의 번영을 추구한 것이다. 조선사회가 폭력을 수반하여 법률에 따라 양성한 천한 노비를 약탈하기 위해 전쟁을 일으킨 것이다. 도요토미와 일본군 장수들에게 조선이란 나라는 현실적으로 두부 자르듯이 잘라갈 성질의 것이 아니었다. 조선을 지배하는 양반들의 경작 반수(토지 이익의 반절) 파괴를 조선은 받아들일 수 없었다.

노비들은 그 입장을 밝힌 바는 없지만, 군대에 강제 징집되어 전쟁터로만 내몰렸다. 싸워야 할 이유도 왜 죽어야 하는지도 몰랐던 것이다. 이런 시기에 도요토미의 인력 약탈이 쉬웠고 거부가 적었던 이유는 노비 쟁탈전 양상 때문이었다. 조선에게 노비는 전장에서 조선을 위해 전사할 인력자원이었고, 일본에게는 일본의 산업 발전에 필요한 노동력이었으니 노비를 모시는 상황이었다. 나라의 지배 계층인 양반들의 최대 이해관계는 노비들로부터 받아내던 경작 반수 상실의 위기이다. 나라의 지배세력이란 세력관계에 따라 수시로 변하는 것인데, 전쟁으로 이해관계는 경작 반수(임대료)의 상실이 분명해졌다. 일본이 점령지에 세금을 공포했기 때문이다. 도요토미의 통일로 일본의 국가적 전략적 지형에 있어 백정(백성) 대중에 유리한 형태로 전개되어 일본의 국력이 절정에 달했다. 일본 침략군의 노비 약탈은 일본 내의 산업의 질과 양적인 개선을 의미한다. 주어진 자원으로 재화와 용역의 질을 높이는 것이었다. 일본은 임진왜란으로 양적 질적으로 폭발적인 성장이 가능해졌다. 일본은 임진왜란으로 얻은 것이 있었다. 전 세계로 뻗어 나갈 도자기와 금속공예의 눈부신 발전이 그것을 확인시켜준다.

호랑이 사냥

전란에 휩싸여 조경의 군관인 주부가 되어 전투에 참여하면서 전쟁의 실체를 알게 되었다. 조선군은 왜군의 상대가 되지 않았다. 군사들의 식량을 조달해야 하는 맡겨진 임무는 조정의 피난으로 조정과 연락이 끊어지면서 중단되었다. 그러나 소총에 부상당한 수많은 군사를 어떻게든 먹여야 했다. 오직 피 냄새가 자욱한 추풍령 기슭에서 바라보이는 왜군들의 식량 수송, 병사들의 행동을 예의 관찰하게 되었다. 전쟁 끝날 때까지 빌리는 것일 뿐 약탈이라고 생각해보지 않았다. 내가 선봉장이거나 전투조가 아니었기에 군사들을 먹이는 데 다른 방법이 없었다.

6월이 지나자 전국에서 2만여 명의 의병들과 관군 1만여 명이 배덕문 장군에 연합해 왔다. 왜군들에 대한 군량 징발에 저항도 높아졌다. 구로다 나가마사와 우끼다가 직접 수백 명의 토벌대를 이끌고 나타나기 시작했다. 아침 일찍부터 이들은 호랑이 사냥을 한다고 하면서 우리를 토벌하고자 하였다. 우리도 아침부터 그들과 500보 거리에서 진퇴를 거듭하였고, 반나절 째 김천까지 동행했다.

나는 알고 있다. 저들의 군량이 많이 움직이는 날임이 분명하다. 우리는 기마로 이동하고 저들은 보폭으로 이동해 왔다. 나는 적 사무라이와 군관들이 기병이 추격해 오기를 바라며 끈질긴 인내로 추격하기도 하고 도주하기도 했다. 아니나 다를까 5명의 사무라이가 기병으로 추격해왔다. 나는 주저 없이 칼로 베어버렸다. 이에 놀란 무사가 도주하려 할 때 웃으면서 활로 등에 심장을 뚫을 만큼 쏘았다. 그것은 그의 고통을 줄여주려는 나의 자비심 때문이었다. 적장은 멀찍이 총을 하늘을 향해 쏘고 있었지만, 그 소리조차 들리지 않았고, 흥건한 땀이 칼자루에 흘렀다.

온종일 적들의 호랑이 사냥을 지켜보았다. 해가 서산에 걸쳐 석양이 붉은 시점에 나는 적들의 적장을 향해 돌진했다. 적들은 파도가 갈라지듯 길을 비켜났고 나는 구로다의 바로 앞을 뚫고 지났다. 나는 내심 기도했다. 제발 구로다가 추격해 주길 기도했다. 그러나 그는 추격하지 않았다. 당장 그를 벨 수 있었다. 그랬다면 나의 부하들 30명이 모두 죽었을 것이리라, 언젠가는 적장은 추격하리라는 생각이 미쳤다. 생각 같아선 바로 적장을 베었어야 했는데, 나는 이미 알고 있다. 토벌대의 추격이 있는 날이 잔칫날이란 것을, 적진을 돌파하여, 김천 직지사 쪽을 한 시간쯤 지났을 때 왜군의 수송대를 발견했다. 일본군 수송대는 기겁을 하고 도주하였고, 30석의 기름진 쌀과 궤짝에는 염장한 상어 고기들이 가득했다. 충분히 죽어간 병사들을 위해 제사를 올려야 하리라!

우끼다와 구로다, 가쓰라, 펑의지와 나란히 호랑이 사냥을 나다니는 구로다 분신의 계급은 몰라도 그가 최고의 대장과 같은 실세라는 것은 알수 있었다. 성주성을 함락시켜 제말 장군을 죽이고 '찬희'를 성주목사로 임명했던 구로다 분신이니 도요토미와의 관계는 짐작되고도 남았다. 조선에서 목사를 임명한다는 것은 조선 정벌군을 지휘함을 말했다. 구로다 분신이 지켜보는 앞에서 이미 70여 명 이상의 중견 기마 무사를 베어주었다. 적들의 부대가 지휘관이 없는 보병대가 되어감을 알 수 있었다. 언젠가는 꼭 적장의 목을 벨 것이다. 그러나 오늘은 우리 군사를 먹여야 하므로 침략군에게 세금을 징수하는 것이다. 몇몇 부상병들에게 가시엉겅퀴 꽃의 뿌리를 짓이겨 바르게 하였다. 가시엉겅퀴 꽃은 신기해 보이기도 하지만, 지혈작용이 현저하여 소변출혈, 대변출혈, 코피 외상출혈에 활용했다. 전쟁으로 버려진 들판에도 어김없이 계절은 오고, 모내기 없는 논밭에도 개구리 울음소리 처량하다.

'개굴개굴 개굴' 개구리에 뒤질세라 맹꽁이도 '맹꽁맹꽁 맹꽁', 노랫소리가 백성들의 모내기를 잊어버린 슬픔을 알기라도 하는 듯하다. 산야의 초저녁은 이렇게 개구리 소리로 시작하고 주인 잃은 논밭에는 지극한 평화가 움트는 듯하다. 논 갈고 밭갈이하던 백성들은 산속으로 들어가서 귀신처럼 퀭한 눈빛으로 씨나락을 까먹고 있었다. 연기를 피워 올리면 왜군들이나 명나라군 또는 굶주린 관군들이 폭도처럼 살육하고 약탈하였기에 백성들은 그나마 숨겨둔 씨나락을 까먹었다. 귀신같은 몰골로 하루 한 번이나 씨나락을 깨물어 침으로 삼킬 수 있음에 감사해야 했다. 왜군에 잡혀 노예로 유럽까지 팔려가기가 보통이고 늙거나 병든 자들은 머리를 베어 가려고 전쟁터의 군인들이 온통 미쳐 있었다. 그것이 옳고 그름이 없이 모두가 살기 위해 조선 백성의 목을 찾아 헤매고 있었으니 연기를 태울 수 없었다. 그런 전쟁 속에서도 양지바른 곳에서는 엉겅퀴가 꽃 피워 병사들의 출혈을 지혈해 주었고, 물가의 개구리는 '개굴 개굴 개굴'거리며 알을 낳고 올챙이를 길러 보양식이 되어주었다.

제2차 성주 전투

1592년 9월 11일 의병 연합 김면(배설), 정인홍(배덕문), 곽재우(배상룡) 외 영남의병 약 2만 명이 성주성을 공격했고 일본군 가쓰라 가토 미츠야스 加藤光泰, 호소카와 다다오키細川忠興, 하세카와 히데카쓰長谷川秀一가 이끄는 약 2만 명이 그를 방어하였다. 아침부터 공성 기구인 우네와 충차 등을 준비하는 등 공격 준비를 하고 있을 때 부상현을 넘은 일본 모리군의 증원군 1만 명이 의병을 공격하였고, 이에 맞추어 성 안의 일본군도 성을 나와 협공하였다. 혼전 중에 정인홍의 별장 손승의가 조총에 맞아 전사하는 등 조선군은 패주하며 2차 공격도 실패로 끝났다. 이즈음 조선은 18만~100만 명의 사망자를 냈고 경작지의 66%가 파괴돼 굶주림에 허덕여야 했다.

선조 이연 조정이 부산, 추풍령, 탄금대, 한강, 평양 방어선을 계속 발표하여 대응하였기에 이를 차례로 부순 고니시와 가토가 의주로 도망한 조정을 조롱하게 되었다.

'이제 어디로 갈 거냐? 좋은 말로 할 때 항복을 하여 우리와 합세하여 명나라를 정벌하자. 직접 조선을 직할 통치하는 수가 있다.'

그것이 4할의 세금을 내고 백성들은 생업에 종사하라는 선무였다. 조선 백성들은 1할의 세금에도 보릿고개로 죽어간 것을 상상하면 4할의 세금이라면 죽으란 얘기와 같았다.

이순신 장군 장계

'접전한 이튿날 다시 되돌아 쳐들어가서 왜적의 소굴을 불태우고 그 배들을 전부 때려 부수고도 싶었으나, 뭍으로 올라간 왜적들이 여러 곳에 가득 차 있는데다, 만약 저들의 돌아갈 길마저 끊어버린다면 막다른 골목에 몰린 도적으로 변할까 봐 염려되었습니다. 수륙에서 함께 쳐야만 섬멸할 수 있을 뿐만 아니라, 더구나 풍랑이 심하여 우리 전선들도 서로 부딪쳐 깨어진 곳이 많았으므로, 부득이 전선을 수리하고 전량을 넉넉히 준비한 뒤에, 또 육지에서 크게 몰아낼 날을 기다려서 경상감사 등과 수륙으로 함께 진격하여 모조리 토벌하여 섬멸하기로 작정하였습니다. 9월 2일에는 진을 파하고 본영으로 돌아왔습니다.'

영리, "이순신 장군은 8월 장계에도 일본군이 곧 돌아갈 것을 염두에 두고 사태를 전혀 파악하지 못하고 있다. 적군의 함선을 불태우면 도적으로 변할까 봐주었다고 하니, 한양이 개 박살나고 온 나라가 도륙되었는데, 현실 파악을 하지 못한 것 아닌가?"

일본군이 예전처럼 노략질하러 온 것이니, 퇴로를 열어 주어 퇴각할 때 공격해야 한다는 것이다. 조선 수군 장수의 현실 인식이 이러하다. 최전방에서 '노크'해도 적인지 아군인지 모르는 것이다.

"어이그, 내가 복장 터져 죽겠다."

요동내부책

한양이 점령당했고, 이연은 명나라와의 국경인 의주까지 올라갔다. 동인 조정과 군 수뇌부가 왜군들의 명나라 정벌에 싸우는 척 길을 비켜주고 있는 듯이 보였다. 그러지 않고선 전라 좌수영의 군대가 출동도 않을 이유가 무엇인가? 원균은 괜한 전쟁을 하는 것은 아닐까, 명나라의 눈치를 보느라 아군의 유능한 장수들을 적의 아가리에 처넣다니, 명나라에 명분을 쌓고 있는 것은 아닐까? 조선과 일본이 연합하는 강화가 진행되는 것은 아닐까? 조선과 일본 고니시와의 밀약이 있다손 치더라도 백성들이 보릿고개에 전쟁에 휩쓸려서 굶주림에 허덕이는데 아사시키의 저의는 무엇인가? 이연은 일본에 붙어 고니시를 조선 총관에 임명하고 그 밑에 왕 노릇에 무슨 지장이 있으리오, 아니면 요동에 내부하여 요동 총관을 제수받으면 명나라 사람이 되어 권력을 누릴 수 있으리라, 버려진 백성이 슬프다.

진주외곽전투 晉州外廓戰鬪

1592년 10월 1일~3일 가토 미츠야스加藤光泰, 호소카와 다다오키細川忠興, 하세카와 히데카쓰長谷川秀一, 기무라 시게노부木村重茲가 이끄는 일본군 2만여 명이 조선군과 충돌했다. 조선 측은 약 2천명의 병력으로서 경상 우병사 유숭인柳崇仁이 진주성 외곽에서 저항했고 유숭인柳崇仁, 정득열鄭得說, 주대청朱大淸이 이 과정에서 전사했다.

| 유숭인 |

1592년 함안군수로 성을 고수하고 베어 죽인 적병의 수가 47인에 이르렀으며, 당항포에서 패전한 왜군을 이순신과 협공하였다. 그해 9월 경상 우병사로 승차하여 창원 동쪽 노현에서 2천여명의 병력으로 왜군을 맞아 싸웠으나 중과부적으로 패하고, 9월

27일 창원성이 함락되자 잔여병력을 이끌고 진주성에 이르러 용맹히 전사하였다.(백과사전)

김시민 장군은 1554년(이조 명종 9년, 甲寅年) 음력 8월 27일(양력 9월 23일)에 충청도 목천현木川縣 백전촌栢田村 지금의 충남 천안시 병천면 가전리 백전부락에서 부 김충갑金忠甲 공의 셋째 아들로 태어났다. 장군이 진주 판관에 부임한지 1년 후인 1592년(선조 25년) 임진년 4월에 임진왜란이 발발했다. 진주 목사 이경이 병사하자 초유사 김성일의 명에 따라 진주 목사 대행에 임명된 장군이다. 장군은 모집된 수성군에게 맹훈련을 시켰음은 물론 병기와 자재를 정비하고 양곡을 비치하였는데 염초 510근을 제조하고 총통 170여 자루를 제작하였다. 장군은 의병장 김면의 요청에 따라 거창으로 나가 사랑암 부근에서 왜군을 크게 무찔렀다.(이 공로로 1592년 7월 26일 진주 목사에 정식으로 임명됨) 천하의 용장이다.

진주 목사 김시민은 "적병이 이미 어울렸으므로 성문을 엄하게 경계하고 있는데, 만약 조금이라도 여닫으면 장졸의 염려가 있을 것이니 주장께서는 밖에서 응원함이 옳습니다. 화랑의 후예로 '임전무퇴臨戰無退' 장수가 그 자리에서 죽지 않고 물러남은 부끄러운 일입니다."라 말하며 끝내 성문을 열어주지 않았다.

사천 현감 정득설鄭得說, 가배량권관 주대청朱大淸과 합세한 1,500명으로 성 밖에서 왜군과 조우하여 싸우던 중 전원 전사하니 그때 그(유숭인)의 나이 28세였다. 경상우도 병마절도사 유숭인은 함안 군수로 100여 명의 군사를 거느리고 출격하여 한 달여 만에 적 50여 명의 목을 벴다. 이 공적으로 그는 경상 우병사로 승진이 되어 정3품에서 종2품으로 올라가게 된다. 그 후로 그는 창원 전투에도 참가했지만 부대가 궤멸하였다.

　그러다가 패잔병을 이끌고 떠도는 도중에, 왜군이 2만 병력으로 진주성을 향해 전진해 온다는 소식을 듣고 진주성 외곽에 곽재우와 함께 진을 형성한다. 유숭인, "우리가 그곳에 가서 미력하나마, 작은 힘이라도 보태보자!" 소수의 부하들을 데리고 진주성으로 달려왔다. 나는 그와 진주성으로 들어가 구원할 참이었다.

　유숭인 장군의 창원성 패전 소식에 선전관은 매우 화가 나 있었다.

　"어떻게 장수가 성을 버리고 퇴각할 수 있단 말인가?"

　김시민 장군은 임전무퇴의 기본을 강조했다. 나는 유숭인 장군의 퇴각이 크게 잘못이라고 생각하지 않았다.

　'퇴각도 병법에 있는 것이요, 성문을 열어주어 힘을 합침이 어떻겠소.'

　그러나 선전관과 김시민 장군은 끝내 성문을 열지 않았고, 퇴각한 유숭인의 부대는 성 밖에서 왜군을 기다리게 되었다. 나라의 동량이고 용맹한 유 장군의 기개를 누가 알아줄까, 진주성 승리에 함께 했더라면 큰 경험을 쌓았을 것인데. 이미 진주성은 성문을 잠근 뒤였다. 유숭인은 외쳤다. "함께 싸우려고 왔소만." 성 밖에서 외쳤지만, 김시민은 냉담하게 고개를 저었다. 김시민 장군은 냉정히 거절했다. "도움 필요 없는데요."

　김시민 장군은 지휘권의 혼신을 우려했던 것 같다. 유숭인은 이미 본거지를 잃어버린 떠돌이 장수에 불과했다. 이름만 종2품의 당상관일 뿐, 허울뿐인 장수로 병사가 없었다. 유숭인은 "내가 이래도 종2품인데." 나는 만류했다. "장군 다음을 기약함이 좋을듯하오." 김시민 장군은 단호했다. "문을 열어 주지 마라. 이곳의 지휘관은 나다!"

그는 끝까지 성문을 열어주지 않았다.

유 장군은, "배 군수, 군량을 조달해 주시오, 내가 진주성 외곽에서 적과 대치하겠소."라고 요청했다. 어쩔 수 없이 나는 군량을 징발하러 떠나야 했다. 아마도 유숭인 장군의 마지막을 보는 것 같았으나, 워낙 강직하고 용맹하여 임전무퇴를 다짐하고 있었다. 아무리 장군이라 해도 군사를 잃고 부대를 잃어버린 장수는 전시에 장군도 아니었다. 또한 방어선을 상실한 죄로 수시로 선전관들과 훈련원 비변사의 젊은 장교들이 퇴각한 장수의 목을 치기 위해 다니고 있었다.

진주성 동문 앞에 진을 친 유숭인 장군과 작별을 하고 오십 기의 기병으로 왜군의 주보급로를 차단하기 위해 새벽안개 자욱한 진주성을 바라보고 있었다. 아주 멀리서 희미하게 작열하는 햇빛이 조금씩 쏟아지는 듯했다. 한 무리의 군대와 병사들이 차츰 가까워짐에 따라 적의 수송대임을 분명히 알 수 있었다. 맨 앞에 조총병 1백 명, 그 뒤에 1백 명의 약 5m 장창을 든 장창병, 가운데는 일본도를 찬 채 식량을 수송하는 병사들, 앞뒤를 경계하는 사무라이(군관) 네 명이 말을 타고 인솔하고 있었다. 나의 기마 유격대가 쏜살같이 사무라이를 척살하자 적군은 일제히 뛰어 도주하기 시작했고 일부는 장창으로 맞섰으나 기병과 긴 죽창 앞에 하나둘 꼬꾸라져 죽어갔다. 나는 호락호락 적군을 놓치지 않는다. "모조리 베고 조선 땅에 들어온 식량을 징발하라!"

'기무라 시게노부' 외곽부대는 나름 일부라지만, 대열을 유지한 채 그들의 본진인 '모리 테루모도' 9군 사령부로 겨우 살아 도주했다. 침략군의 최고 대장인 '모리 테루모도'는 부장들에게 말했다.

"배세루는 일본군이 두려워 진주를 버리고 도망쳐 버렸다 하라!"

"하이, 알겠스므니다." 부장들은 일제히 대답했다.

'기무라 시게노부'의 패배에 '모리'는 분노해서 말했다.

"멀리 가지 못했을 것이다. 날렵하고 빠른 사무라이 기병으로 배세루를 생포해 끌고 오너라."

'모리 테루모도'의 심복 삼십여 명의 기마무사들이 진주성 서쪽으로 날듯이 추격했다. 그러나 그들은 제석 산성 방향의 계곡 쪽으로 추격했으나 말의 울음소리와 비명을 지르며 영원히 사라지고 말았다. 나의 기마대는 계곡에 이들 추격대를 기다리며 매복하고 있었기에 추격대 모두를 베어 죽일 수 있었다. 결국 '모리' 제9군의 3만의 직할 병력은 경상도 일대에서 전방위로 습격을 당하자 견디지 못하고 남쪽으로 후퇴하여 모두 옹기종기 모여 있게 되었다. 모리 테루모도는 중얼거렸다. "앗, 큰 변고가 났구나. 지옥이 펼쳐지는구나! 가토! 고니시! 구로다! 군량을 가로채다니?" 1차 진주성 전투는 김시민이 승리하였다.

국가 존재이유

국가의 필요성은 국가라는 공동체 안에서 살아 있는 사람들의 삶이 지탱, 유지되도록 누구나 충분하게 보호되고 보장받는 데 있다. 생로병사의 모든 과정이 경쟁적이든 소비적이든 최종에는 보호되고 관리되어야 한다. 소득이 없다고 굶주린다면 그런 국가의 존재는 불요한 것이다. 그리고 국가는 양적 질적 생산과 분배에 최소한으로 보호할 의무를 천부적으로 지고 있는 지배세력의 총합이다. 진주성에는 전쟁이 터지고 진주목사 이경이 지리산으로 몸을 피했고, 이경이 산에서 병사한 뒤 진주 목사에 오른 김시민은 진주성 1차전을 방어하였다. 당시 왜군은 경상 좌도를 주로 장악하고 있었는데 점점 낙동강을 넘어 서쪽으로 슬금슬금 발을 들이밀고 있었고, 이들을 혼내 준 것이 경상 우도의 의병들, 즉 곽재우, 김면, 정인홍 등의 의병대였는데 나는 당시 의병들과 관군의 병참을 지원하고 의병을 독려했다. 김시민은 이에 힘입어 연합작전을 펴며 고성, 창원 일대까지 들어온 일본군을 격파해버렸다. 이에 경상도 주둔 일본군은 진주를 주목하게 된다.

국화꽃이 만발하고 웃고 있었다. 온통 들판에는 전란으로 망친 곡식 대신 쑥부쟁이가 꽃 피우고 인근 산에는 가을의 짙은 황혼이 들어차 있었다. 들판도 숨을 쉰다. 나무도 숨을 쉰다. 산에서 종종 풀꽃을 따는 것은 매우 미안한 일이지만, 그래도 우리가 그리 하듯이 침략군들은 우리의 성을 깨부수고자 한다. 몇 개의 성도 아니고 적은 땅도 아니고, 이 강토, 우리의 땅을 송두리째 갖고자 했다. 오늘 거창 들판에서 마시는 공기의 맛이 얼마나 감미로운지는 다 말로 할 수 없다. 기다림에는 수많은 종류가 있을 것이다. 유숭인 장군의 용맹에 힘을 보태지 못한 나로서는 슬픔이 함께하는 승리 소식이었다. 나는 수만 명의 병사들을 굶주리게 할 수 없어 전투를 기다릴 수는 없었다. 더욱이 공격의 주도권은 일본군에게 있어 그 기약을 알 수 없었다.

전투 시간, 기약 없는 기다림, 전쟁 그리고 적군의 내습 그것은 다른 말로 기다림, 말 그대로 기다림을 의미한다. 나는 여전히 잘 기다린다. 기다리면서 단 한 번도 불평과 불만을 토로하지 않았다. 남들을 기다리게 하지 않았으며, 그럴만한 사정이 있다면 미리 연락해서 언제쯤 상대의 기다림이 끝날지 상세히 알렸다. 기다리시는 모든 분이 기다림에 화가 나거나 짜증스러울 때 상대를 조금만 더 이해해주어야 한다. 그리고 기다리지 않고 속단을 함은 큰 비극이다. 적군을 기다림에 있어 그 기약을 함은 어리석은 것이다. 정말로 유숭인 장군을 밤새라도 기다리고 싶은 밤이다. 그에 전사 소식을 믿지 못하겠다. 내일 날이 밝으면 진주성으로 들어가서 그의 전사를 확인하고 싶다. 이제 기다리지 않으리라, 이제 전투가 끝나는 것을 기약하지 않으리라.

선전관들은 위대한 조선을 지켜줄 가미카제와 같은 병사들을, 장수를 기다리고 있었다. 영화와 부귀를 누려온 수탈의 구조인 법치를 강요해온 위대한 동방예의지국을 지켜줄 노비들과 쌍놈들에게 면천을 약속하고, 관직을 주겠다는 조정은 그 조건으로 목숨을 요구했다. 조정으로선 어차피 전장에 나가서 살아올 수 없는 공수표이고, 혹여 살아남아도 퇴각을 죄로 다스려 죽여야 했다. 억압과 수탈의 신분에서 벗어나고자 희망 하나로 자식만큼은 면천을 시켜주기 위해 전쟁터로 몰려나온 많은 의병과 병사들의 죽음은 선전관들에게 있어 당연한 위대한 조선의 모습이었고, 안간힘을 쓰면서 무너지는 조선을 지키고자 몸부림치고 있었다.

선조 이연은 만주로 내빼고 요동에서 총관을 요구하면서 이것이 좌절되자 의주에서 근왕병과 의병의 봉기를 요구하고 있었고, 무너진 조정이라고 해도 비변사와 선진관 훈련원 등의 관리들은 백방으로 전투를 종용했다. 나도 방어사 초유사와 함께 전투의 승리를 위해 거창과 진주 10개 고을 기병으로 돌면서 전쟁을 독려했고, 피난민에게 의병으로 나설 것을 호소했다. 조정이 약속을 지키고 여부는 조정의 일이었다.

성주 하늘은 하늘의 끝인지, 명나라 땅 끝인지 여진의 누르하치의 땅 끝인지, 내 고향은 성주 어느 하늘 아래인지, 나의 고향집은 언제나 갈 수 있을는지, 빼곡 조밀한 초가집들! 땅에 납작 엎드린 집들이 산 위에서 저만치 보인다! 하! 아담스럽다.

마침내 이슬 같은 잔비가 소소히 내리고, 빗물 사이사이로, 꼬무작거리는 배고픈 병사들! 나는 어린애처럼 애련한 마음이 가득 차서 산등성이 어디엔가 피워 오르는 하얀 연기를 바라본다. 우리 민가의 연기일까? 아님 적군이 피워 올린 연기일까? 나의 흙과 조상 대대로 살아온 이 땅에서 우리는 적에게 강토를 내주고 산야에서 진을 쳐야만 하나, 우리의 강토를 도륙한 적들은 저녁밥을 짓는데, 우리는 굶주리고 산나물을 뜯어먹어야 하는가, 우리의 흙과 밭에서!

산야와 들판에 지천으로 깔린 풀들을 먹는다고 누가 뭐라 하랴, 그러나 적군들의 막사에는 연무가 피어나고 있고, 어느 놈은 밥을 먹고, 어느 놈은 땅을 빼앗기고, 산나물로 식사를 먹어야 하다니! 제기랄! 이게 뭐야!

이게 성주의 현실이다. 이게 성주 농부들의 하루이다. 풀도 밉게 보면 잡풀이 되고, 좋게 보면 약초 아닌 풀이 없다고 했건만, 아무리 좋게 보려고 해도 왜놈들의 저녁 짓는 연기가 편하지 않다. 왜구들의 체격도 우리와 비슷하고 생긴 것도 비슷하고 한데, 저들은 밥을 먹고, 우리는 산나물을 먹다니, 우리끼리 삿대질하고 욕설질을 하고 힘자랑하는 병사들은 산야의 저녁에서 전관이 뭐니, 양반이 뭐니, 쌍놈이 뭐니 자리싸움을 한다.

혼하고 흔한 산야의 자리에서조차 신분을 찾으며 다투다니, 아서라! 이미 이연은 만주로 내빼려고 하고 나라는 파천했는데, 그의 백성은 다 같은 것이거늘 나는 너희 신분과 계급을 묻지 않았다. 오로지 너는 누구인가? 너는 지금 어디에 속하고 있는가? 너는 잃어가고 있는 조선, 조국을 구하는데 몸 바치려 하는가? 물을 뿐이다. 배고픈 병사들과 피난민들은 서로들 딴죽으로 시비를 걸며 싸움질을 한다. 조선의 특산물이 '사람'일 정도로 잡혀가는데,

"가자! 우리가 적의 급소를 치자." 나의 말에 싸움은 그치고 모두 조용해졌다.

누가 무엇을 얻고자 왜 이런 전쟁을 하는지 모르겠다. "그를 치리라, 가자! 풍신수길의 개들을 쓸어버리자!" 우리 오십 기병은 삽시간에 적진의 연기가 피는 그곳을 향해 돌진했다. 사방에서 탕 탕 탕! 총소리가 울려 퍼지고, 조용한 저녁노을은 삽시간에 깨졌다. 그리고 우리는 그들의 밥을 가로채는 데 목숨을 걸었고 성공했다.

| 면천인 |

천인 백운상白雲常은 군공으로 3품직인 훈련정에 기용되었으며, 충의위忠義衛 홍언수洪彦秀의 천첩자인 홍계남洪季男은 호서 지방을 보전한 공으로 수원 판관 겸 경기도 조방장으로 기용되었다. 약간의 보상을 통해 민심을 안정시키는 데 성공했다. 약간의 표본적인 보상으로 노비제도를 유지할 수 있었다. 조선 후기에 이들의 노동력을 통해 부를 일으켰고 관에서 면천(노비 해방)을 빌미로 돈을 받았다.

부상현 전투(구로다 분신 척살)

　성주성 2차 전투중에 조선정벌에 나선 구로다 요시타카의 동생 구로다 분신(シエン)은 성주 부성현 전투에 임했다. 그 과정에서 일본군 700여명이 죽고 구로다 분신(흑전구침)은 전사했다.

　구로다 분은 죽으면서 "조선은 장수가 없는 나라인데? 태합(도요토미) 각하께서 15년간 양성하고 훈련한 아시가루장창 15만 대군을 죽창 하나로 붕괴시키고 철포를 방패로 무력화시킨 배세루! 믿을 수가 없다. 가쓰라 너는 살아 돌아가서 태합(도요토미) 각하에게 빨리 알려야 한다."라고 외치다가 죽었다. 구로다 분신은 구로다 요시타카의 친동생으로 조선 정벌 전투의 패배보다 동생인 흑전구침(구로다 분신)이 전사했다는 소식에 가슴이 찢어졌다. 간베에의 마음은 참담했다. 자신의 피와도 같은 직계 1천 명의 병력 중 대부분인 약 700여 명을 잃은 참담함과 동생이 전사했다는 비보에 순간적으로 앞이 캄캄해졌다. 호위 군병들을 물리친 구로다 요시타카는 가등청정의 등을 손으로 두드리며 분노해 보았지만, 소용이 없었다.

> **| 구로다 요시타카**黒田孝高(1546.12.22~1604.4.19) **|**
>
> 　임진왜란 당시 조선정벌을 총지휘한 풍신수길의 최측근이자 일본 센코쿠시대 무장겸 다이묘, 부젠노쿠니 나카쓰 성주로 간베에官兵衛라는 이름으로 많이 불렸다. 도요토미 히데요시의 젊은 시절부터 친구인 참모이자 최측근의 실력자다. 구로다 모리타카黒田職隆의 장남으로 히메이지에서 태어났다.(관정 중수제가보寬政

重修諸家譜) 제3진인 구로다 나가마사黑田長政 중부 군부대는 병력 1만 1천의 구로다 요시타카의 직할 부대로 조선 침략 일본군을 실질적으로 지휘하고 있었다. 구로다 요시타카는 오미노쿠니 이카군 구로다 마을 무가武家 출신으로 풍신수길의 모든 업무를 대신할 정도의 최고 실력자이자 임진왜란을 설계하고 총지휘한 인물로 당시 약 44세였고, 당시 동생인 흑전구침黑田旬沈은 약 39세 전후였으며 풍신수길의 교지인 금으로 만든 부채와 장군도 두 개를 주어 선봉을 세워 출전하였고, 중군장으로 장남인 구로다 나가마사黑田長政는 당시 약 24세에 불과했다.

군수 지원을 맡은 중군의 무사들이 모두 죽어 나가다가 끝내 장수인 구로다 분신마저 죽게 되자, 모든 일본군 장수들이 우리 의병을 두려워했다. 반대로 일본 군졸들은 죽이지 않는다고 알려졌기에 그들은 왜군들의 적진에서 종횡무진 활동했다. 추풍령, 황간, 김천, 성주, 무계진에서 유격전을 펼쳐 왜군들로부터 노획한 군량미들은 일본 오사카에서 운송된 것들로 이 지역 향병들에 나누어졌고 전시임에도 이 지역은 쌀밥에 생선이 올라왔다.(등암전) 7일간의 후퇴 중 유정, 권율, 이순신이 순천 왜성전투에서 식량 3천 석을 빼앗긴 것과는 대조적이다.

오랫동안 기다려온 듯 왜구의 대장 구로다 분신은 크게 벼르고 있는 듯 분노해서 고함을 지르며 호위무사 5명과 함께 2만 의병 대연합 공세를 기다렸다는 듯이 순식간에 대공세를 펼쳐, 장군기가 걸린 김면, 정인홍, 최경해, 곽재우의 부대를 향해 왜구들은 총공격으로 나왔다. 의병 연합군 전선이 순식간에 무너지고 총소리는 가득 찼다. 이에 구로다 분신의 지휘부는 작심한 듯이 나(백설白雪)의 부대를 향해 공격했고 의병 전선은 무너져 일제히 패주했다. 나(백설)의 부대도 부상현 방면으로 퇴각하자 왜구 적장인 구로다 분신은 더욱 몰아붙였다. 그는 금산과 이치 전투에서 의병들을 전멸시킨 경험이 있어 부상현 계곡까지 경계 없이 추격했다. 부상현 계곡에서 순간 나(백설白雪)는 뒤를 돌아 반격을 개시하였고, 일제히 매복한 군사들이 화살을 비 오듯이 쏘면서 내려오자, 조급해진 구로다 분신의 머리통이 순식간에 날아갔다. 나는 칼을 번쩍 들어 분노하던 구로다 분신의 목을 베니 몸통이 말에서 '쿵!' 하고 떨어졌다. 호위무사 5명도 차례대로 외마디 비명을 지르며 피가 분수처럼 뿜어 나오는 가슴을 틀어쥐며 말 위에서 떨어졌다. 이를 본 왜구들의 2만 군대가 모두 놀라 성주성 안으로 돌아가서 문을 걸어 잠그고 말았다.

수첩 대왕과 '콕 찌르기'

수첩에 적기를 좋아한 선조 대왕은 적군의 장창부대 소식에 조선군도 창검 특전사령부를 창설하였다. 적군의 장창부대에 필적할 조선군 창검 사령부는 약 2m 규모의 삼지창 특수부대였다.

창검술 연습이 실효가 없다고 아뢴 것을 책망하다.

병조가 아뢰기를, "당하 무신堂下武臣들이 창검술槍劍術로 뽑힌 지 이미 여러 달이 되었는데 한 사람도 유념해서 연습하는 사람은 없고 임시하여 책임만 모면하려 한다."(선조 55권. 27년 (1594 갑오 / 명 만력萬曆 22년) 9월 1일 병자 4번째 기사)

성주 부상현 전투는 왜군의 창병이 칼과 아시가루 창 하나만 들고 일껏 달려와서는 말에서 '훌쩍 뛰어내려서 창을 잡고 또는 칼을 뽑고' 소리를 지르며 달려들었는데, 구로다 분신 적장 수급을 단칼에 베어버렸다. 또한 부상현 계곡에 매복한 향병들의 쏜 활에 왜군이 무수히 맞아 죽었고, 매복한 유격대원들은 약 6m의 죽창으로 콕 찌르기만 했다. 전쟁에는 지고 있었지만, 유격 전투에서는 왜군이 패배하고 있었다. 우리 유격대는 약 6m의 죽창으로 그냥 적군을 콕 지르기만 하라고 명령했다. 일본군은 잘 조련된 아시가루 창술 부대였는데, 그들의 창은 약 5m였고 일사불란한 창검술의 묘기를 보여 주었다. 우리는 묘기는 잘 구경하고 그냥 무조건 적군을 먼저 찔러 버리기로 하였다. 적들은 조선군이 약 2m 이하 창들만 들고 다녔는데, 약 6m의 죽창을 보자 기겁을 하고 도주하기 시작했다. 영남 의병의 사기는 충전했고, 곳곳에서 의병들은 승리를 거머잡았다.

'고성 현령 조응도의 배에 올라 백병전으로 140여 조선군을 몰살시킨 적군 20여 명은 곧 배를 탈취했다. 백병전 실력 차는 극명했다.'(난중일기)

성주성서 왜군 총사령관 구로다 요시타카의 동생 구로다 분신 척살에 대해 일본군은 자신들의 패배를 철저히 위장하여 자진 철수로 만들었다. 나는 동래성에 무혈입성, 진주성에 무혈입성, 부산진에 무혈입성하였다. 왜 일본군은 순순히 성을 비워주고 도주했는가, 그것은 자신들이 전투에 패전하고도 농성을 하다가 자신들이 자진 철수한 것으로 패배를 위장한 고도의 심리전이었다. 권율과의 행주산성 전투에 패배한 후 즉시 퇴각하여 권율 장군이 출세 가도를 달리게 된 것하고는 너무도 다른 것이다. 왜 군들이 전투와 전쟁을 주도하여 자신들에게 버거운 상대 장수가 공을 세울 기회를 봉쇄했다.

선조 대왕 이연은 동인, 서인 그리고 일본 첩자 요시라의 비밀 장계까지 수첩에 일일이 체크하고 챙겼으며 명나라군의 보고도 귀 기울여 살폈다. 그러한 소통 노력으로 김성일의 말만 듣고 일본군 창검 부대가 무섭다고 하자 조선군도 창검 부대를 창설하게 하였다. 일견 많이 듣고는 있었으나 새로 창설된 조선군의 창검부대는 약 2m 이내의 장창 부대로 일본군은 5m 장창이니 있으나 마나 한 부대를 만든다고 분주했다. 이들은 전투에서 모두 도망하지 않을 수 없었다. 열심히 듣고 기록은 했지만, 내용이 없는 마이동풍이었다. 일본군은 호랑이라면 조선군은 이빨과 발톱이 없는 강아지로 만들고 있었다. 선조 대왕은 가장 기록을 많이 한 대왕이었으나 세상 물정을 몰랐다. 가장 많이 듣는 수첩 대왕으로 불리지만 모든 일에 내용이 없었다. 왜 장창 부대를 만들어야 하는지에 대해 알지 못했고 수첩에 일일이 기록하여 되지도 않는 명령을 내렸기에 조선 백성 삼분의 일이 희생되는 비극의 원인이 되었고 적군 앞에서 불필요한 일들을 많이 하였다.

진주대첩晉州大捷

1592년 10월 5일~10일 조선 측은 진주 목사 김시민金時敏, 곤양 군수 이광악李光岳이 이끄는 약 3천 8백여 명의 병력에 곽재우郭再祐, 정기룡鄭起龍 배설 정인홍 등이 지원하여 전투에 임한다.

김시민金時敏은 1578년(선조 11) 무과에 급제하여 군기시軍器寺에 들어갔고, 1583년 귀화한 여진인 니탕개尼湯介가 회령會寧 지방에서 난을 일으키자 정언신鄭彦信의 부장으로 출정하여 공을 세웠으나, 진주대첩에서 전사하고 말았다.

1591년 진주 판관에 임명되었고, 임진왜란이 일어난 뒤 목사 이경李璥이 병사하자 그 직을 대리했다. 일본군이 사천泗川에 집결하여 진주로 향하려 하자, 곤양 군수 이광악李光岳, 의병장 이달李達 곽재우郭再祐 등과 합세하여 적을 격파하고 고성, 창원 등을 회복했다. 이어 의병장 김면金沔과 함께 거창 사랑암沙郞巖에서 일본군을 크게 무찔렀다. 그 뒤 여러 차례 전공을 세워 이 해 8월 진주 목사로 승진하였다.

진주성 전투는 진주대첩으로서 임진왜란 3대첩 중 하나다. 다음 해 계사년 6월의 2차 진주성 전투는 함성陷城과 함께 왜적에 의해 대학살의 참극을 당한 전투로 끝났다.(2차 진주성 전투는 관군이 주도) 제1차 진주성 전투는 영남 여러 지역의 의병들이 외원군外援軍으로 참전한 관의군 합동 전투로 큰 성과를 거두었다. 진주성은 경상우도와 호남을 보장하는 전략적 요충지이다. 진주대첩은 임진년 10월 5일부터 10일까지 6일간 밤낮을 가리지 않은 치열한 전투로서 아군의 승리로 끝났다.

일본군 장곡천수일長谷川秀一, 장강충흥長岡忠興 등이 이끄는 2~3만 명이 진주 목사 김시민金時敏과 곤양군수 이광악李光岳이 이끄는 3,800여 명과 민간인 수만 명과 싸웠다. 외원군外援軍은 합천, 초계, 의령 의병과 전라좌우 의병, 고성 관병 등 3,500여 명이다. 목사 김시민이 유탄에 맞아 전사했다. 일본 요네모치 스케지로米持助次郎가 전사했다.

유숭인의 전사는 그의 마지막 분노가 생각났다. 중과부적의 군세로 창원성에서 진주성에 이르기까지의 여정이 분연한 전사로 막을 내렸다. 인명은 재천, 한번 왔다가 가는 것인데, 이름을 날리는 게 인격인데, 세월곁에 친숙하게 자리해 온 유숭인 장군의 전사, 얼마 전까지 활동해 왔던 터라 갑작스러운 전사 소식이 더욱 안타깝다. 추풍령 패전 병사들은 김천을 거쳐 성주, 대구, 영천, 경주, 울산, 양산을 거쳐 거창, 산청, 진주에 이르기까지 적들을 닥치는 대로 격파했다. 곳곳에서 왜군들은 비상이 걸렸지만, 기병 특유의 기동력으로 양곡까지 징발하여 전투지 곳곳에 군량을 조달하였다. 김시민 장군과 그 이하 많은 영령의 분전과 전사는 무엇을 위한 것이고, 누구를 위한 것일까? 나는 이연의 무능함에 또 한 번 치를 떨고 그들 영령의 명복을 빌었다. 못다 한 일들, 하고 싶었던 일들을 저세상에서나마 맘대로 하시길 바라면서 고인의 명복을 빌었다. 우리 의병들은 진주성 전투의 패배로 바짝 긴장하고 있었다. 특히 미츠야스加藤光泰, 호소카와 다다오키細川忠興, 하세카와 히데카쓰長谷川秀一, 기무라 시게노부木村重茲 부대의 움직임을 예의 주시했다. 경상 전역의 의병들과 관군들도 모두 모여 기필코 진주성을 지키고자 했다. 남강변 촉석루에 피어있는 수국 꽃 그리고 담벼락의 울 밑의 봉선화, 세상의 이치는 모두 변하는 것이다. 봉선화도 떨어지고, 수국의 꽃잎도 떨어져 변하기 때문이다. 꽃들은 토양의 산성에 따라 꽃 색깔이 달라지기 때문에 변심을 대표한다고 한다. 수국과 봉선화는 색깔 자체가 오묘한 매력을 띠고, 꽃 자체의 자태가 예쁘기 때문에 신부들의 '부케' 꽃으로도 많이 쓰이고 있다. 수국은 바로 '처녀의 꿈'을 말하듯이 변심이 심하다. 혼기를 앞둔 신부가 처녀의 꿈이라는 아름다운 꽃말을 가진 수국을 들고 결혼을 하는 것이다. 진주의 남강 논개의 충절인 수국을 들고 '부케'를 받지 못한 논개의 영혼이 봉선화로 피어나나 보다.

쇄국 정책(법치산물)

일본에서 조선의 막사발이 황금보다 비싸졌듯이 조선에서 염분 값이 황금보다 비싸졌다. 조선과 일본은 너무도 닮아 동질감이 느껴진다. 백성들에게 부과된 세(인두세)로 포 5필과 곡식 5섬을 거뒀는데 이는 조(호세)보다 더 과중했다. 인두세의 비중이 높은 것은 조선 시대에는 토지보다 노동력이 중시된 사회였다. 따라서 노비에게는 결혼은 없고, 동거를 시키는 것이다. 혼례를 치를 수도 없고 주인집에서 결혼 같은 것은 없다. 노비 주인들은 노비의 재생산을 위해 여자 노비를 양인이나 노비와 결합에 열을 올렸다. 이렇게 공들여 생산한 노비들을 일본은 한순간에 약탈해 간 것이다. 천하에 이런 일이 있을 수 없었다. 일본과 조선의 양반 사회와는 불구대천의 원수가 되었다. 모든 사회는 생산된 재화의 총량이 허용하는 범위 안에서 나라의 세력관계에서 유용하다고 인정하는 일에 종사하는 사람들에게 돌아가는 것이 자연스럽다. 그러나 조선은 그러하지 않고 파벌과 당쟁으로 재화의 분배를 국법으로 왜곡한 것이다. 물론 침략에 대응하여 국가방위라는 과제 앞에서 일시적으로 신분제의 일탈과 재화의 분배가 이루어졌으나, 임진왜란에 승리함으로써 기존 체제의 우월성을 고수하는 쇄국정책이 필연적으로 등장하고 말았다.

미래는 저절로 열리는 것이 아니라 과거를 반추하면서 잘한 것을 계승하고 잘못한 것을 반성할 때 발전으로 나아가는 것이다. 순전히 구라를 가지고 내 편이라고 감싸고 해서 문제를 놓치고 말 것이다. 선조실록은 임진왜란을 조선의 동인들이 승리했다는 데 주안점을 두다 보니 이순신 장군의 정신력으로 나라를 구한 것이니 문제가 없고, 이는 조선의 쇄국 정책으로 연결되었다. 그것은 큰 불행이었다.

이보게, 꽃 피는 봄, 꽃다운 청춘, 그 좋았던 젊은 날들 가고, 우리 인생도 이제 겨울이 되었네 그려! 이제 다 지나갔네 그려! 상처도 나고 고장도 나고 주변의 벗들도 한둘씩 떨어져 낙엽처럼 떨어져가네 그려. 그래도 우리는 힘든 세월 잘 견디고 무거운 발길 이끌며 여기까지 잘 살아왔으니, 남은 세월 후회 없이 살아 가세나, 한 많은 이 세상 어느 날 갑자기 소리 없이 떠날 적엔 돈도 명예도 권력도 사랑도 미움도 가져갈 것 하나 없는 빈손이 되니, 남는 돈 있거든 남기지 말고 자신을 위해 다 쓰고 가시게. 가는 시간, 가는 순서, 다 없어지니 부담 없는 좋은 친구 하나 만나 말벗 만들고 마음 즐기다 가세나. 이제는 "네가 있어 나는 참 행복하다." 라고 말할 수 있는 멋진 친구를 만나 모함도 시기도 없는 그런 세상을 살아 봄세, 건강하고 즐겁고 아름답게 잘 살다 가세나 속삭이는 진주의 숲과 강물의 아침 햇살, 아름다워라, 아름다워라!

부산포 해전

1592년 9월 1일 원균 이순신 이억기 조선 수군은 원균의 지휘하에 초량목 해전, 부산포 해전, 다대포 해전, 적진포 해전, 화준 구미 해전, 절영도 해전, 서평포 해전, 다대포 해전에 성공했다. 해전에서 하루 만에 대승을 거두었다. 그러나 군량이 부족했기 때문에 본영으로 돌아갔다. 이순신 장군의 함대는 9월 2일에 본영에 도착하였다. 조선군 함대의 경우 74척의 판옥선과 92척의 작은 배를 이끌고 부산포를 전진하여 일본 함대 130여 척을 파괴하였다. 이때 정운 및 6명의 조선 수군이 사망했고 25명이 부상을 입었다.

부산 해전 승리의 장계의 내용은 다음과 같다.

'뭍으로 올라간 왜적들이 여러 곳에 가득 차 있는데다, 만약 저들의 돌아갈 길마저 끊어버린다면 막다른 골목에 몰린 도적으로 변할까 봐 염려되었습니다.'

원균이 지휘하여 부산포를 한 바퀴 빙 돌자 적들은 군사를 거두고 싸우지 않았으며 높은 곳에 올라가 총을 쏘아대므로 수군들이 뭍으로 오를 수가 없었다. 그래서 빈 배 4백여 척을 불태우고 물러났다. 녹도 만호 정운이 앞장서서 힘껏 싸우다가 총알에 맞아 죽었으므로 이순신이 비통해 하고 아까워 하였다.

조선의 장수가 한양이 점령된 상태에서 왜적들의 뒤통수를 까도 물러갈까 말까인데, 적들이 '곧 돌아갈 것'이라고 그냥 물러났다. 정확히 육지로 올라간 적들이라 목을 벤 일본군은 없었다. 한 명도 죽인 게 없으니까 '이기지 못하였다.' 한 것이다. 약간 전쟁이 소강하자 일본군이 물러갈 것을 예측하여 미리 공을 세운 것이 아닐까? 먼저 공훈 포상의 그림을 그려 놓고 그에 맞춰 기동하고 돌아온 것인가?

이순신李舜臣 등이 부산釜山에 주둔한 적을 공격하였으나 이기지 못하였다. 왜병이 해상의 전투에서 여러 번 패하자 부산·동래東萊에 모여 웅거하면서 전함을 벌여놓고 항구를 지켰다. 순신이 원균과 함께 수군을 총동원하여 진격하였으나 적이 군사를 거두고 전투에 응하지 않고 높은 곳에 올라가 총을 쏘므로 수군이 육지로 오르지 못하고 빈 배 4백여 척만 태워버리고 퇴각하였다. 이때 녹도 만호 정운鄭運이 앞장서서 힘을 다하여 싸우다가 탄환에 맞아 전사하였는데 순신이 애통해 하였다.(선조수정실록 권26, 25년 8월 1일, 무자)

이때 이순신李舜臣은 수군을 거느리고 서해西海의 입구에 웅거하였으며, 김성일金誠一 등은 진주晉州의 관요關要를 지키고 있었다. 적이 금산錦山의 길을 경유하여 호남에 침입했으나 여러 번 좌절당하였으므로 도로 종래의 길로 퇴각하여 돌아가니 호서 또한 함락되는 것을 면하였다. 국가가 이 두 도를 의지하여 군수물자를 공급할 수 있었으니, 한때의 장사들이 방수防守한 공이 또한 대단하다 하겠다.(선조수정실록 권26, 25년 8월 1일, 무자)

대구大丘 전투

대구지방 최초의 의병장 서사원徐思遠은 임진 7월 초집향병문招集鄕兵文
을 지어 의병을 모집하여 창의토적倡義討賊하는 한편 쌀, 콩 300곡斛을 모
득募得하여 청도의 예산성禮山城에 군량을 보조하였다. 당시 대구의 사정
은 오직 공산성公山城만이 의병활동을 할 수 있는 곳이었으므로 여러 인
사들이 이곳에 모여 창의하였다. 대구는 왜군의 작전상, 군사상, 교통상
요지에 있었으므로 의병 창기가 우도右道나 상도上道에 비해 시기적으로
도 늦었으며 의병활동도 극히 제한된 범위 내에서 시종始終되었다.(대구시사
大邱市史, 대구읍지大邱邑誌, 서사원전徐思遠傳)

경상 의병과 경상도 감영 군졸들의 식량을 조달하기 위해 유격전을 하
였으며, 당시 대구지역 의병들 식량이 콩 300섬에 불과하다는 김면의 요
청으로 이 지역으로 피난민을 거주케 하고 이를 해결하였다.

권율의 북진

'사람은 나면 서울로 보내라.' 광주 목사 권율 휘하 군대 1,500여 명(화순 동북 현감 황진, 편장 위대기, 공시억, 해남 군수 변웅정, 나주 판관 이복남, 김제 군수 정담의, 전주 의병장 황박)은 전주성 탈환을 위해 북진했고 권율이 행주산성 파주까지 올라가서 도원수를 제수받게 됨으로 군대 수뇌부가 호남 인맥으로 구성 되어 임진왜란에 대응하게 된다. 임진왜란에서 행주치마는 권율의 독점 품이듯이 방패를 사용한 군대는 배설의 부대뿐이었다.

제3차 성주 전투

1692년 12월 7일부터 계사 1월, 한반도 경상도 남쪽에 위치한 성주성 의 관아는 배산임수의 입지에, 범이 나고 용이 난다는 와호장룡의 풍모 를 갖춘 길지 중의 길지에 자리하고 있었다. 1592년 12월 김면은 경상 의 병 도대장, 정인홍은 경상 의병장으로 임명되었다. 전라도 의병장 최경회, 임계영 의병군이 장수와 무주에서 각각 넘어와 개령과 고령 방면에서 활 동하며 김면, 정인홍 의병과 연락하며 일본군을 교란하였다. 12월 7일 성 주성에 도착한 경상, 전라 의병 연합군은 8일간에 걸친 치열한 공방전으 로 무수한 피아 피해가 너무 심해져 결국 14일 철수할 수밖에 없었다. 성 주성 3차 공격은 의병 2만이 합세하여 공격하였으나, 모두 실패했다.

1차 때는 일본군은 방어만 했고, 2차 3차에서는 일본군은 공격적으로 공격했다. 이 공격으로 의병들 전선이 무너져 패주하기 시작하였고, 일본 군은 성을 나와 왜장 흑전구침은 직접 말을 타고 추격하여 일본도로 무자비한 살육을 개시하였다. 부상진까지 추격을 당한 의병들이 거의 몰살 직전이었고, 이때 배문덕 의병장이 부상진에 매복하고 있다가 일제히 반격을 개시했고, 때맞춰 나는 단기 필마로 흑전 구침(구로다 분신)을 향해 돌진하여 몇 차례의 칼싸움 끝에 흑전구침의 목을 기어코 베고 그의 칼 두 개와 황금으로 만든 도요토미의 부채를 획득하여 아버지께(의병장) 바쳤다.(배문덕이 적장의 수급을 취했다고도 알려짐) 경상 일대의 전투와 성주성 전투 패배 원인을 유성룡 대감이 징비록에서 '배설 때문'이라고 책임을 떠넘기고 있는데 그것은 크게 잘못된 기록이다.

사실 조헌 영규 고경명의 군대는 일본군의 상대라기보다 일방적인 살육에 가깝다. 설령 내가 합천군수라 해도 기천의 관병으로 왜군을 막을 수도 없었고, 당시 나는 합천군수도 아니었다. 내가 막지 못했다고 하는 일본의 모리 가쓰라 구로다의 병력은 조선의 모든 군대가 맞서도 막아내기 어려운 최대 규모의 병력이다.

나는 성주성 부상 현에서 적장의 수급을 베어 이 공로를 인정받아 김면 장군이 죽은 이후에 1594년에야 합천군수로 임명받았다.

"1594년(선조 27) 초 행재소(行在所, 임금이 임시로 머문 곳)에서 배설은 합천군수를 제수받았다."

일본군은 대장이 전사하면 패배를 인정하는 것이 상식이지만, 성주성 안으로 들어가 미동도 않았다. 그러나 약 2만의 의병들이 계속 성을 포위하였고, 나는 적의 보급로를 차단하였다. 1593년 계사년 1월 중순 어느 날 포위망이 느슨해진 틈을 타서 왜군들은 스스로 자진 철군해서 무혈

입성을 했다.

성주성 탈환 전투에는 실패했으나, 성주성은 탈환이 되었다. 왜군이 새를 잡는 조총을 들고 다닌다던 1593년 정월 명나라 진영에 통보한 전국의 의병 수는 22,600명 장수는 약 200명 정도이나 실전에서 의병장들이 대거 사망하고 의병의 수는 급격히 줄어들어 명목만 유지하게 된다.

적들은 성주성 전투 후 철군 때까지 약 6개월간 적진에서 연기가 나지 않았고, 이는 이들이 굶주렸음을 알 수 있다. 지독한 놈들이라 6개월간 굶주림과 싸우면서 적들은 전투를 회피하고 나에게 전공을 주지 않기 위해 자진 철군 형식으로 도주했다.

조선 일본 강화 협상 주체로 동인(호남 동부) 사신이 일본에 갈 때 수행한 박대근 이하 군관들이 성주 사람들로 구성되었다. 이는 다른 말로 경상도 전쟁의 중추 지휘부가 성주임을 말하는 것이다. 전쟁과 강화의 실질 주도권이 선조에게 있는 것이 아니라 경상도에서 저항한 군관들 손에 있었다. 통신사들은 경상도 군졸들이 겁쟁이라고 헐뜯는다. 당시 임진왜란의 승부가 성주성을 중심으로 구미 금오산성이 경상도 본영으로 관군의 지휘부였다. 진주성과 사천성은 최전방이었고, 선조 임금은 한양 환도 이후에도 힘이 없었다. 전쟁 주도권은 경상 군대가 가지고 있었다.

12월 7일 성주성에 도착한 경상, 전라 의병 연합군은 8일에 걸친 치열한 공방전을 벌였으나, 의병들의 피해가 너무 심해져 결국 14일 철수할 수밖에 없었다.(성과라면 적장의 목을 벤 것 뿐) 3차례에 걸친 조선군의 끈질긴 공격을 받고도 무너지지 않던 일본군은 왜장 '흑전구침'의 전사로 1593년 1월 15일 밤 성문을 열고 철수하여 개령의 본대와 합류하여 선산 방면으로 철수하였다. 이에 조선 의병은 성주성에 무혈입성했다. 정유재란에 왜군들이 금오산성에 막혀 호남으로 우회한 것만 봐도 영남 의병이 일본군 두 손을 들게 한 공이 적지 않다. 이왕 후퇴하는 것, 패전 당시 후퇴했더라면 많은 영남 의병이 전공을 인정받고 출세했을 터인데 일본군의 첩보는 수준 이상이었다.

| 박대근 |

일본어 역관. 1592년(선조 25) 임진왜란 때 적정敵情을 정찰한 공으로 서부참봉西部參奉이 되었다. 그 뒤 왕명으로 도요토미豊臣秀吉의 사신을 자주 만나 능陵을 범犯한 적을 색출하는 등의 공으로 첨지중추부사僉知中樞府事에 특진되었다. 그 뒤 여러 번 사신을 따라 일본에 갔으며, 또 선위사宣慰使를 따라 부산에 가서 포로로 잡힌 남녀 수천 명을 쇄환刷還하는 데 힘을 썼다. 관직은 동지중추부사同知中樞府事에 이르렀다.

임진왜란은 조선이 주도권을 가진 전투가 아니었다. 적들이 세세히 조선군을 유린하였다. 나에게는 매우 비정한 처사로 약 2만을 동원한 성주전투에 대해 고작 적장의 목을 벤 공로만 인정받았다. 나는 배덕문 장군 휘하의 약 1,500명의 의병 중에 선봉장에 불과하였고, 김면과 정인홍은 약 500여 명의 향병과 오십 기의 기병인 우리에게 낙동강 가로 가서 금산 이치 등지에서 후퇴하는 일본군 약 1만 병을 막으라는 명령을 했다. 계사년 정월 엄동설한이라 성주성의 날씨는 유난히 춥고 바람도 불었다.

성주성 안의 왜군들에게는 날씨보다 더욱 고통스러운 것은 보급로가 차단당해 굶주림의 고통이었다. 구로다 요시타카의 동생 구로다 분신의 전사로 왜군들에겐 최악의 상황이었다. 모리와 가쓰라는 침통한 표정으로 의견을 나누었다.

"구로다 분신 장군의 전사 후 우리는 여태까지 잘 견디었소. 구로다 분신 장군이 전사로 그냥 후퇴했더라면 틀림없이 '배세루'가 큰 상을 받아 우리의 강적이 되었을 것이오, 구로다 요시타카 장군의 비책은 신출귀몰하오."

"오늘 밤 야음을 틈타 철군을 해야 하오. 그렇지 않으면 모두 죽을지도 모르오. 마침 '배세루'가 진주로 출정했다는 정보를 받았소. 빈틈없이 퇴각하여 조선 의병들에게 공을 주어선 안 되오."

나는 집요하게 유격전을 개시하여 끝내 2만여 왜군의 적장 흑전 구침(구로다 분신)의 목을 의병 신분으로 베었다. 물론 이 전투에서 의병들은 패했지만, 적장이 살해됨으로써 왜군들이 남으로 퇴각하여 조선 의병군은 패전 후 얼마 후 성주성에 무혈입성했다.

"1952(선조25) 주부主簿 승진, 가장假將으로 활동 방어사 조경과 남정, 황간, 추풍령 전투 참전 후 향병 규합, 부상진 전투에서 흑전구침黑甸句沈 제거, 개산진 전투 평의지平義智 격퇴 금부채 1개, 칼 2자루 노획했다."

드디어 계사년 93년 1월 일본군 최대 파벌 모리 데루모토와 끈질긴 전투 끝에 성주성 탈환에 성공했다. 김면과 정인홍이 일으킨 의병대와 김성일의 관군 합동작전에도 성주성은 3차례의 공세에도 불구하고 탈환하지 못했던 곳이었다. 적군 제7진 모리 데루모토의 부하 가츠라 모토츠나가 지키고 있었다.

추풍령 전투 이후 경상도 의병들이 후방에서 왜군을 짓밟았다. 나는 이상하게도 왜군이 빠글빠글한 적진에 수령으로 임명받았다. 적치하의 도시들을 수복하는 기본 임무가 부여된 합천 군수였다. 나는 합천군수를 시작으로 동래(송상현의 전사지) 진주(김시민의 전사지) 목사 부산 첨사, 나의 임지는 불행하게도 왜군 치하 점령지가 대부분이다. 권율 장군이나 이순신 장군의 부임지하곤 영 딴판으로 적군을 몰아내고 민정을 수습해야 하는 곳들임에도 성공적으로 수복하고 부임하였다. 왜장들 사무라이(무사)들이 나를 피해 도주하여 전투가 되지 않았다. 우리 추풍령 전투 부대의 성주성 탈환과 제2차 진주대첩에 따른 구로다 분신의 척살로 왜군들이 대거 남하하기 시작하여 진주성 전투의 치열함이 있었다. 전열을 가다듬은 왜군들은 남으로 내려가기 시작한다.

명나라 원정군의 입성

1592년 12월, 이여송이 원군이 들어와서 올린 1593년 1월 평양 전투, 조선이 믿을 것은 명나라군이었고, 중국에서 많은 용병을 모을 수 있다고 믿고 있었다. 조선에서 피 흘리며 싸우다 전사한 사람들은 대부분 천민(노비)과 중인들 양민 등등 거의 모든 백성들이다.

잘 키운 노비, 열 양반 부럽지 않다. 명나라 용병은 귀국할 때 노비를 한두 명에서 많게는 십여 명까지 매입하여 가마를 타고 개선하여 중국의 중상층으로 등장하였다. 만주로 팔려간 노비들이 얼마나 성실했던지 누르하치가 병자호란에 침략하여 50만 명의 노비를 요구하는 동기가 되었고 명나라를 점령하여 통치하는 데 조선 노비들이 큰 허드렛일을 해냈다.

착하고 말 잘 듣고 성실한 조선의 노비는 일본 도요토미가 탐내어 납치해가고, 형제국인 말갈족 만주족들이 50만 명을 조선 공권력으로 보내달라고 요구해서 중국을 점령하는데 큰 자산이 되었다.

정인홍이 성주에 주둔한 적이 구원병이 없고 형세가 외롭다는 것을 듣고 김면과 더불어 힘을 합하여 진격할 것을 약속하였다. 김준민이 형세가 불편하다고 난색을 보이고 성주에서 5리 되는 곳에 나아가 진을 치고 마구 달려들며 도전하였으나 적이 끝내 나오지 아니하므로 날이 저물어서 도로 돌아왔다. 김면이 배설裹楔을 시켜 부상현扶桑峴에 복병하여 개령開寧에서 구원하러 오는 적병의 길을 막으라고 하였다. 이날 밤에 성주의 적이 개령에 달려가 위급함을 알려서 개령의 적병이 많이 왔다. 우리의 군사는 알지 못하고 바야흐로 성城을 공격할 기구를 수리하고 있다가 뜻밖에 갑자기 적병이 이르고 성 안에 있던 적도 성문을 열고 나와 양쪽에서 쳐들어오므로 김면이 급히 말에 오르니 군사는 드디어 달아나 무너졌으나 인홍이 홀로 움직이지 않고 있었다. 장수와 사졸들이 붙들어 말에 태우고 나오니 준민이 그 뒤에서 한편으로 싸우며 한편으로 후퇴하였으므로 이 때문에 군사가 많이 피해를 면할 수 있었으나, 고령의 가장假將 손승의孫承義는 탄환에 맞아 전사하였다. 김성일金誠一이 합천의 군관을 잡아다가 품의稟議하지 아니하고 거사한 것을 꾸짖고 장형에 처하였다.(선조조 고사 본말)

징비록과 고대일록 등등에 성주성 전투, 부상현 전투, 개령 전투, 개산진 전투, 지례 전투의 패배가 배설 때문이라는 구절이 곳곳에 있다. 이는 배설이 역모로 몰린 이후의 기록들에 근거하여 사전이 편찬되었기 때문이다. 선조실록과 여러 사료들을 교차비교 검증한 결과 이러한 것은 사실이 아님이 밝혀졌다. 즉 배설은 김면이 죽은 후에 합천군수에 임명되었다는 분명한 역사적 사실이다. 나(배설)는 의병장이 된 부친을 도와 용맹이 적진으로 나아가 부상진扶桑嶺 전투에서 적장 흑전 구침黑田句沈의 목을 베었으며, 개산진開山嶺에서는 적장 고니시 유키나가와 평의지平義智를 포위 고립하여 격파하는 전공을 세우고, 다시 무계진茂溪陣까지 출정하여 적을 평정하였다.

벽제碧蹄 전투

1593년 1월 27일 이여송 군대가 고바야카와 다카카게小早川隆景와의 전투에서 대패했다.

타치바나와 다카하시의 본대와 명군 2군과 계속 진창에서 막상막하 뒤엉켜 싸우는 동안 오전 고바야카와의 6,000명이 교대 다카하시와 타치바나는 퇴각했다. 고바야카와의 6천 명은 아와야가 좌익, 이노우에가 우익을 맡아 명군의 파상공격으로 일본군 좌익이 밀리는 동안 이노우에가 명군 측면을 역습하여 명군을 제2고지 위로 점점 밀어 성공했다. 개경에서 작전회의를 거친 후 이여송은 선봉 2만여 명을 이끌고 고양시를 거쳐 벽제관에 진입, 아침 맨 아래 고지(제1고지) 다치바나의 선봉 500명이 명나라군 선봉 2천 명을 도륙하고, 올라오는 도중 중앙 고지(제2고지)에서 명군 2군과 만나 무참히 도륙당했다. 퇴각하던 일본군 잔병이 명군 우익을 찌르면서 제3 고개에서 이여송이 총반격을 시도했으나, 고바야카와의 본대가 점점 물러나면서 명군 본대가 고개 안으로 들어서므로 치열한 전투가 벌어진다. 고바야카와는 명군이 진창으로 들어서자 삼면에서 공격하였고, 일본군이 명나라 군대와의 전투에서 대성공을 거두었다. 고바야카와 다카게는 나와 줄곧 대치하던 악명 높은 구로다 분신이 지휘하던 부대이다.

이여송은 조선 총관을 희망했음에도 총관은커녕 겨우 제 목숨 하나 유지해서 돌아갔다. 이여송의 원병 요동遼東 철령위(鐵嶺衛, 지금의 랴오닝 성遼寧省 톄링 현鐵嶺縣)이다. 조선을 위해 다행한 일이다. 일본군이 우리의 적임에는 분명했지만, 조선 총관으로 이여송을 모시기 싫었다. 임란 시 원병으로 출병 1593년 평양에서 고니시 유키나가小西行長의 군대를 격파했으나, 벽제관碧蹄館에서는 고바야카와 다카카게小早川隆景의 군대에 대패하고 간신히 목숨을 건졌다. 그 뒤 화의를 위주로 사태를 수습하고 그해 말에 귀국했다. 그 다음 해 요동 총관이 된 이여송은 토만의 반란군과 대적하다 요동서 전사하였다. 이연과 조정 대신들이 이여송의 위세에 당한 수모는 말로 다할 수 없었다.

세상이 급변하는 정국 속에서도 성주의 '애기똥풀' 꽃들이 무수히 피어 있었다. 가지에 상처가 나면 노란색의 즙이 나오는데, 이 즙이 아기의 똥처럼 생겼다 해서 '애기똥풀'이라 부른다. 노란 즙은 전투로 생긴 물 사마귀가 난 곳에 바르면 신기하게 나았다. 벌레가 물어 가려운 데에도 바르면 좋다. 성주의 양지바른 길가나 산야에서 흔하게 볼 수 있었다.

1592년 12명의 제 2차 원군의 도착을 시작으로 93년 1월 18일 개성 탈환과 함께 조·명 연합군은 계속 진격하여, 1월 21일 가토의 잔병이 함경남도 안변에서 강원도 방면으로 8일 동안 달려서 철수하고, 1월 23일 한성에 남은 조선인들이 몇십km 떨어진 조선군과 호응하기 위해 성 곳곳에 불을 지르며 반격을 시도하였으나 일본군의 빠른 대응으로 실패했다.

| 임전무퇴臨戰無退 |

신라 진평왕 때 원광 국사圓光國師가, 화랑 귀산貴山과 추항이, 일생을 두고 경계할 금언을 청하자, 세속오계世俗五戒를 주었다고 한다. 임전무퇴는 그 중에 하나로 소수의 병력으로 많은 적을 물리치려면, 배수의 진을 치고 결코 물어나지 않겠다는 정신으로 임해야 한다는 뜻이다.

(선조 38권, 26년(1593 계사 / 명 만력萬曆 21년) 5월 22일(을해) 5번째 기사

(김면, 정인홍, 곽재우 등은 일본군을 추격 전투를 하므로 피해가 상당했다.))

| 선전관 이춘영이 영남 왜적의 동향과 김성일·김면의 죽음을 아뢰다 |

선전관宣傳官 이춘영李春榮이 전라도 좌수영에서 와서 아뢰었다.

"전하여 들건대, 영남의 왜적은 문경·함창·상주·선산·김해·창원·웅천 등에 주둔해 있고 일본에서 새로 도착한 왜적은 가덕항加德項에 정박해 있으며, 인동·대구·밀양·청도·동래·부산 등

지에서는 적진이 그대로 있다고 합니다. 또 양산梁山과 대저도大渚島의 적은 곡식을 구하여 종자를 파종했다고 합니다. 4월 29일 우도의 감사 김성일金誠一이 죽었고 3월 11일에는 우병사右兵使 김면金沔이 죽었는데 사람들이 모두 애석해하며, 중위장中衛將 김영남金穎男이 그 군사를 대신 지휘하고 있다 합니다. 경기를 지나다 보니, 전야田野가 황폐해 있고 굶어죽은 시체가 길에 널려 있었으며 수도의 백성들은 날마다 통곡하면서 거가가 돌아오기만을 기다리고 있다 합니다."

전란으로 전국적으로 굶주려 죽고 있어 의병의 수가 증가했음을 보여주고 있다. 명나라군 약 22만이 들어와 소와 말을 사들여 모두 도살해 먹게 되어 백성들은 나무껍질과 인육을 뜯어먹고 명군이 토한 음식을 주워 먹으려고 무리를 지어 다녔으며, 계사년에 기근이 발생해서 전염병이 창궐했다.

신사 참배

병사 하나가 내게 말했다.

"나리 왜구들이 천막을 치고 난리 법석입니다."

"뭐라?! 그래 무엇을 한다고 난리더냐?"

"왜장들이 모두 모여 제사를 지내는 것 같기도 하고 신사참배라고 합니다."

왜구들은 자주 신사참배 한다. 명절에는 전통의복인 기모노를 입고 가는 것이 전통으로 평시는 대체로 평상복 차림으로 간다. 유력한 인물들을 안치한 영웅적인 인물이나 사람들에게 지대한 영향력을 끼치는 어떤 물건들에 경외심으로 참배하고 그 영향을 받고자 했다.

제사 지내는 축문에는 경상도 사투리가 있다. '아지매, 오게, 오게.'는 일본에서는 해석이 안 되는 고대의 신라말이다. 일본어 고어 사전뿐만 아니라 역사 사전에도 나오지 않는 말이다. 그러나 한국인이라면, 특히 경상도 출신이라면 단번에 그 뜻을 알 수 있다. '아지매'는 경상도 사투리로 아주머니를 뜻하며 고대에는 신성한 여자라는 뜻으로 통용되었다.

그리고 일본 전역에 8만 개의 민간 신사 가운데 4만여 개 이상의 신사에서 신라 계열인 '소잔 오존 계열'의 신을 모시고 있다는 것이다. 연오랑 세오녀 이야기, 신라왕자 천일창이 진귀한 보물을 갖고 일본으로 간 이야기 등은 광범위하게 일본으로 건너간 1차 도래인들이 가야계와 신라계임을 말해준다.

그들은 한반도 도래계 제신에 대해 참배했다. 그들은 옛 지명이 그대로 남아있는 경우, '실재한 역사적 인물을 제신으로 삼은 신사'를 참배한다. 즉 신라의 누구누구 또는 백제의 누구 신을 참배한다고 한다.

"왜놈들이 그래도 제정신은 있구먼, 조상의 나라로 쳐들어 왔지만 조상들에게 제사를 지낸다는 데 어쩌겠는가. 어디 보자, 문제는 저들이 재래의 조상신들은 격멸하여 없애고, 조선을 정복하려 한 왜장들을 모시게 되는 것이로구나! 그러니 우리 조선군이 기필코 왜적들을 소탕해서 다시는 이 땅을 노리지 못하게 하고 왜장들을 참배하지 않도록 패전을 안겨

줘야겠다."

"나리 신사참배는 천부당만부당합니다."

어쩌랴 저들이 탄금대에서 승리함이 자기들 조상 덕분이라고 하는데 참배하고 조선 정벌을 꼭 이루겠다는 영감을 받거나 다짐하는 것이라는데, 우리가 힘이 있어야 뭔 말이라도 하겠군.

"나리 저들을 쓸어버려야 합니다."

"이보게 저들은 2만 병력이야, 우리의 오백 병기로 저들 속을 공격하자는 것인가? 이연 같은 생각이군." 나도 모르게 코웃음이 나왔다. "그러게 평시에 백성들 잘 먹이고 무기를 만들고 했더라면 이런 치욕을 당했겠어? 백성을 속이고 못 된 짓만 해온 우리가 반성해야지 않겠나? 저들이 승리를 자축하는 것인지, 조상에 참배하는 것인지, 그것에 왈가왈부할 자격이 자네나 내겐 없다고 생각하네. 지금 근왕병 모집을 보시게나. 노비라도 전공을 세우면 '면천免賤'을 해준다고 하고 병력을 모으고 있는데 면천된 사람들을 보았나, 거의 다 죽어 그 흔적도 없지 않은가, 나는 이연과 조정을 믿지 못하겠네. 우리도 적들에게서 징발한 떡과 생선 그리고 쌀밥이 있으니, 적들이 신사 참배할 동안 우리도 제사나 올리세. 적의 행사를 보고 기다리는 것은 매우 불리한 것이니, 우리도 제사를 지내서 병사들을 위무하고 적이 우리를 기다리게 한 다음 약점을 치는 것이 좋을 것이다. 경계를 철저히 하고 적의 신사참배에 일비일희하지 말라!"

한때 역관을 했던 다른 병사가 알렸다.

"나리, 적들이 또 다른 여러 신을 참배하고 있습니다."

나는 주부 시절에 삼포의 역관들과 북관 여진의 역관들로부터 소식을 들어 국제정세를 어느 정도 인식하고 있었다.

일본 사상의 가장 큰 특징은 다양성이다. 일본을 장기간 지배했던 바쿠후(막부) 자체가 무사단의 연합체였고, 쇼군도 일국의 왕이라고도 할 수 있지만, 또 다른 의미에서 본다면 영주의 장으로서 정치력을 가진다고 볼 수 있었다.

일본은 장기간 통일이 되지 못했기에 현실적인 문제가 중요했고 그 현실적인 문제를 해결하기 위한 다양한 학문이 등장했으며 그 과정에서 여러 신을 참배하고 경쟁했던 것으로 보인다.

일본의 신화는 상당히 완결된 형태이다. 장대한 한 편의 소설처럼 치밀하며, 신들에 대한 묘사가 상당히 조밀하고 구체성을 띤다. 그러니 신사 참배는 여타 허식의 제사와는 다르게 실제 역사와 현실을 연결짓는 역할을 한다.

"저놈들이 하는 짓이 그렇구나!"

적들은 신사 참배로 신화와 만나고 이를 현실에서 이루려 한다.

"저들은 신사참배를 통해 신화와 현실을 구별하지 못하는 자기최면에 돌입하는 것이리라. 저들이 명문화된 법전도 없이 영주 체제의 인적 통치에 의존하다 보니 어떤 결속이 필요하였겠지, 조선처럼 조밀한 법전이나 대리 집행관들인 아전들이 없었으니, 무엇인가 결속하는 동력으로 신사를 이용하고 있구나!"

서양인들이 "하나님 예수님 앞에 선서합니다." 하는 것과 같은 것으로 맹세하는 것이다. 그들이 신사를 통해 참배하는 신은 과거의 것이 아니라 현재의 생활을 지배하고 그들은 그 약속에 따르는 것이다. 무형의 신뢰에 기초된 것이다. 그것은 정의이고 신앙이며 신뢰이다. 그들은 그것을 믿고 그것에 의지하여 믿음으로 전투를 하고 생활한다. 그들의 신앙은 과거가 아니라 현재이며, 모든 해결의 원초적 신뢰이다.

"그래, 그들의 그것이 우리 조선의 경국대전보다 못하다고 할 수 없다. 조선이 경국대전의 법에 통치를 받는다고 하지만 사실 동력은 나라를 통치하고 유지하는 아전들 아닌가? 그래서 토색질이 정당화되어 있고 뇌물이 정당화되어 있는 것이 조선의 현실인데 신사의 신앙을 가지고 모든 것을 의지하고 믿는다면 그들의 통치 기반이 조선의 법전보다 못 하고 미개하다고만 할 수 있으랴, 그들의 신앙처럼 '속이지 않고 약속하며 신을 신뢰함'에 우리가 뭐라 할 것이냐? 나는 저들이 빨리 자기들 나라로 돌아가기만을 기다릴 뿐, 신사참배에 구구한 해석을 하고 싶지 않다. 우리가 저들보다 좋았다고 생각한 경국대전과 아전통치는 신뢰를 바탕한 것이 아니다. 남을 깔아뭉개고 잔인함을 바탕으로 하는 노비제도가 그 바탕에 있다는 사실을 말하고 싶다."

비록 저들은 법이 없어 미개하긴 했어도 총이라는 무기가 있었다. 그들은 아직 소유와 재산권의 개념이 희박하였고, 간단한 땅문서 하나도 만들 줄 몰랐다. 조선처럼 땅문서가 법전에 명시되어 있지 않고 '이것은 내 땅, 저 사람은 나의 노비'와 같이 등록해 아전들이 세습으로 관리하는 제도가 없는 미개함 뒤에는 무서운 추동력이 있었다. 그들은 좋은 것을 섬기고 닮고자 하는 '신사라는 믿음'이 있었다. 그들은 그것에 의지해서 일본을 통일하였다. 서로서로의 신앙을 존중하는 전쟁으로 통일을 이루었다. 그들은 그런 힘으로 거침없이 조선 땅으로 쳐들어왔다. 그리고 신사 앞에서 장수들이 참배를 통해 '충청도는 누구의 것…' 하는 맹세를 하고 조선을 '꿀꺽' 하려고 한다. 우리 조선의 경국대전에 그런 법은 어디에도 없다. 법에 따른 통치, 이것이 법치이다. 바로 이연은 아전들을 동원해서 법으로 전쟁을 하고 있다. 수도 한양이 적에 넘어가도 군대가 움직이지 않은 법치의 국가였다. 그러니 미개한 일본군이 위대한 조선의 사정을 알 리가 없고 조선을 그냥 주더라도 지배할 수 없을 것이다. 조선의 법치는 때론 위대했고, 두 개의 다른 도량형을 사용하여 '백성들을 위무하는 수완'에 있어 실로 위대하고 뛰어난 민족이었다.

저들이 만일 5만 병력 정도로 조선정벌을 감행했더라면, 조선은 실로 위험했을 것이다. 그리고 명나라마저 일본군의 수중에 떨어졌을지도 모른다. 그들은 그런 조선도 자기들 땅, 만주도, 중국도 자기들 땅이라고 주장하겠지만 이는 어느 법전에도 없었다. 그들이 신사 참배로 약속을 하면 바로 그것이 그들의 것이 되었다. 참 편리하고 쉬운 백성들인가 보다. 반면 우리는 법치의 사슬에서 신음하고 있는 것이 보였다. 일본의 무서운 성장은 바로 저들의 무법 속의 약속에서 비롯된 것으로 보였다. 저들은 어쩌면 만주의 여진족들과도 비슷하다. 여진족들도 법이 없는데, 우리 조선을 아주 깔보고 우리가 법치에 의한 관리들의 토색질을 놀리고 있다고 한다. 북에는 여진이 만주 대륙을 다 삼키고 있고, 남쪽에서는 일본이 대마도와 한반도 남부를 노리고 있구나! 우리의 위대한 법치가 중대한 도전을 받고 있었다. 적들이 신사참배를 하고 우리는 제사를 올리는 대치한 병영 가운데서도 찔레꽃, 아카시아 꽃, 탱자 꽃, 안개꽃이 모두 흰빛으로 향기로움을 더했고, 푸른 숲의 먼 곳에서는 뻐꾹새 소리가 시혼 詩魂을 흔들어 깨우고 있었다.

'극단'적으로 파고 들어가면 현대 한국어의 근간이 뿌리부터 흔들려 버릴 수도 있다. 소위 한자 문명권에서 Made in Europe(유럽에서 만들어진)의 모든 근대 개념 어휘의 태반을 Made in Japan(일본에서 만들어진)으로 만들어낸 것이 일본이다. 사회, 정의 같은 단어는 모두 일본에서 society, justice라는 단어를 번역한 일종의 신조어였다. 사실 이는 일본의 식민통치를 경험한 한국뿐 아니라 중국 그리고 한문을 썼던 베트남의 지식인과 유학생들이 일본의 번역서를 통해 근대화를 도모한 까닭에 모든 한자권 국가들이 동일하게 겪고 있는 일이다. 심지어 중국마저도 일본식 한자어가 60%를 차지한다.

2차 진주성晉州城 전투

계사년 1593년 6월 22일 29일까지 8일간 1593년 계사년 7월 20일(양력) 강화 협상 과정의 전투, 부산 지역으로 후퇴한 병력을 동원해서 진주성을 공격, 권율 이하 관군의 주력은 소백산맥 너머 전라도로 후퇴하면서 의병들은 진주성 입성에 방관하였다.

호남으로 통하는 길목인 진주성을 싸워보지도 않고 내줄 수 있겠는가.

김천일 등 호남 출신 의병들과 충청 병사 황진 등이 식량이 경상도에 있다는 소문 때문에, 진주성에 가면 살길이 있을 거라는 수만 명의 피난민도 진주성에 몰려들었다. 진주로 오는 왜군 진영은 부대마다 군관으로 보이는 사무라이들 서너 명의 기병이 있었고, 나머지 병사들은 조총을 든 보병들이다. 나는 마상 전투로 소수의 지휘부로 보이는 기병들을 섬멸해 죽여 버렸다. 이렇게 확보된 군량미는 성주성에서 거병한 휘하 병졸 1천여 명에게로 보내졌고, 밤낮으로 왜군에게 군량을 징발하러 다니게 되었다. 경상 감사와 밀양 부사까지 군량미를 요구하였다.

많은 일본 군관들을 중로에서 격멸하였음도 워낙 많은 병사라 제2차 진주 전투는 치열했다. 많은 전투 경험이 있는 일본군이 영남 유격대인 배설의 기병대가 진주성 전투를 위해 이동 중이던 500여 명의 일본군이 50여 기의 조선 기병과 진주 외곽에서 조우하고 확실하게 쳐 발렸었다. 유격전에 능숙한 조선군은 10배의 일본군을 개 박살내고 사무라이 군관들 20여 기마 지휘관을 격멸해도 보병들은 조총과 아시가루 창으로 손을 쓸 수가 없어 10배의 병력으로 어찌할 줄을 모르고 도주하는 현상이 진주성 외곽에서 십여 리 곳곳에서 벌어진 것이다.

왜적의 화전이 날아와 초가집에 불이 붙었다. 화염이 충천하자 이를 본 서예원이 놀라 자빠졌다. 김천일이 서예원 대신에 장윤을 가 목사로 삼았다. "황진이 죽자 서예원을 순성장으로 삼으니 겁이 많은 그는 놀라서 전립을 벗어던지고 눈물을 흘리며 말을 타고 다녔다. 최경회가 이를 보고 군기를 어지럽힌다고 참하려다가 그만두고 장윤으로 대신 순성장을 삼았다." 서예원이 먼저 달아나니 모든 군사들이 일시에 달아났다. 김천일이 최경회, 고종후 등과 청당에 나란히 앉아서 말하기를, "여기를 우리들이 죽을 장소로 합시다." 하고는 술을 가져오게 하였는데, 술을 지니고 있던 자도 이미 달아난 뒤였다. 이에 불을 지르도록 명하고는 스스로 타 죽으려 하였는데 적이 바로 촉석루에 올라오자, 김천일이 그 아들 김상건 및 최경회, 고종후, 양산숙 등과 함께 북쪽을 향하여 두 번 절하고 강에 몸을 던져 목숨을 끊었다. 이종인은 이곳저곳에서 싸우다가 남강에 이르렀는데, 양팔로 두 명의 적을 끼고는 "김해 부사 이종인이 여기에서 죽는다."라 크게 소리치고는 강에 몸을 던졌다.(선조 수정실록)

┌─────────────────────────────────────┐
│ **| 황진 |**
│
│ 조선군 일본에 조선 통신사가 갈 때 호위 무관으로 따라갔다가 일본도를 사 와서 이 칼로 왜놈들을 베어 주리라 다짐했고, 이치 전투에서 승리를 함으로써 전라도를 방위하는데 대공을 세웠다.
└─────────────────────────────────────┘

┌─────────────────────────────────────┐
│ **| 이의정**(1555~1593) **|**
│
│ 선생은 선조 16년(1583)에 무과에 급제해 보령 현감에 있을 때 임진왜란이 일어나자, 의병을 모집해 진주성 싸움에서 김천일 등과 함께 왜적에 맞서 싸우다가 패배해 석강에 투신, 순국했다.
└─────────────────────────────────────┘

일본군은 임진년 성주성에서 구로다 분신의 전사로 남하하여 진주성에 집결, 10월 1차 진주성 전투의 참담한 실패로 복수심에 가득 찼고, 또 호남 진격의 거점을 확보하기 위하여 대대적인 진주성 공세에 돌입하였다. 일부 수비 병력을 제외한 전군을 동원하였는데 가등청정加藤淸正, 소서행장小西行長, 우희다수가宇喜多秀家, 모리수원毛利秀元을 비롯한 제장과 93,000여 명의 병력을 투입했다. 아군은 창의장 김천일金千鎰, 경상 우병사 최경회崔慶會, 충청병사 황진黃進, 복수의병장 고종후高從厚, 진주 목사 서예원徐禮元, 진주판관 성수경成守慶, 사천현감 장윤張潤, 거제현령 김준민金俊民, 김해부사 이종인李宗仁 등의 관군 6,000~7,000의 병력이다. 8일간의 혈전 끝에 성이 함락되니 죽은 자가 민간인을 포함하여 6~7만 명에 이르렀다.

김천일, 최경회, 고종후, 이종인 등 장수는 남강에 몸을 던져 순절하고 김준민 등 제장이 역전 끝에 전사였으며 성안의 사녀士女들도 앞을 다투어 강에 투신하니 시체가 강을 메웠다. 이 전투는 임진왜란 이래 군민이 참혹하게 희생되어 전례가 없었다.(선조실록 권27, 선조 26년 6월 갑신조)

| 김천일(金千鎰, 1537~1593), 최경회(崔慶會, 1532~1593) |

1592년 전쟁 초기에 모두 전라도에서 의병을 일으켰다가 1593년 6월에 진주성 들어가서 죽은 의병 대장들이다.

| 고경명 |

그는 1592년 6월 금산 전투에서 작은 아들 고인후와 함께 죽었는데, 또 다른 아들인 고종후가 '복수군'을 이끌고 진주성에 들어가서 죽었다. '징비록'에 언급된 전라도 의병대장은 이렇게 달

랑 세 명이다. 김천일의 군대에 창의 군이란 칭호를 내렸다. 좌찬

성左贊成이 추증되고, 나주의 정렬사旌烈祠, 진주의 창렬사彰烈祠,

순창의 화산서원花山書院, 태인의 남고서원南皐書院, 임실의 학정서

원鶴亭書院 등에 배향配享되었다.

거제현 유자도 앞바다 가운데에
진을 옮기고(난중일기 1593년 5월 25일)

이순신 장군은 진주성 2차 전투가 벌어지기 전 6월부터 거제 칠천에서
잠복근무하다가 비바람이 세차게 몰아치면, 살짝 남쪽으로 내려와서 거
제도(신현읍 지금 삼성 중공업 조선소가 있는 간척지)에 작은 섬에 있었다. 1593년
음력 6월 22일부터 벌어진 진주성 전투를 앞두고, 이순신은 거제도 북쪽
의 섬 뒤에서 잠복근무했다. 진주성 6만 백성과 6,000명의 군사들이 몰
살당하는 것을 눈뜨고 지켜보면서 마음이 아팠으리라, 어쩔 수 없었다.
진주성은 고려 시대에 축조된 석성이자 남강을 지키는 수호신과도 같은
성으로 임진왜란 3대 대첩 중 하나로 진주 목사 김시민 장군이 왜적을
대파하며 승전고를 울린 진주대첩의 현장이다. 남강을 굽어보며 이어지
는 둘레 1.7km 성곽에는 촉석루, 북장대, 서장대, 공북문 등이 자리잡았
고 그 안으로 창열사, 의기사, 국립 진주 박물관이 있다. 촉석루는 밀양
영남루, 평양 북벽루와 더불어 조선 3대 누각으로 꼽히며 진주 8경 중 제
1경으로 빼어난 축미와 위용을 자랑한다. 촉석루에서 내려다보는 남강의

풍경도 운치있다. 왜군과 전투에서 패한 뒤 기생 논개가 일본 장수를 끌어안고 강물로 뛰어든 곳이 바로 촉석루 아래에 있는 의암이다. 왜군이 휩쓴 조선군 전멸의 비극을 간직한 진주에는 섬 색시의 노랑꽃들이 무수히 피어 있었다. 섬 색시 노랑꽃 돼지나물들이 조선민중의 전멸을 애석해 하듯이 수없이 많이 피어 있었다. 섬 색시 꽃은 일지황화—枝黃花라고도 한다. 극도의 불안과 공포심으로 인한 두통 편도선염에 특효했고, 부상이나 타박상에도 소용되는 조선의 아름다운 꽃이었다.

진주 막사발

영리, "웅천 두동리 등 진주를 중심으로 한 남해안 일대에는 백자 재료인 질흙이 지천으로 널려 있는 진주성 지방의 가마에서 민가의 제기, 즉 제사용 그릇으로 특별히 구운 막사발이 바로 '센리큐'가 말한 이도차완이었다. 이곳의 차, 사발 하나가 '오사카성' 하나와 맞먹는 가치의 값이 나간다고 여겨졌다. 진주성의 제기용 사발은 다리가 좁고 높으며, 몸체의 아랫부분에서 굽 부분까지 급격하게 깎아내린 형태로 독특한 은은한 빛깔, 아래 굽 언저리 이슬 모양의 유약 응결인 유방울(가이라기) 등 특징을 지닌 '이도 차완'으로 불린 진주 웅천 지방의 도자기가 일본인들의 미각을 사로잡았다. 진주 지방의 관노들이 한민족의 얼을 승화시킨 명품을 만들어 내었다."

전쟁의 상흔 속에서도 가을이 왔다.

경상 진주는 경치가 매우 빼어난 곳이었다. 맑은 물과 울창한 숲, 구불구불 이어지는 오솔길 등등 빼어난 산수가 평화로웠다. 진주성 외곽의 산야는 가을이 되면 바람은 상쾌하고 햇볕은 따사로워 기분을 상쾌하게 했다. 아직 초가을이라 햇빛은 따사로운데, 벌써 개털 옷을 입고 있었다. 군량을 총책임진 입장에 있었으나, 적과의 전투에서 동지들과 군사들처럼 용맹이 싸웠다. 내가 패잔병이 될 줄이야, 아무리 생각해도 기가 찰 노릇이다. 과거에 급제하고 고을의 군수가 되고자 했는데, 패잔병이 되어 잔병들 먹일 것을 구하러 다니는 신세가 되었다. 진주에서 고개를 넘나드는 30석을 싣고 가는 왜군들을 추격하는 비겁한 역할을 맡게 되다니? 의암 부근에서 화가 치밀어 왜군들 30여 명을 모두 베어버렸다. 그러나 총알을 피할 수 없었고, 왜군들의 진격을 막아내지도 못 했다. 그럼에도 병사들은 저녁이 되자 나만 쳐다보고 있었다. 임금과 조정이 기약 없이 피난했으니, 어디 가서 기대어야 한단 말인가? 가장 가까운 곳에는 왜군들이 있었고 그들도 무엇인가 먹을 것이다. 그렇게 왜군들에게 식량을 징발하기로 하였고, 실행해 나갔다. 이것이 비겁한 일이라고는 하나, 달리 수천 명을 먹일 방법이 그뿐이었다. 앞으로 나아갈수록 더욱 황량한 장면만 보였다. 들판에는 말라버린 잡풀과 쑥뿐이었고, 황금 들판이었던 조선의 들판은 행군로 주변에는 인적이라고는 찾아볼 수가 없었다.

어떤 나라도 모든 백성이 다 부유할 수는 없을 것이다. 끊임없는 양적 질적 개선을 통해 재화의 분배가 이루어질 수 있다는 것을 도요토미는 확신시키려 했다.

가을이 되니 해는 조금씩 남으로 기울고, 가을밤은 홀로 잠들기가 어렵구나!

끝없이 이어지는 귀뚜라미 소리가, 마치 고향의 작은 초가에 누워있는 것 같구나!

| 박진 |

1573년(선조 6) 알성문과에 급제, 1591년 동인이 남·북으로 갈리게 되자 남인에 속했다. 1592년 임진왜란이 일어났을 때 경상 우감사로 있었으나, 동래 함락의 소식을 듣고 진주를 버리고 거창으로 퇴각했다. 전라감사 이광李洸, 충청감사 윤국형尹國馨 등이 근왕병勤王兵을 일으키자 함께 용인전투에 참가했으나 패배한 책임을 지고 한때 관직에서 물러났다. 1596년 호조판서로 군량을 조달했다. 비변사에서 일하다가 1592년(선조 25) 밀양부사가 되었다. 같은 해 4월 임진왜란이 일어나 왜적이 침입하여 부산·동래 등이 차례로 함락되는 와중에서 적을 맞아 싸우다 패하여 포위되자 밀양부를 소각하고 후퇴하였다.

영천의 민중이 의병을 결성하고 영천성을 근거지로 하여 안동과 상응하고 있었던 왜적을 격파하려 하자, 별장 권응수權應銖를 파견하여 영천성을 탈환하였다. 9월. 김성일이 좌도로부터 강을 건너 서쪽으로 와서 다시 우도 감사가 되었다.(경상순영록)

패전

패전과 동시에 병졸들은 버려진 것이었다. 조정에서 임금이 굶주리는 상태에서 패잔병에게 쌀 한 톨도 지원될 수 없었다. 패잔병이라고 끼니를 거르는 것도 한두 번이지, 거침없이 돌아오는 매 끼니는 잠시도 쉬지 않았다. 총에 맞은 병사도 칼에 베인 병사도 굶주림을 호소하다 시름시름 죽어갔다. 왜군들이 서울로 싣고 가는 군량은 어마어마했다. 왜군들도 필사적으로 군량 징발에 저항했다. 나는 그들에게 자비를 베풀지 않기로 했으며, 비겁한 행동이었지만 모두 베었다. 그것은 우리의 병사들과 의병들의 끼니 고통을 해결하기 위해 불가피했다. 매일 출전하여 매일 전투를 벌여야 굶주림을 해결할 수 있었다.

토벌대와의 거리는 총알이 미치지 못할 정도의 200보 거리에서 함께 기동했다. 적장들은 칼을 휘두르며 물러가라는 시늉을 줄곧 했다. 나는 나의 부하들 징발 군대와 온종일 적들과 달렸다. 적장들은 더는 추격을 하지 않아 소득이 없었다. 식량이 아니라면 적의 수급이라도 가져가야 할 상황이다.

열 배가 넘는 토벌대를 향해 기병으로 공격하는 척 적장을 위협하면서 남쪽 방향의 수송대를 향해 진격하였다. 그리고 무자비하게 수송대를 격파했다. 왜병들은 멀리 물러서서 우리가 식량을 징발하는 모습을 지켜만 보고 있었다. 이윽고 어느 정도 징발한 식량을 운송했을 때쯤 적들은 총들을 쏘아대었다. 그러나 이미 거리는 오 리나 벗어난 상태였다. 왜군들의 토벌대 무리가 총성을 향해 달려가는 것이 보였다.

행주 대첩

　1593년 1월 2월 행주 대첩(권율) 5월, 명이 도요토미의 대표 고니시와 화
친을 논의(심유경)한다. 조선 분할 요구를 논의함으로써 8월부터 일본군과
명군 동시 철군을 시작했다. 명나라군은 조선 조정의 전비와 군량의 고
갈로 인해 철군을 협상 카드로 활용, 일단 일본군을 철군시키려 했으며,
이런 사이에 군비를 증강하는 방편을 사용하고 있었다. 행주 대첩을 실
질적으로 지휘 승리로 이끈 것은 조경 장군이었다.

전 끝에 물리쳤다. 이후 함경북도 병마사, 한성판윤을 거쳐 충청 부사와 회령 부사를 지냈다. 1604년에 선무공신3등에 책봉되고 시호는 장의공莊毅公이다. 방어사 조경1592년 4월 17일 왜군 중부 주력군 구로다 나가마사와 교전 추풍령 전투 조경군대 대패하고 조경이 생포되었다가 그 부하들의 유격전으로 구출되어 재기한 장수로 행주대첩에서 큰 전공을 세운 인물이다.

'명군의 기예는 아군에게 미치지 못하는데 군량을 공급하는 어려움은 배나 됩니다. 만약 또다시 명군을 청하고 그에 맞춰 군량을 댄다면 우리나라 백성들은 모조리 아사하여 아무도 남지 않을 것입니다.' 1597년 고상안高尚顔이 유성룡에게 올린 편지의 내용이다. 계사년(1593)과 갑오년(1594), 조선 조정이 명군에게 군량을 공급하는 데 급급하다 보니 수많은 조선 백성들이 굶어죽었다는 것, 명군에게 신경 쓰느라 조선군에 대한 급량이 상대적으로 소홀해져서 조선군의 전력은 더욱 피폐해질 수밖에 없다는 통탄이었다.

| 국왕 선조의 수모 |

1593년 9월, 명의 병부 주사主事 증위방曾偉邦은 일본과의 강화에 반대하면서 조선을 다잡아 자강自强시켜야 한다는 내용의 상소를 황제에게 올렸다. 그는 조선이 본래 당 태종의 침략을 막아낼 정도로 만만찮은 나라였다고 높이 평가했다. 그러면서 일본군의 침략에 맥없이 무너진 것은 군주가 시원찮기 때문이라고 진단했다. 구체적으로는 선조가 '황음荒淫' 하여 전쟁을 불렀다고 직격탄을 날렸다. 중위방은 일단 선조에게 각성하여 자강할 수 있는 기회를 주되, '개과천선'이 불가능하다고 판단될 경우 그를 왕위에서 쫓아내고 왕세자 광해군을 즉위시키자고 촉구했다. 명 조정에서 불거진 왕위 교체론이었다. 칙서의 내용은 선조에게 굴욕적인 것이었다. '선조가 안일에 빠져 소인배들을 믿어 백성을 제대로 돌보지 않고 국방을 소홀히 했기 때문에' 전쟁이 초래되었고, 신종이 1595년 3월에 보낸 칙서, 황제는 광해군에게 전라도와 경상도로 내려가 명군에 대한 접반에 진력하라고 요구하면서 '부왕의 실패를 만회하여 나라를 바로 세우라'고 훈시했다.

1592년 5월 7일. 임금이 평양에 도착 4일간 밥도 굶었다. 시골 촌로가 껍질을 덜 벗긴 현미밥을 진상하였으나 이게 임금의 수라로 올라감 임금은 점령당하지 않은 남쪽 지역의 군사들이 자기를 지켜주기 위해 좀 올라왔으면 하고 바람.(이항복이 권율에게 이런 사실을 알림) 5월 8일. 밥투정, 반찬투정. 피난길이라 제대로 된 음식을 먹지 못한 임금이 드디어 "어선御膳은 생물生物로 할 것이며 수량도 풍족하게 하라. 동궁 이하도 다 이 예에 따르도록 하라."라고 일렀다.

김면이 죽다

1593년 3월 11일 성주 탈환 전투에서 약 2만의 의병을 지휘한 의병장 김면 장군, 그는 만석꾼의 가산을 탕진하고 그의 처자식들이 문전걸식하고 다녔어도 보살피지 못하고 30여 전투에 매진하였다. 금릉군의 하리 조그마한 병영 막사에서 사망한다. 나라에서 의병(시민단체)은 물만 먹고 사는 것을 법으로 정해 두었으니 김면의 가족들은 굶주렸고 청렴했다. 관리가 아니면 함부로 밥을 먹을 수 없었던 시대였다.

"배추 같은 엽초 말린 것이 있소."

"맛을 보아라!"

"네 먹어보니 맴맴합니다. 맵싸합니다."

"어디다 쓰는 것인고? 염장이 안 된 것을 보니 반찬은 아니고."

"급체한 데 먹는 약초로구면, 남쪽에서 들어 온 것이니 남령초라 부르자. 의병들 장군께 보내드려라!"

약초를 김면 장군께 보냈다.

"대장께서 특별히 이곳까지 보내주셔서 고맙소, 어디 맛이나 봅시다!"

김면, "담담한 맛이오, 조금 맵싸하기도 하고, 급채한데 특효약이라고 하오니 고맙게 받겠소, 그래, 대장 이번엔 일본군 수송대를 턴 것이오?"

"네, 장군 제7번대 모리 휘원의 군량 수송대를 격멸하고 징발하였습니다."

김면, "군관들이 극도의 신경과민으로 수일 째 급채가 많았소. 담박한 맛이군, 다 배 대장 덕분이오, 정말 고맙고, 정말 고맙소. 오늘 초계 '암고 (암호暗号)'는 남령초가 들어온 날이니 '담담 배'로 하였소, 배 대장이 담담

한 남령초를 보내주셨다는 '암고(암호暗号)'로 하였소. 무운을 빌겠소."

"더욱 진귀한 물건이 들어오면 꼭 잊지 말고 보내주시오."

의병들이 "와! 와! 와!" 함성을 질렀다.

거듭된 전투에서 승전해 온 의병들의 사기는 높았고 약 2만 명의 규모와 위용이 천하를 제패할 듯한 위용이었다. 김면 장군 휘하에 군세였다.

김면, "오! 국토의 수복이 눈앞에 보이는 듯하오, 당장 군사를 몰고 왜놈들을 쳐서 쫓아내고 싶소."

"장군, 지금 적을 치려고 출병 준비가 끝났소, 출병 명령을 내려주시오."

김면 장군은 힘없이 말한다. "나라만 있는 줄만 알았는데, 내 몸 하나 못 움직이니…. 저 위용의 군세가 다 소용없구려. 출전을 앞두고 미안하오! 참으로 나라는 잘 되어가는 데, 승리를 보지 못하고 죽어야 함이 너무 쓸쓸하오. 쓸쓸하오…. 나라만 있는 줄 알았는데 내 한 몸 없어지니 소용없구려, 대장 이번 출전에 적들을 섬멸해주시오. 왜군들이 모두 죽어 나가고 우리가 승리한다고 해도 나 하나의 몸이 없으면 다 헛된 것인 줄 몰랐구려…."

김면 장군은 3월 11일 병영에서 쓸쓸히 붕우하고 말았다.

영리, "장군께서 성주성을 수복했는데요, 왜놈들이 자진 철군하는 걸로 수작해서, 그 공도 인정받지 못하고, 저렇게 가시다니… 흑흑흑…."

영리는 말한다. "장군께서는 일국의 왕을 하시고도 남을 멸사봉공의 인물이십니다. 가족과 처자식이 문전걸식함에도 보살피지 않고 오직 나라만을 생각한 장군이 대왕보다 훌륭하십니다."

이어서

"중국 황제보다 훌륭하십니다. 왜? 내 말이 틀렸어요?"

이 나라 땅들 위를 달리면서 눈물을 흘렸다. 참혹한 시체 더미가 마음에 각인되어 있었다.

김면 장군이 죽었다. 참으로 기뻐할 동인 난신들이 역모로 몰지 않아도 되겠구려!

군관과 역관의 죽음으로 깊은 상실감을 느꼈다. 군관은 넓은 어깨를 뒤로 젖히면서 성난 황소처럼 적들을 가격했다. 눈은 적을 모두 불태워 버릴 것 같았다. 명성 그대로 군관의 눈은 빛을 발하고 있었다.

"영리님, 한강 방어선 담당 성철 군관입니다."

가까이 다가가서 군관이 말했다.

"먼저 가십시오.", "나 먼저 가라고."

바닥을 몸짓으로 가리켰다. "당신과 형제들이 갖고 있는 이 나라는 당신들 것이 아니오."

"어떻게 이 작자가 그걸 알지?"

흉골 아래가 피로 물들어 있었다. 김면 장군의 부관은 무참하게 총알은 심장을 비껴갔다. 이런 끔찍한 죽음을 수도 없이 목격했다. 고작 한 시간쯤 살 수 있을 터였다. 이해가 안 된다는 투로 군관은 눈살을 찌푸렸다.

순찰병들을 이끌고 온 군관이 소란의 원인을 따져 묻고는 횃불을 가져다 김면 장군 부관의 얼굴을 비춰보더니 이내 수염이 덥수룩한 얼굴로 씩 웃으며 말했다. "대장 이미 늦었습니다. 지금 사방으로 사람을 풀어 약을 구하려 하는데 어렵습니다."

"장군님께 데려다 선을 보이지 않고 뭐하는 건가?"

뒤따라 온 병사들을 보니 그것은 자신들 부대의 야영지에 떨고 있었다.

험준한 산속에 흩어져 있는 유격대는 왜군들이 당도하자 대항하지 못하고, 그러나 왜군이 일단 그 지역을 떠나면 의병들은 이내 또다시 저항했다.

온통 전란에 관리들은 토색질이고 부패하여 도망다녀야 했는데, 김면 장군은 일신의 안위를 생각지 않고 전투를 지휘하시다가 암고가 '담배'인 3월 11일, 장군은 병영의 한 막사에서 서거하고 말았다. 이때 조정에서 병마절도사에 임명한 상태였다. 김면 장군은 만석꾼이라고 했지만 죽을 때 아무것도 가져가지 못했고 의병 대장에 임명되었지만, 결국 자신의 입 하나 겨우 풀칠하다가 숨진 것이다. 성공과 명예, 권력 아무것도 가져가지 못했다. 사람은 누구나 그러하다. 엄청난 성공을 해도 죽을 땐 겨우 몸 하나 남기는 것이다.

선조 이연은 도망 다니느라 내가 과거 급제 후 전생서 주부로서 출전한 사실조차 까맣게 모르고 있었다. 의병 활동으로 왜군이 남하하고 난 다음에서 정신을 차렸는지, 전국의 의병 수십만 명 중에 그간의 공을 인정하여 나는 1594년 합천 군수에 임명되었다.

성주星州에 진을 쳤던 적에게 이미 무계茂溪·현풍玄風의 응원이 없어져서 세력이 심히 외롭고 약해졌으므로, 정인홍鄭仁弘이 김면金沔과 세력을 합쳐서 진격하기로 약속하였더니, 김준민金浚民은 형세가 불편하다 하여 어렵게 여기고 의심하는 빛이 있었으나, 김면이 배설裵楔을 시켜 부상현扶桑峴에 매복을 시켜 개령開寧에서 응원하러 오는 적을 방비하게 한다. 배설이 응낙하고는 물러 나와 사람들에게 "내가 어찌 서생에게 절제節制를 받아서 그를 위해 중로에 매복한다는 말인가." 하고 드디어 가지 않았다.(난중잡록)

김면은 1593년 1월 경상우도 병마절도사가 되어 충청도·전라도 의병과 함께 금산에 진주하여 선산善山의 적을 격퇴할 준비를 하던 중 갑자기 병에 걸려, 자신의 죽음을 알리지 말라는 유언을 남기고 죽었다. 병조판서에 추증되었으며, 1607년 이조판서가 더해졌다. 고령 도암사道巖祠에 제향되었다. 저서로 『송암실기』가 있다.

전쟁으로 백성들이 농사를 망쳤고, 계사년에는 대기근이 발생했다. 설령 남은 양식이 있어도 양반들은 땅에 묻어 두었기에 굶어 죽었다. 왜군의 공격으로 피난을 가느라, 제대로 농사를 지을 수도 없었고, 왜군들은 고구마 감자를 들여와 농사했다. 양반, 양반들은 군역과 세금 면제의 혜택이 있었는데, 노비들이 징집되어 전쟁에 동원되었고, 조정에서 양반들에게 지급하던 품위유지비가 끊어지고, 농토에서 소출하던 경작 반수(임대료)도 전쟁으로 포기되다 보니 94년부터 양반의 대 몰락이 시작되었다. 1593년 4월 2일자 '선조실록'에 따르면 절대다수의 백성들은 전쟁 기간 동안 내내 굶주림에 시달렸으며, 그러다 보니 영양 섭취하지 못해 몸이 쇠약해져 전염병에 쉽게 죽어 나갔다.

> "선전관宣傳官 조광익趙光翼이 도원수의 처소에서 와서 말하기를 배설이 부임하려고 하는데 진주 백성들이 길을 막고 더 머물러 주기를 원하여 성을 나가지 못하게 하니, 도원수도 난처하게 생각하여 선거이로 하여금 '막하에 와서 있게 하려고 한다.' 하였다. 백성들이 얼마나 절박하면 배설이 부임하기 전에 진주는 왜놈들에게 6만 명이 살상되었다. 배설 장군이 와서 '혜창'을 열어서 백성들을 구제하고 함께 전투준비를 하면서 백성들을 보살폈던 장군이 떠나는 것에 대해서 백성들은 목숨을 걸고 배설 장군을 보내지 않으려고 목숨을 걸고 있었던 것이다.
>
> (선조 60권, 28년(1595 을미 / 명 만력萬曆 23년) 2월 6일(기유) 첫 번째 기사)

12월 28일 갑인甲寅 군기시軍器寺 주부主簿 황윤黃潤이 행재소行在所에서 돌아와서 말하기를, "평양平壤·경성京城의 적들은 여전히 온통 가득 차서 득실거리고 있으며, 죽산竹山 등지의 적들과 서로 연락하고 있습니다."라고 했다. 배설裵楔을 진주 목사晉州牧使로 삼고, 김시민金時敏을 가선대부嘉善大夫로 승품하여 병마절도사兵馬節度使로 삼고, 김 대장金大將 면沔을 경상도 도대장都大將으로 삼고, 서예원徐禮元을 김해金海에 유임시키며, 성천지成天祉를 합천 군수陜川郡守로 삼는다는 전교傳敎가 있었다. 호서湖西의 의병義兵이 와서 개령開寧을 공격했지만, 역시 이기지 못하고 돌아갔다. 김수金睟가 체직遞職되었다.(4월 17일 병인丙寅)

7월 9일(양력 8월 5일) '신유' 맑다. 남해 현령이 또 와서 전하기를, "광양·순천이 이미 다 타버렸다."고 했다. 우수사(이억기) 및 경상 우수사(원균)과 함께 일을 논의했다. 밤 한 시에 본영 탐후선이 들어와서 적정을 알리는데, "실은 왜적들이 아니고, 영남 피난민들이 왜놈 옷으로 가장하고 광양으로 마구 들어가서 여염집을 불질렀다."고 했다. 그러니 이건 기쁘고 다행한 일이 아닐 수 없다. 진양이 함락되었다는 것도 헛소리라고 하였다. 닭이 벌써 운다.(난중일기)

7월 10일(양력 8월 6일) '임술' 김붕만이 두치에서 와서 하는 말이, "광양의 왜적들은 사실이다."라고 했다. 다만, "왜적 백여 명이 도탄에서 건너와 이미 광양을 침범하였다고 했다. 놈들의 한 짓을 보면 총통도 한 발 쏜 일이 없다."라고 했다. 왜놈이 포를 한 발도 쏘지 않을 리가 전혀 없다. 경상 우수사와 본도 우수사가 왔다. 원연元埏도 왔다. 저녁에 오수가 거제의 가삼도(가조도)에서 와서 하는 말이, "적선이 안팎에서도 보이지 않는다."라고 했다.(난중일기)

7월 11일(양력 8월 7일) '계해' 사도첨사(김완)가 되돌아와서 하는 말이, "두치豆恥 나루의 적의 일은 헛소문이요, 광양 사람들이 왜놈 옷으로 갈아입고 저희들끼리 서로 장난한 짓이다"고 하니, 순천과 낙안은 벌써 결단 다 났다고 했다. 이토록 통분함을 이길 길이 없다. 어두울 무렵 오수성吳壽成 이 광양에서 와서 보고하는데, "광양의 적변은 모두 전주와 그 고을 사람 들이 흉계를 짜낸 것이었다. 고을의 곳간은 쓸쓸하고 마을은 텅 비어 종 일 돌아다녀봐야 한 사람도 만나지 못한다고 한다. 순천이 가장 심하고, 낙안이 그 다음 간다."라고 했다. 새벽에 우수사의 배로 갔더니 수사 원 균元均과 직장直長 원연元挺 등이 벌써 먼저 와 있었다.(난중일기)

영리, "이런 전라도 사람들이 왜놈 옷을 입고 영남 사람들이 했다고 장 난질을 한 것이네요?"

적의 급소 굶주림

아주 좋은 비옥한 농토에서 자라는 곡식들도 다른 열악한 환경에 사 는 식물보다 뒤처지는 경우가 많다. 식물의 성장은 필요한 요소들의 합 이 아니라 필요한 영양 중 양이 가장 적은 어느 한 요인에 의해 결정된다 는 것을 알 수 있다. 아무리 강성한 군대라고 해도 병사들이 굶주리면, 전쟁은 진행하기 어려운 것이다. 조선은 백성들은 죽어 나가고 있었다. 백성들의 굶주림이 어쩌면 임진왜란을 끝내게 한 것이다.

전략적 변곡점으로부터 시작된 전쟁은 새롭게 전투할 수 있는 계기가 될 수도 있고, 전쟁의 끝을 알리는 전조가 될 수도 있다. 집에는 언제 불이 날지 모르지만, 항상 대처할 수 있는 효율적인 준비를 해야 한다. 스스로를 적나라하게 드러낼 때 우리의 감각과 본능은 눈부시게 예리해질 수 있다. 동래성의 무너짐이 부산진의 무너짐이 경보인가 잡음인가, 과거 관습에서의 탈피만이 새로운 통찰력을 가져올 수 있음에도 조정은 너무도 무사안일에 빠져 있었고, 충주의 신립 장군을 사지에 투입했기에 조선은 영영 만주의 여진을 통제할 수단과 인재를 잃고 말았다. 신립 장군은 북방 기병은 니탕개의 난, 노토부락 토벌전, 북관대첩 등에서 수없이 활약했다. 니탕개의 진압으로 누르하치가 성장하게 되었음이다.

땅바닥을 기어가듯이 총총히 피어 있는 민들레 꽃, 저 꽃을 피우기 위해 얼마나 많은 비바람과 찬 서리를 맞았으리라, 햇볕도 쬐고, 목마르면 비를 머금고, 별도 보고 달도 보았으리라, 겨우내 찬바람 잔설도 입 맞추었으리라, 옆 옆으로 형제들을 불러 모아 꽃피웠으리라, 제 할 일 다하고 미련 없이 흰머리 백발을 이고서 날아간다. 전투의 전쟁터에서도 생사가 뒤바뀌는 피 튀는 아비규환의 전쟁터의 뒤안길에서도 민들레 꽃씨는 하늘을 날아 어디론가 가고 있다. 아마도 죽음을 맞이한 이름 없는 많은 병사도 저처럼 저승으로 날아들겠지, 아침마다 숲 풀 속에 조용히 숨어 피는 동백꽃. 그 꽃은 애써 숨어서만 피고 싶을까, 전란의 소용돌이 속에서 피 흘리는 함성 속에서도 동백꽃은 피고, 진주 고을이 무너져도 한 송이의 동백꽃은 피고 지는 것이다. 조정은 어디로 숨고 날 더러 어찌하라 하십니까, 얼어붙은 땅 비집고 나와 겨우 눈을 뜨는 한 송이 동백꽃이 또 지고 피는구나!

칼의 울음

나의 칼은 언제나 칼집 속에서 조용히 자고 있었다. 내가 칼을 빼 들기 전에는 칼은 언제나 무심히 잠들어 있었다. 칼은 나를 보채거나 혼자 날 뛰려고 하지 않았다. 충성스러운 나의 칼은 내가 분노해도 항상 나보다 늦게 칼집에서 삐져나왔다. 칼은 언제나 조용했고 침착했으며, 정의롭게만 행사되었다. 적을 강타할 때도 칼은 언제나 나의 명령에만 따랐다. 그리고 베어야 한다는 나의 결심이 있을 때만 칼은 피를 묻혔다. 따라서 칼은 무고한 백성이나 왜적에 간 자라고 해서 목을 베는 데는 항상 비켜서 있었다. 꼭 베어야 할 곳이 아니면 칼은 조용하고 냉정히 잠자고 있었다.

군관이 명나라군 사정을 말해주었다. 평양의 배고픈 백성들이 명나라군 주위에 토설 물을 주워 먹으려고 몰려들었는데, 명나라군 병사가 목을 베어버렸다는 소문이 자자했다고 전한다. 왜군의 진영에서도 사정은 비슷했다. 조선 백성들의 굶주림은 본능이고 지성과 이성이나 자존심 따위는 버려진 지 오래 아니던가?

백성들은 나라의 보살핌을 받는다고 느낄 때 그 백성들은 나라를 위해 충성을 행하지만, 나라의 관심에서 벗어났거나 소외되었다고 할 때 백성들은 스스로 살기 위해 행동한다. 나라가 적에 침략으로 백성을 보호하지 못하는 상태에 백성들이 살고자 명군진영이든 왜군진영에 밥풀때기 얻어먹고자 한 것으로 뭐라 하겠느냐. "나리, 우리 조선의 체면을 땅에 떨어지게 한 무뢰한들을 용서할 수 없습니다." 나는 그 말에 대꾸할 가치를 못 느꼈다. 또 종9품의 선전관이 말했다. "이럴 때일수록 법을 엄히 세워야 합니다.", "알았소." 하고 맞장구로 웃어주었다.

'권력의 몰입'의 경지인 과거 급제로 신분이 상승할 때 행복했다. 선조 이연은 권력을 가지고 있었고, 이것을 나누어 받았을 때 매료되었다. 급제의 교지를 받을 때나 잠자리에 들 때도 아침을 시작할 때도 제일 먼저 이연에 충성을 맹세하지 않았던가? 전생서 주부를 제수받았을 때는 나라의 피가 흐르는 충성심이 느껴지지 않았던가, 좁쌀 서 말로 병사를 만들려고 했다던 기축옥사 때도 나는 선조 이연이 완전하다는 꿈에 빠져 있었다.

백성들이 나라를 탓하고 불평을 늘어놓아도 나는 이연이 완전히 무결하다는 확신을 의심해 보지 않았다. 그러나 지금 왜적이 한양을 점령했고, 또 의주로 몽진해서 누르하치의 원병 제의를 거부하고 요동 총관을 요구하며 명나라에 망명하려고 하는 지경에서도 적의 강력한 군대의 약점을 치기보다는 맞받아치라는 군령을 어겼다고 장수들의 목을 베려는 선전관들도 나의 충심과는 같으리라. 전라 좌수사가 벼락출세해서 유능한 장수로 믿었는데, 부산이 점령되고 한양이 점령되어 조선 강토와 백성이 유린됨에도 군대를 출병시키지 않았고, 동헌에 나가 공무를 보고 일기나 쓰고 있으며, 원균은 자신의 부대 전함을 적과 용맹하게 싸우다 모두 잃고 단 3척의 배로 외롭게 항거하고 있지 않는가?

병사는 백성의 아들이건만 적의 전면 공격에 적은 병력으로 맞서 거의 전멸해야 용맹한 것인가, 이연의 군사작전과 인사에 의문이 들었다. 만주 대륙을 장악할 전술을 경험한 신립을 적의 선봉과 정면 승부수를 두어 나라를 위기로 빠트린다든지 무조건 임전무퇴를 외치며, 퇴각을 도주로 생각하여 장수와 백성들을 사지로만 몰다니? 전쟁의 기본이 적에 약점을 공격해서 승리하는 것이건만 임전무퇴로 충성만을 강요하고 있다. 나라의 운명이 풍전등화이건만, 백성과 나라를 저버린 군 지휘부와 이연의 단점이 한꺼번에 보였다.

권력의 향유란 것이 영원할 것이라고 믿었다. 나는 그러한 놀라운 감정을 영원히 가질 것이라 다짐하지 않았던가? 선조 이연과 나 사이에 이러한 권력에 감정이 영원하리라 생각했고, 이런 감정 사이엔 아무것도 끼어들 수 없는 놀라운 감정이었다. 그러나 방어사의 군관으로 대패하여 일개 잔병이 되고 말았다. 지난날의 권력이 모두 붕괴하였다. 적은 수십만 명에 달하는 대군이고, 우리의 군대가 전세를 뒤집을 가능성이 거의 없었다. 명나라군의 출병에 유일한 희망을 걸었다. 그러나 명군이 대패했다. 일개 의병이 되어 적과 맞서고 있는 것이다. 권력은 사라졌고, 희망도 사라진 절망 상태에서 백성이 되고, 일개 잔병이 되어 산야에서 찬 이슬을 맞으며 적과 맞서고 있는 것이 아닌가?

나라의 벼슬아치가 되어 권력에 빠졌다가 그것에서 빠져나온 느낌이다. 나는 내가 왜 그러한 행동을 했는지 의아해졌다. 아마도 부원수 신각의 목을 벤 종9품의 선전관의 충성심이 그러했듯이 나 또한 그렇지 않았던가, 전라좌수영의 군대가 적군이 강토를 뒤덮음에도 출병하지 않음도, 조선의 위대한 법치가 완벽하다고 생각해 온 명령이 없었기 때문이라고 한다. 인간을 믿지 못한 데서 만들어진 법치의 광란이 보였다. 대마도 종주 종의지가 소총을 조정에 올렸을 때 이것을 복제한 총을 만들었으면 우리 군대도 교대연발 사격으로 적을 전멸시킬 수 있었을 텐데, 우리의 군대는 적의 전면에 맞서게 된다면 전멸을 피할 방책이 없건만, 영영 대마도를 잃어버리는 것은 아닐까, 아니 조선이 일본에 지배되는 것은 아닌가? 저들이 만드는 총을 우리는 왜 만들지 못했던가? 우리의 활이 일시적인 기습에서는 무기가 되겠으나, 전면전에서 총을 이긴다면 과학기술의 물결을 거스르는 것은 아닌가?

임진왜란의 발발은 부끄러운 역사라는 걸 모두 잘 아실 것이다. 전란의 징후를 알고 있으면서도 서인 세력은 밀려났고, 동인 세력은 전혀 일본의 침략을 예측하지 못해서 일어난 참극이었다. 조선군의 주 무기는 죽창이었으며, 왜의 조총에 상대가 못 됐다.

임진왜란 7년간의 전쟁으로 인적, 물적 손실과 고통은 이루 말할 수 없었다. 사람 고기를 먹었다는 기록이 있을 정도로 한반도 유사 이래 가장 비참한 전란을 몰고 온 김성일과 유성룡은 전쟁에 승리했다는 자화자찬을 늘어놓을 입장인가? 책임져야 할 사람들을 엉뚱한 것으로 영웅으로 만들어버리니 진정한 반성도 책임 규명도 불가능해지고 쇄국정책(통상 거부)이 펼쳐지게 된다. 이미 일본의 도요토미와 만주의 누르하치와의 경쟁 체제에서 패배한 사회구조임을 숨기고자 문을 걸어 잠그고 거짓말과 허위 선전으로 유지하는 나약한 조선이 된다. 사회의 문화와 부는 모든 개인이 생산한 것들이다. 이것들의 올바른 적절한 분배가 구성원들의 가처분 시간이다. 노비에게는 가처분 시간이 없었고 소비도 허락되지 않았다. 지배세력의 법치에는 항상 두 개 이상의 잣대를 가지고 있었기 때문이다. 진시황이 중국을 통일하고 도량형을 통일하여 거대 국가를 설립한 데서 알 수 있듯이 조선은 척도의 기본인 통일된 사고가 계획적으로 특정 세력에 의해 악용되었다. 전쟁의 승리가 왜곡되었음은 안타까운 일이다.

분노란 무엇인가, 어떤 반응인가, 그러한 분노는 어떻게 사라지는가? 피

끓는 분노가 어떤 결과를 낳는가? 분노의 표현과 참음의 경계에서 무엇이 옳은가. 분노, 분노 그리고 참음, 노을 지는 들판에는 무수한 주인 잃은 시체들이 뒹굴고 있었다. 사이사이 물 곳에는 태양이 비추어 찬란한 금빛이 황홀하게 금싸라기 땅이 부서지는 것처럼 보였다. 버려진 논에는 숲 풀이 우거지고 수목들은 영원토록 변하지 않을 것 같은 녹음을 간직하고 있었다. 냇물도 영원히 멈추지 않을 듯 출렁이고 있었다.

(계사년 6월 18일) 이순신은 엄격한 상사였다. 병선을 수리하지 않은 군관들을 잡아다 곤장을 쳤다. 이웃집 개에게 피해를 끼친 토병도 곤장을 쳤다. 술병을 훔치다 붙잡힌 종도 곤장을 쳤다. 심지어 그 앞에서 '오만을 떨다가' 곤장 70대를 맞은 수군도 있었고, 도망갔다 잡혀 온 군사들이나 여러 차례 양식을 훔친 자, 소를 훔쳐 가면서 왜적이 왔다는 헛소문을 퍼뜨린 자들은 가차 없이 목을 베어 효수했다.(난중일기)

심유격, "귀국은 예의를 숭상하는 나라로서 군사 쓰는 법을 모르기 때문에 이렇게 군이 청하는 것입니다. 대체로 군사를 쓰는 법은 경솔하게 해서는 안 됩니다. 그리고 요동의 군사들은 싸움을 겪은 후 활과 화살을 많이 잃어버려 지금 한창 무기를 손질하는 중입니다. 선조, 오늘 청하는 것은 완전히 이기자는 것이 아닙니다. 왜적들이 명나라 군사가 구원하러 왔다는 것을 알고 감히 서쪽으로 향할 엄두를 내지 못하게 하려는 것입

니다."(선조실록, 1592년 8월 17일)

"경원성 전역에 시체가 들을 덮고 해골이 쌓여 산을 이루었으며, 신음
하는 자가 일어나지 못하고 상처 입은 자는 안정을 찾지 못했으며, 남의
자식을 고아로 만들고 남의 아내를 과부로 만들어 원통한 울부짖음이
길에 가득하고 통곡소리가 땅을 흔들고 있는 것은 생각지도 않는다는 말
인가."(선조 16년(1583 계미 / 명 만력萬曆 11년) 2월 14일)

위위구조

조나라가 위나라의 공격을 받아 수도 한단이 함락될 위기에 처했다. 그
러자 조나라는 동맹관계에 있던 제나라에 구원을 요청했다. 제나라의 구
원군 대장은 전기, 그의 참모는 손자병법을 쓴 손무의 손자 손빈이었다.
구원군 대장 전기는 위나라 군대와 싸우기 위해 한단으로 향하려 했다.
그러자 손빈이 "싸움의 기본은 나의 강점으로 적의 약점을 치는 것입니
다. 나의 강점으로 적의 강점과 대결하는 것은 어리석은 것입니다. 모두
조나라로 침략하여 위나라의 수도는 비어 있는 것과 마찬가지입니다. 지
금 우리가 조나라로 들어가 강한 위나라 군대와 싸우는 것보다는 위나
라의 수도를 공격하면 조나라로 가 있는 위나라 군대가 돌아오지 않을
수 없을 터이니 조나라에 대한 포위는 저절로 풀리는 것이며, 위나라 군
대는 먼 길을 달려오느라 지쳐 있을 것이니 이때 위나라 군을 치면 쉽게

무찌를 수 있을 것입니다." 하고 말했다.

'나의 강점으로 적의 약점을 치는 것' 그것이 전쟁의 핵심이다. 손빈의 주장대로 제나라의 군대의 소임은 조나라를 구하는 것이지 위나라와의 싸움이 아니었다.

제나라 군대는 비어 있는 위나라 수도 대량으로 쉽게 진입할 수 있었다. 이 소식을 접한 위나라 장수 방연은 황급히 군대를 돌려 돌아오지 않을 수 없었다. 지친 군사를 이끌고 돌아오는 도중 계릉에서 제나라의 복병을 만나 크게 패하니 이것이 그 유명한 '계릉 전투'이다.

'싸우지 않고 적이 스스로 항복하는 것이 최고의 승리이다 싸우지 않고 이기는 것이 최선이다.'(손자)

오희문은 임진왜란 발발 1년 후인 계사년(1593년) 음력 7월 15일의 일기를 이렇게 적었다.

'길에 아이를 보니 큰 소리로 통곡하고 있고 여인 하나는 길가에 앉아서 역시 얼굴을 가리고 슬피 울고 있었다. 남편이 모자(母子)를 버리고 갔다고 한다.(…) 비록 새와 짐승이라도 또한 모두 사랑하고 불쌍히 여기는데(…) 어찌 이렇게 지극한 데에 이르렀으리오.'

가족의 시신을 제때 수습하지 못해 길가에 방치해 놓은 사례도 적지 않았다. 임란 2년 후인 갑오년(1594) 7월 15일 일기에는 이런 표현이 등장한다.

'길에서 죽은 시체를 거적으로 말아서 덮어둔 것을 보았는데 그 곁에 두 아이가 앉아서 울고 있다. 물었더니 그 어미라 한다. 그 뼈를 묻으려 해도 제 힘으로 옮길 수 없으니(…) 슬프고 탄식스러움을 이길 수가 없다.'

징비록 등 임진왜란을 다룬 사료에는 국토가 너무 황폐화해서 당시 사람들이 인육을 먹었다는 표현이 더러 등장한다. 믿고 싶지 않지만 쇄미록에도 그런 표현이 등장한다. 오희문은 갑오년 4월 3일자 일기를 이렇게 적었다.

'영남과 경기에서는 사람들이 서로 잡아먹는 일이 많아서, 심지어 육촌의 친척도 죽여가지고 씹어 먹는다. 하기에…' 이어지는 문장은 '이제 다시 들으니 서울 근처에서 전일에는 비록 한두 되의 쌀을 가진 자라도 죽이고 빼앗는데, 근일에는 사람이 혼자 가면 쫓아가서라도 죽여 놓고 먹는다.'라고 썼다.

1597년 6월 26일 국왕 선조가 몸소 배웅하는 자리에서 진린 중국 도독은 찰방(검찰) 이상규李相奎의 목을 노끈으로 묶어 질질 끌고 다니며 행패를 부렸다. 명나라 장수들은 조선 장수들에게 대부분 그렇게 하여 군기를 잡았다. 소서비 손문욱 주을동 이외 도요토미가 명나라 황제로부터 벼슬을 얻어주어 명나라군 장수 진영을 자유로이 왕래하였으므로 조선 장수들이 그에 지휘에서 벗어날 수 없었다. 명나라군 진영 석성 심유경 등은 일본군 장수에게 전투를 회피하기 위해 무차별 뇌물을 주어 철군을 시키려고 하였고, 도요토미 몰래 일본 대장에게 막대한 은화가 비밀리에 제공되어 다이묘에게 보내졌다. 심지어 모리 가문의 5만 병력의 지휘관 약 500여 명의 기병 지휘관을 섬멸하여 보병대로 만든 의병들의 피나는 전투성과에 찬물을 끼었고 오백 필의 말을 제공하였다. 지휘가 어려워진 후방 모리 가문의 수송대를 살려내라고 명나라군은 500필의 기마를 제공한 것이다. 이는 의병들은 다 죽으라는 것과 같은 전쟁 물자를 제공해준 것이다. 명나라군은 수단 방법을 가리지 않고 일본군을 철군시켜 공을 세우고자 하였다. 또 전투하면 이여송 조승훈처럼 패배하여 신세를 망칠 가능성이 높았고, 일본과 무기 차이가 확실하였다.

쑥의 효과

평범한 사람은 자신보다 뛰어난 사람을 알아보지 못하지만, 재능을 가진 사람은 천재를 알아본다. 전쟁은 백성들의 민심을 극도로 피폐하게 만들었고, 전쟁터의 병사들은 적의 총탄에 부상을 당해 시름시름 앓다가 죽어 가고 있었다. 위대한 조선은 양민들만의 천자(한문)의 문자를 가지고, 백성들의 언문을 무시하고 누리던 부귀와 영화는 한순간 날아가고 지옥문이 열려버렸다. 전쟁의 끝자락에 다다랐을 때, 그 지난 일들이 어떤 전투에 '참 잘했구나!' 하고 미소를 짓고, 또 어떤 일에, 그때 그렇게 했더라면 좋았을 것을 하면서 후회를 하게 된다.

모든 이름 없는 병사들을 지도층의 무분별한 몰살로 비견되는 전투에 몰아넣었고, 어찌 되었건 세상과 작별을 고해야 했던 이름 없는 이 땅의 수많은 백성은 오직 신분의 탈피와 관직의 할애를 기대한 죄뿐이었다.

그래도 죽어간 숱한 병사들이 조선에서 '삶이 그래도 후회 없었다.'고 하면서 죽어 가게 하는 것이 지도자의 몫이건만, 이연은 전쟁 내내 백성을 버리고 의주로 피난하고 누르하치의 호의마저 거절하고는 다른 장수들에게는 전쟁에 있어 후퇴는 곧 효수로 다스렸다.

만일 내가 주부로서 금산전투나 추풍령에서 만일 전사했더라면, 충신의 반열에 올랐을 것인가, 물론 조헌과 700 의총을 기리고는 있으나, 그것이 나라를 구하는 것하고 무슨 관계란 말인가?

삶에는 정답이 없다지만, 그래도 누군가 한 장렬한 전사를 알아주는 것이 사람들의 가슴에 살아남는 것인가, 만일 내가 베풀어야 할 친절과 베풀어야 할 재물이 있다면, 그것이 비록 지극히 작은 것이라 할지라도, 백성에게 주어야 할 것이 있다면, 나는 죽어도 당장 왜군의 진영에 침투하여 그래 그렇게 하리라, 나는 죽어도 충신이 되지도 이름을 남기지 못할 것을, 나는 알고 있기 때문이다.

삶에는 정답이 없다지만, 그래도 누군가 한 장렬한 전사를 알아주는 것이 사람들의 가슴에 살아남는 것인가, 만일 내가 베풀어야 할 친절과 베풀어야 할 재물이 있다면, 그것이 비록 지극히 작은 것이라 할지라도, 백성에게 주어야 할 것이 있다면, 나는 죽어도 당장 왜군의 진영에 침투하여 그래 그렇게 하리라, 나는 죽어도 충신이 되지도 이름을 남기지 못할 것을, 나는 알고 있기 때문이다. 자들 속에 분노와 절규의 '셀프 스토리'가 끊임없이 전쟁의 내상을 말해주고 있었다. 전란으로 마을은 비고 유랑민은 늘어나고 양반들도 굶어 죽어 가고 있고 관청의 노비와 관속 재물들은 왜군에 빼앗겼고, 또는 죽었고, 간혹 남은 부잣집 담벼락 양지바른 곳에서는 아녀자와 어린 자식들을 껴안고 굶주려 죽어가고 있는 모습은 흔하였다.

그나마 양반집에서 음식 냄새가 나서 냄새라도 먹고 죽고자 함이었다. 노비들이 흩어져 큰 부자들 집으로 재산과 사람이 몰렸기 때문인데, 아이들과 여자는 쓸 곳이 없었다. 윤회 사상으로 아이들을 부잣집 담벼락에서 숨을 거두게 하므로 다시 부잣집에 태어나길 고대하는 백성들의 참상은 전쟁터와 같았다.

전쟁 속에서도 꽃은 피고, 농사를 망친 들판에는 국화꽃들과 쑥 그리고 약쑥, 쑥이 뒤덮었다. 국화꽃의 잎은 맵고 쓰다. 쑥은 기혈과 경맥을 따뜻하게 하므로 자궁과 하복부가 허약하고 차서 일어나는 자궁출혈, 토혈, 코피, 각혈에 지혈에 특효했다. 사람의 하초가 허약하여 일어나는 여러 증상에 특효 했다. 쑥에는 독특한 향기가 있었고, 이 향기는 '치네올' 성분으로 전장의 피 냄새와 사람들의 냄새를 정화해주는 유익한 역할을 하는 것이었다. 쑥 냄새는 파리, 모기 등을 쫓아주었으며, 뭐니 뭐니 해도 굶주린 피난민의 먹을거리로 쑥만큼 안전한 것이 없었다.

비겁한 장군

경상도의 육군과 수군 지휘관들(경상 좌수사 박홍, 밀양 부사 박진, 김해 부사 서예원, 수군 수사 원균, 경상 좌병사 이각 등등) 주로 영남 지역 장군들이 일본군을 막아내지 못한 도망자로 몰렸다. 개전 초기 조선은 초전 박살이 났다. 아무런 준비가 되어있지 않은 상태에서 조선군의 활은 50m 사거리에 비해 조총은 약 150m 사거리이고 일본의 장창은 약 5m로 조선군의 장창은 2m가 안 되었다. 일본군은 조총 부대와 장창 부대를 고슴도치처럼 장창을 앞세워 공격하면 조선군은 짧은 창으로 자살 비슷하게 전사했다. 경비원들과 특공대 군인과의 싸움처럼 강한 적을 상대로 맨주먹으로 싸우기는 쉽지 않았다. 부산진성과 동래성에서는 그나마 둘 다 대마도를 마주 보는 전략 요충이어서 어느 정도 방비가 있었다. 부산진성은 4시간, 동래성은 2시간 만에 떨어진다. 1770년 6월 17일 일기에 황윤석(호남 선비)은 당시 상하가 모두 전라도인 현실에서 '속이고 경박하여 등용할 수 없다.'라는 평을 내리고 있었음을 말한다.

박홍 경상 좌수사

  박홍이 부산에서 부산성 안에 깃발이 가득한 것을 보고 직접 뛰어가서 임금에게 장계를 올리고 선조 임금을 도망하게 박홍이 수행했다. 만일 박홍이 없었더라면 선조 임금은 적과 싸우려 하다가 포로가 되었을 가능성이 높았다. 유성룡 동인東人 인물의 평가는 영남인은 비루하고 겁쟁이라는 공식이 있었으나 사실과는 다르다. 박홍은 선조 임금을 호종하면서 우위 대장이 되었다가 임진왜란 다음 해인 1593년에 전사했다. 본관은 울산, 임진왜란 때에는 경상 좌도 수군절도사로 왜군이 몰려오자 판옥선 40척을 구멍 내 침몰시키고, 식량 창고에 불을 지른 뒤 도망쳤다고 알려졌었다. 평양으로 피난하는 선조를 찾아가, 좌위대장으로 임명되었으며 임진강 전투에서 다시 패배하였다. 1593년 1월 평양이 탈환되자 김명원을 따라 파주로 종군하던 중 총병이 재발하여 사망했다.

김수 경상 우감사 (의병과 관군의 대결에서 관군이 이긴다)

김수 경상 우감사慶尙右監司로서 진주에 있다가 동래가 함락되자 밀양과 가야를 거쳐 거창으로 도망하였다. 전라감사 이광李洸과 충청감사 윤국형 尹國馨이 근왕병을 일으키자, 100여 명의 군사를 이끌고 참가하였다. 용인 龍仁에서 패하자 경상우도로 돌아가던 중 곽재우郭再祐와 불화가 심하여 김성일이 중재하였다. 왜란의 초기에 계책을 세워 왜적과 대처하지 못하고 적병을 피하여 전라도로 도망갔다는 비난을 받았다. 5개월 경상감사로 근무하면서도 의병들과 마찰을 일으켜 곽재우는 김수의 목을 베겠다는 격문을 발했다. 관군과 의병 사이의 마찰로 하양에서는 사소한 시비로 의병대가 관군에 의해 몰살당했다. 하양 의병대를 몰살한 용궁 현감은 오히려 안동 부사로 승진했다. 의병은 관군의 하부 역할을 하여 관군의 지배하에 있었고, 관군의 명령을 어긴 의병은 몰살당했다.

박진 밀양 부사

도망자로 불린 밀양 부사 박진이 왜 이렇게 대담해진 것일까? 배설의 의병들을 따라다니면서 자신감을 완전히 회복하였다. 조총과 장창 일본도를 압도할 무기들(죽창 비격진천뢰)을 갖게 되자 전투에 패배해도 조금도 일본군을 무서워하지 않게 되었다. 이는 다른 말로 일본군이 조선 의병들을 두려워했다는 증거로 정유재란에 일본군이 호남으로 치고 들어가서 무자비한 살상과 인력 약탈로 조선 국왕의 항복을 받아내고자 했던 이유이다. 경상도로 들어갔다가는 죽창에 모두 죽었을 것이다. 의병들은 경주성이 일본군과 전투를 벌이는 사이 다른 지역에서 지원 온 일본군에게 후방이 밟린다. "이거 안 되겠군." 조선군은 지휘관 튀고, 병사들 튀고, 개 박살이 나야 정상이지만, 박진과 배설의 부대는 전투에 패배에도 의병 조직이 허물어지지도 않고 물러나서 '재정비'를 한다. 간 큰 의병이다. 의병이 무슨 정규 부대보다 세다. 근 1년 가까이 경주성의 일본군을 포위 공격을 한다. 성주 전투에서 2만 의병들, 이번엔 번갈아 1만 정도가 불침 전투에 동원되는 여유로 왜군을 포위하고 식량을 차단해버린다. 외곽은 배설의 기병들이 장악해서 일본군이 시달린다. 전투 후반에 가면 숫제 당대 조선군의 최신형 무기라 할 수 있는 '비격진천뢰'까지 동원돼서 성내를 포격한다. 일본군은 꼼짝 않고 성안에 있는데 무슨 의병 부대가 전술기동에 포위공성전에 최신 병기까지 보유하고 자유자재로 다 동원한다. 추풍령 전투부대는 임진왜란 발발부터 당해 겨울까지 일본군이 제일 잘 나가던 시기에 일본군 허리를 잘라버렸으니 군량의 차단이란 탄환의 차단이란 것으로 정말 무서운 것이다.

8월에 경상 좌병사 박진은 여러 장수를 안강安康에 모으고 군관 권응수와 판관 박의장朴毅長을 선봉으로 삼아서 열여섯 고을의 병정 만여 명을 거느리고 밤에 40여 리를 가서 이른 새벽에 경주성에 도착하였다. 장사壯士를 모집하여 성 밖 집들에 불을 지르게 하니 연기가 하늘에까지 치솟아 지척도 분간할 수 없었다. 대군으로 성을 포위하고 공격하니, 적병이 고을 동쪽 10여 리에서 뜻밖에 돌진하면서 우리 편 군사의 후면을 습격하여 왔다. 이것은 하루 전에 언양彦陽에 있던 적군이 와서 골짜기에 숨어서 우리 편 군사의 동정을 정탐하며 기다리고 있었건만 장수들이 알지 못했던 것이다. 대군이 놀라서 무너져 장수와 군사들이 갑옷과 병기를 버리고 달아났다. 적군은 승리한 기세를 타고 쫓아와 죽였으므로 송장이 서로 겹쳐지고 서천西川 물이 모두 붉어졌다. 여러 고을의 의사義士들도 모두 죽었다.(일월록)

이각 경상 좌병사

경상 좌병사 이각은 전세가 불리해지자 몰래 도망쳐버리고 만다. 뒤꽁무니 빠지도록 도망가는 이각과 그의 비겁함이 나타나 있다. 이각李珏은 언양으로 달아나서 경상좌수사慶尙左水使 박홍朴泓과 같이 진을 같이 하고 있다가 다시 도망쳐 울산병영의 본진으로 돌아오고 말았다. 또 좌수사 박홍朴泓도 경주로 달아나서 전세를 조정에 보고하였다.(이 보고로 조정에서는 왜군의 침략을 처음 알게 되었다.) 이각李珏은 그 해 5월에 임진강변에서 전투를 하다가 도원수 김명원金命元에 붙잡혀 군법으로 참형되었다.

조선군의 전쟁 준비는 전무하여 순변사 이일이 상주에 도착해서 보니 상주에 궁수 3명이 장부에 있는데 나타난 것은 1명뿐이고, 부랴부랴 모은 병력이 60명으로 전쟁터에 나가야 숙련된 병사가 기백명만 있었어도 도망하지 않았을 것이니, 대부분 조선군의 전투 상보가 사실과 다르게 과장되었는데 무기도 없이 방어를 못 했다고 해야 하는 동인들의 준비 부족을 장군들 매도할 것은 아니다. 일본군이 소수로 1만 2만 정도를 투입하여 성들을 치지 않고 바로 한양으로 진격하여 한양에서 전투가 벌어졌다면 선조가 도망할 이유가 없기에 포로가 되거나 전사했을 가능성이 높았다.

스페인이 남미의 마야나 잉카제국을 무너뜨릴 때 소수의 총 병을 투입 지휘부를 격멸해서 성공하고 그 종족들을 말살할 수 있었다. 도요토미의 대군 출병은 조선의 항복을 요구하는 과시적이다. 조선에 초기 가용 병력이 1만 명 이내로 이것도 군인은 없고 6할은 과거 낙방 유생들로 전부 군관을 지원하는 것이었다.

징비록에 임진왜란 전에도 조선은 1만 명이 5일 동안 먹을 수 있는 군량뿐이었다. 곡식 1만석만 있다면, 적게나마 수천 석이라도 있었으면 하고 울부짖었다.

용맹한 박진 장군

"7월에 박진이 좌도의 군사 만여 명을 거느리고 경주성 아래에까지 쳐들어갔는데, 적군이 몰래 북문으로 나와서 무방비 상태에 쳐들어왔다. 박진이 안강安康으로 도망 와서 다시 결사대 천여 명을 모집하여 성 아래에 잠복하고 있다가 비격진천뢰飛擊震天雷를 성 안으로 던져서 적진 중에 떨어뜨렸다. 적군은 그 제작을 알지 못하여 앞을 다투어 모여서 보느라고 서로 밀고 넘어지며 손으로 만졌다. 조금 있다가 포탄이 그 속에서 터지니 소리가 천지를 진동하고, 쇳조각이 별과 같이 부서졌다. 맞고 넘어져서 즉사한 놈이 20여 명이나 되자, 온 진중이 아찔하여 거꾸러져서 놀라고 두려워하지 않는 놈이 없었다. 그 까닭을 알지 못하고 귀신의 조화라고 하면서 이튿날 드디어 성을 버리고 서생포西生浦로 도망갔다. 박진이 드디어 경주성으로 들어가서 남아 있는 곡식 만여 섬을 얻었다. 조정에서 듣고 진을 가선대부로 승진시켰다. 박진이 전후 종군하는 동안 황산黃山과 경주에서 패전한 일만 있고, 특별히 적군의 예봉을 꺾거나 적진을 함락시킨 일이 없었는데도, 여러 장수의 공을 의논할 적에 매양 박진을 첫째로 꼽아 감히 그와 비교하는 자가 없었다. 박진이 밀양 부사로 있을 때, 적군이 침입하는 길이 바로 문 앞이었다. 난리에 다다라도 당황하지 아니하고 병사를 거느리고 격려하여 한 고을의 군졸로서 대군의 적과 맞서서 싸웠다. 적군을 황산에서 막으려고 자신의 칼날을 무릅쓰고 혈전을 하다가 물러났지만 그가 꺾고 패배시킨 것은 또한 모든 장수에게 본보기가 될 만하였다. 적의 형세가 충천하게 되어서 한도의 크고 작은 모든 장수와 관원들이 머리를 싸매고 바람에 쏠리듯이 항복하였으나, 박진은 처음부터 끝까지 한결같이 절개를 지켜 백절불굴百折不屈하여 고립된 군사를 거느리고 충성과 의리를 지킬 것을 권면하여 동에 번쩍 서에 번쩍하면서 가는 곳마다 적군을 무찔렀다. 비록 여러 번 위태로웠으나 어렵고 위험한 것을 피하지 않고, 한 편으로는 적의 상황을 조정에 급히 보고하기도 하고, 한 편으로는 군사를 수습하였으니, 이때에 조정에서 적군의 정세를 탐지할 수 있었던 것은 오직 박진의 첩보가 있어서였을 뿐이었다. 만약 박진이 죽었더라면 영남의 소식은 거의 끊어졌을 것이다. 임금이 가상하게 여기고, '박진의 행위를 살펴보건대, 다만 죽음을 면하지 못할까 염려된다. 박진이 만약 죽는다면 국사가 잘못될 것이다. 형세를 보아서 진퇴進退하는 것이 옳을 것인데, 박진은 이것을 헤아리지 않고 함부로 전진하는 것이 아닌가?' 하여, 그를 사랑하고 아끼는 마음이 말에 넘쳤다. 마침내 도내의 모든 장졸을 수습하여 점점 군대의 모양을 만들어 한 도의 끊어진 기맥氣脈을 다시 소생시키고, 사람들에게 적군을 공격할 수 있다는 것을 알게 한 것은 박진의 공이었다."(백사집)

만고충신 서예원

진주서사 징비록 김천일 진주 치계를 면밀히 살펴보면 김천일과 함께 입성한 호남 군사는 수백 명 떠돌이 걸인들에 불과하다. 반면에 진주 관군은 제1차 진주 전투를 승리로 이끌었던 막강한 정규군 3,000여 명 이상이었다. 제2차 진주성 전투의 주역은 진주 군사들이다. 서예원은 임란 직전에 김해 부사가 되었으며, 임란이 일어나자 그는 김해에서 왜적을 맞아 싸워 네 차례나 물리쳤으나 중과부적과 무기의 열세로 병사들의 퇴각은 대세로 하는 수 없이 성을 탈출하였으나, 즉시 의병장 김면과 합류하고 지례 전투 등에서 나(배설)와 함께했다.

초유사 김성일의 추천으로 진주 목사가 되었으며 당시 군인들이 그러했듯이 임란 중 하루도 전장을 떠난 일이 없는 인물이다. 1607년 창렬사를 세우고 호남(김천일 최경회) 의병들의 위패가 봉안되고, 1616년 선조실록을 편찬하면서 김천일 등과 호남 의병들의 공적을 더 높였다. 진주 군사의 전공을 깎아내리고 서예원을 비하하다. 1627년 안방준은 진주 서사에서 서예원이 성을 버리려 했다는 명火~소리로 기록했고, 1649년 이식은 선조수정실록을 편찬하여 제2차 진주성 전투의 주역은 김천일 등 호남 군사의 전투로 만들어 놓았다.

그들의 지역감정으로 말미암아 진주 관군 3천여 명과 주민 6만 명의 원혼을 울리는 역사가 탄생했다. 호남 의병이 후세 사가들의 주장대로 2,800명이라고 해도 진주 정병에 미치지 못하고, 영남 의병사를 거의 인정하지 않았던 동인 조정에서 호남 의병이 영남에 와서 활약한데 대해 전투 주장인 서예원의 분전과 진주 전사자의 공까지 가로채어 자신들의 위대성을 고양했다. 진주성이 함몰되자 8월 7일, 의령에 집결하였던 도원수 등이 왜적이 몰려오자 전라도 방향으로 퇴각했는데, 오직 호남 의병 김천일 등이 진주를 지켜야 된다면서 진주성으로 들어가 끝까지 싸우다 순절하였다면서 서예원, 성수경 등 진주 군사는 한 사람도 공훈에 포함되지 못했다. 진주 영남 사람들은 모두 비겁자이고 겁쟁이였다.

조선이란 나라는 법치로 세세히 관리되던 나라로 임진란에 호남은 침략을 받지 않았기에 호남 의병에 대해 양반 또는 노비의 이탈이 불가능한 상태에 있었다. 어떤 맘씨 좋은 양반이라도 자신의 재산을 의병에 기부하겠는가? 호남 의병이라면 호남 유력 재산가가 영남 피난민을 흡수하지 않고는 존립 자원이라면 전란 통에 떠돌던 걸인밖에 없었다. 전 재산이 노비인 시대, 땅은 노비만 있으면 화전이든 둔전이든 약간의 세만 내고서 개척할 수 있었다. 인구 500만, 널린 게 황무지로 농토는 지금의 십분의 일이 안 되었다. 진주성 장악이 어려웠던 서예원이 전투 중에는 지휘관으로 인정을 받지 못했던 것이다. 진주성 지리를 모르는 전라도 의병들이 김성일 유성룡 라인에 편입되어 서예원을 지휘관으로 인정하지 않고 비하하고 겁쟁이라고 놀려 대면서 치른 전투였다. 본래 중과부적으로 방어하기 어려운 전투에서 지휘권 분쟁은 진주 방어의 실패로 나타났다. 서예원이 살아남았다 해도 한양을 버리고 도망을 갈 때부터 뒤따르는 백성들의 배를 모두 침몰시킨 선조와 동인들이 나중에 돌아와서 목숨 걸고 싸운 의병 대장들을 모함해서 죽였다. 곽재우 충청 병사 황진 경상 우감사 김륵과 순변사 이빈이 경상도 지역에 남은 관군의 최고 사령관들이었다. 10만 대군이 몰려오고 성은 바람 앞의 등불 같은데, 성에 얼마나 많은 목숨이 들끓고 있는데, 1차 진주 전투 승리를 재현하기 위해 호남 의병장들이 몰려들었다. 의병장의 분전과 충절에 대해 김천일 최경회의 희생과 용맹은 만세에 기려야 할 것이다.

마녀 사냥

영리, "사람들은 보통 선입견을 품고 살아간다. 누가 무슨 일을 하기 전에 선입견부터 품고, 선입견은 자기중심적인 해석으로 일기 같은 기록은 선입견과 이기적인 기록으로 선입견은 과거 경험에 뿌리를 두고 있기 때문에 현실과는 다르다. 선입견으로부터의 자유는 선입견은 일종의 마음속의 자신만의 잣대이다. 선입견과 편견은 자신의 이기적 생각일 뿐이다. 선입견은 스스로 자신을 속박하고, 고통스럽게 한다. 선입견은 사람과 사람, 역사와 역사, 역사의 왜곡으로부터 진실을 가로막는 장애물이고, 선입견은 일을 그르치기 쉬운 방해꾼으로 선조 대왕 이하 유성룡 김성일 왜구의 침략을 전혀 예측하지 못했음은 기록에 있다. 그들은 후일 예측하고 대비했다고 하는데 그 증거로 이순신 장군의 전쟁 준비를 다 한 전라좌수영의 병력이 칠천량 해전에서 전멸했다."

산 제비 노래하는 조선 강토에 중상자들은 가족 걱정 나라 걱정으로 잠을 잘 수 없는 것이 가장 큰 고통이었다. 어둠이 오면 전투의 악몽 속에 잠들 수 없는 초조와 불안이 엄습해오기 때문이다. 그렇게 밤을 신음과 고통으로 보내고 새벽이 되어서야 겨우 기진맥진 스러져 잠들고 있었다. 인간에게 전투의 부상도 힘든 나날이지만, 불면의 고통이 더욱 아픔을 실감나게 하였다.

아무리 힘이 센 장수라도 전투 중에 적에 총탄이 허리를 스친 경우 전혀 걷지도 기지도 못 하는 중상이 되었다. 전쟁에서 누구의 부축을 받기는 어려운 현실이었다. 일본군의 총탄은 허리를 피해 가지 않았다. 특히 군관이나 장수들이 총탄이 허리를 관통한 경우 시름시름 앓다가 사망할 수밖에 없었다. 이러한 중상을 도망이라고 처리했다. 전쟁터에서 죽지 않으면 비겁하고 전사가 아니었다. 그러나 인간의 목숨은 바로 절명하는 경우보다 총상으로 후일 죽는 경우가 더 많았다. 자신에 의지와 상관없이 비겁자로 병사들은 죽어갔다.

마녀사냥, 이유도 없이 고발하고 닥치는 대로 잡아들였다. 교세가 기울어지자 교황청이 교단을 지키기 위한 살인으로 당시 여자들이 빗자루를 타고 다니면서 마법을 부렸다는 누명이었다. 빗자루를 들고 있던 여자들을 잡아들여 최소 30만에서 최대 900만의 여자들이 영문도 모르고 화형에 처했는데 그 가족들이 억울히 죽게 된 여자를 마귀로 생각했다. 인간의 생각에서 악이 나오고 현실이 된다. 훌륭한 사람이기 전에 의심스러운 생각 자체를 경계해야 한다.

침략지휘 구로다

구로다 분신黑田旬沈이 성주(부상현) 전투에서 나와 마상 전투에서 나의 칼을 맞고 목이 달아나서 사망했다. 그의 조카 구로다 요시타카의 장남 黑田長政에게 부젠 나카즈에 12만 5천 석의 영지를 하사받아 물려주었다. 구로다 요시타카는 동생의 죽음으로 간베에라는 호를 버리고 대신 조스이칸如水軒이란 호를 사용하다가 말년 임진란 실패로 미스 나리와 불화로 도요토미의 미움을 받게 되자 조이스엔코如水圓淸라는 호로 바꾸어 나카쓰 성에서 은거 생활을 했다. 구로다 요시타카는 고니시와 가토를 경쟁시키면서 한편으로 자신의 직할 부대인 아들 구로다 나가마사를 한양 점령에 하루 늦게 입성시켜서 혹시라도 있을 교전에서 병력의 손실을 최소화하고 가토와 고니시의 전공 다툼을 용납하지 않으려 했다. 특히 자신에 동생 구로다 분신은 나가 마사와 함께 행동하고 모리 테루모토의 모리 가문의 5만 병력을 지휘하여 후방 보급을 책임지고 있었다.

임진왜란을 총괄 기획 입안한 구로다 요시타카黑田孝高, 나가마사는 세키가하라 전투에 도쿠가와 이에야스로부터 제1등 공신 위로서 지젠노쿠니 후쿠오카福岡 52만 3천 석을 영지로 하사받았다. 흑전구침(분신)의 죽음을 애통해 하면서, 장남 흑전 장정에게 물려주고 일체 정치를 떠나 은거하다 59세로 사망하였다. 임진왜란으로 출진하여 사망한 분신黑田旬沈

은 구로 요시타카의 동생으로 알려져 있다. 성주 부상현 전투에서 나와의 마상 전투에서 전사하여 일본으로 돌아가서 부귀영화를 누리지도 못하고 불구의 귀신이 되고 말았다.(흑전구침은 임진왜란을 총지휘하는 중군의 장군. 가토 기요마사와 평의지 등이 모두 지휘를 받았다.) 평의지平義智는 일본 조선 간의 사신이었으며 공격 선봉이었다. 정유재란에 앞서 구로다 요시타카黑田孝高는 가토 기요마사를 통해 출정에 앞서 '성주의 배설 장군가의 그 예봉은 감당할 수 없으니 조심해서 피하라.'는 명령을 내렸다. 정유재란에 가토 기요마사의 왜군들은 배설의 성주만 피하면 된다고 했으나, 막상 부산 앞바다에서 결국 나(배설)를 만나게 된 것이니, 피하려야 피할 수 없는 일전이었다.

도요토미 양아들 '드림팀'

조선 정벌 후 점령지 지배를 맡게 될 주을동, 소서비, 손문욱 등등 조선인 포로 약 백여 명이 도요토미의 후시미성 궁정에서 양자로 불리며 '드림팀'을 구성, 수천 명에 달하는 도요토미의 후궁들에게 일본어를 배우며 놀아나고 있었다. 이들은 도요토미에 의해 중국 명나라 황제 신종에게 벼슬을 얻어 조선에서 명나라 장수들과 일본군 장수들을 감시하는 특수한 역할을 부여받았다. 일본 궁정 내에서도 도요토미의 '드림팀'에 대한 편애를 시기하여 반목할 정도로 도요토미는 조선인 포로들을 후시미성에 두고 특별대우를 하였다. 도요토미 사후 일본인이 된 사람도 있고 조선으로 돌아와서 신분을 숨기고 고위직을 역임한 사람도 있었다.

영리, "일본군은 전국시대를 거치면서 병사들을 소모시키지 않는 장군들 간에 결투로 병사들을 합병하는 경우가 종종 있었다. 일본군들이 배설 장군과 결투로 패배하면 침략이 진행되지 않을 수 있었고, 혹전구침처럼 당할 수 있었기에 배설과 전투 중지 명령이 있었다."(국조보감)

이 전투에서 공을 세워 합천군수가 된다. 성주 전투에서 의병들이 패배한 것은 사실이고, 적은 아군에 전공을 넘기지 않으려고 비밀리에 퇴각했다. 나는 적장의 목을 벤 공로로 합천군수가 되었다.

| **배설**襄楔(1551년~1599년) |

조선 중기의 무신. 본관은 성산星山. 자는 중한仲閑. 임진왜란이 일어나자 경상 우도 방어사 조경趙儆의 군관으로 남정南征하다 조경이 황간·추풍에서 패하자, 향병을 규합하여 왜적과 대항하였다. 곧 합천 군수가 되었는데, 의병장 김면金沔이 부상현扶桑峴에 복병을 배치하여 개령開寧에서 북상하는 왜적의 응원군을 차단할 것을 요청하였으나, 이를 무시하였다.(정경운의 고대일록 중 부록, 인명록)

"의병장이 된 부친을 도와 용맹히 적진으로 나아가 부상진扶桑鎭 전투에서 적장 혹전구침黑甸句沈의 목을 베었으며, 개산진開山鎭에서는 적장 고니시와 평의지平義智를 포위 격과하는 전공을 세우고, 다시 무계진茂溪陣까지 출정하여 적을 평정하였다."

하늘을 나는 새를 보라!

언제나 사람은 태양 아래에 살아간다. 세상이 그대를 속일지라도 기죽지 마라, 태양은 언제나 머리를 위에서 돌아간다. 언제나, 세상을 똑바로 바라보라, 보이는 것에 내 눈과 귀와 혀를 항상 빼앗기지만, 항상 내 눈과 귀는 내 곁에 있다. 이 세상의 그 모든 것들도 마찬가지다. 고통의 맛이 없으면 진정한 삶은 없다. 전쟁의 부상으로 장애자가 되었을지라도 함께 노력하면 된다. 아름다움은 태양 아래에 있고, 내 몸속에도 있고, 내 마음에도 있다. 죽음을 맞기 전에는 불행이 없다. 그것은 불행이라고 생각하는 마음뿐이다. 세상에서 그대가 보아야 할 것이 있다는 것을 의심하지 마라, 그대를 필요로 하는 사람이 있다는 것을 잊지 마라, 태양이 돌고 있는 이상 삶은 헛되지 않으리라, 세상에 소중한 것은 보이지 않는다. 보이지 않는다고 내 눈과 귀 코가 없는 것이 아니듯이 세상에 아름다움 또한 찾아야 느낄 수 있다.

가뜩이나 어렵든 백성들의 땅은 왜군의 침략으로 버려졌고 전란은 조선의 연이은 패배 소식뿐이었다. 한 해 농사를 위해 씨를 뿌려야 할 시기에 침략한 왜적들로 인해 땅은 버려졌고, 피난한 백성들은 당장 귀신이 씻나락을 까먹듯이 허기를 채우고 있었다. 이처럼 농토는 버렸고, 버려진 가옥은 불타버렸었다. 버려진 땅 위에는 온갖 들꽃과 쑥들이 때를 만나 농사를 대신하여 쑥대밭으로 변해버렸다. 임진년의 가을엔 추수가 없었다. 전국을 휘몰아친 전쟁으로 임진년 가을의 저녁에 우는 곤충 울음과 철새들의 울음소리가 더욱 애처롭게 들렸다. 온 세상의 진실인 저 하늘을 나는 한 마리 새를 보라! 새들은 하늘을 날아다닌다. 우울해지거든

새소리를 들으라, 그리고 하늘을 쳐다보라, 하늘을 나는 새를 보면서 마음이 설레지 않을 수가 있는가? 짧은 인생을 기쁨으로 삶을 채우기 위해 하늘을 나는 새들처럼 가볍게 훌훌 털고 나서라! 숨어서도 사람을 사랑하는 욕심 부리지 않는 삶을 살아라, 전쟁의 피비린내에서 자유를 찾아 떠날 줄 아는 지혜를 하늘을 높이 나는 새들에게 나는 배웠다.

임금도 의주까지 도주하고, 동인 조정은 고작 잘난 척 말하는 재주꾼이 아닌가 여겨질 때가 많고, 장군도 부하를 잃으면 저잣거리의 보잘것없는 이야기 주인공으로 떨어지고, 아무리 선량한 백성도 탐관오리 만나 토색질 당하고 역모로 몰리면, 아름다운 꽃을 보고 흘린 눈물도 역모 공범의 눈물이 되고 만다. 그것은 진실과는 별개의 죽음이다. 오늘 할 일에 최선을 다해야 한다. 욕망과 명분 출세를 위해 집착하여 성공과 소유에 대한 집착을 놓치지 않으려는 발버둥이 오늘 할 일인 무기나 병사들의 뒷바라지를 소홀히 한 채 허풍만 떨고 용맹만 외친다면 그것을 적이 기다린 것이 아닌가? 허망한 욕망 출세 명예욕 소유욕 그런 것들에 스스로 포로가 되어 밤새 번민하는 삶은 삶이 아니다. 단 하루를 살아도 자신에 직분이 무엇이든 그 자리에서 최선을 다하고 '쿨'~하게 잠들 수 있어야 한다. 내일 죽어도 후회가 없을 최선을 지금 해야 한다. 그리고 남의 공을 빼앗아 자신에 것으로 만들어 영웅이 되면 뭐 하나? 의병이 되어 최선을 다하다 전사한 수많은 이름 없는 병사가 있었다.

조경 장군의 구출

새를 잡는 총으로 무장했다던 조정의 말과는 달리 왜군의 철포의 위력은 대단했다. 아군은 적의 먼발치에서 쓰러져서 놀라고 당황한 아군들은 활을 사정없이 쏘아댔지만, 안타깝게도 우리의 화살은 적군이 유지하는 일정 거리 때문에 단 한 발도 적을 강타하지 못했다. 혹여 왜적의 무사들이 앞장서서 말 타고 진격하는 경우가 아니면 적은 일방적인 살육전이었다. 우리의 병사들은 일방적으로 적의 무자비한 총탄 세례를 받아 전멸하고 일부는 중경상으로 후퇴했다. 그러나 왕명을 빙자한 선전관들과 훈련원 검찰들 비변사의 감독관들은 후퇴에 대해 사정없이 임전무퇴의 죄를 물어 목을 베었다. 언제 어디서 나타날지 모르는 이중 삼중의 전투 감시 선전관들이 바라는 것은 적을 일거에 섬멸하지 못한 죄를 물어 무수한 군관의 목이 달아났다. "추풍령은 칠천일백여 척이나 되는 높고 험한 긴 고개요. 경상, 충청 두 도의 분수령으로 낙동강 금강을 남북으로 갈라 논 장산이요. 매우 험한 요새를 또다시 지키는 사람이 없다면 조선 사람으로 어찌 얼굴을 들고 천하에 행세하겠소. 내가 황간에 오래 산 사람으로 차마 팔짱만 끼고 앉아서 나라 망하는 것을 바라만 볼 수가 없어서 의병을 일으켜 추풍령을 지켜보려 하니 장군의 의사가 어떠하신지요?"(장지현 장군기)

사월 제1진, 적은 고니시 부대의 수만 명의 병력과 교전으로 조경이 패퇴하여 포로가 되었고, 뒤이어 제3진 구로다의 병력이 진출하여 조경은 넘겨졌다. 구로다는 추풍령 일대의 잔병인 우리를 소탕하고자 1만 4천의 병력을 동원 5월부터 대대적인 섬멸전을 펼쳤다. 이것도 모자라는지 모리 휘원의 수만 명의 병력도 북진을 중단하고 소탕작전에 동원되었다. 이 전투는 탄금대에서 신립의 군대가 전멸한 이후 추풍령계곡 전체에서 벌어져서 장지현 장군을 비롯한 2천여 명의 대원들이 전사했다. 계곡의 전투에서 조총이 무력화되어 피아의 사상자는 비슷하였다.

아마도 왜군의 조선침략 이후 가장 많은 피해를 입혔다. 비록 패전이지만 장렬한 전투가 계속되었고, 도중에 우리의 기병들은 조경을 구출하여 직지사에서 치료하는 개가를 올렸다. 부상당한 조경이 자살하지 못하게 적들에게 손발이 밧줄로 묶여 있었음에도 몇몇 군관들과 함께 구출하였다. 한 군관은 많은 출혈로 손톱의 색깔이 하얗게 변해 광채가 나고 있어 곧 죽을 것을 알았다. 아군들 품으로 돌아온 그는 아무 말 못 하고, 눈동자만 총총하게 무언가 말하려고 했으나, 총탄에 의해 말을 하지 못했다. 그의 열 손가락 손톱만이 유난히 하얗게 반짝거림이 말을 대신했다.

간혹 피를 토하는 입속에는 검게 썩어버린 세 개의 치아만이 덩그러니 출혈 속에 무인도처럼 보였다. 제어하지 못 할 고통으로 내장이 타들어가는 고통이 눈망울과 빛바랜 손톱 그리고 썩은 치아 사이로 보였다. 그 처음이자 마지막 경련이 사지 마디마디에 수분 간 격렬하게 진동되다가 뚝 그쳤다. 그는 그렇게 한마디 말도 못하고 죽었다. 호조를 관장하던 주부였던 그의 죽음 곁에는 선전관이 칼을 뽑아 퇴각의 죄를 묻고자 하고 있었다. 선전관은 숨이 넘어간 군관의 목을 베었다. 전쟁의 잔인함이 크게 공포를 진동케 했다. 공포와 아비규환 속에도 개울가엔 '며느리밑씻개' 풀이 있어 하늘거린다. 고부간 갈등의 꽃말이 있는 '며느리밑씻개' 풀은 피멍을 풀어준다. 부상병들의 총탄의 독소에 해독작용과 타박상으로 인한 습진의 번짐을 막아주었다. 부상병들이 흔히 겪는 온몸의 가려운 피부병과 진물 흐르는데 며느리밑씻개 풀이 특효로 쓰였다. 조선의 강토 어디에서는 하늘거리는 며느리밑씻개 풀의 하늘거림이 백성들의 고통을 덜어주었기에 더욱 아름다웠다.(1596.5.10 일본제 2군 철수. 1596.6.15 제1군 철수. 1596.8.5 조명사신 부산출발, 1596.9.3 도요토미접견(조·명 사절추방 재침명령))

"명군의 기예는 아군에게 미치지 못하는데 군량을 공급하는 어려움은 배나 됩니다. 만약 또다시 명군을 청하고 그에 맞춰 군량을 댄다면 우리 나라 백성들은 모조리 아사하여 아무도 남지 않을 것입니다. 지난 계사 (1593년), 갑오년(1594)에 큰 흉년이 들지 않았음에도 백성들이 굶어죽어 열 명 가운데 서너 명도 남지 않은 것은 하늘이 이 숫자만 남기고 온 나라 의 곡식을 전부 명군에게 주었기 때문입니다. 만약 그때 명군에게 준 곡 식을 아군에게 주었더라면 10만의 병력을 기를 수 있었을 것이며 지금과 같이 쇠약한 지경에는 이르지 않았을 것입니다. 이것이 이미 명백한 증험 이 되었는데 어찌 다시 똑같은 잘못을 허용할 수 있겠습니까?"(고상언이 유 성룡에게 올린 장계)

산업전쟁(도공 약탈)

15세기, 일본의 무로마치室町 시대의 미美 의식은 적막함, 쓸쓸함, 그리고 스산함이었다. 이후 도요토미 히데요시가 활약했던 모모야마桃山 시대는 일본 다도가 완성된 시기이다. 승려이면서 도요토미 히데요시의 차 스승이고 일본 와비차 다도를 완성한 센리큐千利休는 자연으로 돌아가 꾸밈없이 사는 소박한 삶과 완벽하고 화려한 미美로부터 불완전하고 검소한 것으로 돌아오는 미의식의 세계를 확립했다.

센리큐는 와비차 정신을 담아내는데 가장 적절한 찻그릇으로서 조선의 차 사발을 선택했다. 센리큐가 제창한 이런 차 문화의 영향으로 조선의 차 사발 하나는 당시의 오사카성城 하나와도 바꾸지 않을 만큼 가치를 지니게 되었고, 일본 신흥 귀족들은 사치와 과시가 아닌 내면적 성숙인 이도 차완 조선의 차 사발에 차 한 잔이 명예와 부의 상징이었다. 단순히 배고픔의 문제가 아니라 사색과 쓸쓸한 차 맛을 감상할 정도로 신흥 부유층 권력층이 생겨났다. 일본 통일이라는 경쟁 체제에서 습한 기후에서 풍요로움이 곧 좋은 생활을 갈구하던 일본인들의 욕구와, 불교의 전파와 함께 수백 년 동안 정착한 다도 문화 향유를 위한 다기茶器에 대한 갈망이 있었다.

가마쿠라 막부 이후 쇼군과 사무라이들의 회합에서 다도茶道에 대한 격식이 상류층의 품위로 중시되었다. 일본의 사찰에서 사용했던 다기들은 왜구들이 삼포에서 수입해 온 막사발(왜구의 침탈로 조선 남해안과 서해안 일대의 관요들은 철폐)이었으니, 임진왜란의 발발과 함께 대대적으로 진행된 것은 도자기 약탈과 인적자원 사기장들의 납치였다. 막사발이 당시에 황금 3천 근 값인 550만 냥에 팔렸다고 전해진다. 그뿐만 아니라 지지리 못 생긴 이 그릇은 나중에 성城 한 채와 맞바꾸어지기까지 했다.

조선은 고급 품질의 백자를 만들 수준이 있었다. 그러나 사용원이라는 관에서 고용된 관노들이 조선의 수요에 맞게 도자기를 생산했는데, 이것들이 민가로 흘러나와 매매되고 있었고, 이것을 약탈하고자 민가로 왜구들이 덮친 것이다. 조선의 사용원에서 관리하던 도자기는 막사발이 주류(일본의 국보와 중요문화재에는 막사발이 많음)이다. 조선이 지향한 것은 지도층의 풍요, 낙오자를 생산하여 그보다 귀한 대접을 받는 것으로 조선의 쇄국은 임진왜란 이후부터 지속하다가 대원군에 의해 완성된 것이다.

나베시마 나오시게는 조선인 사기장들을 가장 많이 잡아간 장수로 주로 남부 지방인 웅천, 진주 김해, 울산, 경주 등지에서 조선인들을 잡아갔다. 조선인 사기장의 기술과 상품성은 일본의 권력층이 조선인 도공들을 모셔갔다고 하는 것이 더욱 부합된다. 일본 사회의 스승인 센리큐는 일본의 문화 수준을 획기적으로 향상시킨 원인을 제공하는 다도를 신흥 지배계층에 유행시켰다. 그만큼 다도가 일반 대중에 보급될수록 수요는 폭발했고, 일본을 방문한 서양 상인들도 일본의 영향으로 도자기를 수입해가기 시작했다. 우수한 기술력을 갖춘 조선인 사기장들은 새로 유입된 중국의 선진 기법과 일본 특유의 감각적인 도안과 색채 등을 가미하여 일본의 도자산업을 빠르게 성장시켜 나갔다.

규슈, 아리타에서 조선 사기장이 생산한 도자기는 1651년부터 네덜란드의 동인도회사를 통하여 유럽으로 수출되기 시작하였고, 1653년에 이천이백 개, 1664년에는 사만 오천 개를 수출하여 일본은 막대한 수입을 올렸을 뿐 아니라 유럽에 일본이 선진국이라는 이미지를 인식시켰다.

이처럼 일본 사회에서 도자기는 엄청난 경제력과 가치를 지닌 것이었고, 그러한 도자산업의 성장과 발전은 임진왜란 당시 전쟁 포로로 끌고 간 조선인들이 역할을 했다. 도공들이 조선에 있었다면 국제 협력에 이용되거나 이바지하지 못했을 것임은 분명하다. 침략 자체는 전쟁범죄이지만, 도공들 입장에서는 한평생 노비로 사는 것보다는 도예공이 되어 일본 사회에 정착하는 게 개인적으로 유리했기 때문에 나중 조선 조정의 피로인 송환에 대부분 거부하고 일본에 정착했다.

| 승려 유정(사명대사, 1544~1610) |

그는 도쿠가와 이에야스와의 협상으로 1605년 우리나라 남녀 3천여 명을 데리고 나왔는데, 유정이 찾아온 포로들을 통제사 이경준에게 맡기면서 편리한 대로 나누어 보내라고 했는데 수군 선장들이 앞을 다투어 나누어서 인수하고 구속하는 것이 포로 된 것보다 더 심하였다.(연려실기술)

금오산성 별장 배설의 부관으로 금오산성 수축에 공헌하고 이 후 크게 두각을 나타낸 승려이다.

천하제일의 빛깔을 갖춘 청자를 만들고, 조선만의 백자를 만들었지만, 조선은 대중화를 하지 않았다. 그럴 필요가 없었다. 조선은 만들 줄만 알았고, 이의 사용을 금지하였고, 비밀리에 유통되었다. 일본은 도자기를 활용하고 산업화했다. 도자기의 가치로 일본은 국내 수요를 채우고 경쟁시켜 국제화에 진출했다. 일본이 지향했던 세계는 대중화 국제화의 부국강병이었다. 일본이 눈에 불을 켜고 훔쳐 간 '막사발', 서민들의 생활도자기를 찻잔으로 사용하였으니, 풍요에 있어 일본이 낙후했다고 할 수 없다. 조선에 널리고 널린 흔한 물건, 이 막사발은 일본으로 건너가 희대의 예술품 대접을 받았다.

그러니 납치된 도공들이 귀향을 거부하는 사태가 있었다. 이들의 후손들이 후일 정한론의 토대가 되어 야스쿠니 신사에 몰려 절하면서 조선정벌을 주장한다. 조선에서 두 개의 자를 가지고 통치가 이루어짐은 한 나라 안에 두 나라가 존재함을 말한다. 진시황이 도량형을 통일하여 중국이 하나가 되었다. 우리는 한 개의 나라라는 말 속에 두 개의 다른 가치관이 지배하는 나라에 살고 있지 않은가?

도요토미 히데요시, 오다 노부나가, 도쿠가와 이에야스는 이 막사발에 일본말로 '이도 차완'이라는 이름을 붙이고 귀한 찻잔으로 썼으며, 시간이 흘러 이 중 몇 점은 일본의 국보가 되었다. 이는 다른 말로 조선의 거의 모든 백성이 전란의 화를 입었고, 백성들의 생활터전 곳곳이 무덤과 가까워졌다. 조선의 위대한 강토에 지옥이 펼쳐졌다. 일본군의 무자비한 약탈로 생이별이 펼쳐졌다. 조선의 위대함으로 빚어진 도자기 때문에 모든 민가의 도자기들이 약탈당하는 과정에 많은 사람들이 죽고 살아남은 자들은 끌려갔다.

이 땅의 기술이 참혹한 광경을 불러왔다. 백자도 고려청자도 아닌 막사발 때문에 전쟁이 벌어졌다. 일본의 통일로 촉발된 고급 소비재로 찻잔으로 사용하기 위해 점령군들은 민가를 싹쓸이하고 있었다. 그리고 노비들인 도공들이 잡히면 모시고 갔다. 조선이 시대를 역행하고 있었다.

임진왜란으로 조선으로 출병한 일본의 다이묘(영주) 중에 조선 도공을 데려와서 가마를 세우고 도자기를 특산품으로 지정해 재정적자를 메우려고 한 자들이 많았다. 무로마치 막부시대 말기에도 특히 사카이(오사카부)의 상인들 사이에서는 와비차가 유행하여 고려 다완(고려도자기의 일종)이 비싼 값으로 팔렸다. 도자기 기술을 획득하기 위해 일본군은 조선의 도자기 기술자들을 납치하였다.

일본의 야마구치현의 하기야키, 가고시마현의 사쓰마야키, 기타규슈의 다카토리산을 경계로 한 지쿠젠의 다카토리야키와 부젠의 아가노야키등은 잡혀온 조선 도공들의 후손들이 세운 도자기 가마터이다. 히젠의 니베시마 번에서는 '이삼평'이 아리타의 덴구골에서 이즈미산의 도석을 사용하여 백자기를 굽기 시작했다.(일본 최초) 청화와 이로에 등의 개량이 이루어져 아리타야키 이름으로 일본뿐만 아니라 유럽에까지 알려지게 되었다. 임진왜란을 통해 수많은 조선의 사기장들을 일본으로 끌고 갔고, 많은 도자기를 약탈해 갔다. 조선에서 납치된 사기장들과 관노들은 조선에 가까운 규슈를 중심으로 한 관서지방(도자의 명인이라는 이삼평이나, 심수관)에서 주로 도자기를 구웠다. 시마즈 요시히로가 납치한 도자기 장인들이 1600년대 중반 규슈에서는 백자가 대량생산되기 시작했다. 이는 유럽 시장을 잠식했다. 금값과 맞먹던 도자기를 수출한 일본(당시 규슈지역의 번藩)이 거대한 자산을 축적할 수 있었다. 일본의 근대화를 이룬 자본축적의 원동력이 도자기에서 나왔다. 이 때문에 일본은 유럽에 상당 수준의 문화국가로 인식되었다. (japan은 영어로 칠기와 도자기 등을 뜻함)

영리, 일본은 세계 최고의 기술의 도자기를 지닌 문화강국으로 인식되어 있었다. china(중국)나 japan(일본)이나 유럽에서는 도자기가 두 나라에서만 생산된 것으로 알고 있었다. 시마즈 요시히로 가문이 자리한 '규슈' 지방과 관서지방은 이때부터(도자기, 동, 설탕을 수출) 신진세력을 풍족한 환경에서 좋은 교육을 받게 하고, 미국유학을 자발적으로 한 후 조선 자동차 같은 중화학 공업을 일으킨다. 그들은 백성들을 속이지 않았다.

조선의 관노(쌍놈)로 일본에 납치된 이삼평李參平: 1594년 혹은 1596년께 일본에 끌려간 그는 1616년 아리타의 이즈미산泉山에서 자기를 굽기에 알맞은 백자광을 발견하여 시라카와텐구白川天狗 계곡 부근에 가마를 짓고 정착하여 일본 도자기의 조종으로 세계 제일의 도자기를 만들어 서양에 수출하여 일본의 국부를 크게 일으킨 인물이다.

"우리 도자기의 시조 이삼평공(이하 공으로 씀)은 조선 충청도 금강 출신이다. 1592년 도요토미 히데요시 공이 벌인 임진왜란 때 히젠번은 종군했다. 이때 공은 우리 군에 매우 적극적으로 협력했다. 1596년 히젠번조인 나베시마나오시게공이 귀국시 공을 데리고 돌아와 귀화시켰다. 그 뒤 가신 다꾸야스요리에게 보살피도록 맡겼다. 공은 금강 출신이므로 가나가에라는 성을 주고 오기군 다꾸촌에 살게 하였고 자기 제조기술을 갖고 있던 공은 도자기 굽기를 시작했지만 좋은 흙을 찾을 수 없었다. 1615~24년 마쓰우라군 아리따향 미다레버시에 왔고 같은 곳 이즈미야마에서 가장 좋은 고령토를 발견했다. 같은 곳 시라까와로 이주하여 처음으로 순백의 자기 제조를 성공했다. 이는 바로 우리나라에 있어 백자 제조의 첫걸음이다. 이후 그 제법을 계승하여 오늘날 아리따야끼의 번영으로 이어져 있다. 생각건데 공은 우리 아리따의 도자기 시조인 것은 물론이고 우리나라 요업계의 대은인이다. 현재 도자기 관계에 종사하는 사람은 그 은혜에 감사하고 있고 그 위업을 기려 여기에 삼가 제를 지낸다."(이삼평 비문 전문) 이삼평은 일본 아리타에 정착하였다.

도요토미와 일본군 영주들은 자신들의 권력을 확장하고 정벌을 즐기면서도 영주들 도공들 선비들 다양한 직업군의 가치들을 존중하면서 그 사회의 부를 증가시키면서 권력 놀음을 했다면 선조 대왕과 신하들은 두 개, 세 개의 자를 사용할 줄은 알면서 백성들의 사회적 분업은 인정하지 않았다. 자신들은 몇 개의 자를 가지고 백성들을 줄 세우면서 백성들에게는 법치라는 획일적인 가치 속에 집어넣고 다스린 것이다. 도자기를 깨트리면 기물파괴 죄이지만 특수한 제수용을 만들 때만 봐주는 것이다. 맘에 안 들면 죄인으로 몰아버릴 수 있게 법치를 했다. 서양에서 조선이란 나라는 어떻게 보면 거대한 인류의 거악의 하나였고 육법전서는 악마의 주문이 씌어 있는 경전에 불과한 것이다. 부동산에 권력과 돈과 법이 총동원해서 가치를 부여하고 지키면서 수많은 유형무형의 가치들이 파괴되고 젊은이들 인생이 쪽 나는 것이다. 도자기 제작 중 깨트린다는 것은 그 직분에서 비난일 뿐이다. 특히 두들겨 소리로 멀쩡해 보이는 도자기를 박살내는 행위는 도공들 이외의 이들에게서 다소 모호한 비난을 받을 뿐이다.

도자기 도공들의 행위가 도공들 속에서는 당연한 행위로 이러한 사실이 윤리를 존재할 수 있게 하는 조건이 된다. 하나의 도덕 체계는 항상 한 집단의 일이며, 이 집단의 도덕률이 집단의 권위로 보호될 때만 좋은 도자기를 생산해낼 수 있다. 일본의 영주제 하에서만 도자기의 세계화가 가능함을 알 수 있다. 조선의 획일적 법치 체계에서 도자기의 윤리나 고품격화란 불가능함을 바로 알 수 있다. 모방하여 필요에 따라 생산하지만, 더 큰 권력인 관에 의해 도자기의 독자적 기술 윤리 수단이 보호되지 않는 것이다. 물론 제기나 특수 용도의 제한된 고급시장에만 도공들의 독자적 예술성이 허용되는 것이다. 법치에서 노비로 금지된 인적 신분의 구속이 행사 때문에 제한적으로 허용되어 탈권위가 되는 것이다.

국가의 신분제적 공중도덕 윤리의 기저에 있는 공론은 사회 전체를 구속한다. 일터의 공중도덕 윤리인 사회적 분업(직업)은 사회 전체에 분산되어 일터에 있다. 노비들의 공중도덕 윤리가치 체계는 제한된 지역 안에 국지화된다.

도자기 직업윤리의 각 지류는 그 직업집단의 산물이기 때문에, 각 직업윤리의 본성은 그 집단의 본성이다. 일반적으로 모든 조건이 같다면, 집단구조의 힘이 클수록 그 집단에 특유한 도덕적 규칙들의 수는 더 많아지고 구성원들에 대해 갖는 권위도 더 커진다. 일본이 세계적인 도자기 대국(선진국)이 된 것이 우연이 아니라 도요토미의 영주 체제의 보호에 있었다면, 조선의 선조 대왕은 각 의병장을 역모죄로 누명 씌워 말살하는 권력의 집중이 산업 생산성을 크게 제한하는 결과로 나타났다. 육법전서를 통한 법치의 사회적 구속과 권력 집중이 사회적 분업과 인격의 성장 자체를 거부하게 되었다.

백성들, "일본을 지지하냐?"

"당신이 형조 아전(검찰)이야 뭐야?"

"×도 아닌 게 까불고 있어, 네가 아전이야 뭐야?"

"네가 아전(검사)이야, 판사야, 교통경찰이야? 뭔데 정리하고 지랄이야."

"너는 시키는 대로 하고 살란 말이야."

"청산은 말없이 살라고 했잖아."

"고집이 세면 너만 손해야."

"피를 빨아먹든 거머리 짓을 하든 간섭 말란 말이야."

"제발 나서지 말란 말이야."

똑똑한 형조 아전(판사)이 옹기점엘 갔다. 항아리는 모두 엎어놓고 파는 것을 모르고 "무슨 항아리들이 모두 주둥이가 없어?"투덜대며 항아리 하나를 번쩍 들어 뒤집어 보고는 "얼라 밑도 빠졌네!" "불량 항아리를 만든 죄로 징역 3년이다." 세상 물정을 몰라도 수사 기소, 무소불위 권세는 징역을 때리고 유전무죄를 할 줄은 알았다.

배달 인류의 면천, 그 길고도 먼 인류의 위대한 여정, 과연 오늘날 이루어졌을까? 귀한 것이 있어 천한 것이 없어질 수 없다고 말한다. 그것이 사실일까? 인류가 태생하면서부터 잉태한 원죄였을까? 노비제도는 조선만의 독특한 문화였다. 조선만이 가지고 있든 원죄노비제도의 인식전환 없이는 면천이 이루어질 수 없었다. 조선인이 죄인이라는 굴레와 비하가 없어져야겠다.

"1953년 1월, 명군의 군량 보급 문제로 흠차경리欽差經理 애유신艾維新은 검찰사(지중추부사, 장관급) 김응남金應南, 호조참판 민여경閔汝慶, 의주부윤 황진黃璡 등 조선의 고위 신료들을 붙잡아다가 곤장을 쳤다. '명군은 조선은 군량 수송을 태만히 하고 있다.'는 이유였다. 명나라 장수들은 왕의 교체까지 거론했다."

왜구들은 처음엔 약탈한 도자기를 흙에 담아 운송하였는데, 너무 무겁고 힘이 드니까, 흙 대신 조선인의 귀를 잘라 염장하여 지푸라기 같은 것에 넣어서 그 속에 조선에서 약탈한 도자기를 넣어 운반하기도 하였다. 도자기는 일본에서 고가로 팔아먹고 잘라간 귀는 도요토미 본부에 바쳐서 포상 타먹는 데 사용했다.

"왜 쪽바리 왜놈들한테, 그리 당하고도 정신 못 차리는 위대한 민족성!"

"집구석에서 장독 깨고 살림살이 부수는 병신 같은 짓들 하고 있잖아~!"

"지역감정, 세대 갈등, 아전들 마피아 짓거리 곳곳이 썩는 구린 똥 냄새
~!"

"저주, 갈등 이기심 개인주의! 노비제도~!"

"고구려 땅은 찾을 생각도 못 하고 맹꽁이 같은~!"

"선조 대왕 마마께서 명나라 황제에게 만주 요동총관 달래다가 거절되
었다나?"

"조선 왕 못 해먹겠다고 15회나 양위 파동 일으켜 유 대감이 조정 정
사를 다 한다네."

"아주 지랄도 개지랄한다!"

"이놈의 조정은 어찌 된 게 백성들이 조정을 걱정해야 하니… 쯔쯔
쯔…."

"유대감 이제 고만하고 내려와라! 너, 자리가 아닌가 보다…."

"마마고 천연두고 염병 지랄들 꼴도 보기 싫다!"

"하고 싶은 대로 해, 어차피 백성들은 아~! 그렇구나 하고 넘어 갈 테
니까~"

"더한 짓도 맘대로 해봐, 잠깐 쟁점이 되었다가 사라질 거야! 왜? 조선
백성 특성이 그러니까."

백성들은 이구동성으로 '다 그렇지 뭐? 아니면 너가 어떻게 해보던가?'
이렇게 얘기할 거야, 마음속으로… 후후, 백성들의 절규는 한낱 허망한
메아리일 뿐이었다.

신분제에 감금된 조선 백성들의 몸부림은 온갖 기행과 무속과 잡기 또는 점집에서 운명론에 빠짐으로 드러났다. 탈출구가 봉쇄된 한숨들이 술판으로 태평성대처럼 보였으나, 사실은 사회가 붕괴하고 있었다.

　관리들은 백성들 눈치라도 보면서 아전들이 토색질, 나쁜 짓을 했다지만, 조선 중기 기축옥사의 영향으로 조정은 남의 이목 따위는 신경 쓰지 않았다. 힘없는 것들이 뭘 어찌하겠느냐? 생각하듯 아무것도 두려움 없이 스스로의 토색질을 쟁취하기 위해 온갖 무리수를 서슴지 않는다. 동인 서인 간의 극심한 당쟁으로 내 사람 챙기고 자리 팔아먹고 비리 저지르고 양심과 상식을 논할 수 없었다. 위대한 조선의 태평성대가 펼쳐졌다. 그러다가 임진왜란이 터져 부산에서 의주까지 관청이 무너짐에 따라 병사들과 관리들, 관노들의 대량 사살이 이루어지고 일본군은 이러한 전공을 보고하기 위해 사망한 병사들의 귀를 베어 일본의 도요토미에게 보내게 된 것이다. 여기에서 일부 관노들과 노비들은 처음엔 일본군을 피했으나, 나중엔 스스로 일본으로 납치되어 도자기 생산 시설 등을 가지고 일본군의 보호를 받으며 일본의 규슈 지방에 대거 정착했다. 그 수는 약 10만여 명이 넘었다.

　이들은 강화 협상에 따라 조선 조정의 귀환을 종용 받았으나, 이들은 거부하고 자진하여 일본인이 된 사람들이다. 이 당시 일본에는 노비제도가 없었기에 이들이 잘한다면 성공할 수 있는 길이 열려 있었다. 따라서 점을 치거나 기행을 하거나 방랑하거나 술 퍼먹고 돌아다닐 필요가 없게 된 점 때문이다. 임진왜란으로 납치된 도공 중에서 일본에서 크게 성공한 도공들이 많이 나왔다. 임진왜란에서 조선의 양반들은 아주 찬밥신세가 되고 오히려 노비들이 환영받았다.

조선인 납치 약 30만 명

1596년 10월 7일 조신 강화 교섭 통신사들이 선수사에서 말을 타고 배 타는 곳으로 가는데, 절간 곁에 인가가 매우 많았다. 우리나라에서 잡혀온 사람이 거의 5천여 명이나 되며, 반 이상이 서울 사람인데, 절문 밖에 둘러서서 사신이 문 밖에 나오기를 기다려 배알하고 통곡하며 큰 소리로 '아이고 상전上典님, 상전님.' (상전은 우리나라의 방언에 그 주인을 부르던 칭호) 하고 외치는데, 그 소리가 극히 처절하여 차마 들을 수가 없었고, 어떤 자는 목이 메어 소리를 내지 못하였다. 모두 말의 다리를 붙들고 울다가 갯가까지 따라와서, 배를 타고 떠나가는 것을 보느라고 아랫도리를 걷어 올리고 얕은 물속으로 들어와서 무릎까지 빠지는데도 서서 바라보며 통곡하니, 일행 상하가 다 슬펐다.(재조번방지)

영리, 일본군이 제9번대까지 각각의 영주들이 조선에 출병하였으니, 최소 5만 명에서 약 30만 조선인의 노비들이 납치되어 일본에 정착했다고 생각된다. 당시는 노동력이 가장 중요한 재산이었고, 조선에서도 노비들이 땅보다 더 중요한 재산 목록이었기 때문에 임진왜란은 일본의 조선 노비들 납치 전쟁이라고 봐야 할 것이다. 배설 장군이 수군 수사로 정유재란에 부산의 칠천해로 출입을 통제하자 일본의 노비들의 납치 자체가 불가능해졌다. 그렇게 되자 조선인을 죽여서 코와 귀를 베어 보내게 된 것이다. 노비의 납치 인력자원의 강탈에 대응하면서 일본은 극악한 보복에 나선 것이다. 일본의 정유재란의 코와 귀는 대부분 남원 지방의 것으로 볼 수 있다. 영남에서 의병들 저항이 거세서서 코와 귀를 벨 수 없었기에 남원을 중심으로 1597년 8월 9월 사이에 그들의 코베기가 극성을 부린 것이다. 이는 이미 전쟁의 퇴로로 다가가고 있음을 뜻한다. 도요토미의 가토 기요마사와의 약속인 20일 이내 한양 점령이 실패했고, 부산 해로의 봉쇄가 7월 16일까지 진행된 점은 도요토미의 병사를 불러온 것이다.

우리나라가 그토록 수많은 침략을 겪으면서도 아직 유지해올 수 있는 것은 백성들이 욕하는 끼리끼리 윗사람들만 있는 것이 아니라는 점에서다. 그중에 전공을 가로채고 군대를 가로채는 당파 속에서도 묵묵히 자기 자리를 지키고 피나는 노력으로 뒷바라지한 무명의 많은 사람이 있었기 때문이다. 조선 양반제 신분사회는 소수의 지배세력은 수요 자체에 한계가 있었다. 그러나 만주의 누르하치와 일본의 도요토미는 수요의 폭증으로 조선에서 천대받던 잉여 인력이었던 노비들을 눈에 불을 켜고 약탈하거나 모시고 갔다.

도요토미 히데요시豊臣秀吉는 특히 정유재란 때에 이르러 여러 휘하의 장수들에게 주인장朱印狀 명령서를 내어 도공陶工, 학자 등을 닥치는 대로 잡아올 것을 명했다. 이러한 까닭으로 일본에서는 정유재란을 '도자기 전쟁'이라고도 한다. 도자기陶磁器는 옥玉처럼 귀한 것이라 지배계급인 상급무사上級武士들의 다기茶器로 사용되었을 뿐 백성은 밥그릇에서 물통 모든 생활 용구는 목기木器를 사용했다. 또 백성은 평생을 잡곡으로만 살아야 할 정도로 가난하였다. 문자를 터득한 사람들이 또한 많지 않아서 인쇄술印刷術도 발전하지 못했다. 다만 오랜 전국시대를 겪으면서 살았던 탓에 무기를 만드는 기술만은 발달하여 있었다.

명나라의 선조 퇴진 요구

1593년 9월, 명의 병부 주사主事 증위방曾偉邦은 일본과의 강화에 반대하면서 조선을 닦달하는 내용의 상소를 황제에게 올렸다. 그는 조선이 본래 당 태종의 침략을 막아낼 정도로 만만찮은 나라였다고 높이 평가했다. 그러면서 일본군의 침략에 맥없이 무너진 것은 군주가 시원찮기 때문이라고 진단했다. 구체적으로는 선조가 '황음荒淫' 하여 전쟁을 불렀다고 직격탄을 날렸다.

'증위방은 일단 선조에게 각성하여 자강할 수 있는 기회를 주되, '개과천선'이 불가능하다고 판단될 경우 그를 왕위에서 쫓아내라.'

조선 직할 통치론

강화협상에 반대했던 계요총독薊遼總督 손광孫鑛은 1594년, 명이 조선을 직접 통치해야 한다고 주장했다. 그는 조선이 망국의 위기로 내몰린 것은 선조를 비롯한 지배층의 문제점에서 비롯된 것이라고 보았다. 명의 안보를 위해 어쩔 수 없이 조선을 원조할 수밖에 없는 상황에서 '무능한' 조선 군신들을 방치할 경우, 그것은 '밑 빠진 독에 물 붓기'가 될 수밖에 없었다. 그럴 바에야 과거 원이 고려에 두었던 정동행성征東行省과 같은 기구를 설치하고 명이 관원을 파견하여 조선 군신들을 감독하자고 주장했다. 조선에 대한 직할통치론直轄統治論이었다.

영리, "순화군 임해군이 한강 이남을 잘라 주겠다고요?"

"백제 정신이 그런 것이여?"

그 집안 집구석이 그런 집안인가? 심유경은 이여송과 조승훈 등등 명나라 장수들이 패전하고 명나라로 돌아가게 되자 놀란 나머지 조선을 할양하려고 하였다. 그러나 영남 의병들이 영남을 장악하고 군수 보급을 차단하자 한강 이남을 거론하다가 다시 부산까지 일본군이 밀리자 왕으로 책봉한다는 기만술을 폈다. 이참에 왕창 깨져라! 사실 저런 거 왕가네 뿐만이 아니라 사대부들 생각은 비슷했다.

안 터져서 그렇지 '대기업 재벌기업 하다못해 중소기업'에서도 마찬가지일 것이다.

조선의 관직을 허울 좋게 과거로 뽑아놓고 친구끼리 우리가 남이가?

정치도 족벌 경제도 족벌 사학도 족벌 국가 아직도 한참 멀었다. 조선나라 선진국 되려면.

아! 하나 선진된 거 있네, 풍류('노래방')와 기생 품고 노비 생산하는 것은 선진국이다. 귤강광이 말한 것처럼 조선 양반은 젊은 여자만 품고 술만 마시는 데 늙어짐이 신기하다 그랬지?

관백이 처음에는 중국 사신을 보고 기뻐하다가 화가 난 뒤로는 또한 빨리 중국 사신을 돌아가게 하니… 그중에 군관軍官들과 동향 사람이라는 자가 또 와서 서로 고하여 손을 잡고 울고 있고… 겁이 많은 자들은 여기저기서 울고만 있었다. 군관들은 모두 경상도 사람으로 무지하고 무식하여 일의 형편을 잘 모르므로 이렇게 가벼이 동요한 것이다. 황신이 여러 군관들을 불러서 깨우쳐 주기를, "너희들은 다 영남 사람이다. 영남 사람들은 첫 번째 임진왜란에 거의 죽었고, 두 번째로는 갑오년(1594, 선조 27) 흉년에 죽었고, 세 번째로는 을미년(1595, 선조 28) 염병에 많이 죽었으니, 너희들이 그때에 죽지 않은 것만도 이미 다행이었다. 가령 너희들이 오늘날 여기서 죽는다 하여도 이는 먼저 죽은 사람들보다는 뒤에 죽는 것이고, 또 기왕 죽으려면 차라리 나랏일을 하다가 죽는 것이 영광이 아니겠느냐?"(재조번방지)

유성룡은 울산 전투에서 조선군은 사망 298명, 중상자 876명, 도망자 4,982명, 현재인원 3813명으로 도망자가 반을 넘는다고 언급했다.(징비록)

이 기록도 전쟁 상황을 너무 모르는 것이다. 조선군은 주 무기가 활과 농기구 짧은 무쇠 칼이다. 이에 반해 일본군은 예리한 날렵한 일본도와 총이다. 총도 칼도 약간만 스쳐도 중상이다. 더욱이 총상에 의한 도망자 4,982명은 고향으로 돌아가서 거의 대부분 죽었다는 사실을 간과하고 있다. 당시 총상을 치료할 수 있는 의술이 없었고, 그래서 그들은 고향으로 가서 여기저기서 죽어 나갔다. 조선을 위해 전투에 참여하여 전사한 사람들에게 도망자라고 하는 신료들이 있었다. 또 사실 살았다 해도 굶주려 죽는데 총상 내상 자들이 살아남을 확률은 거의 없었다. 일본 전술은 아시가루라 부르는 보병을 중심으로 대오를 짜 후방에서 철포와 활의 지원하에 보병들의 밀고 당기기 식이었다. 주로 장교에 해당하는 사무라이가 주변에 하인들을 데리고 기병으로서 각 부대에 흩어져 있었고 다이묘나 중요 지휘관의 주변에서 기마 무사가 수명 정도로 구성되어 전령이나 다이묘의 호위, 퇴각하는 적의 추격 등의 역할을 맡았다. 한마디로 조선군은 일본군의 약 5m의 아시가루 장창 앞에서 손을 쓸 수 없었다. 이래저래 죽는 것이 전투가 아니라 자살 비슷한 상황에 내몰린 것이다. 이순신 장군이 막강한 조선 수군을 거느리면서 임진왜란 7년 동안 적의 근거지인 부산을 치지 못한 이유가 바로 일본군의 위세에 눌린 것이다. 그러나 의병들이 죽창을 갖게 되면서 전세가 바뀐 것이고, 이에 수군들도 일본군과 서서히 조우하고 전투를 해보게 된다.

전쟁에 끝이 오면, 나는 전쟁이 활짝 피어나기 전에, 대책을 수립하고 조금씩 조금씩 자라나는 꽃나무들을 지켜볼 것이다. 그리고, 덩달아 꽃앓이를 하고 싶다. 전쟁의 상흔에서 살아 있음의 향기를 온몸으로 피워 올리는 꽃나무와 함께 기쁨의 삶을 조용히 살펴보고 싶다. 나는 전쟁이 나기 전에 할 일을 하고 싶다. 햇볕이 잘 드는 산야에 작은 꽃밭을 일구어 꽃씨를 심고, 두 손으로 금방 날아갈 듯한 가벼운 꽃씨들과 푸석한 상치를 심어보고 싶다. 조선의 흙냄새 가득한 조그마한 꽃밭에 아름다운 마음으로 예쁜 꽃씨를 심고 싶다. 그래서 전쟁의 상처에서 신음하다가 간 수많은 조선의 병사들이 꽃을 바라볼 수 있었으면 좋겠다. 그들의 영혼만이라도 조선의 땅에서 꼭 품어 주고 싶다. 언젠가 저 세상이 있다면 우리 또 만나게 될 거야. 전쟁에서 일본군 침략군의 총상에 시름시름 앓다가 죽어 간 모든 이름 없는 병사들에게 동시를 읽어주면서 흙을 하나하나 덮어주면 아름다운 꽃씨들은 조국을 위해 죽어간 영혼의 병사들은 조금씩 엄살을 부리다가도 말 잘 듣는 아이처럼 조국의 번영에 자랑스러워 할 것이다.

1593년 9월, 벽제전투 패전 이후 황해도로 물러났던 명군은 난병亂兵으로 돌변했다. 지방 수령의 목을 묶어 끌고 다니면서 이것저것을 요구하는가 하면, 요구를 제대로 들어주지 않는다고 돌과 몽둥이로 난타하여 죽는 사람이 속출하고 있었다.

강화협상 이후 명군이 삼남 지방에 주둔하게 되면서 민폐는 본격화되었다. 관아나 여염에 난입하여 약탈과 겁간을 자행하는 것이 다반사였다. 오희문吳希文의 '쇄미록', 정경운鄭慶雲의 '고대일록孤臺日錄'에는 명군의 횡포 때문에 신음하던 삼남 지방의 참상이 잘 드러나 있다. '명군이 이동하는 길 주변의 주민들은 낮에는 숲 속에 들어가 숨어 있다'거나 '약탈을 우려하여 곡물과 가재도구를 땅에 파묻고 있다.'는 실정이었다.

죽창부대의 등장

영남 의병이 소규모 전투에서 비슷한 규모의 일본군을 정면 전투로 작살내는 모습은 영남 전체에서 벌어졌다. 아무리 잘 훈련된 일본군도 점령지에서 수만 명 단위로 부대를 유지한다는 것은 점령지 약탈을 위해서는 불가했다. 그런 틈을 비집고 영남 일대에서 최대의 일본군인 모리 휘원 가문의 5만 대병이 산개된 작전에서 곳곳에서 지휘관들만 털어내는 우리(배설)의 작전에 털린 것이니 전방에 진출한 일본군들에게 군량이 보급될 수 없었다. 경주를 에워싸고 1만 의병들이 공성전을 펼치는 와중에 나(배설)의 50기 규모의 여러 개의 기병대는 일본군 보급로를 완전히 차단하여 군량의 징발로 성주성, 경주성, 진주성 공성전 의병은 생명줄을 열어주었다. 의병들이 죽창을 들게 되므로 일본군과의 전면 백병전을 하여 이길 수 있다는 자신감을 회복했다.

영남 의병들이 조총에 대응한 방패를 들고 장창에 대해서는 가볍고 긴 죽창으로 일본군을 무력화시켰고 식량과 군수의 차단 압수로 인해 가토와 코니시 구로다 군대가 함경도 등지에서 조총의 탄환과 식량의 공수 중단으로 육병전에 의존해야 하므로 병력 손실이 막대하고 전투에서 우위를 확실히 지킬 수 없는 상태에서 명나라군의 참전으로 대규모 백병전을 회피하고자 했다. 후방으로부터 탄환과 식량 보급을 받아 일본군의 장점을 재정비할 시간을 얻고자 남으로 퇴각했다.

임진왜란 내내 장수들은 왜적과 싸우고 국왕 이연(선조)은 장수들을 죽이려고만 날뛰었다. 의병장 김덕령을 죽였고, 곽재우도 죽이려고 했고 다른 모든 장수는 이연의 적이었다. 무엇인가 부끄러움을 은폐하기 위해 생트집을 잡아 죽이려 했다. 칠천량 해전 패전은 상황 판단을 못 하는 국왕 선조와 병법에 어두운 도원수 권율 등이 왜적의 간계를 제대로 파악하지 못하고 무작정 수군의 출전만 명령했기에 빚어졌다. 불리함을 알면서도 여러 장수들은 충신의 반열에 올라 자식들, 후손들을 위해 기꺼이 죽고자 했다. 칠천량 해전 패전이야말로 군대의 경계의 중요성을 재삼 강조하지 않을 수 없다. 전세가 아무리 불리하더라도 장수가 판단력을 잃지 않고 제대로 지휘했다면, 또 병사들이 경각심을 갖고 철저히 경계했다면 그토록 참담한 패전은 당하지 않았을 것이다.

　나의 부대가 경계를 계속하였기에 그나마 열악한 삼중의 포위망 속에서 전투하여 적에게 피해를 주고 조선군 전멸을 거부할 수 있었다. 물론 전투의 패배에 나는 귀향한 이후 단 한 편의 시조도 남기지 않으려 죄의식 속에 참회하는 마음으로 은거했다. 그런 까닭에 전투에 진 지휘관은 용서할 수 있어도 경계에 실패한 지휘관은 용서할 수 없다는 말이 나온 것이다. 따라서 유구무언의 패장으로서 기록을 남기지 않았다. 내가 충신이 되려는 욕심을 제어하지 못해 조선 수군이 전멸하여 왜군의 서남해 진출을 방어하지 않았더라면 조선이란 나라가 존재하지 못하고 2천 년 동안 나라 없이 세계를 떠돌면서 시련을 이겨낸 유대민족처럼 되었을지도 모른다. 로마의 식민지가 되어 수많은 유대인이 죽어갔으며, 결국 나라를 잃고 전 세계로 뿔뿔이 흩어졌던 것과 다를 것이 뭐에 있었겠는가, 일본은 로마처럼 되었을 것이고, 일본이 로마처럼 된다 해도 조선인들을 반기는 곳은 어디에도 없었을 것이다. 정처 없이 떠돌던 유대인들이 나치의 부흥으로 600만 명이 희생되지 않았나, 그런 시련을 겪고 살아남은 민족이기에 그처럼 강한 민족으로 거듭날 수 있었다는 것을 보면 조선이 일본에 식민지가 되었더라면 전 세계에 떠돌면서 지금 미국을 실질적으로 움직이고 있는 것처럼 조선인이 일본을 실제로 움직이는 민족이 되었을지 누가 장담할 수 있겠는가?

전쟁이 일어나지 않는다고 선조를 속인 동인들은 전쟁이 발발하자 피난길에서 동인 출신 조정중신들에 둘러싸여 호송되어 전권을 내주고 의존하고 있었다. 전쟁이 일어난다고 보았던 서인 출신들과 가까운 장수들은 암암리에 자신의 임지에서 나름 전쟁 준비를 하고 있었다. 동인들은 당쟁으로 정권은 손에 넣었으나 막상 전쟁이 발발하자 전쟁 준비가 전혀 되어 있지 않아서 허둥대면서 전쟁 준비를 한 장수들이나 현감들을 쫓아내고 자신들의 수하를 내려보내 군대를 장악 전공을 세우는 수법으로 선조를 기만하고 있었지만, 당시로선 국난 앞에 다른 방도도 없었다.

무능한 장수들의 허위 전공 보고가 많았고, 이에 따라 백성들의 민심 이반이 심했다. 이에 나는 이러한 불합리와 부정에 대해 일소해야 한다는 구국 충정의 상소를 하여 조정 중신들로부터 미움을 받게 되어 선산 부사로 좌천되었고, 좌천을 기회로 이름뿐인 고려 시대의 허물어진 산성에 금오산성을 축조했다.

국난 앞에 나라를 구하기 위한 직언이 조정 대신들 입장에선, 자신들 수하의 장수들에게 허위 장계를 여럿 만들어 올리게 한 다음 선조의 기분에 맞추어 적군의 목을 100명, 50명, 5명 참수했다는 식으로 짜고 보고하였다. 남아 일언 중천금도 불꽃같은 열정이나 욕망도 한순간에 사라진다. 임금 앞에 한 맹세도, 백성 앞에 한 맹세도 과거의 것이 되고 만다. 오늘 현재에 싸워 이겨야 한다. 현재가 없는 미래란 존재할 수 없기 때문이다.

이종성李宗誠이 직책을 버리고 도망쳐 갈 때에 왜적의 정상이 이미 다 드러났으므로 황상께서 매우 진노하시어 정신廷臣에게 명하여 회의하게 하셨으니, 그 의논한 사항이 시행하지 못할 것이 하나도 없었는데, 석성은 끝내 그것을 버리고 시행하지 않고, 일이 급하게 되면 일을 하라고 신칙만 하여 자기 책임이나 때우려고 하였을 뿐입니다. 그러므로 독부督府에서 군량을 청구해도 주지 않고 병력을 청구해도 주지 않고 병력을 청구해도 주지 않으며 명분은 그 일을 신칙한다 하면서 실은 중간에서 못하도록 제어한 것이니, 이것이 셋째 잘못입니다. 왜적의 전쟁 물자 중에 가장 필요한 것이 말인데, 석성이 좋은 말 5백 필을 버려서 왜적의 손으로 돌아가게 하였으니, 이것이 넷째 잘못입니다.(제조번방지)

손자병법

"대체로 전략은 적국을 온전한 채로 포섭하는 것이 최상이며 적의 국토를 파괴하고 얻은 것은 차선이고, 적의 군단을 온전한 채로 포섭하는 것이 최상이며, 그것을 파괴하고 얻는 것은 차선이다. 적의 군대를 온전한 채로 포섭하는 것이 최상이며 그것을 파괴하고 얻는 것은 차선이다. 따라서 백전백승이 결코 최상의 방법은 아니다. 싸우지 않고 포섭하는 것이 최상의 방법이다."

유방이 항우를 물리치고 최종 승자가 된 다음, 한나라를 세웠다. 개국 일등공신은 당연히 책사 장량, 대장군 한신 그리고 군수참모 소하였다. 개국공신은 나라를 세우고 나면 근심거리로 변한다. 이들의 뛰어난 재능을 익히 알고 있는 유방으로서는 마음이 편치 못했다. 그들은 누구라도 마음만 먹는다면 자신의 자리를 넘볼 수 있는 인물들이었기 때문이다.

책사 장량은 이런 유방의 심사까지 정확하게 헤아리고 있었다. 장량은 식솔들을 데리고 무릉도원으로 숨어들어 방원각이라는 정자를 지어 그곳에서 조용히 글을 읽으며 천수를 누렸다.(무릉도원은 지금 관광지 장가계로 알려진 곳이다. 장가계는 장량의 후손들이 살았다는 의미에서 붙여진 이름이며, 장량의 묘도 그곳에 남아있다.) 아들들이 불만을 터트렸다. 이렇게 살려고 그 모진 고생을 하면서 나라를 세웠냐는 말에 장량은 아들들을 불러 방원각의 의미를 설명해주었다. '고난은 함께해도 영화는 함께하기 어렵다.' 권력의 만고불변 법칙이다.

선조 대왕 아들 두 왕자 손주를 사로잡은 도요토미가 농노 출신이라네? 선조 대왕이 귀싸대기 맞은 셈인데, 명나라 협잡에 속아 두 왕자 세자는 풀어주었다는군, 도요토미가 선조 이연에 속았다는군! 역시 우리 선조 대왕께서는 도망의 선수답게, 일본군은 속았고, 선조 대왕께서 갖고 놀았답니다, 그려! 동인은 대단하시네요!

선조 27권, 25년(1592 임진 / 명 만력萬曆 20년) 6월 9일(정유) 2번째 기사왜적이 강화를 요청하자 이덕형 등과 논의하다. 이날 왜적이 대동강 동편에 말목을 박아 글을 매달아 놓고 돌아갔는데 그것을 가져다가 보니 적장賊將 평행장平行長·평조신平調信·평의지平義智 등이 강화講和를 요청하는 일이었으며, 또 이덕형과 선상船上에서 만나 무기를 버리고 대화하자고 하였다. 상이 덕형에게 배를 타고 강 중간에서 만나 그들의 말을 들어보도록 하였다. 덕형이 한 척의 배를 타고 강 중간에 가서 적장 평조신·현소玄蘇 등을 만나서 더불어 술잔을 잡고 대화하였다. 적이 말하기를, "일본이 귀국과 서로 전쟁하려는 것이 아닙니다. 지난번 동래·상주尙州·용인 등지에서도 모두 서계書契를 보냈었으나 귀국에서는 답하지 않고 무기로써 대하기에 우리들이 결국 여기에까지 이르게 된 것입니다. 원컨대 판서는 국왕國王을 모시고 이 지방을 피하여 우리가 요동으로 가는 길을 열어 주시오." 하자, 덕형이 대답하기를, "귀국이 만약 중국만을 침범하려고 하였다면 어찌 절강浙江으로 가지 않고 이곳으로 왔습니까. 이것은 실로 우리 나라를 멸망시키려는 계책입니다. 명조는 바로 우리 나라에 있어서 부모와 같은 나라이니, 죽어도 요구를 들어 줄 수 없습니다." 하니, 적이 말하기를, "그렇다면 강화할 수 없습니다." 하였다.(태백산사고본)

대마도의 평의지, 평행장, 평조신은 모두 우리 조선의 지배를 받은 사람들이다. 이들이 왜군에 붙은 것은 왜군들의 힘이 크고 무기가 앞서 있어서였다. 이들은 그래도 옛정으로 조선을 위해 총을 넘겨주거나, 전쟁의 징조를 분명히 알렸다. 그럼에도 이연과 조정은 백성들의 고통을 생각하지 않았다.

이미 만주지역이 누르하치로 통일되어 가고 있었고, 일본이 하나로 통일되어 가고 있었으며, 도요토미 히데요시는 전쟁 준비를 마쳤다. 그럼에도 전혀 세상 물정을 모르는 이연의 재앙은 결국 백만 이상의 아사라는 대재앙을 안겨 주었다. 그가 할 수 있는 것은 오직 도망뿐이었다. 그리고 유능한 장수들을 적의 재물로 바치는 것뿐이었다.

이연은 무책임하게 누릴 줄만 알았지, 백성들에게 베풀 줄 모르는 왕이었다. 그는 주변의 상황을 도무지 인식하지 못했다. 도요토미는 농민 천출 출신으로 일본 민중의 지지를 받았으며, 돈내기(아르기)란 새로운 성과급 체계를 수립 전장에 내보냈다. 이들은 죽기 살기로 성과를 내고자 집착하여 전투에 임했다. 우리 조선은 밥을 먹여 주겠다. 오랜 철권통치의 신분을 면책해 주겠다는 조건으로 병사들을 모았다. 그리고 처절한 패배만을 겪었다.

왜군들은 각 지역 영주들이 통솔해 와서 일체의 법도 규칙도 없는 임기응변의 전쟁을 주도적으로 하여 전투를 개시했다. 이에 반해 조선은 경국대전이란 엄격한 법체계 하에 부산포를 침략한 적군이 한양을 점령함에도 이순신 장군은 수군을 동원하지 못했다. 아마도 아낙네들의 치마폭까지도 세세히 법치화한 조선이 전멸의 대오에 참여하지 않을 수 없었다.

저녁에 경상 우수사 원균이 왔다. 소비포 권관 이영남에게서 영남의 여러 배의 사부 및 격군이 거의 다 굶어 죽겠다는 말을 들으니, 참혹하여 차마 들을 수가 없었다.(난중일기 1월 19일, 무술 3월 10일)

여러 배에서 옷 없는 사람들이 거북이처럼 웅크리고 추위에 떠는 소리는 차마 듣지를 못 하겠다. 군량미조차 오지를 않으니 더욱 민망스럽다. 병들어 죽은 자들을 거두어 장사지낼 차사원으로 녹도만호(송여종)를 정하여 보냈다.(난중일기 1월 20일, 기해 3월11일, 맑으나 바람이 세게 불고 몹시 춥다.)

저녁에 녹도만호(송여종)가 와서 보고하는데, "병들어 죽은 시체 이백 열네 명을 거두어서 묻었다"고 한다. 사로잡혔다가 도망쳐 나온 두 명이 경상 우수사 원균의 진영에서 와서 여러 가지 적정을 상세히 말하긴 했으나 믿을 수가 없다.(난중일기 1월 21일, 경자 3월 12일)

아침에 산역山役하는 일로 귀장이(耳匠, 목수木手) 마흔한 명을 송덕일이 거느리고 갔다. 영남 우수사 원균이 군관을 보내어 보고하기를, "경상좌도에 있는 왜적 삼백여 명을 목 베어 죽였다."고 한다. 정말 기쁜 일이다.(난중일기 1월 24일, 계묘 3월 15일, 맑고 따뜻하다.)

파도의 철썩거림은 영원하고, 쏴 하는 밀물은 모든 배를 띄우듯이 밀려들고 싼 게 비지떡이라고, 노비들 시켜 공짜로 만든 판옥선들이 바다 위에서 춤추듯이 힘없이 삐걱거리자, 길 잃은 갈매기들이 자신을 부르는 줄 몰려들어 함께 끼룩 끼룩거렸다. 비변사의 '깡통 방위산업'비리로 돈은 위에서 챙겨 드시고, 아랫것들을 알량한 법으로 강제하니 공짜로 만든 판옥선들은 잘도 춤추었고, 수천 명 병사가 배고픔을 참지 못해 내는 '으으으'신음이 듣기 싫어 한 두 명 목을 베면 그때뿐으로 차마 눈 뜨고 볼 수 없는 지옥이었다. 이런 슬픔을 해결하고자 군관들이 판옥선 망루에 올라 청아한 목소리로 '아리랑'을 불러 배고픔을 위로했다. 배고픈 수군의 이 가는 '빠드득 딱딱!'소리가 합창이 되어 "빠드득 딱딱! 철석 삐걱 끼룩 으으으 쏴! 아리랑 빠드득 딱딱! 철석 삐걱 끼룩 으으으 쏴!"한 편의 장엄한 훌륭한 예술로 승화되었고, 전투보다도 더 많은 병사들이 아리랑을 들으며 굶주려 죽었다. 대왕의 '국민행복, 실용주의'외침과 안간힘에도 형식주의 법치 앞에서 통하지 않자, 그 수하들은 제 한 몸 살길을 챙기게 되었다.

유성룡의 어록

선조가 유성룡에게 하문하다.

"제찰사가 성주에 있으면서 무슨 일을 하던가?"

(선조 29년, 1596년 4월 2일, 무술 1번째 기사)

"대개 그 사람은 애민을 위주로 하여 수습하고 무마하는 뜻이 지성에서 우러러 나오며, 자신을 철저히 단속하고 거처가 숙연합니다. 제찰사는 (대구 팔공산) 공산산성을 수축하니 영남 사람들이 모두 공산 산성에 들어가 계책을 펴며, 근일에는 전생 산성을 수축하여 거기에 들어가 웅거할 만하다고 하므로 이 성을 수축하게 하고 있습니다. 중국의 장수들도 이성을 수축함이 옳다 하고 있기 때문입니다."

대구 공산 산성을 축조하여 임진왜란의 피난민을 대거 수용했음도 논하고 있다.

선조 28년 1595년 2월 8일 신해 6번째 기사, 이헌국이 아뢰기를 "도원수 권율은 대궐 밖을 전제해야 하는데, 임기응변하는 일은 스스로 결단하지 못하고 매양 품명(명령받는 일) 하는 것으로 규칙을 삼으니, 남쪽 지방의 일이 매우 염려스럽습니다. 제찰사를 반드시 내려보내 진압하고 모든 일을 재결토록 해야 할 것이며, 배설이 백성들에게 만류당하여 경상우도 수사에 부임하지 못 할리가 없습니다."

이미 배설은 조선 최고의 대장으로 호칭되고 실권을 가지고 있음을 보

386   명량, 왜곡과 진실 上

여준다. 전란 속에서 조선의 미래를 결정하는 것은 인간이었을까, 역사였을까, 그냥 시간의 결과였을까, 아니면 운명이었을까, 역사와 문화는 새로운 방향으로 발전했을까?

선조 29년 2월 16일 판서 김우옹과 시무를 논한다. 상차, "장수가 많으면 명령이 나오는 곳이 많아 제장과 열읍이 일정하게 따르는 곳이 없게 되니, 이것이 끝내 패망하게 되는 원인입니다.(주역) 만약에 별도로 대장을 두어 융무戎武(군무 + 재정 = 계엄사령관)를 총괄하게 한다면 곽재우, 배설과 같은 사람이 적임자일 것입니다."

이렇게 되었다면 경상도 의병의 전성기인 민중 정권 일본을 유린하는 국가가 됐을 것이다.

나는 합천군수, 선산 군수, 동래 현령, 진주 목사, 경상좌도, 경상우도 수사를 거치면서 경상도 모든 의병들을 지원하였다. 정유재란이 발발하자 나는 청야 작전으로 왜군 침략군이 호남에서 추수를 하다가 의병들에 패배하도록 만들었다. 일본군도 먹긴 먹어야 했고 나의 청야 작전으로 의병이 지나간 곳은 잿더미뿐이었다. 일본군은 군량 약탈에 실패했고, 14만 왜군이 군량을 확보하지 못하게 한 백성 소개령이 정유재란의 승패 분기점이 되었다.

토끼가 용궁 방문 때 간을 숨겨놓고 방문했다는 고사처럼 나는 비겁하게도 경상 일대에서 일진일퇴를 거듭하여 유격전을 하였기 때문에 사대부들은 전쟁이 끝나자 유교 가치관에 입각하여 비겁한 장수로 몰았다. 더욱이 칠천 해전에서 퇴각하면서 430km에 달하는 청야작전을 한 자체가 도주와 탈영이라는 누명을 쓴다.

한양환도

　1593년 1월 1일, 조선 조정은 한양에 입성하기 전에 왜에 부역(상인)한 백성들부터 청소한다는 방침이 세워졌다. 조선인 스스로 일본군에 정보를 알려주어 동족들이 적군의 손에 죽게 만든 일이 비일비재했기 때문에 전후 처리가 필요했다. 특히 이긍익이 작성한 연려 실기에서는 도성 안에서 무뢰배의 밀고로 인해서 일본군들이 많은 조선인들을 종로 앞이나 남대문 밖에서 대거 불태워 죽이고, 극히 참혹한 짓으로 시위하여 위엄을 보인 결과 해골이 산더미를 형성했다는 기록이 있다.

　선조수정실록, 선조의 어가御駕가 떠나자 백성들이 난입해서 '먼저 장예원掌隸院과 형조刑曹를 불태웠다.'고 전한다. 장예원과 형조에 불을 지른 이유에 대해 '선조수정실록'은 두 곳의 관서에 공사 노비의 문적文籍이 있기 때문이라 전한다. 유령인 육법전서의 본산이 불탄다고 법이 없어지나?

　서울에서 남해안으로 내려갈 때, 조선인 수천 명, 1,000~2,000명이 왜군을 따라갔다. 또한 서울을 탈환하고 조정이 다시 들어와서 왜倭에 빌붙어 나쁜 짓을 일삼은 사람들에 대한 처벌을 내렸을 때에도 워낙 많은 사람이 광범위하여 모두 처벌하는 것이 불가능하여 극한 짓을 한 사람들만 극형에 처했다.

　선조는 서울에 돌아오면서 도성 안팎의 굶어죽은 시체를 매장하라는 명을 내렸다. 그렇지만 겨울 한파가 닥치자 추위와 굶주림으로 사망자는 더 늘어났다. 시냇가나 공터에 시신들이 쌓여 곳곳에서 언덕을 이루었다. 시신을 내어 놓으면 굶주린 사람들이 그 살점을 베어내어 백골만 남았다. 충청도와 경상도에서 특히 심했는데 비변사는 구제할 방법이 없다고 실토하면서, 백성이 다 사라지면 무엇으로 나라를 이룰 수 있을 것인가 반문했다. 1593~1594년의 기근은 왜군에도 직접적인 타격을 주었다. 극심한 기근 상황에서 왜군의 식량사정은 조·명 연합군도 마찬가지였다. 당시 일본에 머물던 포르투갈 선교사 루이스 프로이스는 조선으로 건너온 15만 명 중에 삼분의 일인 5만 명이 사망했는데, 그들 대부분을 죽음으로 이끈 것은 전쟁이 아니라 굶주림과 추위, 질병이었다.

　조정에서는 절대적인 양식 부족을 해결하기 위해 명나라에 손을 벌렸다. 명나라도 자국의 기근과 변란으로 원조가 원활하지 않은 상황이었지만, '백성들이 서로 잡아먹어 절멸된 상태'에 이른 조선에 식량을 원조했다. 압록강 하구에 국제무역시장인 중강개시가 처음으로 열린 것이 이때였다. 기근에 시달리는 백성들은 생존을 위해 도적이 되기도 하고 반란을 꾀하기도 했다. 당시의 기근은 국가의 존폐를 결정할 정도의 중대한 문제였다. 시대정신과 '귀함과 천함'이 무엇인지, '정규직과 비정규직', '근로자와 기업가'과연 이런 구분과 대결구도가 어디에 필요한 것인가? 그리고 지역을 구도로 대결하는 감정의 대치상태를 해결하는 열쇠는 어디에 있는 것인가? 백성과 땅은 나라의 기본이라고 했다. 고대 로마의 찬란했던 시대도 시민이 있어 가능했고, 현재 선진국이라고 자칭하는 나라들의 역사도 시민이 있어 달성된 것이었다. 물론, 현명한 지도자도 있어 자신이 살고 있는 나라의 이익을 위해 모든 것을 걸고 일했다.

유성룡의 징비록에 의하면 당시 성안에 남아 있던 백성들을 보니, 백 사람 중의 한사람 살아남았을까 말까 하고, 살아 있는 사람도 모두 굶주리고 지쳐서 얼굴빛이 귀신이나 다름없었다고 한다. 또 시체가 곳곳에 방치되어 있어 악취가 성안에 가득했다고 한다.

"임진왜란이 일어나서 왜적이 서울에 들어오자 염사근이 곧 그 누이동생을 왜장 장성長成에게 바쳤는데 장성은 곧 관백이 친히 신임하는 장수로서 창동倉洞에 와서 있던 자이다. 염사근이 그 어미와 누이동생을 데리고 장성을 따라서 바다를 건너 일본에 와서 바야흐로 병고관幷古關에 살고 있었다. 이번에 우리나라 사신이 왔다는 말을 듣고서 곧 와서 사신을 뵙고서 그 말하는 것이 장황하고 허풍이 많았는데, 겉으로는 고국을 생각하는 체하나, 속으로는 실로 일본을 위하는 것이어서, 그 정상이 지극히 통탄하였다.(제조번방지)"

임진왜란이 나자 도망치다시피 의주로 몽진했던 선조가 서울로 되돌아왔다. 거의 1년 반 만의 환도였지만 왜군에 대한 방어보다 시급한 문제가 있었다. 기근이었다. 왜란이 발생한 다음 해와 그다음 해인 1593~1594년, 두 해에 걸쳐 극심한 기근이 있었다. 왜군의 약탈과 살육으로 농민들이 도망하여 경작을 포기한 것이 결정적인 요인이지만, 당시 기후 조건도 한몫을 했다.

왜란이 있었던 1590년대는 세계적으로 한파가 있었던 시기로 프랑스의 포도 수확은 늦어졌으며, 영국의 밀 생산도 좋지 않았다. 중국은 1593년 한여름에 추위로 동사하는 사람이 발생하고, 1595년에는 저장성에 두 달 동안 폭설이 내려 많은 사람이 얼어 죽었다. 조선도 10년 중 한여름에 눈과 서리가 내리는 이상저온 현상이 5년이나 있었다.

선조는 서울에 돌아오면서 도성 안팎의 굶어 죽은 시체를 매장하라는 명을 내렸다. 그렇지만 겨울 한파가 닥치자 추위와 굶주림으로 사망자는 더 늘어났다. 시냇가나 공터에 시신들이 쌓여 곳곳에서 언덕을 이루었다. 시신을 내어놓으면 굶주린 사람들이 그 살점을 베어내어 백골만 남았다. 충청도와 경상도에서 특히 심했는데 비변사는 구제할 방법이 없다고 실토하면서, 백성이 다 사라지면 무엇으로 나라를 이룰 수 있을 것인가 반문했다. 1594년 3월 사헌부의 보고는 보다 선명하다. "기근이 극에 달하여 심지어 사람의 고기를 먹기에 이르렀지만, 전혀 괴이하게 여기지 않습니다. 길가의 굶어 죽은 시신을 잘라내어 온전히 붙어 있는 살점이 하나도 없을 뿐만 아니라, 어떤 이는 살아있는 사람을 도살하여 내장과 골수까지 먹고 있습니다." 사헌부는 인육을 먹는 일이 만연하자 이를 엄금할 것을 청했다. 식인 행위를 금했다는 사실은 그 자체로 충격적이다. 조정에서는 절대적인 양식 부족을 해결하기 위해 명나라에 손을 벌렸다. 명나라도 자국의 기근과 변란으로 원조가 원활하지 않은 상황이었지만, '백성들이 서로 잡아먹어 절멸된 상태'에 이른 조선에 식량을 원조했다. 압록강 하구에 국제 무역시장인 중강개시가 처음으로 열린 것이 이때였다. 기근에 시달리는 백성들은 생존을 위해 도적이 되기도 하고 반란을 꾀하기도 했다. 당시의 기근은 국가의 존폐를 결정할 정도의 중대한 문제였다. 1593~1594년의 기근은 왜군에도 직접적인 타격을 주었다. 극심한 기근 상황에서 왜군의 식량사정은 조·명 연합군보다 좋을 수 없었다.

왜군은 대부분 일본 남부 지역 출신으로 한반도처럼 혹독한 겨울 날씨를 경험한 적이 없었다. 한겨울에 치러진 평양성 전투는 그들에게 큰 교훈을 주었다. 추위에 익숙하지 못한 그들은 결국 남쪽으로 패퇴하여 남해안지역에 성채를 쌓아 월동을 대비했다.

조선에서 살다가 일본군을 따라 일본으로 건너간 염사근은 곧 왜학생도倭學生徒로서, 복건순무어사福建巡撫御史 유방예劉芳譽가 이른바, 수재秀才 염사근이란 사람이다. 이 사람은 그 아비 염해일廉海逸이란 사람이 젊었을 때에 친구 한 사람과 형제처럼 친히 지내다가 그 사람이 죽었다. 그는 자식도 없으며, 그 아내가 아름답고도 젊었는데, 친척이 별로 없고 돌봐줄 사람이 없었다.

염해일이 힘을 다하여 초상을 치러주니, 그 아내가 그 은혜에 감격하여 친척과 다름없이 대접하였다. 그래서 염해일이 그녀와 몰래 통하게 되어 그 집에 출입하였는데, 매양 그 남편의 궤연几筵이 있는 방안의 병풍 뒤에 숨어 있었고, 그 아내는 조석으로 친히 음식을 차려 죽은 남편에게 제를 올리면서 지극히 슬피 울고, 제를 다 지낸 뒤에는 그 자리에서 그 음식을 먹으며 '차마 죽은 남편의 곁을 떠날 수 없다.'고 스스로 말하면서 밥과 국을 가만히 병풍 너머로 염해일에게 주었다.

사람이 없는 틈을 타서 대낮에 교합하기도 하고 어떤 때에는 밤새도록 나오지 않으면서, 스스로 말하기를 '살아 있을 때처럼 죽은 남편 곁에서 잔다.'고 하였다. 세월이 흐를수록 정은 더욱 깊어져서, 뒤에는 거리낌 없이 놀다가, 종들이 고발하여 법사法司에 법사가 그 죄를 다스리고서 놓아주었다. 그래서 부부가 되어 염사근과 딸 하나를 낳았다.

임진왜란이 일어나서 왜적이 서울에 들어오자 사근이 곧 그 누이동생을 왜장 장성長成에게 바쳤는데 장성은 곧 관백(도요토미)가 친히 신임하는 장수로서 창동倉洞 일대에 주둔한 자이다.

염사근은 양반이 노비 되고 울고불고하는 것을 보고 항상 웃었다. 뭐가 그리 신이 나는지, 복장 터져 울고불고 하는 장면을 보고 너무도 재미있어 하였다. 염사근은 전쟁이 터지자 한양 도성의 아우성에도 자빠져 자고 있었다. 사람들이 걱정하자 염사근은 보란 듯이 고니시의 서울 입성을 환영하러 나갔었다. 그리고 일본군이 후퇴할 때 일본으로 따라갔다. 염사근이 그 어미와 누이동생을 데리고 한양 환도 때 장성을 따라서 바다를 건너 일본에 가서 바야흐로 병고관幷古關에 살고 있었다.

염사근廉思謹이 장성長成의 집에서 와서 조선 사신 1596년 10월 강화 교섭 차 일본을 방문한 양신 일행에게 말하기를, "어제 장성이 저에게 말하기를, '조선 사신은 본래 고관대작으로 있던 사람이 아니니, 정사正使는 전에 낭관郞官으로 심유격沈游擊을 따라서 부산에 있던 자이다. 관백이 왕자도 오지 아니하고 사신도 벼슬이 낮은 자이므로 더욱 조선의 무례함에 성이 났다.' 합니다. 그래서 처음에는 사신을 찢어 죽이고 일행을 잡아 가두려 하는 것을 자기가 삼성三成과 같이 말리기를, '이는 사신이 알 바가 아니며 또 옛날부터 남의 나라 사신을 죽인 나라는 없으니, 만약 그렇게 되면 뒷일이 영영 끊어질 것이다.' 하니, 관백도 그렇겠다고 답하였습니다. 청정淸正 또한 이미 관백에게 하직하고 물러갔는데, '만약 행장을 꾸려서 가려면 반드시 빨리 가지는 못할 것이다. 겨울 안에 조선으로 떠나는 것은 정해진 일이고 큰 병력은 명년 97년 2월에나 바다를 건너갈 것이다.'

하였습니다." 그러니까, 이미 정유재란은 피할 수 없는 것으로 다양한 경로로 다가오고 있었다.

| 임금께 올린 장계 |

전라도 감사가 다시 임금에게 충성하러 부임했고, 절도사는 오랫동안 남의 땅(경상도)에 머물면서 군사와 말을 정예하게 여기하는데, 군기·군량은 이 가운데서 다하여 돌아가고, 진과 보堡堡에 이르러 방어 군사를 정하는 것 또한 각각 반으로 나누어 뽑아 거느렸습니다. 그런데 장수는 늙어 중도에서 굶주림과 추위가 아울러 들이닥쳐 반 이상은 달아나 흩어졌습니다. 비록 혹 흩어지지 않은 자가 있다손 해도, 굶주림과 추위가 이미 극에 달하여 죽음이 잇달았습니다. 큰 고을이면 300여 명, 힘차고 왕성한 사람을 조급히 가리어 채우기를 강요하며 독려하니, 한 도가 소동하였습니다.(593년 8월 28일 난중일기)

임진왜란이란 적군의 침략에 전혀 준비되지 않아 죽어 나가는 우리의 젊은이들을 지켜보면서 죽창으로 적과 맞설 것을 주장한 역사에서 교훈을 얻지 못한다면, 이 나라의 미래는 어떻게 될 것인가?

하권에 계속